BASTEI
LÜBBE
TASCHENBUCH

Weiterer Titel der Autorin:

15953 All You Need Is Love

Anne Marie Forrest

Magic to Go

Roman

Aus dem irischen Englisch von
Claudia Geng

BASTEI
LÜBBE
TASCHENBUCH

BASTEI LÜBBE TASCHENBUCH
Band 16446

1. Auflage: August 2010

Vollständige Taschenbuchausgabe

Bastei Lübbe Taschenbuch in der Bastei Lübbe GmbH & Co. KG

Deutsche Erstausgabe

Titel der englischen Originalausgabe: »Love Potions«
Originalverlag: Poolbeg Press Ltd.
First published in English by Poolbeg Press Ltd.

Textredaktion: Kerstin Fuchs, Berlin
Titelillustration: HildenDesign unter Verwendung von Motiven von
© shutterstock/Mark Yuill; shutterstock/zema und iStockphoto/Yuri_Arcurs
Umschlaggestaltung: HildenDesign, München
Satz: hanseatenSatz-bremen, Bremen
Gesetzt aus der Stempel Garamond
Druck und Verarbeitung: GGP Media GmbH, Pößneck
Printed in Germany
ISBN 978-3-404-16446-2

Für meine Eltern, John und Claire

»Hol mir die Blum! Ich wies dir einst das Kraut;
Ihr Saft, geträufelt auf entschlafne Wimpern,
Macht Mann und Weib in jede Kreatur,
Die sie zunächst erblicken, toll vergafft.«

William Shakespeare: Ein Sommernachtstraum

1

Die Sache ist die: Ich fühle mich dabei unwohl. Hätte ich mir gleich denken können. Hätte ich mich bloß nicht von Caroline überreden lassen, ihr marineblaues Paul-Costelloe-Kostüm anzuziehen! Es ist mir zu groß, vor allem der Rock. Und trotz Carolines Beteuerungen (und der diskret angebrachten Sicherheitsnadeln) habe ich Angst, dass er mir plötzlich runterrutscht – in einem unpassenden Moment, zum Beispiel im Vorstellungsgespräch, gleich beim Reinkommen. Als Caroline mir gestern Abend ein Rundum-Styling verpasste, habe ich meine Bedenken geäußert. Aber sie wischte sie einfach mit der Begründung beiseite, das Kostüm wäre wie für mich gemacht. Wie für mich gemacht? Ja – wenn ich mindestens zehn Kilo mehr wiegen würde, ein paar Zentimeter kleiner wäre und völlig anders proportioniert. Wie für mich gemacht? Nein. Aber die traurige Wahrheit lautet, dass dieses Kostüm immer noch viel besser ist als alles, was meine eigene Garderobe hergibt.

Und weil es so viel besser ist, habe ich den ganzen Morgen Angst, dass ich Kaffee darauf kleckere oder versehentlich damit hängen bleibe und den Stoff kaputt reiße. Caroline hat mich mindestens ein Dutzend Mal darauf hingewiesen, wie teuer das Kostüm war, und dass ich mich durchaus privilegiert fühlen dürfte, weil sie es mir leiht. Angesichts der Aussicht, dass ich mich im Vorstellungsgespräch hoffnungslos blamieren werde, könnte ich gut und gerne auf die zusätzliche Sorge verzichten, dass an dieses mehrere hundert Euro teure Designerstück was drankommt.

Ein weiterer Grund für mein Unbehagen ist, dass ich mir in dem Kostüm fremd vorkomme. Dieses klassische Business-Outfit bin nicht ich, sondern ich bin in Carolines Rolle geschlüpft: die der zielstrebigen, selbstbewussten Karrierefrau, die mit Millionenetats jongliert und sich nebenbei die Lippen nachzieht.

Das mit den Lippen ist auch so eine Sache. Ich hätte mir von Caroline nie ihren knallroten Lippenstift aufschwatzen lassen dürfen! Ich komme mir damit richtig nuttig vor. Was nicht ganz der Look ist, den ich beabsichtige. Selbst jetzt noch, wenn es jeden Moment losgehen kann, habe ich das dringende Bedürfnis, auf die Toilette zu verschwinden und mir das knallige Rot von den Lippen zu wischen. Allein die Befürchtung, dass ich während meiner Abwesenheit aufgerufen werden könnte, hält mich auf meinem Stuhl.

Obwohl ich in Gedanken mit meinem Schlabberrock und meinem auffälligen Lippenstift beschäftigt bin, habe ich plötzlich das Gefühl, dass mich jemand beobachtet. Ich hebe den Kopf und fange den hochmütigen Blick einer hochmütig wirkenden jungen Frau Anfang zwanzig auf, die mir im Warteraum gegenübersitzt. Sie hat sich bisher große Mühe gegeben, mich hochmütig zu ignorieren. Als sich unsere Blicke kreuzen, wölbt sich eine ihrer dünn gezupften Augenbrauen nach oben, und sie sieht demonstrativ auf meinen linken Fuß. Ich folge ihrem Blick und schaue ebenfalls nach unten. Mein linker Fuß klopft ungeduldig auf den Boden, befeuert durch meine Nervosität.

»Das sind die Nerven«, erkläre ich mit entschuldigendem Lächeln und zwinge meinen wild gewordenen Fuß, stillzuhalten. Die junge Frau sieht mich mit ausdrucksloser Miene an, als würde ich chinesisch reden. Beinahe rechne ich mit der Frage »Was meinen Sie mit Nerven?«, gesprochen in einem starken Akzent (aus irgendeinem Grund). Ich bemühe mich, meinen Fuß unter Kontrolle zu halten, während sie mir gegenübersitzt und mich, ihre vermeintliche Konkurrentin, kühl taxiert und dabei einen völlig gefassten Eindruck macht. Als wäre es keine große Sache, in diesem sterilen Raum herumzusitzen und darauf zu warten, dass jemand den Kopf hereinsteckt und einen Namen aufruft! Der die Bewerberin, eine von uns Verdammten, dann durch den Flur führt zu dem Vorstellungsraum, wo wir von Kopf bis Fuß gemustert, beurteilt und aufgefordert werden, unser Leben auszubreiten oder zumindest die Version, die im Lebenslauf steht. Und um uns – beziehungsweise mich – dann anschließend höchstwahrscheinlich abzulehnen. Von wegen keine große Sache! Oh Gott! Hilfe!!! Mein Magen verkrampft sich. Ich glaube, ich muss mich übergeben. Ich überlege erneut, ob ich schnell zur Toilette flitzen soll. Aber wieder hält mich die Angst zurück, meinen Aufruf zu verpassen.

Miss Obercool beachtet mich nicht weiter, wie ein Gör, das ein fremdes Insekt zur Genüge studiert hat und wieder fallen lässt. Sie greift nach ihrer teuer aussehenden Ledertasche, öffnet sie und nimmt eine Mappe heraus, die wahrscheinlich ihre Bewerbungsunterlagen enthält. Dann macht sie es sich auf ihrem Stuhl bequem, klappt die Mappe auf und beginnt zu lesen. Vielleicht sollte ich mir an ihr ein Beispiel nehmen und meine eigenen Bewerbungsunterlagen noch mal durchsehen. Doch das würde auch nicht helfen, sondern mich nur noch nervöser machen: ein schlechtes Abschlusszeugnis, für das ich zudem deutlich länger gebraucht habe als die Regelstudienzeit, keinerlei relevante Berufserfahrung und, tja, die ganzen Lügen. War es richtig, auf Caroline zu hören? War es richtig, ihrem Rat zu folgen und zu verschweigen, dass ich mit meinem Bachelor of Science den Seiteneinstieg in die Modebranche gewählt habe, um es hochtrabend zu formulieren? Oder prosaischer: dass ich Verkäuferin in einer Boutique in der Innenstadt war? Wahrscheinlich würde ich dort heute noch arbeiten, hätte die Boutique nicht vor Monaten für immer dichtgemacht. Es kamen zu wenige Kunden, und wir konnten nicht mit der schickeren, bunteren, aggressiveren und vor allem günstigeren Konkurrenz in Dublin mithalten. Das habe ich in meiner Bewerbung alles weggelassen, auf Carolines Argument hin, dass die Wahrheit mir negativ ausgelegt werden könnte. Sie empfahl mir stattdessen, zu behaupten, ich wäre eine Zeit lang im Ausland herumgereist. So was hören die gerne, meinte sie. Es würde gut ankommen, wenn ich sage, dass ich meinen Horizont erweitern wollte. Und nun, nachdem er genügend erweitert war, sei ich bereit, sesshaft zu werden und das Unternehmen und die Gesellschaft im Allgemeinen tatkräftig zu unterstützen.

Nun öffnet sich langsam die Tür. Ich drehe den Kopf und halte gespannt den Atem an. Bin ich jetzt dran? Nein, denn herein huscht ein schüchtern wirkender Strich in der Landschaft, die Augen fest auf den Boden geheftet. Sein nagelneuer Anzug, aber vor allem seine Nervosität lassen vermuten, dass er aus demselben Grund hier ist wie ich. Aber wie kann das sein? Er sieht aus wie fünfzehn – allerhöchstens. Sein Blick flackert durch den Raum, ohne mich und Miss Obercool richtig wahrzunehmen. Er wählt einen Platz, wobei er zu mir genauso viel Abstand einhält wie zu Miss Obercool. Wir wirken wie drei Magnete, die sich gegenseitig abstoßen. Scheinbar eine Ewigkeit sitzt er dann mit hängendem Kopf da und wagt es nicht, aufzusehen, bis er schließlich doch den Mut fasst und nervös den Blick hebt, der sich mit meinem trifft. Ich schenke ihm ein Lächeln in der Hoffnung, ihm damit Mut zu machen, aber stattdessen muss ich ihn wohl mit einer Wolfsgrimasse erschreckt haben, weil meine eigene Nervosität meine Gesichtsmuskulatur lähmt. Prompt lässt er die losen Papiere – seine Bewerbungsunterlagen? – fallen, die er in den Händen hält, und sie verteilen sich auf dem Boden.

Wir springen beide sofort von unseren Stühlen auf und bücken uns nach den Blättern.

»Miss Rosie Kiely?«, sagt plötzlich eine Stimme hinter mir.

In meiner unvorteilhaften Position auf allen vieren drehe ich den Kopf nach hinten und sehe eine junge Frau, die mit freundlichem, aufgeschlossenem Gesicht zu mir herabblickt.

»Ja, das bin ich.«

»Würden Sie bitte mit mir kommen, Miss Kiely?« Sie winkt auffordernd mit ihrem hübsch manikürten Finger, der mir jedoch wie die knochige Hand des Sensenmannes vorkommt.

Ich krabble aus der Hocke hoch. Mein Stündlein hat geschlagen.

In der Renaissance wurde eine Tinktur aus Tollkirsche und Fingerhut schlafenden Männern auf die Augen gerieben, um sie einer Frau hörig zu machen.
Da beide Pflanzen giftig sind, frage ich mich, wie viele arme Männer wohl leiden mussten, bevor das Prinzip zwischen Ursache und Wirkung erkannt wurde.

2

Da sitzen sie. Fünf Leute, in einer Reihe, vor ihnen ein langer Tisch, hinter ihnen ein großes Panoramafenster, das auf einen hässlichen kleinen Parkplatz zeigt, der von einer zwei Meter hohen, nackten Betonmauer begrenzt wird. Warum, frage ich mich, hat der Architekt dieses modernen Gebäudes ausgerechnet hier ein so großes Fenster geplant, wo doch der Ausblick so trostlos ist? Aber ich bin nicht hier, um Kritik an dem Architekten zu üben. Nein, ich bin hier, um diese fünf Fremden von mir zu überzeugen. Das muss ich mir vor Augen halten. Ich muss sie von Anfang an beeindrucken. Oder, wie Caroline mir mehrfach eingebläut hat, ich muss sie mit meinem Auftritt geradezu blenden.

»Guten Tag«, sagt der Mann in der Mitte und sieht mich mit seinen dunklen Augen unter unglaublich buschigen Brauen an, die mich an Ako Pads erinnern und zu dem stahlgrauen Mopp auf seinem Kopf und dem roten Gesicht passen. Gedrungen ist wohl die treffendste Bezeichnung für seine Statur. Sein gedrungener Körper steckt in einem braunen Anzug, der ruhig ein, zwei Nummern größer sein könnte. Vor allem das Jackett, das spannt über seinem Bauch. Warum knöpft er es nicht auf? Das muss doch höllisch unbequem sein. Das cremefarbene Hemd, das er darunter trägt, scheint auch zu eng zu sein, und über dem Kragen wölben sich rötliche Speckfalten. Vielleicht lebt er ja alleine und hat niemanden, der ihn modisch berät. Der Arme.

»Sie sind Rosie Kiely?«, fragt er mich.

Ich nicke und sage: »Ja. Hi.«

Oh je! Das war viel zu salopp – Caroline wäre sicher nicht mit mir zufrieden. Der eventuell alleinstehende Mann mit den buschigen Augenbrauen und dem zu engen Anzug ist es offenbar auch nicht. Kein guter Start. Laut Caroline haben Studien ergeben, dass in Vorstellungsgesprächen die ersten fünf Sekunden ausschlaggebend sind, um ein Urteil über den Bewerber zu fällen.

»Bitte, setzen Sie sich«, fordert der Mann mich auf. Ich nehme an, auch wenn er bereits sein Urteil über mich getroffen hat, muss er sich trotzdem an das Prozedere halten. »Vielen Dank, dass Sie gekommen sind«, fügt er hinzu.

Danke für die Einladung, hätte ich fast erwidert, aber das erscheint mir unpassend. Stattdessen halte ich den Mund und lächle, während ich seiner Aufforderung folge und Platz nehme. Als ich sitze, wird mir bewusst, dass ich von allen fünf Personen neugierig gemustert werde. Ich unterdrücke meine Nervosität und schenke jedem dieser Gesichter, die mich so unverblümt anstarren, ein Lächeln. Links von Mr. Ako Pads sitzt ein jüngerer Mann mit glatt rasiertem Gesicht und einer randlosen Brille, hinter der seine Augen riesig wirken; vielleicht sind sie aber auch so groß. Ich würde es gerne herausfinden, aber er soll nicht den Eindruck bekommen, dass ich ihn anstarre. Neben ihm sitzt eine Asiatin mit ernstem Gesicht, das makellos wäre, würde sie nicht mit dem linken Auge leicht schielen. Rechts von Mr. Ako Pads sitzt eine zweite Frau, die die ältere Schwester von Miss Obercool im Warteraum sein könnte (derselbe hochnäsige Blick, dieselbe Arroganz). Bleibt noch einer übrig, ein Greis, so verhutzelt, dass er aussieht wie Methusalem persönlich. Er trägt einen klassischen, gut geschnittenen Anzug, dem Anlass entsprechend, allerdings überraschenderweise in Kombination mit einem leuchtend pinkfarbenen Hemd und einer bunt gemusterten Krawatte, was ihn mir sofort sympathisch macht. Das poppige Hemd und die fröhliche Krawatte signalisieren mir, dass er eine schillernde Vergangenheit hat. Lässt man das Alter beiseite, sieht dieser Greis tatsächlich aus wie jemand, der viel erlebt hat, der in jungen Jahren vielleicht ein Frauenheld war. Vielleicht ist er das ja immer noch. Aber dann wäre er ein alter Lustmolch, oder? Nicht, wenn er sich an seine Altersklasse hält. Ein alter Lustmolch wird nur als solcher bezeichnet, wenn es ihn nach jungen Frauen gelüstet. Glaube ich jedenfalls. Aber warum denke ich überhaupt darüber nach? Ich muss mich doch auf das Gespräch konzentrieren! Und ich darf nicht vergessen, dass diese fünf Menschen in der nächsten halben Stunde oder so über mein Schicksal entscheiden werden, darüber, ob sie mich ins Team holen – oder nicht. Will ich das überhaupt? Aber jetzt ist der falsche Zeitpunkt für Bedenken. Caroline behauptet, dass Personalmanager jede Unsicherheit sofort wittern, so wie Hunde Angst wittern.

Mr. Ako Pads sagt was zu mir. Ich richte meine Aufmerksamkeit auf ihn. Er stellt sich vor und erklärt mir kurz, welche Funktion er in der Firma hat. Danach stellt er die anderen vier vor. Währenddessen nicke ich, als würde ich alles zur Kenntnis nehmen, aber ich höre kaum hin, geschweige denn, dass ich mir ein Wort davon merke. Ich bin total nervös. Ich merke, dass ich wieder mit dem linken Fuß klopfe, und halte ihn still.

»Gut, Miss Kiely, Sie interessieren sich also dafür, bei SciEire mitzuwirken«, sagt Mr. Ako Pads.

»Ja, sehr sogar.« Ich überlege, ob ich noch etwas hinzufügen soll, um überzeugender zu wirken. (»Rosie, du musst dich gut verkaufen! Du musst an dich selbst glauben! Betrachte dich als Gewinnerin, nicht als Verliererin!« Natürlich stammen diese Worte von Caroline, die meiner Meinung nach zu viele Motivationsratgeber gelesen hat.) Vielleicht sollte ich denen sagen, dass es schon immer mein Lebenstraum war, für SciEire zu arbeiten? Dass dies auch der Grund war, weshalb ich Naturwissenschaften studiert habe (auch wenn ich zuvor noch nie von der Firma gehört habe, bis meine Mutter mir von der Stellenanzeige in der Zeitung erzählte)? Aber es würde nicht überzeugend klingen, das weiß ich. Stattdessen sage ich wieder »Ja, sehr«, und da mir nichts Besseres einfällt, um meine Begeisterung auszudrücken, füge ich noch ein »Ja« hinzu. Und dann setze ich ein Lächeln auf, von dem ich hoffe, dass es hoch motiviert wirkt. »Ich bin wirklich sehr daran interessiert, für SciEire zu arbeiten.« Ich setze wieder ein Lächeln auf – zur Sicherheit.

Es entsteht ein erwartungsvolles Schweigen, aber ich habe nichts hinzuzufügen. Stattdessen lächle ich einfach darüber hinweg.

»Wie ich sehe, haben Sie letztes Jahr Ihren Bachelor gemacht?«, fragt Mr. Ako Pads weiter.

»Das ist richtig.«

Ich bemerke die schwarzen Haarbüschel, die aus seiner Nase wachsen. Ein ziemlich abstoßender Anblick, aber gleichzeitig auch faszinierend, weil sie so lang und dicht hervorquellen. Ein weiterer Beweis, dass er alleine lebt, denke ich. Hätte er eine Frau oder Freundin, würde diese sicher darauf bestehen, dass er sich die Nasenhaare rasiert oder auszupft oder was immer man für eine Methode anwendet, um langen

Nasenhaaren zu Leibe zu rücken. Was ist eigentlich die beste Methode, um Nasenhaare loszuwerden?

»Am UCD?«, fragt er weiter.

»Wie bitte?« Ich glaube, so lange Nasenhaare habe ich noch nie gesehen.

»Sie haben Ihren Abschluss am University College Dublin gemacht?«

»Ja«, antworte ich. Nicht dass mich die Nasenhaare anderer Leute kümmern würden, aber die hier sind nicht zu übersehen. Gibt es spezielle Enthaarungscremes für so eine empfindliche Stelle? Keine Ahnung.

»Sie haben den Bachelor of Science?«, fragt er weiter.

»Ja«, antworte ich wieder. Ja, ja, ja, das steht doch alles in meinem Lebenslauf. Was soll ich denn noch sagen?

»Und danach waren Sie im Ausland?«

»Ja.« Oh, warum muss er sich ausgerechnet das rauspicken – und so früh schon! Und wie kann ich zu einem weniger heiklen Thema wechseln, eines, über das ich lieber spreche als über einen frei erfundenen Auslandsaufenthalt? Aber in meinem Lebenslauf ist sonst nichts, womit ich Eindruck schinden kann. »Das ist richtig«, sage ich. Bitte, anderes Thema, flehe ich stumm.

»Sie waren in Indien?«, meldet die Asiatin sich plötzlich zu Wort, das rechte Auge auf mich geheftet, während das linke anderweitig beschäftigt ist.

»Wie bitte?« Ich spiele auf Zeit. Ich versuche mir die Länder ins Gedächtnis zu rufen, die Caroline sich ausgedacht hat. Statt einfach meinen Lebenslauf auszudrucken, wie ich sie gebeten hatte, musste sie sich ja in kreativem Schreiben üben! Ich hätte ein Machtwort sprechen sollen, als ich ihre »Verbesserungen« gesehen habe, hätte sie zwingen sollen, alles wieder rückgängig zu machen. Stattdessen habe ich mich von ihr belabern lassen, ihre fantastischen Lügen zu übernehmen, um meinen Marktwert zu steigern, wie Caroline es ausdrückte.

»Sie waren in Indien?«, wiederholt die Frau. Sie deutet mit dem Kopf auf meinen Lebenslauf, den sie in der Hand hält. »Hier steht, Sie waren in Indien, Bangladesch und Pakistan.«

»Äh, ja, das ist richtig.«

»Meine Familie stammt aus Indien. Mich interessieren Ihre Eindrücke. Wie lange waren Sie dort?«

Na, super! Wie unwahrscheinlich ist das denn? Von allen Personalmanagern auf der Welt …

»Nur ein paar Monate«, murmele ich. Monate! Monate! Warum habe ich Monate gesagt und nicht Wochen, oder besser noch Tage?

»Und welchen Teil des Landes haben Sie bereist?«

»Äh – ich war überall.«

»Und, hat es Ihnen in Indien gefallen?«

»Oh ja.« Wieder entsteht eine Pause, während alle dasitzen und darauf warten, dass ich ausführlicher werde. Ich starre hilflos zurück, während ich fieberhaft mein Gedächtnis durchforste nach allem, was ich über Indien weiß. Es stellt sich heraus, dass das nicht viel ist. Es stellt sich weiterhin heraus, dass ich mein Wissen in einem einzigen, längeren Satz formulieren kann, der jetzt nervös aus mir heraussprudelt. »Ja, Indien ist wirklich ein sehr interessantes Land, ganz anders als andere Länder, und dann die vielen Kühe, und natürlich das leckere Essen, wissen Sie, vor allem das Naan-Brot und die Curry-Gerichte und so, und es war schön bunt, wirklich schön bunt, vor allem die Frauen in ihren Saris, die wie gesagt schön bunt waren, und dann war da natürlich noch der Ganges …« Ich deute mit beiden Händen eine Wellenbewegung an, falls irgendeiner am Tisch nicht weiß, was der Ganges ist. »Und der Taj Mahal, der wirklich sehr beeindruckend ist, so prunkvoll und riesengroß ...« Erneut verdeutliche ich mit einer Geste, was ich unter riesengroß verstehe. »Und die vielen duftenden Gewürze und die herrliche Landschaft und ... und ... äh ...« Mir fällt nichts mehr ein. »Ich fand es dort super.«

Angesichts des Umstands, dass ich nie einen Fuß in dieses Land gesetzt habe, habe ich mich ganz gut aus der Affäre gezogen, finde ich. Aber das rechte Auge der Frau ruht auf mir, als erwarte sie mehr. Aber was? Das war's. Ich bin fertig. Mir fällt beim besten Willen nicht mehr zum Thema Indien ein, selbst dann nicht, wenn es sich bei den fünf um ein Exekutionskommando handeln würde. Was hat Caroline sich bloß dabei gedacht? Indien! Bangladesch! Pakistan!

Aber die Asiatin ist noch nicht zufrieden.

»Welche Städte haben Sie in Indien besichtigt?«, fragt sie.

Ach, du Schreck!

»Äh, Bombay«, antworte ich, »und äh ...«

»Sie meinen Mumbai«, unterbricht sie mich.

»Nein, Bombay.«

»Mumbai«, wiederholt sie.

Was hat sie bloß? Warum legt sie so viel Wert darauf, dass ich Mumbai besichtigt habe? Vielleicht stammt ihre Familie aus Mumbai. Vielleicht möchte sie gerne Neuigkeiten aus der Heimat erfahren. Warum nicht? Tu ich ihr eben den Gefallen.

»Ich glaube, ich bin nur kurz durch Mumbai durchgekommen, auf dem Weg nach Bombay.«

Sie starrt mich jetzt an mit einem Gesichtsausdruck, der die Bezeichnung »misstrauisch« verdient. Aber was habe ich denn gesagt? Sie kann unmöglich wissen, dass ich keine der beiden Städte jemals zu Gesicht bekommen habe.

»Bombay heißt mittlerweile Mumbai«, klärt sie mich schließlich auf. »Und das schon seit über zehn Jahren.«

Ach ja? Aber ich habe noch nie von Mumbai gehört. Ich überlege kurz, ob das eine Falle ist, aber ich kann sie das ja schlecht fragen. Also bringe ich mit einem verlegenen Lachen zum Ausdruck, dass ich einen dummen Fehler gemacht habe und mir das nur versehentlich rausgerutscht ist, weil ich natürlich weiß, dass Bombay jetzt Mumbai heißt. Schließlich weiß das doch jeder, oder?

»Äh, ja, natürlich«, sage ich.

»Und welche Stadt haben Sie noch gesehen?«

»Äh – Delhi.« Ich halte für eine Sekunde die Luft an und warte, ob sie mich wieder korrigiert. Hat Delhi auch den Namen geändert, ohne dass ich es mitbekommen habe?

Scheinbar nicht, denn die Asiatin fährt fort: »Von Mumbai nach Delhi? Das ist eine weite Strecke. Wie lange haben Sie gebraucht für den Weg?«

»Äh – einen Tag«, platze ich nervös heraus.

»Einen Tag.« Sie zieht fragend eine Braue hoch. »Mit dem Zug?«

»Ja«, sage ich, obwohl ich genau weiß, woher auch immer, dass die Antwort falsch ist. Wäre mehr als ein Tag besser gewesen? Oder weniger? Wie weit liegen diese beiden Städte auseinander? Ich habe nicht den leisesten Schimmer.

Sie sieht mich zweifelnd an, lässt ihren Verdacht jedoch unausgesprochen. »Und was hatten Sie für einen Eindruck von Delhi?«

Alle fünf sehen mich erwartungsvoll an. Ich meine, was soll das? Bewerbe ich mich hier etwa als Reiseführerin?

»Es war, äh, sehr bunt.«

»Sie meinen, wegen all der Frauen in ihren Saris?«

Schwingt da etwa eine Spur Sarkasmus in ihrer Stimme mit?

»Ja. Und es war dort ziemlich hektisch. Aber mir hat die Stadt trotzdem gut gefallen.«

»Und das Naan-Brot und die Curry-Gerichte haben Ihnen dort auch geschmeckt?«

»Äh, ja«, murmele ich.

Die Frau sieht mich scharf an. Ich versuche, ihren Blick zu meiden. Sie weiß, dass ich ihr was vormache, aber dennoch hoffe ich, dass sie genügend Anstand besitzt und mich nicht gleich der Lüge bezichtigt. Die anderen starren mich ebenfalls an und warten darauf, dass ich weiterrede. Das Schweigen zieht sich in die Länge, bis schließlich der junge Mann mit der randlosen Brille und den womöglich riesigen Augen das Wort ergreift.

»Okay, Rosie, verraten Sie uns, warum Sie sich für diese Stelle interessieren?«

Weil ich das Geld brauche, weil ich für andere Berufe nicht qualifiziert bin, weil meine Mutter meint, ich soll mich im Labor bewerben, schließlich habe ich jahrelang dafür studiert. Aber das kann ich natürlich nicht sagen.

»Nun«, beginne ich. In diesem Moment kommt die Sonne heraus und scheint mir durch das Panoramafenster direkt in die Augen, sodass ich die Gesichter nicht mehr erkennen kann, als ich antworte. »Ich bin hinlänglich qualifiziert, um als Chemielaborantin in Ihrem Unternehmen zu arbeiten. Ich kenne mich sehr gut mit den Abläufen und Verfahrenstechniken im Labor aus, speziell in der Analytik. Außerdem bin ich vertraut mit der schriftlichen Dokumentation und kann sehr gut eigenständig arbeiten.«

»Ach, wirklich«, lautet die Reaktion – wahrscheinlich von dem Mann mit der randlosen Brille. Genau kann ich das nicht sagen, weil die Sonne mich blendet.

Genauso wenig kann ich sagen, ob meine Antwort auf Wohlwollen trifft, da das »Ach, wirklich« ohne große Betonung gesagt wurde und ich noch immer keine Gesichter erkennen kann. Ich hoffe, es klang nicht wie auswendig gelernt, denn das war es. Ich habe lediglich das wiedergegeben, was in der Anzeige stand.

»Wie Sie vielleicht wissen, arbeiten wir hier im Schichtbetrieb«, erklärt einer der männlichen Anwesenden, aber ich weiß nicht welcher, weil ich so gut wie blind bin. »Können Sie sich vorstellen, abends zu arbeiten?«, fragt wer auch immer weiter.

»Ja, absolut«, lüge ich, um einen Pluspunkt zu schinden. »Das verträgt sich gut mit meinem Lebensstil«, füge ich hinzu, unerklärlicherweise. Ich meine – was für einen Lebensstil muss man sich da vorstellen? Einen leicht anrüchigen?

Die Sonne verschwindet jetzt hinter einer Wolke. Mr. Ako Pads hüstelt kurz, bevor er wieder das Wort ergreift, und ich wende mich ihm zu. Er beginnt, meine Hobbys vorzulesen, die Caroline zusammengestellt hat, nachdem sie mit der ursprünglichen Version nicht zufrieden war. Sie fand, dass meine Aufzählung – lesen, Kino, joggen – nicht aussagekräftig genug war, um meine Persönlichkeit zu unterstreichen, weshalb sie alles löschte und sich etwas Neues ausdachte. Sie wollte, wie sie sagte, den Eindruck vermitteln, dass ich gesellig, aktiv und gebildet bin und Führungsqualitäten besitze. Wahrscheinlich dachte sie, ich bewerbe mich als Staatspräsidentin, und nicht als Chemielaborantin.

Mr. Ako Pads zitiert:

»Film – Gründungsmitglied des First Tuesday Filmclubs, der aus zehn befreundeten Cineasten besteht, die sich regelmäßig gemeinsam Filmklassiker anschauen und im Anschluss darüber diskutieren (um meine Führungsqualitäten und mein Interesse für Kunst zu veranschaulichen), *Sachliteratur – insbesondere historische Biografien* (um eine gebildete und anspruchsvolle Leserin zu beschreiben), *Basketball* (teamfähig) und *Kochen* (kreativ).« Er lässt meinen Lebenslauf sinken. »Verraten Sie uns, Miss Kiely, was Sie zurzeit lesen?«

Was lese ich denn zurzeit? Nichts. Aber das kann ich nicht sagen, nicht nachdem ich in meinem Lebenslauf so dick aufgetragen habe. Er blickt mich so erwartungsvoll an, dass ich ihn nicht enttäuschen möchte. Von den fünf am Tisch ist er der Sympathischste. Plötzlich, aus heiterem Himmel, fällt mir ein Buchtitel ein.

»Das *Tagebuch* von Samuel Pepys«, antworte ich.

Carolines Freund Mick hat das Buch neulich am Wochenende bei uns vergessen, und seitdem liegt es auf dem Couchtisch im Wohnzimmer. Ich habe schon mit dem Gedanken gespielt, es zu lesen. Das habe ich fest vor. Ich bin nur noch nicht dazu gekommen.

»Wirklich?« Methusalem macht plötzlich einen unwillkommen interessierten Eindruck.

»Äh – ja.«

»Meine Frau«, sagt Methusalem, »druckst an etwas herum.«

»Wie bitte?« Seine Frau? Wovon redet er? Dann dämmert mir, dass er aus Pepys' *Tagebuch* zitiert. Trotzdem habe ich keinen blassen Schimmer, was er damit meint.

»Meine Frau«, wiederholt er, »druckst an etwas herum, sie wartet nur auf eine Gelegenheit.«

Hätte ich das *Tagebuch* tatsächlich gelesen, könnte ich vielleicht mit einem anderen Zitat kontern. Hätte ich mir das Buch tatsächlich vorgenommen, statt es immer wieder hinauszuschieben, dann würde ich vielleicht den Zusammenhang verstehen. Alles, was ich über Samuel Pepys weiß, ist, dass er ein Tagebuch geführt hat, das seit Kurzem in gebundener Ausgabe auf unserem Couchtisch liegt. Ich weiß nichts über seine Frau und das, woran sie herumdruckst. Nicht in meinen wildesten Träumen hätte ich mir ausgemalt, dass das Vorstellungsgespräch so verlaufen würde! Eigentlich suchen die doch jemanden, der bis spätnachts im Labor schuftet – und nicht jemanden für eine Late-Night-Show über Kunst und Literatur.

»Sehr gut«, bringe ich stattdessen lahm hervor.

Methusalem sieht mich nun ebenfalls misstrauisch an, genau wie die Inderin (sie hat mich definitiv durchschaut). Ich überlege, ob ich vielleicht gestehen und mich seiner Gnade unterwerfen soll – der Gnade aller. Soll ich beichten, dass mich nach sechs gescheiterten Bewerbungsgesprächen eine fehlgeleitete Caroline unter ihre Fittiche nahm? Sie meinte es gut. Sie putzte mich wie ein Zirkuspferd heraus und beschönigte (beziehungsweise fälschte) meinen Lebenslauf. Wenn sie mir den Job geben, würde ich hart arbeiten, immer pünktlich sein, mich gründlich mit der Materie vertraut machen und mich nahtlos im Team einfügen, ganz bestimmt. Und ich werde nie wieder lügen.

Aber das sage ich nicht. Stattdessen bleibe ich stumm. Ich will nur noch, dass das hier endlich vorbei ist.

Mr. Ako Pads legt meinen Lebenslauf auf den Tisch. Er sieht auf seine Armbanduhr, dann, auf eine desinteressierte Art, als wollte er die Zeit umkriegen, informiert er mich genauer über das Unternehmen und die Stelle.

»Internationale Geschäftsbeziehungen ... Jahresbudget für Forschung und Entwicklung in Höhe von fünfzehn Millionen ... Gewinn soll in den nächsten zehn Jahren verdoppelt werden ...«

Bekümmert, weil ich wohl schon wieder ein Vorstellungsgespräch vermasselt habe, sitze ich da und tue so, als würde ich zuhören.

»Gut«, sagt er zum Schluss, »haben Sie noch irgendwelche Fragen?«

Ich weiß, ich sollte welche haben. Von guten Bewerbungskandidaten wird erwartet, am Ende des Gesprächs mindestens ein oder zwei Fragen zu stellen, aber ich bin keine gute Kandidatin. Ich denke, das weiß mittlerweile jeder hier im Raum. Wozu denen weiter was vorspielen, wenn es ohnehin schon gelaufen ist? Ich schüttle den Kopf.

»Gut, Miss Kiely, ich denke, das war's dann fürs Erste.«

Mr. Ako Pads steht auf. Gespräch beendet, endlich. Ich rechne halb damit, dass er sagt: »Rufen Sie nicht an, wir melden uns bei Ihnen«, aber er ist höflich. Er gibt mir die Hand, und ich ergreife sie und schüttle sie, wobei ich feststelle, dass sein Händedruck warm und feucht ist, und schlaff – ohne Schmackes. Das ist definitiv kein Handschlag, um einen Deal zu besiegeln.

»Auf Wiedersehen«, sage ich und schleiche aus dem Raum. Hätte ich einen Schwanz, würde er zwischen meinen Beinen klemmen.

Der Aztekenkönig Montezuma schwor auf Kakaobohnen.
Offenbar stärkte er seine Potenz, indem er große
Mengen davon trank, fünfzig Becher am Tag
plus einen als Glücksbringer.
Wie lange es wohl gedauert hat, bis sich das an
seinem Bauchumfang bemerkbar machte? Und
führt Übergewicht nicht genau zum gegenteiligen
Effekt, weil es die Potenz schwächt?
Ein Teufelskreis …

3

Ich eile durch den Flur, um möglichst schnell Abstand zu gewinnen zu dem Ort meiner Schmach. Ich weiß nicht, auf wen ich einen größeren Hals haben soll – auf Caroline oder auf mich selbst. Wahrscheinlich auf mich selbst. Schließlich wollte Caroline mir nur helfen, auf ihre Art. Sie hat sich nur eingemischt, weil sie wusste, wie sehr mich die ganzen Absagen deprimiert haben. Ich war so dämlich und habe mich darauf eingelassen. Am liebsten würde ich im Boden versinken vor Scham bei der bloßen Vorstellung, dass die fünf jetzt über mich reden und mich als völlig ungeeignet abstempeln, nicht etwa wegen meiner schlechten Zeugnisse oder meiner mangelnden Berufserfahrung, sondern weil ich eine Lügnerin bin. Mag ja sein, dass es fünf Fremde sind, denen ich wahrscheinlich nie wieder begegnen werde. Aber trotzdem wurmt es mich, dass sie mich durchschaut haben. Ich stelle mir vor, wie alle fünf irgendwann in der Zukunft, in ein paar Jahren, in der Cafeteria sitzen, zusammen mit der damals erfolgreichen Bewerberin (natürlich Miss Obercool aus dem Warteraum), die mittlerweile im Kollegenkreis sehr beliebt ist. Wie sie sich an die Zeit erinnern, als sie damals angefangen hat, was sie auf die Vorstellungsrunde bringt, an der ein paar wirklich schreckliche Kandidaten teilgenommen haben – zum Beispiel diese seltsame junge Frau, die unerklärlicherweise behauptete, in Indien gewesen zu sein und das *Tagebuch* von Samuel Pepys gelesen zu haben.

Mit gesenktem Kopf stoße ich die Tür nach draußen auf und stapfe blindlings die Eingangstreppe hinunter, wo ich fast mit jemandem zusammenstoße.

»'tschuldigung«, murmele ich und mache einen Schritt zur Seite, zu geknickt, um überhaupt den Kopf zu heben.

Aber dann spüre ich eine Hand auf meinem Arm und höre eine vertraute Stimme fragen: »Wohin des Wegs, Fremde?«

Ich hebe den Kopf und sehe Finn. Mein Freund lächelt mich mit seinem leicht schiefen, aber total süßen Grinsen an.

»Finn! Was um alles in der Welt machst du denn hier?«

»Ich dachte, ich schau mal, wie du dich geschlagen hast, und lade dich zum Essen ein, um mit dir zu feiern.« Er mustert mein Gesicht. »Oder um dich zu trösten.«

»Es gibt nichts zu feiern«, sage ich, aber ich bin dennoch froh, dass er gekommen ist.

Nach meiner bisherigen Serie von katastrophalen Exfreunden ist es für mich immer noch ungewohnt, eine normale, nette Beziehung zu haben mit einem normalen, netten Mann wie Finn. Ich kann es immer noch nicht glauben, dass ein Mann so nett und aufmerksam und liebevoll sein kann wie Finn, dass er sogar, sagen wir, extra herkommt wie heute, um mich zu überraschen. Es fällt mir immer noch schwer, zu begreifen, dass alles so … na ja … richtig nett sein kann. Ich weiß, ich gebrauche häufig das Wort nett, aber der Begriff ist unterbewertet. Nett ist, tja, nun: definitiv eine nette Sache. Ich muss es wissen – ich habe oft genug weniger Nettes mit Finns armseligen Vorgängern erlebt.

»Rosie?«

»Entschuldige! Was hast du gesagt?«

»Möchtest du was essen?«

»Ich weiß nicht.« Ich zucke mit den Achseln. »Am liebsten würde ich mich zu Hause unter der Decke verkriechen.«

»Komm schon. So schlimm kann es nicht gewesen sein.«

»Meinst du?« Ich schüttle den Kopf. »Doch. Ich kriege den Job nicht.«

»Hat man dir direkt abgesagt?«

»Nein, jedenfalls nicht in Worten, aber das war auch gar nicht nötig. Es war die reinste Katastrophe!«

Finn betrachtet mich kurz. »Gleich hier um die Ecke ist ein Italiener. Komm, du kannst jetzt etwas zu essen vertragen. Und dann erzählst du mir alles in Ruhe.«

»Ich weiß nicht, ob ich das kann.«

»War es denn wirklich so schlimm?«

»Ja! Aber trotzdem habe ich Hunger. Ich habe den ganzen Tag noch nichts gegessen. Hab nichts runterbekommen.«

Während wir die Straße entlanggehen, nimmt Finn meine Hand, und ich sehe ihn an, und ich schwöre, mein Herz macht einen kleinen Sprung vor Freude. Gott, wie ich diesen Mann liebe, einfach alles an ihm! Sein sanftmütiges Gesicht. Die Wölbung seiner Wangenknochen. Seine schwarze Lockenmähne. Seine wunderschönen tiefblauen Augen. Egal, was Caroline sagt (»Mensch, Rosie! Jetzt ist mal gut damit. Sie sind blau, einfach nur blau.«), Finns Augen haben eine außergewöhnliche Farbe. Wenn Unmögliches möglich gemacht und dieses Wunder der Natur von den Farbenherstellern kopiert werden könnte, wären die Dosen und Tuben in den Läden sofort vergriffen.

Es ist so, dass ich mir nicht vorstellen kann, jemals wieder ohne Finn zu sein. Ich kann mir nicht vorstellen, dass es jemals aus ist zwischen uns. Und ich kann mir beim besten Willen nicht vorstellen, dass irgendwann der Tag kommt, an dem wir uns trennen, weil das der normale Verlauf einer Beziehung ist. Ich sage ja nicht, dass wir bis in alle Ewigkeit zusammenbleiben werden – bis jetzt sind es erst ein paar Monate. Aber mir gefällt die Vorstellung, dass es möglich wäre und wir vielleicht ... wer weiß ... womöglich ... eventuell ... unter Umständen ... so Gott will ... für immer ein Paar sein werden. Ich lächle in mich hinein, als Finn mich zufällig anblickt und spontan meine Hand ergreift, an seine Lippen führt und küsst. Ich schwöre, am liebsten würde ich lauthals lossingen! Das katastrophale Vorstellungsgespräch ist komplett vergessen! Verdrängt von dem Bedürfnis, Hand in Hand mit Finn die Straße entlangzuhüpfen und lauthals *We Got a Groovy Kind of Love* zu singen und uns verliebte Blicke zu- und die Beine hochzuwerfen, bevor die nächste rote Fußgängerampel uns stoppt. Aber wir sind hier im Zentrum von Dublin. Und es ist Mittag. Wir wollen ja nicht von den Männern in den weißen Kitteln abgeholt werden. Außerdem glaube ich, Finn würde sowieso nicht mitmachen.

Wir erreichen das Lokal und stellen fest, dass es gerammelt voll ist. Der Kellner lässt uns wissen, dass er uns noch dazwischenquetschen kann, an einen kleinen Tisch für zwei, und winkt uns, ihm zu folgen. Im Grunde hat er nicht gelogen: Es gibt tatsächlich noch einen freien Tisch für zwei. Aber die Nachbartische stehen so dicht, dass das Wort *dazwischenquetschen* eine sehr wörtliche Bedeutung bekommt. Links davon sitzt ein Paar, das – abgesehen von ein paar genervten Blicken, als wir uns vorbeizwängen – seine Unterhaltung fortsetzt und die Höflichkeit wahrt, indem es so tut, als wären wir Luft. Rechts von unserem Tisch sitzt ein einzelner Gast. Er starrt uns an, während wir Platz nehmen. Es kommt ihm nicht in den Sinn, sich abzuwenden, als er damit auffällt. Sollte er später irgendwann mal von der Polizei oder wem auch immer befragt werden, aus welchen Gründen auch immer (ich meine rein hypothetisch, so genau habe ich mir das Szenario noch nicht ausgemalt), kann er wahrscheinlich eine lückenlose Personenbeschreibung von uns geben. Was für ein unverfrorenes Verhalten!

»Okay, erzähl mir von dem Vorstellungsgespräch«, sagt Finn, nachdem wir bestellt haben.

»Oh, Finn, es war grauenhaft! Viel schlimmer als die anderen! Ich habe mich nicht nur als komplette Vollidiotin geoutet, sondern auch als eine schlechte Lügnerin. Ich schwöre dir, ich werde nie wieder auf Caroline hören, solange ich lebe!«

Finn grinst mich ungläubig an. »Doch, das wirst du.«

»Nein! Diesmal ist sie zu weit gegangen. Es wäre besser gewesen, sie hätte sich nicht eingemischt. Ich weiß, sie wollte mir nur helfen, aber sie hat alles nur noch viel schlimmer gemacht. Habe ich dir erzählt, dass sie in meinen Lebenslauf geschrieben hat, dass ich im Ausland war, unter anderem in Indien?«

Finn schaut verwundert. »Aber warum?«

Ich zucke mit den Schultern. »Sie hat es gut gemeint. Dummerweise saß in der Vorstellungsrunde eine Inderin. Ist das zu fassen?«

Ich sehe, dass Finn wieder zu grinsen beginnt.

»Das ist *nicht* lustig! Was soll man denn antworten, wenn man nach seinen persönlichen Eindrücken gefragt wird von einem Land, in das man nie einen Fuß gesetzt hat?«

»Und, was hast du geantwortet?«

»Was hätte ich denn sagen sollen?«

»Aber was hast du gesagt?«

»Ich weiß es nicht mehr«, murmele ich ausweichend. »Ich glaube, irgendwas mit farbenfroh. Und, äh, ich habe die indische Küche gelobt.«

»Die indische Küche?« Finn zieht fragend eine Braue hoch.

»Ich glaube, ich habe gesagt, dass ich das Naan-Brot und die Curry-Gerichte ganz lecker fand.«

Finn bricht in Lachen aus. »Ich nehme an, die Frau war beeindruckt von deinem fundierten Wissen über die politischen, gesellschaftlichen und wirtschaftlichen Entwicklungen in Indien.«

»Hör auf! Das ist nicht komisch!« Plötzlich fällt mir etwas ein. »Sag mal, hast du jemals von einer Stadt namens Mumbai gehört?«

Er überlegt kurz. »Ist das nicht der neue Name für Bombay?«

Ich verdrehe die Augen. »Woher weißt du das? Ich dachte, das sind zwei verschiedene Städte. Ich habe der Inderin gesagt, ich hätte beide besichtigt.«

»Oh nein, Rosie, das hast du nicht getan!«

»Es kommt noch schlimmer: Ich wurde gefragt, welches Buch ich gerade lese, und vor lauter Nervosität ist mir keins eingefallen – außer dem, das Mick bei uns vergessen hat, das *Tagebuch* von Samuel Pepys. Also habe ich das genannt, musste aber gleich darauf feststellen, dass unter den Anwesenden ein großer Pepys-Fan ist. Ist das zu glauben? Er hat sogar daraus zitiert – irgendwas mit seiner Frau, die an etwas herumdruckst. Mal im Ernst: Wie hoch stehen die Chancen, dass man in einem Bewerbungsgespräch auf eine Inderin und einen Samuel-Pepys-Kenner trifft?«

»Nicht sehr hoch«, entgegnet Finn lachend.

Der lästige Tischnachbar schenkt uns noch immer seine ungeteilte Aufmerksamkeit. Hat der nichts Besseres zu tun? Ich würde ihm am liebsten sagen, dass wir hier keine Vorstellung für das Publikum geben, begnüge mich jedoch mit einem weiteren bösen Blick. Der hat einfach keinen Anstand. Ich wende mich wieder Finn zu.

»Egal, was soll's. Ich bin nicht mal sicher, ob ich den Job überhaupt will. Trotzdem wäre es nett, wenn ich mal einen angeboten bekäme. Ich bin diese Vorstellungsgespräche leid. Eines schlimmer als das andere, einfach demütigend. Wie kommt es«, frage ich und schalte rasch auf Selbstmitleid um, »wie kommt es, dass alle anderen ihr Leben auf die Reihe kriegen, nur ich nicht?«

»Wen meinst du mit *alle anderen*?«, fragt Finn scharf. »Etwa mich?«

Am liebsten würde ich mir auf die Zunge beißen. Ich dachte an die anderen, unsere ganzen Freunde. An Caroline mit ihrer erfolgreichen Marketing-Karriere. An Dana, die kurz vor ihrem Master in Psychologie steht. An Shane, der sich mittlerweile einen Namen als Anwalt gemacht hat. Und an seine Freundin Loretta, die als Assistenzärztin arbeitet. Ich dachte an Carolines Freund Mick, der im wahren Leben viele Jahre lang den erfolglosen Schauspieler mimte, bis er vor Kurzem dank Carolines tatkräftiger Unterstützung eine Hauptrolle in einer Kinoproduktion ergattern konnte. Ich glaube, ich hatte dabei nicht Doug im Sinn, Danas Freund, der sich vergeblich als Maler und Tapezierer bewirbt. Und ganz bestimmt habe ich dabei nicht an Finn gedacht.

»Äh, nein«, antworte ich, beschämt über meine törichte Ichbezogenheit, die manchmal bei mir durchschlägt. Obwohl ich mich in den letzten Monaten sehr angestrengt habe, um das abzustellen.

Finn wirkt gekränkt.

»Es tut mir leid«, versuche ich, meinen Fauxpas wieder geradezubiegen. »Ich habe in erster Linie an Mick und die anderen gedacht.«

Ich überlege fieberhaft, was ich noch sagen kann, um die Stimmung wieder zu heben, aber mir fällt nichts ein. Offenbar hat Finn genauso wenig zu sagen, was ich ihm nicht vorwerfen kann. Schweigend sitzen wir da. Nachdem die Vorstellung nun beendet ist, verlangt unser neugieriger Tischnachbar die Rechnung.

Ich versuche, etwas von dem Essen herunterzubekommen, aber es bleibt mir im Hals stecken. Ich sehe zu Finn, dessen Kopf über seinen Teller gebeugt ist und der mit der Gabel im Essen herumstochert, ohne davon zu probieren. Ich könnte mich selbst ohrfeigen für meine verdammte Unsensibilität.

Der arme Finn! Abgesehen von meinem nicht gerade kleinen Problem, arbeitslos zu sein und chronisch pleite, wobei ich immer noch die Hoffnung habe, dass dieser Zustand vorübergehend ist, selbst nach dem heutigen Fiasko, bin ich wahrscheinlich glücklicher denn je in meinem Leben, was ich allein Finn verdanke. Noch nie habe ich für jemanden so viel empfunden wie für ihn. Ich weiß, Finn geht es ähnlich. So traurig es klingt, aber ich bin vermutlich momentan der einzige Lichtblick in Finns Leben. Er spricht zwar nicht darüber, aber es läuft nicht gut für ihn. Ich sehe auf seinen Scheitel und möchte ihm am liebsten über die Locken streicheln, aber ich halte mich zurück. Ich will ihn nicht bedrängen. Ich wünschte, er würde meinen Blick erwidern. Ich möchte ihn lächeln sehen. Ich würde alles dafür geben, um Finn wieder aufzurichten.

Vor sechs Monaten war Finns Leben noch in Ordnung, sogar in bester Ordnung. Sein Stern war im Aufstieg begriffen, die Welt lag ihm zu Füßen, seine Zukunft war rosig. Finn und seine Band *Dove* wurden als neue Sensation bejubelt – es wurde sogar über einen Plattenvertrag gesprochen. Doch dann löste sich die Band auf, und es kam noch schlimmer, als Mark, der Sänger, bei einem schrecklichen Autounfall sein Leben verlor. Eine lange, tragische Geschichte, in der ich keine unwesentliche Rolle spielte. Es war nämlich so, dass ich vor Finn für kurze Zeit was mit Mark hatte. Am Anfang war alles super. Mark war sehr attraktiv und talentiert, der perfekte Traummann, wie mir schien. Aber hinter seiner strahlenden Fassade stimmte etwas nicht, wie mir bald bewusst wurde. Das zeigte sich vor allem, nachdem ich mit ihm Schluss gemacht hatte. Mark war richtig besessen: Er schickte mir Blumen, simste mir ständig, passte mich im Geschäft ab, zu Hause, bei meinen Eltern und sogar im Krankenhaus, als mein Vater dort lag. Im Nachhinein kann ich kaum glauben, was für eine furchtbare Zeit das war. Sie fand ihren tragischen Höhepunkt, als Mark tödlich verunglückte. Er hatte das Taxi verfolgt, in dem ich saß, und die Kontrolle über sein Fahrzeug verloren. An jenem Abend verlor Mark sein Leben, *Dove* seinen Sänger und Finn seinen besten Freund.

Finn und ich reden selten über den Unfall, was aber nicht bedeutet, dass wir ihn vergessen haben. Ganz im Gegenteil. Noch heute beschäftigen mich die vielen Was-wäre-wenn-Fragen. Ich fühle mich schuldig an Marks Tod. Und wenn Mark schon in meinem Kopf häufig herumspukt, dann in Finns Kopf erst recht. Ich weiß, dass er Mark schrecklich vermisst. Verständlich, schließlich kannten sie sich seit ihrer Kindheit. Sie sind zusammen aufgewachsen und waren wie

Brüder. Finns früheste Erinnerungen – die ersten Versuche auf dem Rad, der erste Schultag – sind mit Mark verknüpft. Später wohnten sie zusammen und spielten bis kurz vor Marks Unfall zusammen in einer Band.

Seit Mark tot ist, lässt Finn die Musik schleifen. Zurzeit arbeitet er ganztags in einem Baumarkt, der seinem Vater gehört. Er ist wieder bei ihm eingezogen; Mark und er hatten auch zusammen gewohnt. Im vergangenen Jahr, als es für Finn so bombig lief, hätte er sich sicher nicht vorstellen können, an diesen Punkt zu gelangen. Daher muss man sagen, dass es für Finn nicht besonders gut läuft.

Der Kellner kommt an unseren Tisch, um die Teller abzuräumen.

»Sir«, sagt er, als er sieht, dass Finn seinen Teller kaum angerührt hat. »Waren Sie mit dem Essen zufrieden?«

»Ja.« Finn lächelt höflich. »Aber ich war wohl doch nicht so hungrig, wie ich dachte.«

»Soll ich Ihnen die Dessertkarte bringen?«

Finn sieht mich an. »Ist es okay, wenn wir gehen? Ich muss nämlich ins Geschäft zurück.«

»Ja, sicher.« Ich strecke die Hand über dem Tisch aus, und er ergreift sie und drückt sie kurz, bevor er aufsteht und seine Jacke anzieht. Ich folge seinem Beispiel.

Finn bezahlt, und wir verlassen das Lokal und bleiben draußen vor dem Eingang stehen, wo wir unsere Jacken zuknöpfen. Es beginnt zu nieseln.

»Hast du heute Abend Lust, ins Kino zu gehen?«, fragt er mich.

»Ja, super Idee. Was läuft denn gerade?« Dann fällt es mir siedendheiß ein. »Mist! Ich kann nicht. Heute ist unser Mädelsabend, schon vergessen?«

»Ach ja, natürlich!«, sagt Finn und grinst. »Der lang ersehnte Mädelsabend.«

»Was gibt es denn da zu grinsen?«, frage ich, obwohl ich froh bin, ihn wieder lächeln zu sehen.

»Nichts. Ich hoffe, der Abend erfüllt deine Erwartungen, nachdem du ihm schon so lange entgegenfieberst.«

»Da mache ich mir keine Sorgen.«

»Wo geht ihr hin?«

»Ich weiß nicht genau – in irgendeinen neuen Laden, den Caroline vorgeschlagen hat. Ich muss noch nach der Adresse fragen.«

»Ich ruf dich morgen an, dann erzählst du mir, wie es war. Okay … ich muss wieder an die Arbeit.«

»Was machst du denn jetzt heute Abend?«, frage ich, bevor er geht.

»Mach dir um mich keine Sorgen! Wahrscheinlich bleibe ich zu Hause und hänge vor der Glotze rum. Jedenfalls wünsche ich euch einen wunderschönen Abend.«

Ich sehe ihm nach, und dann rufe ich seinen Namen. Er dreht sich um, ich werfe ihm eine Kusshand zu. Er lächelt, aber seine Augen lächeln nicht mit. Er winkt kurz, kehrt mir wieder den Rücken zu und geht weiter, die Hände tief in den Taschen vergraben, mit leicht hängenden Schultern.

In Wein aufgelöste Perlen waren Kleopatras Zaubermittel, von dem sie hoffte, dass es bei Mark Antonius Wirkung zeigte. Manche sagen, sie hätte ihm dieses erlesene Getränk nur kredenzt, um mit ihrem Reichtum zu protzen. (War sie im alten Rom etwa das Gegenstück zu den Elton Johns von heute?) Andere wiederum behaupten, Kleopatra glaubte fest daran, dass die Perle den Wein in ein Aphrodisiakum verwandelte. Was mochte das für ein Wein sein, in dem sich Perlen auflösen? War der überhaupt genießbar? Ich hoffe, Mark Antonius hatte einen robusten Magen.

4

Es stört Sie doch nicht, wenn ich mich an den Tisch setze?«, frage ich.

Die kleine Gruppe von Fremden, die um den oben erwähnten Tisch steht und gerade im Aufbruch begriffen ist, hält kurz inne, dreht die Köpfe zu mir und starrt mich an. Natürlich wäre es höflicher gewesen, zu warten, bis sie den Tisch verlassen haben, statt ihn rotzfrech zu besetzen, aber es ist hier so voll – allein vor der Bar stehen um die dreißig Leute, die wie Geier auf einen freien Platz lauern.

Mir bleibt nichts anderes übrig, als die Gruppe praktisch zu vertreiben, um den anderen und mir einen Sitzplatz zu sichern.

Da sie keine andere Wahl haben, nickt schließlich einer von der Gruppe, und ich lasse mich rasch auf einen Stuhl gleiten, während die Umstehenden ihre Jacken zuknöpfen.

Kurz nachdem sie weg sind, erscheint der Kellner und räumt den Tisch ab. Ich sehe auf meine Uhr. Ich bin zehn Minuten zu früh. Nach meiner Schätzung bedeutet das, dass ich noch zehn Minuten auf Dana warten muss, die immer auf die Sekunde pünktlich ist, und bis zu vierzig Minuten auf Caroline. Während Dana es mit der Pünktlichkeit sehr genau nimmt, liegt eine halbe Stunde Verspätung nach Carolines persönlichem Ermessen absolut im Rahmen und kann toleriert werden. Zumindest, wenn *sie* zu spät kommt. Sie ist weniger flexibel, wenn man sie warten lässt.

In den nächsten zehn Minuten bin ich damit beschäftigt, die beiden freien Stühle an unserem Tisch zu verteidigen.

Kurz darauf erspähe ich durch eine Lücke in der Menge Dana. Sie steht verloren im Eingang, in ihrem Lieblingsmantel, der ihr viel zu groß ist. Sie hat ihre Brille nicht auf, und so, wie sie mit ihren großen Augen blinzelt, trägt sie auch keine Kontaktlinsen. Ich winke, um sie auf mich aufmerksam zu machen, aber sie sieht durch mich hindurch. Arme Dana, blind wie ein Maulwurf. Ich winke wieder und rufe ihren Namen, und tatsächlich schielt sie zu mir herüber, winkt zurück und macht sich auf den Weg zu mir.

»Hi!«, sagt sie. »Ich war nicht sicher, ob du es bist.«

Sie setzt sich auf einen der beiden freien Stühle.

»Trägst du heute keine Kontaktlinsen?«, frage ich.

»Doch, aber die linke ist verrutscht, glaube ich.« Sie beugt sich zu mir und macht den Hals lang, bis unsere Gesichter nur wenige Zentimeter voneinander entfernt sind. »Kannst du sie sehen?«, fragt sie und macht ihre großen Augen noch größer.

Ich mustere sie. »Aah – ja, die ist tatsächlich nach außen verrutscht. Und nein, denk nicht einmal im Traum daran, mich zu fragen, ob ich sie zurückschiebe. Geh und such dir einen Spiegel.«

»Klar, mach ich gleich.« Dana lehnt sich zurück und fächelt sich Luft zu. »Mann, hier ist es ganz schön heiß, nicht?«

»Vielleicht würde es ja helfen, wenn du ein paar von deinen Kleiderschichten ablegst«, schlage ich vor.

Daraufhin beginnt eine langwierige Prozedur, während Dana sich aus ihren Kleidern schält. Zuerst legt sie ihren Schal ab, dann ihre Handschuhe und den langen dunkelblauen Mantel, aber das war noch nicht alles. Danach knöpft sie ihre Strickjacke auf und streift sie ab, wodurch die nächste Kleiderschicht zum Vorschein kommt, ein dicker Wollpullover, den sie mit einigen Verrenkungen über den Kopf zieht. Während sich andere Frauen nach der Mode richten, orientiert sich Danas Stil an der Jahreszeit und ihrer übergroßen Sorge, bei Wind und Wetter draußen zu stehen und auf den Bus zu warten. Nachdem sie den dicken Pulli endlich los ist, sitzt sie mir in Jeans und einem blauen T-Shirt gegenüber und sieht richtig gut aus. Dana hat eine tolle Figur und eine richtige Wespentaille, von der ein kleiner Streifen zwischen Hosenbund und T-Shirt hervorschaut.

»Ich geh mal besser kurz auf die Toilette und richte meine Kontaktlinse«, sagt sie. »Bin gleich wieder da.« Und schon huscht sie davon.

»Dana!«, rufe ich ihr hinterher, aber sie hört mich nicht mehr. Ich nehme an, sobald sie einen Blick in den Spiegel wirft, wird sie bemerken, dass sie im Kampf mit ihrem Wollpullover ihre Frisur ruiniert hat und ihre langen mahagonifarbenen Haare in alle Richtungen abstehen.

Fünf Minuten später kehrt sie an den Tisch zurück. »Du hättest mir ruhig was sagen können!«, bemerkt sie vorwurfsvoll und nimmt wieder Platz.

»Das wollte ich ja. Aber du hast mich nicht gehört.«

»Weißt du was? Jetzt, wo ich wieder richtig sehen kann, muss ich sagen, der Laden ist ziemlich nobel, findest du nicht auch? Vielleicht hätte ich mich schick machen sollen.«

Früher, also in der Zeit vor Doug, hat Dana nie auf Äußerlichkeiten geachtet und hätte sich sicherlich niemals Gedanken darüber gemacht, ob sie passend angezogen ist. Auch hätte sie sich nicht die Mühe gemacht, Kontaktlinsen zu tragen. Aber seit sie mit Doug zusammen ist, schenkt sie ihrem Äußeren plötzlich mehr Beachtung, was mir ein wenig merkwürdig vorkommt. Doug vergöttert Dana so sehr, dass ihm wahrscheinlich völlig schnurz ist, was sie anhat. Er findet sie eben großartig – schlicht und einfach.

Dana greift jetzt in ihre Tasche, nimmt ihr Handy heraus, wirft einen prüfenden Blick auf das Display, lächelt, liest die neue SMS und lächelt wieder, während ihr Daumen eine Antwort tippt.

»Von Doug?«, frage ich.

Sie nickt. »Er möchte nur wissen, ob ich gut angekommen bin.«

»Wie süß!«

Sie nickt wieder. »Aber das ist jetzt schon das dritte Mal, dass er mir diese SMS schickt, seit ich aus dem Haus gegangen bin.«

Ich lache.

»Weißt du, er macht sich halt schnell Sorgen«, erklärt sie.

Ich lache wieder. »Was du nicht sagst!«

Sie legt das Handy auf den Tisch. »Erzähl mal, wie ist dein Vorstellungsgespräch gelaufen?«

Ich schüttle den Kopf. »Wieder nichts.«

»Du hast schon eine Absage bekommen? Das ging aber schnell.«

»Die brauche ich nicht mündlich oder schriftlich, das weiß ich auch so.«

»Ach, komm! Du darfst nicht so negativ denken.«

»Tu ich auch nicht. Ich bin nur realistisch. Positives Denken hilft mir auch nicht weiter. Meine Chancen auf diesen Job sind gleich null. Das war das schlimmste Vorstellungsgespräch von allen! Ich schwöre dir – jeder, der einen Bewerbungsratgeber schreibt, könnte mich als Beispiel anführen, um zu demonstrieren, wie man sich in einem Vorstellungsgespräch völlig falsch verhält. Ich zittere jetzt noch bei der Erinnerung, wie schrecklich es war, wie schrecklich *ich* war.«

Dana sieht mich an, ohne etwas zu sagen. Sie ist einer der freundlichsten und rücksichtsvollsten Menschen, die ich kenne, und ich glaube, sie versteht, wie groß meine Enttäuschung ist. Dana ist grundsätzlich schonungslos ehrlich, aber nun greift selbst sie zu Plattitüden, um mich aufzuheitern.

»Tja, die wissen gar nicht, was ihnen entgeht.«

»Ich denke schon.«

»Deine Chance wird kommen, ganz bestimmt.«

»Meine Chance worauf? Auf weitere unsäglich peinliche Vorstellungsgespräche, in denen ich als Lügnerin entlarvt werde?«

»Nein, deine Chance auf einen richtigen Job.« Bevor ich mich in Selbstmitleid ergießen kann, wechselt Dana das Thema. »Hast du schon einen Blick in die Speisekarte geworfen?«

Ich nicke. »Da steht nicht viel drin, nur ein paar Tapas wie Oliven, Manchego und Serrano-Schinken. Ich frage mich, warum Caroline dieses Lokal ausgesucht hat. Das hier ist ein Weinlokal und kein Restaurant. Ich dachte eigentlich, wir wollten essen gehen.«

»Ich auch, aber Caroline offenbar nicht.« Plötzlich wird Dana auf etwas – beziehungsweise auf jemanden – aufmerksam. »Wenn man vom Teufel spricht.«

Ich drehe den Kopf und sehe Caroline. Sie steht mitten im Raum und unterhält sich angeregt mit einer Frau, die ihr wohl zufällig über den Weg gelaufen ist. In der linken Hand hält sie ihr Handy, und über ihrer rechten Schulter hängt eine große cremefarbene Handtasche aus Leder, was sie jedoch nicht hindert, mit beiden Händen wild zu gestikulieren. Die gepflegte

Erscheinung, zu der sie spricht, lauscht begeistert und erwidert ihr Lächeln. Jetzt legt sie liebevoll die Hand auf Carolines Arm, die daraufhin etwas sagt und dann lachend den Kopf in den Nacken wirft. Ich beobachte, dass die Frau kurz erschrickt, was nicht verwunderlich ist. Carolines Lachen überrascht alle, besonders die, die es zum ersten Mal hören. Es ist ein schallendes Lachen, ein dreckiges Lachen. Es passt so ganz und gar nicht zu ihrem eleganten Äußeren, sondern zu einer dem Gin verfallenen Dirne auf einem Gemälde von William Hogarth aus dem achtzehnten Jahrhundert; Caroline verkörpert allerdings eine moderne Karrierefrau des einundzwanzigsten Jahrhunderts. Die andere Frau hat ihre Überraschung nun überwunden und fällt in Carolines Gelächter ein, obwohl – oder vielleicht gerade weil – es so unfein klingt. Dafür ist es sehr ansteckend.

»Caroline sieht toll aus, nicht wahr?«, bemerkt Dana.

Ich nicke. Das tut sie. Wie immer ist Caroline tadellos, todschick, teuer und top gestylt vom Scheitel bis zur Sohle. Von ihrem fachmännisch frisierten blonden Bob steht kein einziges Haar ab, auf ihrem cremeweißen, knielangen Swing Coat aus Wolle mit Stehkragen ist kein einziger Fleck, in ihrem schwarzen Bleistiftrock keine einzige Falte und auf ihren kniehohen schwarzen Designerstiefeln kein einziger Dreckspritzer. Und das, obwohl sie in dieser Aufmachung schon heute Morgen um sieben das Haus verlassen hat, das wir drei zusammen mit meinem alten Schulfreund Shane teilen. Und wahrscheinlich ist sie den ganzen Tag von einem wichtigen Meeting zum nächsten geeilt, um direkt danach hierherzukommen.

Danas Bemerkung könnte sich sowohl auf Carolines Äußeres beziehen als auch auf dieses Funkeln, diesen unterschwelligen Enthusiasmus, dieses Leuchten, das Caroline in letzter Zeit ausstrahlt und das nur auf einen einzigen Grund zurückzuführen ist – ihren Freund Mick.

»Wie macht sie das bloß?«, sagt Dana.

»Was?«

»Den ganzen Tag in so hohen Absätzen herumzulaufen.«

Ich zucke mit den Achseln. »Das macht die jahrelange Übung, nehme ich an. Und ein eiserner Wille.«

Caroline hat uns nun erspäht und winkt uns kurz. Sie verabschiedet sich mit Küsschen rechts und Küsschen links auf die Wange und macht sich dann auf den Weg zu unserem Tisch. Allerdings kommt sie nur langsam voran. Caroline gehört zu den Menschen, die Gott und die Welt kennen, und so bleibt sie mehrmals stehen, um mit diversen Bekanntschaften kurz zu plaudern und sie mit ihrem Lachen zu erschrecken.

Endlich erreicht sie unseren Tisch.

»Hallo, hallo, hallo! Sorry, sorry, sorry, dass ich zu spät komme!«

Sie drückt Dana einen Kuss auf die Wange, geht dann um den Tisch herum zu mir, verpasst mir ebenfalls ein Küsschen und setzt sich schließlich auf den freien Stuhl neben mir. Sie greift nach meinem Weinglas und nimmt einen Schluck, dann stößt sie einen zufriedenen Seufzer aus.

»Ah! Das habe ich gebraucht!« Sie lässt den Blick schweifen. »Ist das nicht ein schicker Laden? Hat erst vor zwei Wochen eröffnet. Das Konzept stammt von uns. Ganz schön was los heute! Auf der Arbeit ging es auch drunter und drüber. Dachte schon, ich komme gar nicht mehr raus aus dem Büro! Gerade als ich gehen wollte, rief der Chef von Fotomina an wegen der aktuellen Kampagne und fand kein Ende. Konnte ihn nur mit Mühe und Not abwimmeln. Der denkt wohl, ich gehöre ihm, mit Haut und Haaren.« Ratatatat – Caroline redet wie ein Maschinengewehr, wenn sie aufgedreht ist, was recht häufig vorkommt. Sie redet, als wäre es ihr lästig, ganze Sätze zu formulieren.

»Vielleicht denkt er das zu Recht, bei dem Honorar, das ihr ihm in Rechnung stellt«, sagt Dana.

»Was? Wer?«

»Der Chef von Fotomina.«

»Ich hör wohl nicht richtig! Bei dem Geld, das die mit meiner Kampagne hereinholen, sollte der Laden eigentlich mir gehören!« Sie nimmt wieder einen Schluck aus meinem Glas. »Mm, der Wein schmeckt absolut köstlich!« Sie schnappt sich die Flasche und studiert das Etikett, während der Kellner unsere Tapas-Teller serviert.

»Hallo, Caroline.«

»Hallo, Alain.«

»Schön, Sie wiederzusehen!«

»Ich komme eben gerne hierher«, entgegnet Caroline lachend.

»Soll ich Ihnen einen Teller bringen?«

»Ja, gerne. Und ein Weinglas, bitte.«

»Selbstverständlich.«

Nachdem der Kellner weg ist, richtet Caroline ihre Aufmerksamkeit auf mich.

»Sag schon, Rosie, wie ist es heute gelaufen?«

»Du meinst das Bewerbungsgespräch? Es wird dich sicher freuen zu hören, dass sie mich vom Fleck weg engagieren wollten.«

»Im Ernst?« Sie macht ein überraschtes Gesicht.

»Caroline! Du könntest wenigstens so tun, als würdest du an mich glauben.«

»Aber ich glaube an dich. Natürlich.« Sie streckt den Arm aus und drückt leicht meine Hand.

Ich zucke mit den Achseln. »Das Ergebnis erfahre ich erst in ein paar Tagen.«

»Hast du deine Motivation auch deutlich zum Ausdruck gebracht, wie ich dir gesagt habe?«

»Ja, und zwar so sehr, dass die mich bestimmt für meschugge halten. Vor lauter Lächeln tat mir hinterher das ganze Gesicht weh. Übrigens, weißt du, wo Mumbai liegt?«

Caroline schüttelt den Kopf.

»Ich bis vor Kurzem auch nicht. Hättest du bei den Auslandsaufenthalten nicht einfach Frankreich nehmen können? Dazu hätte ich wenigstens was sagen können! Das war das erste und letzte Mal, dass ich mich mit deiner Version von meinem Lebenslauf beworben habe!«

»Aber mit der alten Version kriegst du nie einen Job, Rosie.«

»Vielen Dank für dein Vertrauen!«

»Entschuldige! So habe ich es nicht gemeint.«

»Ich begreife das nicht. Warum will mir keiner einen Job geben?«

»Du wirst schon noch was finden!«, tröstet mich Dana. »Du musst einfach am Ball bleiben.«

»Wisst ihr, abgesehen von der Demütigung, dass keiner Wert auf meine Arbeitskraft legt, habe ich es wirklich satt, ständig pleite zu sein.«

»Willkommen im Club!«, stößt Dana seufzend aus.

»Aber sonst hat es dich doch nie gestört, kein Geld zu haben«, sage ich.

»Nein?«

»Nein«, wiederhole ich. »Du weißt schließlich, dass es nur

eine Frage der Zeit ist, bis du mit dem Studium fertig bist und dir deinen Traumjob aussuchen kannst. Den Master hast du so gut wie in der Tasche, und dann musst du nur noch promovieren, und du wirst dich vor Angeboten nicht retten können.«

»Das klingt so einfach in der Theorie«, seufzt Dana.

»Es *ist* einfach. Ich meine, klar, du musst viel Zeit und Arbeit investieren, aber dafür weißt du, wofür du das machst.«

»Tja, das dachte ich auch mal. Aber leider läuft nicht immer alles nach Plan.«

»Wie meinst du das?«

»Ich habe dir doch erzählt, dass mein Betreuer was an meiner Diplomarbeit auszusetzen hat, nicht?«

»Ja, aber ich dachte, das wäre längst geklärt. Hast du sie nicht abgeändert, so wie er das haben wollte?«

»Doch. Ich habe die komplette zweite Hälfte neu geschrieben, was mich Monate gekostet hat, und heute teilt er mir mit, dass er immer noch nicht damit zufrieden ist. Er sagt, meinen Schlussfolgerungen mangelt es an Originalität, und wahrscheinlich hat er recht. Ich schätze, ich habe zu diesem Thema nichts wirklich Neues beizutragen.«

»Du nimmst mich auf den Arm!«

»Leider nein! Und jetzt weiß ich nicht, wie ich meine Arbeit verbessern kann. Aber ich muss sie noch mal ändern, sonst falle ich garantiert durch.«

»Du und durchfallen? Machst du Witze?«

»Mein Betreuer hat mir das mehr oder weniger zu verstehen gegeben.«

»Aber du hast doch so viel in die Arbeit investiert, Dana!«

»Wem sagst du das?«

»Du hast dich monatelang hinter deinen Büchern vergraben!«

Dana zuckt mit den Schultern. »Fleiß wird leider nicht benotet.«

»Aber Doug findet deine Diplomarbeit großartig! Das hat er mir selbst gesagt. Ich glaube, er hält dich für eine Art Genie.«

Dana schüttelt den Kopf. »Bei allem Respekt für Doug, aber er ist sicher nicht ganz unparteiisch.«

»Wie lautet das Thema deiner Diplomarbeit noch mal?«, fragt Caroline.

»Spielt das noch eine Rolle? Außerdem weiß ich gar nicht mehr, wie oft ich euch das schon gesagt habe.«

Das ist wahr, und es spricht nicht gerade für uns, dass wir es schon wieder vergessen haben.

»Na los, sag schon«, drängt Caroline.

Dana stößt einen Seufzer aus. »Es geht darum, wie sich Frauen und Männer an der klassischen Rollenverteilung orientieren, die auf sogenannten typisch männlichen und typisch weiblichen Eigenschaften basiert. Und es geht darum, dass diese Rollenverteilung die Menschheit anhand bestimmter körperlicher und charakterlicher Attribute in zwei unterschiedliche Klassen teilt. Und es geht darum, dass man bei näherer Betrachtung ein einfaches Muster dahinter erkennen kann, wonach Gegensätze sich anziehen.«

»Genau«, nicke ich. Kein Wunder, dass ich das vergessen habe, denke ich, und tue natürlich so, als hätte ich es diesmal verstanden. Aber dann bemerke ich Carolines Stirnfalte und kann fast hören, wie ihr Gehirn arbeitet, während sie versucht, den Sinn von Danas Worten zu ergründen. Sie fängt meinen Blick auf, dem sie mit einem ratlosen Achselzucken antwortet, sodass ich laut auflachen muss.

»Verdammt noch mal!«, schimpft Dana. »Warum fragt ihr überhaupt, wenn ihr es sowieso nur albern findet?«

»Tut mir leid, Dana«, sage ich.

»Mir auch«, echot Caroline.

»Mein Thema interessiert euch nicht wirklich, oder?«, fragt Dana.

»Doch, doch«, versichern wir.

»Nein, es interessiert euch einen Scheiß, und ich kann es euch nicht mal verdenken. Selbst mir hängt es inzwischen zu den Ohren raus! Ich habe so viele Stunden daran gesessen, und nun stehe ich plötzlich vor einer riesigen Mauer und weiß zum ersten Mal in meinem Leben nicht, was ich tun soll. Außerdem habe ich es wirklich satt, ständig am Existenzminimum zu leben. Ich schwöre euch, ich habe gute Lust, den ganzen Kram hinzuschmeißen und mir stattdessen einen Job zu suchen!«

»Aber das kannst du doch hinterher immer noch«, wendet Caroline ein. »Sieh mal, du hast bloß gerade einen kleinen Durchhänger. Du wirst ihn überwinden. Du wirst deine Diplomarbeit umschreiben. Du wirst eine gute Note dafür bekommen, du wirst deine Prüfungen bestehen und deine Doktorarbeit beginnen, und du wirst in null Komma nichts einen tollen Job haben. Komm schon! Du darfst jetzt nicht aufgeben! Das war doch immer dein Ziel.«

»Die Betonung liegt auf *war.*«

Ich konnte Danas lang ersehnten Berufswunsch, am College zu lehren, noch nie richtig nachvollziehen, bedenkt man, was für ein ruhiger Mensch sie ist. Dana ist viel zurückhaltender als Caroline oder ich, und ich persönlich kann mir keinen schlimmeren Job vorstellen, als auf dem Podium eines voll besetzten Hörsaals zu stehen und vor zig Studenten zu sprechen. Aber aus irgendeinem Grund, der sich mir nicht erschließt, ist genau das Danas Berufswunsch. Das war sogar eines der ersten Dinge, die ich über Dana erfahren habe, als ich Caroline und sie zu Beginn meines Studiums kennengelernt habe. Ich hatte an ihrer Haustür geklingelt, um mich als neue Mitbewohnerin zu bewerben.

Caroline kann noch weiter in die Vergangenheit zurückgehen – sie kennt Dana schon viel länger als ich. »Weißt du noch, wie du im ersten Jahr in der Oberstufe dem Berufsberater gesagt hast, dass du Dozentin für Psychologie werden möchtest?«

»Habe ich das?«

»Ja. Ich weiß noch, dass ich damals sehr beeindruckt war, weil von uns anderen noch keiner einen Plan hatte. Wir dachten nur von einem Tag zum nächsten, während du schon konkrete Pläne für dein späteres Leben hattest. Komm schon, Dana, du kannst jetzt nicht alles hinschmeißen.«

»Nein?« Dana klingt resigniert. »Sieh dich an, Caroline. Du verdienst besser als jeder, den ich kenne, und …«

»Ja, schon, aber Geld ist nicht alles.«

»Wie bitte?«, kreischen Dana und ich gleichzeitig. Wir hätten nie gedacht, diese Worte jemals aus Carolines Mund zu vernehmen.

»Aber Caroline, Geld war doch bis jetzt immer dein persönliches Mantra!«, wendet Dana ein.

»Das stimmt nicht.«

»Doch, das stimmt«, beharrt Dana. »Mag ja sein, dass du damals in der Schule noch kein klares Berufsziel hattest, aber dafür hast du schon immer gewusst, dass du einmal reich sein möchtest. Weißt du noch, da warst du ungefähr zehn, als du deine Mutter gebeten hast, für dich ein Konto bei der Bank zu eröffnen, weil das Geld im Sparschwein keine Zinsen brachte?«

Caroline sieht aus, als wolle sie es wieder abstreiten, aber dann siegt ihr Stolz. »Ich war damals neun, nicht zehn. Und nur zu deiner Information, ich hatte kein Sparschwein, sondern eine abschließbare Metallbox. Natürlich wollte ich das Geld zur Bank bringen, es waren immerhin über zweihundert Irische Pfund! Aber nur, weil ich gut mit Geld umgehen kann, heißt das noch lange nicht, dass es mein ganzes Leben bestimmt.«

»Aber das tut es doch!«, insistiert Dana. »Anfangs wolltest du von Mick nichts wissen, weil er arm war.«

»Nein, dafür gab es andere Gründe. Es hat mich gestört, dass er deutlich älter ist als ich. Und dass er einen derben Akzent hat, so aufdringlich wie die Schinkensandwiches, die er so gerne isst. Ich wollte zuerst nichts von ihm wissen, weil ich Angst hatte, dass er wieder zu Mami und Papi auf die Farm zurückkehrt, wenn er von der Stadt die Schnauze voll hat. Außerdem hatte ich die Befürchtung, dass auf ihn kein Verlass ist. Schließlich hat er ja mit dreißig von einer Sekunde auf die andere alles hingeschmissen, um Schauspieler zu werden. Ich meine, ich bitte euch – das sind lauter gute Gründe, weshalb ich anfangs Bedenken hatte! Und wie der Zufall es will, waren wir bereits zusammen, *bevor* Mick die Hauptrolle in *Schicksalsfarm* bekam. Was deinem Argument den Boden entzieht.«

Das stimmt. Caroline und Mick waren bereits ein Paar, als Mick die Rolle in Kevin Norths neuestem Film erhielt. Aber es stimmt auch, dass Mick ohne Carolines Hilfe jetzt nicht am Set in Wicklow dabei wäre. Das kam folgendermaßen zustande: Loretta, die Freundin unseres Mitbewohners Shane, arbeitet im Krankenhaus und übernahm zufällig die ärztliche Betreuung von Kevin North. Sie erzählte Caroline davon. Sie erwähnte dabei auch, dass der Regisseur gerade dabei war, die

Besetzung für *Schicksalsfarm* zu casten; die Verfilmung des düsteren Romans, der in der irischen Provinz spielt, war sein aktuelles Projekt. Caroline fand, Mick sei die perfekte Besetzung für die Rolle des Farmersohns Lenny (dem am Schluss leider das Gehirn weggepustet wird). Und sie überredete Loretta, Kevin North zu überreden, Mick zum Vorsprechen einzuladen. Caroline hatte den richtigen Riecher: Mick bekam die Rolle auf Anhieb. Nicht schlecht für jemanden, der bis dato nicht hinausgekommen war über Statistenrollen in der irischen Seifenoper *Fair City* und eine winzige Sprechrolle in einer großen irisch-amerikanischen Kinoproduktion. Leider wurde Micks Szene aus dem Film herausgeschnitten, wie wir feststellen mussten, als wir eigentlich Micks Leinwanddebüt im Kino feiern wollten. Doch das ist alles Vergangenheit. Und nun? Nun ist alles anders, dank Caroline. Wahrscheinlich sitzt Mick gerade in einem Pub in Wicklow, zusammen mit Kevin North und der bildhübschen und berühmten Audrey Turner, die die weibliche Hauptrolle spielt, und sie unterhalten sich über den heutigen Drehtag.

»Was willst du damit eigentlich sagen, Caroline?«, hakt Dana nach. »Dass du mit deinem Job nicht mehr glücklich bist?«

»Ich *bin* glücklich! Na ja, nicht mehr ganz so glücklich wie früher. Ich mag meine Arbeit, ich mache sie gut, und ich werde anständig dafür bezahlt, aber … In letzter Zeit spiele ich ernsthaft mit dem Gedanken, mich selbstständig zu machen und in die eigene Tasche zu wirtschaften statt immer nur in fremde.«

»Es geht dir also wieder nur ums Geld.«

»Nein, das hast du falsch verstanden. Natürlich wünsche ich mir eine zündende Geschäftsidee, die mir ein Vermögen einbringt, aber …«

»Wünschen wir uns das nicht alle?«, falle ich ihr ins Wort und denke dabei an meinen letzten Kontoauszug, den ich lieber nicht gelesen hätte.

Caroline ignoriert meinen Einwurf. »Aber vor allem würde es mich reizen, meine eigenen Ideen zu entwickeln, beruflich umzusetzen und in einen Erfolg zu verwandeln. Ein eigenes Geschäft zu besitzen. Ich meine, so schwer kann das doch nicht sein, oder? Andere Menschen können das auch.«

Dana sieht zuerst Caroline an, dann mich, und bricht in Lachen aus. »Wir drei sind wirklich zu bedauern! Keine von uns ist wirklich zufrieden. Was für ein jämmerlicher Haufen!«

Casanova wiederum schwor auf Austern. Der berühmte Frauenheld aus dem achtzehnten Jahrhundert verputzte morgens zum Frühstück ganze fünfzig Stück. Fünfzig Austern auf einmal? Bestimmt hatte Casanova danach nur ein Bedürfnis – nämlich, sich wieder hinzulegen.

5

Wir verlassen das Weinlokal und stehen zusammengedrängt im Eingang. Vielmehr stehen Caroline und ich zusammengedrängt im Eingang. Dana ist als Einzige von uns warm genug angezogen für diese Bitterkälte. Ich denke: Wir nehmen ein Taxi, dann sind wir ruck, zuck zu Hause und können uns ins warme Bett verkriechen. Ich denke: Ich mache mir eine heiße Schokolade und nehme sie mit auf mein Zimmer und lese ein Buch – vielleicht fange ich ja mit Pepys' *Tagebuch* an. Ich denke: Schade, dass ich die Heizdecke nicht eingeschaltet habe, bevor ich das Haus verließ.

»Und, gehen wir tanzen?«, fragt eine unternehmungslustige Caroline.

»Och, nö!«, stöhne ich auf. »Ich will nach Hause.«

»Nach Hause? Jetzt schon?«

»Was genau meinst du mit *jetzt schon*?«, sagt Dana. »Es ist nach Mitternacht.«

»Richtig, also noch früh genug. Was ist mit euch los? Mutiert ihr jetzt zu langweiligen Spießern?«

»Du nennst uns langweilige Spießer?«, empört sich Dana und sieht uns aus ihrer übergroßen Kapuze an, die Hände vor dem Bauch, jeweils in die andere Ärmelhälfte gesteckt.

»Ach, kommt schon!« Caroline lässt nicht locker. »Gebt euch einen Ruck. Das wird sicherlich spaßig.«

»Spaßig?« Ich sehe sie an. »Eine Ewigkeit in der nassen Kälte Schlange stehen, ohne Garantie, dass wir reingelassen werden? Sich von einem Türsteher taxieren lassen, der – aus einer Laune heraus oder weil ihm irgendetwas quer im Magen liegt – beschließt, dass ihm unsere Nasen nicht passen, und uns wieder wegschickt …«

»Entschuldige mal!«, unterbricht Caroline mich. »Ich bin in meinem ganzen Leben noch nie von einem Türsteher abgewiesen worden. Solange Dana ihre Kapuze abnimmt, wird es keine Probleme geben.«

»Was soll das denn heißen?«, fragt Dana hinter besagter Kapuze.

Ich übergehe sie und fahre fort: »Okay, wir kommen also rein. Und dann? Wozu soll das gut sein? Was soll daran gut sein, sich in eine schwitzende, mit Bier herumspritzende, die Ellenbogen ausfahrende, auf fremde Zehen tretende Menschenmenge zu quetschen? Was soll daran gut sein, vor dem Klo die Beine zusammenzupressen, bis die beiden Kicherschnepfen endlich die Kabine freimachen? Was soll daran gut sein, sich von Typen anquatschen zu lassen, die schon einen im Kahn haben und sich plötzlich für ein Geschenk Gottes an die Frauen halten, obwohl das Leben sie das Gegenteil gelehrt hat? Was soll daran gut sein, zehn Euro für ein Glas Wein hinzublättern, wenn ich zum halben Preis eine Flasche im Super…«

»Es reicht!«, fährt Caroline dazwischen. »Ich habe verstanden. Weißt du, es gab mal eine Zeit, da hättest du eine mittlere Krise bekommen, wenn du am Wochenende nicht hättest tanzen gehen können. Und wenn die Schlange vor dem Eingang nicht lang genug war, wolltest du lieber woandershin, aus Angst, was zu verpassen.«

»Nun ja«, sage ich achselzuckend. »Menschen ändern sich eben, weißt du.«

»Ja, aber doch nicht um hundertachtzig Grad! Also, kommt jetzt!«

»Nein!«

Caroline verdreht die Augen. »Ich kann nicht glauben, was ich da höre. Mit dir ist nichts mehr los! Du kannst von mir aus noch so viel mosern – ich weiß, du wirst dich amüsieren. Sieh mal, morgen ist Samstag. Wir können alle ausschlafen. Das ist unser erster gemeinsamer Abend seit Langem. Wir können jetzt nicht einfach nach Hause!«

Warum kann Caroline ein Nein nicht akzeptieren? Warum muss man mit ihr immer herumdiskutieren? Ich sehe meine heiße Schokolade in immer weitere Ferne rücken.

»Caroline, wir hatten einen schönen Abend«, sage ich. »Warum kannst du es nicht dabei belassen?«

»Möchtest du keine Zeit mit deinen besten Freundinnen verbringen?«

»Ich habe bereits den ganzen Abend mit euch verbracht!«

»Möchtest du, dass unsere Freundschaft unter unseren Beziehungen leidet?«

»Augenblick«, wende ich ein. »Wir haben alle drei schon seit Monaten eine Beziehung, und zwischen uns hat sich nichts geändert. Das darf doch wohl nicht wahr sein! Wir wohnen unter einem Dach. Es ist also nicht so, dass wir uns nicht täglich sehen würden.«

»Ja, morgens, bevor wir zur Arbeit hetzen, und abends, wenn wir geschafft wiederkommen. Zumindest diejenigen, die arbeiten gehen.«

»Vielen Dank«, sage ich spitz.

»Tut mir leid, Rosie, das sollte kein Seitenhieb sein.«

»Ich weiß.«

»Ich versuche doch nur zu sagen, dass eine Freundschaft

wie eine Pflanze ist, die man hegen und pflegen muss, damit sie gedeiht.«

»Wie bitte?« Ich sehe sie ungläubig an und wundere mich über diesen für Caroline so untypischen Satz, während Dana spottet: »Du kannst ja ein richtiger Softie sein.«

Caroline, die spürt, dass Dana das schwächere Glied ist, springt sofort darauf an. »Du verstehst mich, nicht wahr, Dana? Du weißt, wie wichtig es ist, Zeit miteinander zu verbringen. Was meinst du? Bist du dabei?«

»Nun, ich weiß nicht, ob …«

»Ich sag euch was.« Caroline hakt sich bei Dana ein. »Wir gehen jetzt los. Wenn wir ein freies Taxi sehen, fahren wir nach Hause, wenn nicht, gehen wir in den Club. Einverstanden?« Sie lässt mich stehen und dreht den Kopf nach hinten. »Kommst du, Rosie?«

Ich wäge meine Alternativen ab. Ich kann mich ausklinken und alleine mit dem Taxi nach Hause fahren. Oder ich gehe mit den beiden in der Hoffnung, dass wir unterwegs ein Taxi sehen, und auf die Gefahr hin, dass ich dann in den Club muss.

Aber wenn ich jetzt nach Hause gehe, werde ich sicher das Gefühl haben, etwas zu verpassen.

»Ja, ich komme«, rufe ich und setze mich in Bewegung, um die beiden einzuholen, genau wie Caroline sich das ausgemalt hat.

Natürlich begegnet uns kein freies Taxi. Stattdessen finden wir uns vor einem imposanten Eingang in Hufeisenform wieder, auf beiden Seiten flankiert von billigen Fackelimitaten (orangefarbene Stoffstreifen, die von unten rot beleuchtet sind und im Wind flattern, der aus einem unsichtbaren Ventilator kommt – zumindest stelle ich mir es so vor). Unter jeder Fackel steht ein Türsteher, und beide ähneln sich sehr in Statur (zwei richtige Schränke), Kleidung (schwarzer Anzug, weißes Hemd, schwarze Krawatte) und Frisur (Glatze). Wie von mir vorausgesagt, stehen wir eine Ewigkeit an und müssen uns dann von den Türstehern taxieren lassen. Aber sie lassen uns durch, nach was für Kriterien auch immer (Dana hat ihre Kapuze abgenommen, weil Caroline darauf bestand), und wir gehen schließlich durch das Hufeisen und stecken bald mitten in der wogenden Menge aus schwitzenden Menschen.

Caroline macht sich direkt auf zur Bar, während Dana und ich unsere Mäntel und andere Kleidungsstücke von Dana an der Garderobe abgeben. (Wenn ich genauer darüber nachdenke – gibt es eigentlich noch den Beruf Garderobiere? Und wie komme ich auf das Wort Garderobiere statt Garderobenfrau?) Wie auch immer, jedenfalls kehren wir der Garderobiere oder Garderobenfrau den Rücken und gehen wieder in Richtung Saal, als gleich darauf zwei Männer um die dreißig uns den Weg versperren.

»Hallo, ihr zwei Hübschen!«

»Hi!«, sagt Dana.

Eine Eigenschaft von Dana ist, dass sie viel zu freundlich ist. Es widerstrebt ihr, unhöflich zu sein, selbst in Situationen wie dieser, wo Unhöflichkeit erlaubt ist, weil jede Höflichkeit sofort als Einladung betrachtet wird.

»Und, Mädels, amüsiert ihr euch gut?«, fragt der eine und mustert mich anzüglich.

Zumindest glaube ich, dass er das gesagt hat oder etwas in der Art. Bei dem Lärmpegel kann man nur raten.

Um ihm klarzumachen, dass ich a) kein Wort verstanden habe und b) nicht im Geringsten an ihm interessiert bin, zeige ich auf mein Ohr, schüttle den Kopf und zucke lässig mit den Schultern.

Er versteht zwar a), aber b) scheint nicht bei ihm angekommen zu sein, denn er macht einen Schritt auf mich zu.

»Ich habe gefragt, ob ihr euch gut amüsiert«, brüllt er mir ins Ohr.

»Ja, danke«, antworte ich und mache analog einen Schritt zurück, allerdings nicht schnell genug, um seiner Spucke auszuweichen, als er schreit: »Was?«

Wozu soll ich antworten? Abgesehen davon, dass man sich bei dieser Lautstärke ohnehin nicht verständigen kann, will ich den beiden nicht den Eindruck vermitteln, sie könnten uns die ganze Nacht belagern und uns ins Ohr brüllen und anspucken.

»Wollt ihr was trinken?«, brüllt jetzt sein Kumpel.

»Was?«, schreit Dana.

»Ich sagte, wollt ihr was trinken?«

Ich schüttle den Kopf, aber Dana ignoriert die goldene Regel, wonach man nur das Nötigste spricht, wenn man an jemandem nicht wirklich interessiert ist; offenbar hält sie eine Erklärung für nötig.

»Danke, aber unsere Freundin besorgt uns schon was. Sie müsste gleich hier sein. Obwohl, an der Bar herrscht ein ziemliches Gedränge. Heute Abend ist es ganz schön voll hier, nicht?«

Einer der beiden nickt, obwohl es zweifelhaft ist, ob er auch nur ein Wort verstanden hat. Vielleicht hat er Danas Erklärung als Einladung interpretiert, sie zu betatschen, denn nun legt er die Hand auf ihren Arm.

»Und, willst du was trinken?«, brüllt er.

»Nein, danke!«, brüllt Dana zurück, aber leider belässt sie

es nicht dabei. Oh nein, stattdessen setzt sie wieder zu einer Erklärung an, wahrscheinlich aus Rücksicht auf seine Gefühle. »Meine Freundin und ich, wir sind beide in festen Händen. Wir machen heute einen Mädelsabend. Aber danke für die Einladung!«

»Was hast du gesagt?«, brüllt er. »Ich kann nichts verstehen bei dem Krach!«

»Was?«, schreit Dana.

»Ich sagte, ich kann nichts verstehen bei dem Krach!«

Sie wiederholt ihre Erklärung, aber er versteht wieder nichts.

»Was?«

Oh, Grundgütiger!

»Ich sagte, wir beide (sie deutet auf mich und sich selbst) sind bereits in festen Händen (sie deutet auf die beiden). Wir machen heute einen Mädelsabend (sie wackelt ein wenig mit den Hüften). Aber danke für die Einladung (sie nickt übereifrig).«

Obwohl ich sie verstanden habe, kommt es eher so rüber, als würde sie die beiden auffordern, mit uns zu tanzen.

Ich bin nicht die Einzige mit dieser Interpretation.

»Ich tanze nicht!«, schreit der Armgrapscher.

»Nein! Nein! Ich versuche euch die ganze Zeit mitzuteilen, dass wir schon vergeben sind!«

Dieses Mal haben beide verstanden. Einer brüllt uns an, es klingt wie »Mann, warum habt ihr uns das nicht gleich gesagt?«, und da sie nicht weiter ihre Zeit verschwenden wollen, gibt es einen letzten, nicht sehr freundlichen Blick, bevor sie abzischen. Na also.

»Hier!« Caroline kommt mit vollen Gläsern auf uns zu. »Schnell, nehmt sie mir ab, bevor ich sie fallen lasse!«

»Danke, Caroline!«, schreit Dana und nimmt sich ein Glas.

»Was?«, schreit Caroline zurück.

»Danke!«

»Was?«

»Ich wollte mich für den Drink bedanken!«

»Was?«

Hölle! Wenn ich nichts unternehme, geht das noch die ganze Nacht so weiter. »Sie hat Danke gesagt, okay? Mehr nicht!«, brülle ich los.

»Ach so. Gern geschehen!«, schreit Caroline.

»Was?«, schreit Dana.

Allmächtiger!

Schließlich geben die beiden ihre sinnlosen Bemühungen auf, eine Unterhaltung zu führen, und wir stehen alle drei herum und nippen an unseren Gläsern. Caroline hat recht – es gab Zeiten, da wäre ich nirgendwo lieber gewesen als hier. Freitags und samstags brezelte man sich für den Abend auf und ging tanzen, bis die Sohlen glühten und die Stimmen heiser waren vom vielen Lachen und Schreien. Unbewusst hofften wir natürlich immer auf die Gelegenheit, den Richtigen kennenzulernen. Aber die Dinge haben sich geändert. Ich habe den Richtigen gefunden. Ich lege keinen Wert darauf, andere Männer kennenzulernen, weshalb meine Begeisterung für solche Läden nicht mehr das ist, was sie früher einmal war.

Ich lasse den Blick schweifen. Über die Mädchen, die auf der Tanzfläche alles geben. Manche tanzen um der Musik willen, andere für das Publikum in der Hoffnung, damit zu beeindrucken, wer auch immer gerade zuschaut. Ich sehe zu den Paaren in den Kuschelecken, vertieft in ein Gespräch oder ineinander. Ich sehe Männer, die in Grüppchen herumstehen, ein Bier in der Hand, und sich über Fußball unterhalten oder worüber Männer, die in Grüppchen herumstehen, ein Bier in der Hand, sich auch immer unterhalten. Gleichzeitig haben sie ein Auge (das so gut trainiert ist wie der Erstligaspieler, über den sie gerade reden) auf jede hübsche Frau, die ihr Gesichtsfeld kreuzt. Und ja, ich verstehe durchaus, dass ich damals Spaß daran hatte. Aber gleichzeitig bin ich glücklich, dass ich das hinter mir gelassen habe. Ich bin froh, dass ich mein männliches Umfeld nicht mehr ständig nach einem potenziellen Partner abklopfe und mich nicht mehr ständig von meiner Schokoladenseite präsentieren muss. Wenn ich jetzt die Männer betrachte, sehe ich nur, dass sie Finn nicht einmal ansatzweise das Wasser reichen können.

Wie rasch die Dinge sich doch ändern! Noch vor wenigen Monaten hatten Caroline, Dana und ich das erbärmlichste Liebesleben, das man sich vorstellen kann. So erbärmlich, dass Caroline scherzhaft bemerkte, wenigstens hätten wir uns im Alter. Mit fünfundsechzig, erklärte sie uns, sollten wir nicht zögern und uns einen Seniorenpass holen, um im Herbst unseres Lebens Kaffeefahrten durch das ganze Land zu machen. Was sollen wir in einem Altenheim herumsitzen, wenn wir mit unseren kleinen Rucksäcken in neonorange, die Proviant, Tee in Thermosflaschen und unsere Pillenboxen enthalten, die Straßen unsicher machen können? Jedenfalls die, die man mit dem Reisebus befahren kann. Nun sieht es allerdings so aus, als würde uns dieses Schicksal erspart bleiben.

Überraschenderweise war Dana, die noch nie einen festen Freund hatte (was sie jedoch nicht sonderlich zu stören schien), die Erste, die sich verliebte. Doug, ihr geliebter Doug, ist sehr attraktiv. Er ist ein düsterer, ernster Typ, wie Heathcliff aus Emily Brontës *Sturmhöhe*; er redet auch genauso wenig. Aber das liegt an seiner Schüchternheit, die ich, wie ich zu meiner Schande gestehen muss, sehr lange mit schlechter Laune verwechselt habe. Ich habe eben keine gute Menschenkenntnis.

Dana und Doug lernten sich auf seiner Geburtstagsparty kennen, die Monica, seine Mutter, für ihn organisiert hatte. Monica gehörte die Boutique, in der ich gearbeitet habe, bis sie beschloss, den Laden zu verpachten, um dem finanziellen Ruin zu entgehen. Ich schwöre: Als Dana und Doug sich zum ersten Mal in die Augen sahen, war das geradezu filmreif. Die beiden standen da und starrten sich stumm an, als wären sie jeweils dem außergewöhnlichsten Menschen in ihrem Leben begegnet. Ich habe noch nie richtig an Liebe auf den ersten Blick geglaubt (Sympathie oder Begehren ja, aber nicht Liebe). Darum war es ziemlich abgefahren, die beiden an jenem Abend zu erleben, denn genau das war es: Liebe auf den ersten Blick.

Seitdem sind sie unzertrennlich. Trotz meiner (zahlreichen) Bedenken anfangs ist mir Doug inzwischen richtig ans Herz gewachsen. Gut: Der Umstand, dass er so wenig spricht mit mir und den anderen, Dana ausgenommen, bedeutet, dass wir wohl nie ganz dicke Kumpels werden. Aber trotzdem habe ich ihn gern.

Es gefällt mir, dass er Dana glücklich macht, dass er sie sehr liebt und dass er zu ihr hielt, als sie ihn wirklich brauchte. Dana machte damals eine schwere Zeit durch. Als ihre Mutter erfahren hatte, dass Danas Vater sie mit einer anderen betrog, die sogar ein Kind von ihm hatte, warf sie ihn hinaus. Sie begann, wieder zu trinken, nachdem sie jahrelang abstinent gewesen war. Sie wollte sich nicht helfen lassen, bis es Danas Vater mit Dougs Unterstützung gelang, sie zu überreden, sich in professionelle Hände zu begeben. Heute sieht alles viel besser aus. Danas Eltern haben sich wieder versöhnt, ihre Mutter hat erfolgreich eine Therapie abgeschlossen, und das Baby aus der Affäre ist Danas kleine Halbschwester Cathy, die sie abgöttisch liebt.

Die Nächste war Caroline. Caroline gibt sich gerne als nüchterne Karrierefrau, angetrieben von Geld und einem unbändigen Ehrgeiz, in ihrem Metier die Beste zu sein. Das ist nicht gespielt, Caroline ist tatsächlich so. Vor mehr als einem Jahr saß sie im Zug auf der Rückfahrt von Cork zufällig neben einem attraktiven, dreißigjährigen Landwirt, der nach Dublin ging, weil er von einer Schauspielerkarriere träumte. Damit fiel er gnadenlos durch Carolines Raster. Allerdings verstanden die beiden sich während der Fahrt so gut, dass sie beschlossen, in Kontakt zu bleiben. Rein freundschaftlich, natürlich. Schließlich war Mick das genaue Gegenteil von Carolines Vorstellung von dem Mann, mit dem sie ihr dynamisches und erfolgreiches Yuppieleben teilen wollte. Jedenfalls redete sie sich das damals ein, monatelang. Während Dana sich auf den ersten Blick verliebte, lief es bei Caroline nicht so glatt. Sie sträubte sich mit Händen und Füßen dagegen und ging allen – ihren Freunden, sich selbst und sogar Mick – mit ihrer ständigen Leier auf die Nerven, warum Mick nicht zu ihr passte. Aber einmal in ihrem geordneten, durchgeplanten Leben machten ihre Gefühle ihr einen Strich durch die Rechnung. Als sie endlich nachgab und ihre Gefühle eingestand, war die Einzige, die sie damit überraschte, sie selbst.

Bleibt noch das dritte Paar: Finn und ich. Sie kennen ja bereits unsere Geschichte, zumindest teilweise. Bei mir war es nicht Liebe auf den ersten Blick, als ich Finn auf der Bühne hinter seinem Schlagzeug sah. Ich habe ihn anfangs kaum wahrgenommen. Meine gesamte Aufmerksamkeit gehörte an jenem Abend Mark, dem Sänger und zugleich Finns bestem Freund. Ein richtiger Hollywood-Beau mit strahlend weißen Zähnen, kantigen Wangenknochen, goldblonden Haaren und jeder Menge Selbstvertrauen – genau mein Typ. Gegen ihn hatte der niedliche Drummer mit den schwarzen Wuschellocken keine Chance. Aber während ich mich in Mark verguckte, verguckte Finn sich in mich. Während ich überlegte, wie ich an Mark rankommen konnte, überlegte Finn, wie er an mich rankommen konnte. Etwas später gab Finn eine Party in der Hoffnung, dass ich erscheine, und ich ging hin in der Hoffnung, Mark dort zu treffen, und er war da. Und das war der Beginn von Mark und mir.

Mir wurde relativ schnell klar, dass zwischen Marks perfekt proportionierten Ohren nicht viel war. Mir wurde aber erst später klar, dass das bisschen dazwischen ein heilloses Chaos war. Mark entpuppte sich als Manipulator und Lügner, der tragischerweise völlig aus dem Gleichgewicht geraten war. Ich sage absichtlich: tragischerweise. Nachdem ich mich von ihm getrennt hatte, begann er mir nachzustellen, was darin gipfelte, dass er in dieser schrecklichen Nacht mein Taxi verfolgte und dabei tödlich verunglückte.

Erst nach Marks Tod fand ich heraus, dass sein Interesse an mir hervorgerufen worden war, als er erfuhr, dass Finn mich haben wollte – also wollte Mark mich auch. Erst nachdem ich meine Schuldgefühle wegen Marks Tod einigermaßen verarbeitet hatte, konnte ich mir eingestehen (mithilfe der Überredungskunst meines Freundes Shane), dass die Gefühle zwischen Finn und mir viel zu kostbar waren, um sie einer falschen Verpflichtung gegenüber einem Toten zu opfern. Und das war das Happy End (zumindest für Finn und mich) der traurigen Geschichte, wie ich mit diesem außergewöhnlichen Mann zusammenkam.

»Rosie!«, brüllt Caroline mich an.

»Was ist?«

»Wir gehen auf die Tanzfläche. Kommst du mit?«

Mir liegt ein Nein auf der Zunge. Aber dann denke ich, warum eigentlich nicht? Da man sich hier ja ohnehin nicht unterhalten kann, spricht nichts dagegen. Ich nicke und folge den beiden. Als wir tanzen, bessert sich meine Stimmung. Ich kenne das Lied nicht, das gerade läuft, aber es erinnert mich an einen Song von *Dove*, die Band von Finn und Mark. Der Rhythmus dringt mir ins Blut, und ich gebe mich völlig der Musik hin. Nach dem ganzen Stress in den letzten Tagen – die Vorbereitung auf den Bewerbungstermin, das Gespräch selbst – fühle ich mich endlich wieder richtig gut. Ich drehe total auf. Ich schüttle den Kopf im Takt der Musik, stampfe den Rhythmus und singe lauthals den Refrain mit, der leicht zu merken ist. Ich schaue zu Caroline und Dana und lächle sie an, worauf beide um die Wette strahlen. Ich merke, dass ich Spaß an der Sache habe. In den paar Monaten, seit ich mit Finn zusammen bin, sind wir ziemlich häuslich geworden; ein gelegentlicher Kino- oder Kneipenbesuch sind die Höhepunkte unseres gesellschaftlichen Lebens. Gut, das hängt sicher damit zusammen, dass ich so knapp bei Kasse bin, aber das ist nicht der ausschlaggebende Grund, warum wir ein so ruhiges Leben führen. Wir vermissen das Ausgehen nicht. Mir kommt der Gedanke (nicht zum ersten Mal), dass Finn die Band fehlen muss. Früher war die Musik sein Leben, aber jetzt steht sein Schlagzeug in der Garage seines Vaters zwischen altem Gerümpel. Vielleicht sollten Finn und ich wieder mehr ausgehen, in Clubs oder sogar auf Konzerte, denke ich. Vielleicht würde ihn das ja aus seinem Loch reißen, und er würde sein Schlagzeug wieder ausgraben und sich seiner Musikerkarriere widmen. Er verschwendet sein Talent, wenn er im Baumarkt seines Vaters arbeitet. Ich lasse die vergangenen Monate Revue passieren und denke, es ist Zeit, mit der Trauer abzuschließen. Ich denke an die Zukunft, wie sie besser sein könnte. Ich kann sie besser machen – für Finn und mich, aber besonders für Finn.

Ich sehe wieder Dana an, aber dieses Mal erwidert sie mein Lächeln nicht. Sie nimmt mich gar nicht wahr. Vielmehr starrt sie über meine Schulter hinweg auf irgendetwas hinter mir, mit seltsamem Gesichtsausdruck. Als ich mich umwende, um zu sehen, wohin ihr Blick geht, packt sie mich unsanft am Arm.

»Kommt!«, schreit sie. »Ich will nach Hause, sofort!«

»Das ist nicht dein Ernst!«, brüllen Caroline und ich zurück.

»Es ist doch noch früh!«, fügt Caroline hinzu.

»Ich habe Kopfschmerzen. Ich hau jetzt ab! Ich habe übrigens die Garderobenmarken.« Dana wirbelt auf dem Absatz herum und stürmt ohne ein weiteres Wort von der Tanzfläche.

Caroline und ich wechseln einen verdatterten Blick, aber da wir keine andere Wahl haben, folgen wir ihr.

»Was sollte das denn eben?«, fragt Caroline, als wir draußen auf der Straße stehen.

»Was meinst du?«, entgegnet Dana.

»Was sollte dieser plötzliche Aufbruch? Wir haben doch gerade erst angefangen, uns zu amüsieren.«

»Du vielleicht, aber meine Kopfschmerzen bringen mich fast um. Ich muss nach Hause und ein Paracetamol nehmen. Seht mal, da kommt ein Taxi. Na los!«

Das Taxi hält an, und drei Männer steigen aus. Während wir warten, mustert uns einer und stößt einen anerkennenden Pfiff aus.

»Schnauze!«, fährt Dana ihn an, schubst ihn zur Seite und steigt in den Wagen.

Nachdem Caroline und ich uns von dem Schock erholt haben, Dana so rüde zu erleben, steigen wir auch ein.

Dana nennt dem Fahrer unsere Adresse, und wir sitzen während der Fahrt schweigend nebeneinander. In der Mitte sitzt Caroline, mit einem Gesicht wie drei Tage Regenwetter. Wahrscheinlich ist sie sauer, weil der Abend frühzeitig endet. Danas Gesicht kann ich nicht sehen – sie hat es zur Scheibe abgewandt. Ich drehe den Kopf und sehe durch mein Seitenfenster, wobei ich den Biergestank, den die drei hinterlassen haben, zu ignorieren versuche, zusammen mit all den anderen unschönen Gerüchen. Ich denke darüber nach, wie sehr ich unseren Abend trotz des abrupten Endes genossen habe, was mich in meinem Entschluss bestärkt, dass Finn und ich mal wieder etwas mehr Spaß haben sollten.

Im Kamasutra steht: »Eine Frau, die man mit dem Pulver der Euphorbia antiquorum, vermischt mit Boerhavia procumbens, mit Affenkot und allerlei Wurzelwerk bestreut hat, liebt keinen anderen Mann.« Mag sein, dass sie keinen anderen liebt. Aber kann sie ihn nach so einer Demütigung überhaupt noch wirklich lieben?

6

Aufstehen! Los, los, hoch mit dir!«

Ich öffne die Augen zu einem Schlitz. Das Licht blendet mich. Ich erkenne eine Gestalt – Caroline –, die über mir thront wie ein Oberfeldwebel. Fehlt nur noch das Signalhorn. Ich schließe wieder die Augen.

»Komm schon! Hoch mit dir!«, bellt sie.

»Geh weg!«, murmele ich.

»Mach schon, Rosie! Du musst aufstehen!«

»Warum? Wer sagt das?«, stöhne ich genervt. »Wie spät ist es denn?«

»Spät genug, um aufzustehen!«

»Oh, Caroline, lass mich in Frieden! Ich brauche meinen Schlaf.«

Ich will mir die Decke über den Kopf ziehen, spüre aber Widerstand, als würde jemand, sprich: Caroline, am anderen Ende zerren.

»Du hast genug geschlafen. Mehr als genug. Nimm dir ein Beispiel an mir!« Ihre Stimme hat einen leicht schrillen Unterton. »Ich habe gar nicht geschlafen. Also, komm endlich!« Sie zerrt weiter an meiner Decke, aber ich klammere mich daran fest und bete, dass sie mich endlich in Ruhe lässt. Mein Gebet bleibt unerhört. Caroline hört nicht auf, an der Decke zu ziehen, und kreischt weiter in dieser nervigen hohen, aufgeregten Stimme. »Ich habe die ganze Nacht kein Auge zugetan. Ich schwöre dir, Rosie, mein Verstand arbeitet dermaßen auf

Hochtouren, das glaubst du nicht. Ich bin ein richtiges Genie! Du musst sofort aufstehen und runterkommen. Ich habe die Lösung für all unsere Probleme!«

»Was für Probleme?« Ich mache ein Auge auf. »Das einzige Problem, das ich im Moment habe, ist, dass du in aller Herrgottsfrühe an meinem Bett stehst und mir den letzten Nerv raubst.«

Caroline wirft meinen Bademantel aufs Bett. »Los, anziehen und mitkommen. Ich gehe kurz Dana wecken.«

»Caroline!«, rufe ich ihr hinterher. »Mach das Licht wieder aus! Bitte!«

»Komm runter in die Küche. Ich warte auf dich.«

Nachdem ich schließlich Carolines hartnäckigen Rufen vom unteren Treppenabsatz nachgegeben habe, betrete ich eine Viertelstunde später die Küche. Ich setze mich neben Dana, die genauso wenig begeistert aussieht wie ich.

»Bitte sehr!« Caroline serviert mir eine Tasse mit heiß dampfendem Kaffee. »Und der hier ist für dich, Dana. Schön stark, wie du ihn magst.«

Sie lässt sich uns gegenüber nieder. Während wir mit verschlafenen Gesichtern zusammengesunken dasitzen, eingemummt in unsere Bademäntel, ist Caroline bereits geduscht und angezogen und macht einen putzmunteren Eindruck. Ich löse die Arme vom Körper und greife zaghaft nach der Tasse. Dann nehme ich einen Schluck Kaffee.

»Also, ich habe einen Plan«, beginnt Caroline, die offenbar zu der Einschätzung gekommen ist, dass wir nun aufnahmefähig sind.

»Ich auch«, sagt Dana, die mit beiden Händen ihre Tasse umklammert. »Wieder ins Bett gehen und weiterschlafen bis Mittag.«

»Es ist fast Mittag. Wir haben schon längst nach elf.«

»Okay, dann eben bis nach Mittag.«

»Ach, komm. Hör auf, rumzujammern, und hör dir an, was ich euch zu sagen habe. Mit meinem Plan bekommen wir alle drei, was wir uns wünschen.«

»Und was wünschen wir uns?«, frage ich.

»Uns wieder ins warme Bett zu kuscheln?«, schlägt Dana vor.

Caroline ignoriert sie. »Könnt ihr nicht mal für einen Augenblick still sein und mir zuhören? Oder wollt ihr meinen genialen Plan gar nicht erfahren, den sich mein Superhirn ausgedacht hat, während ihr selig vor euch hingeschnarcht habt? Der Plan, der uns alle aus unserem Trott erlöst?«

»Wie bitte? Ich habe nie behauptet, dass ich im Trott stecke«, unterbricht Dana.

»Es ist aber so.«

»Augenblick mal, was ...«

Caroline fällt ihr ins Wort. »Das ist die Wahrheit!« Sie zeigt auf sich. »Ich bin im Trott.« Sie deutet auf mich. »Sie ist im Trott.« Sie zeigt auf Dana. »Und du bist im Trott.« Dann macht sie eine ausladende Geste, die uns einbezieht. »Wir sind alle im Trott!«

»Kannst du endlich aufhören, ständig *Trott* zu sagen?« Mit einem Mal nervt mich dieses schreckliche Wort, genau wie der Umstand, dass Caroline von mir als *sie* spricht. Aber hauptsächlich stört es mich, dass Caroline die Wahrheit sagt, zumindest, was mich betrifft. Ich will sie aber nicht hören.

»Wie soll ich denn sonst unsere aktuelle Lebenssituation bezeichnen?«, entgegnet sie. »Ich zum Beispiel. Ich bin es leid, für andere zu schuften, damit die sich 'ne goldene Nase verdienen. Es ist Zeit, dass ich mir Gedanken mache über mich und über das, was ich wirklich will! Es ist Zeit, meine nicht unerheblichen Talente darauf zu verwenden, *mein eigenes* Vermögen zu machen.«

Als Nächstes bin ich dran.

»Oder du, Rosie. Sieh dich doch einmal an. Du vermasselst ein Bewerbungsgespräch nach dem anderen. Es ist ungewiss, ob du in absehbarer Zeit einen Job bekommst, und falls doch, ob du ihn auch behältst, und falls ja, ob er dich zufrieden macht. Ich habe meine Zweifel, genau wie du, denke ich. Überleg doch mal! Es ist kein Zufall, dass du so lange für dein Studium gebraucht hast – genauso wenig, wie du eine Ewigkeit gebraucht hast, um dich schließlich als Laborantin zu bewerben, oder?«

»Vielen Dank, Caroline, dass du mich daran erinnerst, was für ein hoffnungsloser Fall ich bin.«

»Du bist kein hoffnungsloser Fall – ganz im Gegenteil! Du bist nur was Rundes und versuchst dich in was Eckiges zu zwängen, beziehungsweise was Eckiges, das sich in was Rundes zwängt. Oder so ähnlich. Das ist dein Problem.«

»Was Rundes?«

»Ja, und das Eckige ist das Labor, in das du nicht passt, weil du einfach nicht genug Interesse dafür aufbringst. Du musst was finden, was zu dir passt.«

Nachdem Caroline mit mir fertig ist, knöpft sie sich Dana vor.

»Was dich betrifft, Dana: Wenn ich dich richtig verstanden habe, würdest du dein Studium am liebsten hinschmeißen, aber das kannst du nicht machen. Du brauchst einen Hochschulabschluss, wenn du Dozentin werden willst, aber du musst zwei Hürden bewältigen: Erstens bist du langsam zu alt für die Rolle der mittellosen Studentin …«

»Ich bezweifle, dass ich mich jemals so bezeichnet habe«, widerspricht Dana.

»Daher ist dein größtes Problem, dass du kein Geld hast«, fährt Caroline unbeirrt fort. »Und zweitens: Dir fällt kein passendes Thema für deine Diplomarbeit ein, nachdem du mit dem alten danebenliegst, obwohl du Gott weiß wie lange daran gearbeitet hast. Aber wenn du deine Diplomarbeit nicht umschreibst, kannst du nicht nur das Diplom vergessen, sondern auch den Lehrauftrag am College. Und das war doch schon immer dein Traum, aber das weißt du selbst ja am besten. Mal angenommen, du könntest zwei Fliegen mit einer Klappe schlagen … dein Geld- *und* dein Diplomarbeitsproblem … Du wärst doch sicher interessiert, Dana, oder nicht?«

»Aber …«

»Kein Aber. Willst du dir meinen Plan nicht anhören?«

»Aber …«

»Nichts aber.«

»Doch, es gibt sehr wohl ein Aber«, sagt Dana jetzt genervt. »Ich will ja nicht unhöflich sein, *aber* bisher habe ich meine akademische Laufbahn absolviert, ohne dass auch nur einer in diesem Haus weiß oder sich besonders dafür interessiert, was genau ich eigentlich tue. Ich weiß dein plötzliches Interesse zwar durchaus zu schätzen, Caroline, aber kannst du dir das nicht für einen besseren Zeitpunkt aufheben statt gerade für Samstagmorgen, nachdem wir die halbe Nacht aus waren?«

Caroline hört nicht zu. Vielmehr macht sie den Eindruck, als wäre sie gedanklich bereits mit dem nächsten Part ihrer Präsentation beschäftigt – denn genau das ist es, das wird mir jetzt bewusst. Fehlt nur noch das Flipchart. Darauf könnte sie ihren Vortrag zusammenfassen und zum Beispiel drei Strichmännchen zeichnen, jedes davon bis zur Nasenspitze in seinem eigenen Trott, während oben nur die Augen herausschauen.

»Gut. Erstens«, legt Caroline unbeirrt los. »Du, Dana, bist eine angehende Psychologin.«

»Ja, und?«

»Und du brauchst dringend ein neues Thema für deine Diplomarbeit. Ja oder nein?«

»Hm, ja, sieht so aus.«

»Gut. Zweitens, du, Rosie, bist eine Wissenschaftlerin. Du hast einen naturwissenschaftlichen Hochschulabschluss, was dir eine gewisse Seriosität verleiht – jedenfalls für Außenstehende, die dich nicht richtig kennen.«

»So kann man es auch ausdrücken.«

»Und als Wissenschaftlerin hast du dir wissenschaftliche Methoden angeeignet, um diverse Forschungsexperimente durchzuführen. Ja oder nein?«

»Nun, ich kann zumindest mit einer Pipette und dem Bunsenbrenner umgehen.«

»Okay. Drittens, ich bin Marketingexpertin. Ich gestalte für andere Leute Werbekampagnen, die denen Millionen einbringen. Man könnte sagen, mein Job besteht darin, Menschen zu überzeugen, dass sie bestimmte Dinge brauchen, von denen sie zuvor gar nicht wussten, dass sie sie brauchen.« Sie sieht uns beide abwechselnd an, als erwarte sie, dass wir Einwände erheben. Aber wie denn, wenn wir nicht den leisesten Schimmer haben, worauf sie hinauswill? »Also«, spricht sie weiter, »findet ihr nicht auch, dass eine Marketingexpertin, eine Psychologin und eine Wissenschaftlerin eine interessante geschäftliche Konstellation ergeben?«

»Inwiefern interessant?«, fragt Dana.

»Darauf komme ich gleich zu sprechen«, wiegelt Caroline

ab. »Merkt euch erst mal unsere beruflichen Qualifikationen. Okay, nächste Frage: Was wünscht sich jeder Mensch? Was braucht ein jeder im Leben?«

Dana und ich sehen sie verständnislos an. War das jetzt rhetorisch gemeint, oder erwartet sie von uns wirklich eine Antwort?

»Na los, sagt was«, fügt sie hinzu.

»Aspirin?«, sagt Dana und massiert ihre Schläfen.

»Weiter, gebt euch mehr Mühe.«

»Schlaf?«, sage ich gähnend.

»Oh, ich bitte dich! Denkt gefälligst nach!«

»Wie sollen wir denn so früh am Morgen schon denken können?«, mault Dana.

»Strengt euch an! Was braucht jeder Mensch im Leben?«

»Klamotten?«, sage ich.

»Und?«

»Geld?«, versucht es Dana.

»Und?« Caroline scheint allmählich die Geduld zu verlieren, weil wir nicht mit der passenden Antwort herauskommen.

Nicht nur ihre Geduld ist erschöpft.

»Sauerstoff, Heizung, fließendes Wasser? Worauf willst du hinaus?«, frage ich.

Caroline gibt einen Stoßseufzer von sich, als könne sie nicht glauben, wie dusselig wir uns anstellen.

»Die Liebe, natürlich«, verrät sie uns schließlich.

»Die Liebe?«, wiederholt Dana.

»Ja. Jeder Mensch wünscht sich Liebe, nicht wahr? Letzte Nacht bin ich ins Grübeln gekommen. All die Leute im Club – sind sie nicht alle auf der Suche nach Liebe?«

Dana und ich zucken mit den Achseln.

»Schätze schon«, stimmt Dana ihr schließlich zu. »Kann sein.«

»Das ist sogar sicher. Jeder Mensch wünscht sich Liebe. Um geschäftlich erfolgreich zu sein, müssen wir den Menschen also etwas verkaufen, was ihre Sehnsüchte stillt. Und darum …« Sie macht eine Pause, lange genug für einen Trommelwirbel. »Und darum habe ich beschlossen, wir steigen in das Geschäft mit der Liebe ein.«

»Was?« Ich bin verwirrt. »Meinst du, wir sollen unseren eigenen Club eröffnen?«

»Natürlich nicht! Sei nicht albern! Auf dem Markt tummeln sich bereits viel zu viele Anbieter. Die Konkurrenz ist einfach zu groß, und die laufenden Kosten sind enorm.«

»Was meinst du dann für ein Geschäft?«, frage ich.

»Gute Frage, Rosie«, entgegnet Caroline in ihrem total nervigen Geschäftston. »Genau darüber habe ich mir die ganze Nacht den Kopf zerbrochen. Natürlich haben schon viele vor mir erkannt, dass man mit der Liebe das große Geschäft machen kann. Denkt nur an die ganzen Partnervermittlungen, die Kontaktbörsen im Internet für einsame Herzen, an solche Geschichten wie Speed-Dating und so weiter. Wir müssen also etwas Einzigartiges bieten, etwas Neues, um unseren Anteil vom Kuchen zu bekommen. Und diese neue Besonderheit sind …« Sie wirft mir einen begeisterten Blick zu, dann Dana. »… Liebeselixiere.«

»Liebeselixiere?«, wiederhole ich.

»Liebeselixiere?«, wiederholt Dana.

»Ganz richtig!«

Ein längeres Schweigen entsteht.

»Das ist nicht dein Ernst!«, bricht es schließlich aus mir heraus. »Und mich hast du eben noch als albern bezeichnet, weil ich annahm, du redest von einem Nachtclub.«

»Doch, das ist mein völliger Ernst! Ich habe eine Marktlücke entdeckt, die wir füllen werden. Wir machen einen Laden auf und verkaufen Liebeselixiere.«

»Verstehe.« Aber natürlich meine ich damit, dass ich nicht die Bohne verstehe.

»Okay, Rosie, du bist die Wissenschaftlerin. Deine Aufgabe wird sein, die Elixiere herzustellen.«

Ich lache schallend los. »Wie bitte? Wie kommst du darauf, dass ich mich mit Liebeselixieren auskenne?«

»Du bist doch Wissenschaftlerin, oder?«

»Entschuldige meine Begriffsstutzigkeit, aber ich sehe da keinen Zusammenhang. Wenn ich mich recht erinnere, wurde dieses Thema in meinem Studium nicht behandelt. Aber vielleicht habe ich an dem Tag auch gefehlt.«

Caroline hört wieder nicht zu. »Als Erstes machst du eine Internetrecherche. Am besten, du gibst als Suchbegriff ›Aphrodisiaka‹ ein. Schau mal, ob du herausfindest, welche Kräuter und Gewürze traditionell verwendet wurden. Interessant sind vor allem die, die ungiftig sind und leicht zu beschaffen. Vielleicht findest du sogar ein paar Rezepte. Du kannst auch selbst herumexperimentieren und ein paar Mischungen ausprobieren. Darum geht es doch in der Wissenschaft, und du bist schließlich Wissenschaftlerin, oder nicht?«

»Du hast es nun ja oft genug betont, und als Wissenschaftlerin sage ich dir, dass ich nicht an so einen Humbug glaube.«

»Nun, ich dachte, als Wissenschaftlerin prüfst du erst die Fakten, bevor du dir ein Urteil erlaubst.«

»Aber …«, beginne ich, doch mir fehlen die Worte. Das ist doch völlig albern. »Aber …«

Caroline ist vorerst mit mir fertig. Sie richtet ihre Aufmerksamkeit auf Dana. »Du«, sagt sie, »du brauchst ein neues Thema. Ich möchte dir eins vorschlagen.«

»Wirklich?«

»Ja. Wie wäre es, wenn du das gesamte Spektrum der Aphrodisiaka betrachtest? Dazu gehört zum Beispiel, zu erforschen, ob sie tatsächlich wirken – und wenn ja, inwiefern sie das Verhalten der Menschen beeinflussen. Du könntest mit Rosies Liebeselixieren ein paar Versuchsreihen durchführen.«

»Rosies Liebeselixiere!«, platze ich heraus. »Entschuldige mal, noch habe ich mein Okay nicht gegeben.«

Dana schüttelt den Kopf. »Nee, ich bin mir sicher, dass solche Studien bereits gemacht wurden.«

»Ja, aber das ist kein Grund, sich davon abbringen zu lassen. Du könntest ja auf Basis der vorhandenen Studien weiterforschen.«

Dana macht ein zweifelndes Gesicht. »Okay, ich kann ja mal schauen, was es zu diesem Thema bereits gibt. Vielleicht ergibt sich ja ein interessanter Ansatz. Aber nur vielleicht.«

»Scheiß auf dein Vielleicht. Die Idee ist großartig.«

»Na ja, zumindest ist es ein interessantes Forschungsgebiet und …«

»Allerdings. Daraus lässt sich doch bestimmt was machen, oder?«

»Schon möglich.« Aber dann hebt Dana achselzuckend die Schultern. »Ich weiß nicht. Es gibt da eine Reihe ethischer Fragen zu beachten und …«

»Ja, aber lässt sich was daraus machen?«

»Vielleicht.«

»Ein Vielleicht reicht mir im Moment. Und mal angenommen«, fährt Caroline unbeirrt fort, da sie Danas »Vielleicht« bereits in ein »Sicher« umgewandelt hat, »bei deinen Untersuchungen stellt sich heraus, dass Liebeselixiere tatsächlich eine messbare Wirkung zeigen. Dann werden wir das auf jeden Fall in unsere Werbung aufnehmen.«

»Was genau meinst du mit ›unsere Werbung‹?«, frage ich.

»Du weißt schon, Veröffentlichungen in den Printmedien, Flyer und so weiter.«

»Veröffentlichungen in den Printmedien, Flyer und so weiter«, wiederholt Dana bedächtig, als wäre es eine Sprache, die sie zum ersten Mal hört.

»Ja, ich denke, unsere Geschäftsidee ist so neu, dass wir bei der Lokalpresse großes Interesse wecken werden, wenn wir es richtig anstellen. Außerdem haben wir die passende Hintergrundstory zu bieten: Drei gute Freundinnen mit völlig unterschiedlichen Berufen eröffnen gemeinsam ein Geschäft – das ist doch eine perfekte Story für die Samstagbeilage. Ich habe gute Kontakte zur Presse. Es dürfte nicht so schwer sein, sie auf uns aufmerksam zu machen.«

Caroline sieht Dana an.

»Dana, du hättest so nicht nur ein neues Thema für deine Diplomarbeit, sondern auch einen Job. Du kannst bei den Vorbereitungen für den Laden helfen, und später im Verkauf. So hättest du immerhin ein festes Einkommen, und du kannst dir deine Zeiten selber einteilen, damit dein Studium nicht darunter leidet. Und wenn unsere Idee einschlagen sollte, bist du von Anfang an an einem Geschäft beteiligt, das für uns alle sehr lukrativ sein könnte. Wenn wir Erfolg haben, bist du automatisch am Gewinn beteiligt, der sicher nicht unbeträchtlich sein wird. Schließlich bin *ich* dafür zuständig, aus unserer Firma ein profitables Unternehmen zu machen. Und stell dir mal vor, wie viel Spaß wir haben werden! Wir drei gründen unser eigenes Unternehmen. Kann es was Besseres geben?«

Ich richte den Blick von Caroline auf Dana, gespannt auf ihre Reaktion. Sie macht ein ziemlich verwirrtes Gesicht, als versuche sie eine Million Fragen in ihrem Kopf zu sortieren. Sie klappt den Mund auf, schließt ihn wieder, öffnet ihn erneut.

»Und wie soll das gehen?«, bringt sie schließlich heraus.

»Ich denke da an so etwas Ähnliches wie den Soap Shop in der Innenstadt, ihr wisst schon, wo man nur Seife und Badezusätze kaufen kann. Wenn die mit etwas so Banalem wie Seife ein Geschäft aufziehen können, dann können wir das auch mit etwas so Fundamentalem wie Liebe.«

»Nein, vergiss es!«, lehne ich ab.

»Warte kurz und lass mich ausreden. Ich kann es mir schon bildlich vorstellen. Ich finde, wir sollten uns auch in der Innenstadt ansiedeln. Die Eingangsfassade streichen wir pink. Und in das Schaufenster stellen wir kleine, gefüllte Ampullen in allen möglichen Farben. Ich denke auch …«

»Und ich denke«, falle ich ihr ins Wort, »dass der Vorteil von Seife ist, dass sie genau die Wirkung zeigt, die man von ihr erwartet. Sie reinigt die Haut. Was für eine Wirkung versprichst du dir von den Liebeselixieren?«

»Natürlich, dass die Leute sich verlieben! Beziehungsweise dass sie sie kaufen *in der Hoffnung*, sich zu verlieben. Und wer sagt, dass Liebeselixiere nicht funktionieren? Schließlich haben sie eine lange Tradition. In der Geschichte der Menschheit gibt es zahlreiche Beispiele dafür, dass die Leute fest daran geglaubt haben. Warum sollte ich also daran zweifeln? Außerdem werden wir nur Zutaten verwenden, die für ihre aphrodisierende Wirkung bekannt sind.«

»Aber du glaubst doch nicht wirklich an die Wirkung von Liebeselixieren, oder?«

»Warum denn nicht, wo doch so viele Menschen vor mir daran geglaubt haben? Das wäre anmaßend. Außerdem tut es nichts zur Sache, ob ich daran glaube.«

»Trotzdem, du glaubst nicht wirklich daran, oder doch?« Ich lasse nicht locker.

»Es ist völlig wurscht, ob ich daran glaube! Wichtig ist nur, dass unsere Kundschaft daran glaubt.«

Ich starre sie an. »Oh Mann! Dann können wir auch gleich eine Hellseherpraxis aufmachen!«

»Die Branche ist bereits überlaufen«, antwortet sie scherzhaft. Zumindest glaube ich, dass es ein Scherz war.

»Und wie sollen wir ein geeignetes Ladenlokal in der Innenstadt finden?«, frage ich. »Ganz zu schweigen davon, wie wir es finanzieren? Dein Plan kostet ein Vermögen!«

»Mach dir wegen der Finanzierung keine Sorgen. Das könnt ihr alles mir überlassen, das ist mein Job. Mal angenommen, ich finde passende Räumlichkeiten und stemme die Finanzierung, wärt ihr dann interessiert? Was meinst du, Dana?«

»Ich weiß nicht. Vielleicht«, antwortet Dana zögernd, ohne dass ihr klar ist, dass sie direkt in Carolines Falle getappt ist.

»Vielleicht?«

»Ja, aber …« Dana unterbricht sich, als sie sieht, dass Caroline sich auf ihrem Stuhl zurücklehnt, mit einem selbstgefälligen Grinsen.

»Was?«, sagt Dana.

»Die gute Neuigkeit lautet, dass ich bereits ein passendes Objekt gefunden habe!«

»Das ist nicht dein Ernst!«

»Doch. Ich habe gleich heute Morgen mit Dougs Mutter telefoniert.«

»Dougs Mutter? Du hast Monica angerufen?«

»Ja.« Caroline fährt fort, ohne Danas verwundertes Gesicht wahrzunehmen. »Ihr wisst ja, dass sie gerade ihren Laden von Grund auf renovieren lässt, weil sie ihn verpachten will. Die Arbeiten sind zwar noch nicht ganz abgeschlossen, aber sobald es so weit ist, können wir ihn als neue Pächter übernehmen.«

»Wie hast du sie denn dazu überreden können?«, fragt Dana.

»Süße, glaub mir, ich kann jeden überzeugen. Außerdem war es gar nicht schwer. Monica liebt dich heiß und innig, Dana. Sie denkt, du bist das Beste, was Doug je passiert ist. Darum freut sie sich, uns helfen zu können. Ich konnte sie überreden, dass sie uns in den ersten sechs Monaten den Laden billiger verpachtet, bis wir uns etabliert haben. Und sobald das Geschäft Gewinn abwirft, bekommt sie ihren Anteil. Ich konnte sie nämlich nicht nur überzeugen, an uns zu vermieten, sondern auch, als Investor bei uns einzusteigen.«

»Du machst Witze!«

»Nein.«

»Das alles hast du eingefädelt, ohne vorher mit uns zu reden?«

»Ich brauchte schließlich handfeste Argumente, die ich auf den Tisch legen konnte. Ich dachte, so kann ich euch klarmachen, wie ernst mir die Sache ist und dass es möglich ist, die Idee zu verwirklichen. Denn es ist möglich.«

»Aber …«

Sie unterbricht mich sofort. »Außerdem habe ich noch ein paar andere Leute angerufen. Ich denke, ich konnte ein paar solvente Geldgeber davon überzeugen, in uns zu investieren.«

»Wen denn?«

»Kunden von mir, die ich schon seit vielen Jahren betreue.

Menschen, mit denen ich eng zusammenarbeite und denen ich viel Profit verschafft habe. Menschen, die mir vertrauen. Ich gehe davon aus, dass wir die Finanzierung locker hinbekommen.«

»Du bist echt 'ne Marke!« Dana sieht Caroline mit einem Ausdruck an, der besorgniserregende Bewunderung ausdrückt.

»Hast du es endlich erkannt?«, entgegnet Caroline lachend.

Was redet Dana da? Sie fängt doch nicht an, an diese absurde Geschäftsidee zu glauben?

»Sekunde mal!«, unterbreche ich. »Eine Finanzierung muss zurückbezahlt werden. Nehmen wir mal an, rein hypothetisch, dass wir dieses … Ding aufziehen. Sollten wir uns dann nicht einen kostengünstigeren Standort suchen, damit wir nicht so viel Startkapital brauchen?«

Caroline schüttelt den Kopf. »Nein, denn wir haben lediglich einen Versuch. Nur eine erfolgreiche Präsentation bringt Erfolg. Wir eröffnen in der Innenstadt, in 1a-Geschäftslage, und ich garantiere euch: Der Laden wird laufen. Monica ist auch von dem Konzept überzeugt, genau wie unsere anderen potenziellen Investoren. Und das sind alles keine dummen Menschen.«

Darin schwingt die leise Anspielung mit, dass Dana und ich dumme Menschen sind, wenn wir nicht das Potenzial erkennen wie die anderen, die schlauer und reicher sind als wir. Aber es kann nicht so einfach sein, wie Caroline es darstellt.

Ich spiele meinen letzten Trumpf aus. »Und was ist mit dem Businessplan?«, frage ich in der Sprache, die Caroline versteht. »Brauchen wir nicht einen Businessplan?«

Caroline steht auf und holt einen Spiralblock, der auf der Anrichte liegt. »Während ihr geschlafen habt …« Lächelnd gibt sie mir den Block. »Natürlich muss ich das alles noch abtippen und ein bisschen sortieren, aber das Wichtigste steht drin.«

Ich blättere durch die Seiten. Ein Durcheinander von Zahlen, addiert zu schwindelerregenden Summen, die mit Kommentaren versehen sind. Dazwischen eine Beschreibung des Teams: Caroline Connolly, Bachelor of Commerce. Dana Vaughan, Bachelor of Arts (Psychologie). Rosie Kiely, Bachelor of Science. Hinter meinem Namen steht: *Rosie, Absolventin des University College Dublin, leitet unsere Forschungs- und Entwicklungsabteilung.* Leitet unsere Forschungs- und Entwicklungsabteilung? Ich muss sagen, wenn ich das lese, schlägt mein Herz ein wenig höher. Aber nur für einen kurzen Augenblick – bis mir wieder einfällt, was ich erforsche und entwickle.

Caroline nimmt ihren Block wieder an sich und blättert ihn durch. »Das Gute an unserem Unternehmen ist, dass wir selber produzieren und keine Zwischenhändler brauchen, die unseren Gewinn schmälern. Nach meiner Schätzung belaufen sich die Produktionskosten pro Portion auf über einen Euro. Aber wir können sie zu einem beliebigen Preis verkaufen, was immer wir für angemessen halten. Wichtig ist vor allem die Verpackung. Ich denke, kleine Ampullen aus Glas würden edel aussehen. Wenn wir davon größere Mengen abnehmen, dürften wir sie für fünfzig Cent das Stück bekommen. Wir denken uns witzige Namen für die Elixiere aus und bekleben die Fläschchen mit schönen Etiketten, auf denen wir die wichtigsten Inhaltsstoffe und ihre aphrodisierende Wirkung auflisten.«

»Du hast dir gründlich Gedanken gemacht, nicht wahr?«, bemerkt Dana.

»Allerdings! Ich denke, 9,99 ist ein guter Einstiegspreis. Die meisten Leute müssen nicht erst nachdenken, bevor sie einen

Zehner ausgeben. Ein Verkaufspreis von 9,99 bedeutet einen Brutto-Gewinn von 8,49 vor Steuer. Zieht man die Umsatzsteuer ab, bleibt noch ein Gewinn von knapp sechs Euro. Unsere Betriebsausgaben wie Pacht, Löhne, Strom und Wasser bleiben dieselben, ob wir nun einen Euro am Tag einnehmen oder tausend. Der Erfolg dieses Unternehmens hängt also von der Verkaufszahl ab, die wiederum davon abhängt, wie gut wir unser Produkt vermarkten. Und da komme ich ins Spiel.« Sie überlegt kurz. »Vielleicht ist 9,99 auch zu niedrig angesetzt, und wir sollten mehr verlangen. Je höher der Preis, desto mehr Qualität verspricht das Produkt.« Sie lässt den Schreibblock sinken. »Ich muss das alles noch sortieren und abtippen. Aber entscheidend ist, dass ich daran glaube, dass wir einen richtigen Verkaufsschlager landen könnten. Das ist die Herausforderung und Gelegenheit, auf die ich gewartet habe. Und ich möchte das gerne mit euch gemeinsam durchziehen. Wir wären ein gutes Team, ein richtiges Spitzenteam!«

»Aber, Caroline …« Ich schaue Dana an, um zu sehen, was sie denkt. Normalerweise ist sie die Vernünftigste von uns dreien, aber ihr Gesichtsausdruck beunruhigt mich. Sie scheint an Carolines Plan Gefallen zu finden. »Dana!«, fahre ich sie an. »Sag nicht, du findest die Idee gut!«

»Nun ja«, antwortet sie zögernd. »Ich finde, wir sollten zumindest darüber nachdenken. Ich weiß zwar nicht, ob sich daraus ein Thema für meine Diplomarbeit ergibt, aber trotzdem bin ich von der Idee sehr angetan. Mir gefällt die Vorstellung, dass wir drei unser eigenes Geschäft gründen. Mir gefällt auch, dass ich die Arbeit mit meinem Studium vereinbaren kann. Klingt doch nach einer spannenden Sache, oder nicht?«

»Moment mal, aber du glaubst doch nicht an die Wirkung von Liebeselixieren, oder doch?«, frage ich.

Dana zuckt mit den Achseln. »Das kann ich nicht eindeutig mit Ja oder Nein beantworten. Dafür weiß ich zu wenig darüber. Ich muss mich erst mal in das Thema einlesen, aber wie Caroline sagt: Die Menschen glauben seit vielen Generationen daran. Es gibt ja auch viele Pflanzen mit heilender Wirkung. Die Pharmaindustrie bedient sich seit Jahren bei der Naturmedizin. Die meisten Medikamente wurden auf der Basis von Naturheilwissen entwickelt. Ich denke, es ist durchaus vorstellbar, dass es Pflanzen gibt, die eine aphrodisierende Wirkung haben.«

»Überleg doch mal, Rosie«, nimmt Caroline ihre Überzeugungsarbeit wieder auf. »Es kann funktionieren, und es wird funktionieren. Stell dir vor, was für ein Potenzial dahintersteckt! Der Laden ist erst der Anfang. Zuerst Dublin, dann London, Paris, New York! Wir könnten eine Franchise-Kette aufbauen!«

»Hey, bleib mal auf dem Teppich!«, sagt Dana lachend.

»Aber es ist möglich!« Carolines Augen glänzen fiebrig wie bei einem amerikanischen Fernsehprediger.

Ist es wirklich möglich? Kann es tatsächlich funktionieren? Aus Carolines Mund klingt es so logisch. Ihr Optimismus ist ansteckend. Gegen meinen Willen spüre ich einen Funken Begeisterung in mir aufkeimen, den ich aber sofort wieder unterdrücke.

»Und stell dir vor, Rosie! Wenn du in, sagen wir, fünf Jahren ein Klassentreffen hast und du gefragt wirst, was du so machst, dann antwortest du, dass du ein internationales Unternehmen leitest, das du selbst mitbegründet hast! Wäre das nicht obercool? Deine alten Kommilitonen werden bestimmt blass vor Neid!«

Für einen Moment stelle ich mir einen Saal vor in einem schicken Hotel, wo ich von meinen ehemaligen Kommilitonen umringt bin und wir alle (merkwürdigerweise, berücksichtigt man den Anlass) weiße Laborkittel tragen und die anderen an meinen Lippen hängen und ehrfurchtsvoll die kleine Ampulle betrachten, die ich im Kreis herumzeige und die eine farbige Flüssigkeit enthält. Rasch verdränge ich dieses bizarre Bild wieder.

»Ach ja? Und worum sollten sie mich beneiden? Darum, dass ich eine Art moderne Hexe bin, die ihre Zaubermittelchen unters Volk bringt?«

Aber Caroline hört wieder nicht zu.

»*Magic to Go*. Wie findet ihr das?«, fragt sie und sieht uns abwechselnd an.

»Gefällt mir«, antwortet Dana.

»Also, Mädels, was meint ihr? Seid ihr dabei oder nicht?«

»Ich bin dabei!«, ruft Dana begeistert, bekehrt von Carolines Baptistenpredigt.

Während ich nach wie vor Bedenken habe und nach Argumenten suche, warum das der behämmertste und zum Scheitern verurteilteste Plan aller Zeiten ist, klatschen Dana (jawohl, Dana) und Caroline sich ab.

Nun, da Caroline die eine auf ihre Seite gezogen hat, richtet sie ihre volle Konzentration auf die andere, sprich: auf mich.

»Was meinst du, Rosie?«

Ich zucke stumm mit den Achseln. Mich wird sie nicht so schnell rumkriegen.

»Du musst Vertrauen haben, Rosie«, sagt Caroline weiter. »Anita Roddick wäre nie so erfolgreich gewesen, wenn sie nicht an sich selbst geglaubt hätte. Genau wie Ann Summers mit ihren Erotikshops …«

»Ann Summers gibt es doch gar nicht, so heißen nur die Läden!«

»Body Shop, Soap Shop, Erotikshop – warum nicht auch ein Shop für Liebeselixiere? Willst du wirklich dein ganzes Leben lang nur Wasserproben im Labor testen?«

»Das war doch nur einen Sommer lang! Das war ein Praktikum! Und es ist trotzdem immerhin eine sinnvolle Tätigkeit. Ohne Wasser kein menschliches Leben.«

»Ja, das stimmt, aber es muss nicht unbedingt in Flaschen abgefüllt sein. Der erste Mensch, der beschlossen hat, das Quellwasser in Flaschen abzufüllen und teuer zu verkaufen, obwohl aus dem Hahn anständiges Trinkwasser kommt, das fast nichts kostet, ist jetzt Multimillionär! Man sollte nicht unterschätzen, wofür die Leute ihr Geld ausgeben. Du kannst das auch erreichen, Rosie. Du kannst Millionen scheffeln, oder du kannst dein ganzes Leben lang als Arbeitnehmer schuften, ohne wirklich mit dem Herzen dabei zu sein. Komm schon, Rosie. Das wird ein Selbstläufer!«

Jemand von uns sollte Vernunft bewahren. Normalerweise sollte das Dana sein. Sonst ist es immer Dana, und nicht ich, war ich noch nie. Ich starre in ihre begeisterten Gesichter angesichts dieses unmöglichen Traums, mit dem Caroline uns vor der Nase herumwedelt.

»Millionen?«, wiederhole ich.

Caroline zuckt lässig mit den Schultern. »Sicher, warum nicht? Alles ist möglich! Und du hättest endlich einen Job. Zuerst kümmerst du dich um die Recherche, dann braust du uns was zusammen, und später kannst du im Laden helfen, wenn du Lust hast. Wenn ich mich recht erinnere, bist du ein Verkaufstalent. Jedenfalls behauptet Monica das.«

Beide starren mich gespannt an.

Was habe ich schon zu verlieren? Meinen Ruf als Wissenschaftlerin? Der existiert gar nicht. Wie Caroline richtig bemerkt hat, finde ich nicht einmal einen Job. Und es stimmt, ich habe gerne in der Boutique gearbeitet. Es macht mir Spaß, die Kunden zu beraten. Die Arbeit im Labor ist dagegen ziemlich einsam. Aber ausgerechnet Liebeselixiere? Kann ich wirklich etwas verkaufen, an das ich nicht glaube? Ich muss an die anderen auf dem College denken. An meinen Kommilitonen Eamonn, mit dem ich im ersten Semester kurz was hatte. Er entschied sich für das Studium, weil er von Kindheit an eine Leidenschaft für Geologie besaß. Hat er sich als Kind, wenn er seine Steinsammlung begutachtete, jemals vorgestellt, dass er später einmal für einen Ölkonzern arbeiten würde? Ich muss an Adrienne denken, die Archäologie studiert hat und jetzt in einer Baufirma beschäftigt ist, die Grundstücke erschließt. Große Unternehmen können sich all diese Akademiker leisten. Sicher, in gewisser Hinsicht könnte man Adrienne und Eamonn vorwerfen, sich verkauft zu haben. Aber jeder ist auf Arbeit angewiesen. Wenn ich Carolines Angebot ablehne, was dann? Dann werde ich mich weiter bewerben und vielleicht irgendwann einen Job bekommen, höchstwahrscheinlich in einem internationalen Konzern. Aber werde ich alles gutheißen, was so ein Großunternehmen macht?

Okay, ich glaube also nicht an die Wirkung von Liebeselixieren. Aber wenigstens schaden sie niemandem – dafür kann ich sorgen. Ich muss nur sorgfältig genug recherchieren. Vielleicht reicht das schon. Das und die einmalige Chance, einen beruflichen Neuanfang zusammen mit meinen besten Freundinnen zu wagen.

»Ich denke«, sage ich und mache kurz eine Pause, um tief Luft zu holen. »Ich denke, ich bin dabei.«

Caroline stößt einen Jubelschrei aus. »Das ist mein Mädchen!«

Wir sehen uns an. Die Aufregung ist geradezu greifbar. Obwohl er noch anhält, wird mir bewusst, was für ein besonderer Moment das ist. Kann sein, dass wir völligen Schiffbruch erleiden, aber vielleicht auch nicht.

»*Magic to Go*«, sage ich laut.

»*Magic to Go!* In drei Monaten ist Eröffnung!«, verkündet Caroline ganz nebenbei, vielleicht in der Hoffnung, dass es in der allgemeinen Begeisterung untergeht.

»In drei Monaten!«, kreische ich.

»Je früher wir mit dem Verkauf beginnen, desto schneller verdienen wir Geld! Darum schlage ich vor, ihr geht jetzt duschen, und ich mache uns ein Frühstück. Danach kannst du dich direkt an die Arbeit machen, Rosie, und mit der Internetrecherche anfangen. Einverstanden, Partner?«

Nach indianischer Überlieferung verliebte sich Xanath, Tochter der mexikanischen Fruchtbarkeitsgöttin, in einen Totonac-Krieger. Da sie wegen ihrer göttlichen Abstammung keinen Sterblichen heiraten durfte, verwandelte sie sich in eine duftende Pflanze, die Vanille, um ihrem Geliebten Freude und Glück zu bereiten.

Anmerkung: Legt man in ein Glas Champagner eine Vanilleschote, ergibt das ein prickelndes Vergnügen.

7

Ich schaue von meinem Computer auf, schwinge auf meinem Drehstuhl herum und sehe Finn, der im Türrahmen lehnt, die Hände in den Hosentaschen vergraben, die Beine gekreuzt.

»Mensch, du hast mich vielleicht erschreckt! Wie lange stehst du da schon?«, frage ich.

»Noch nicht lange.«

Er kommt zu mir herüber, beugt sich herunter, um mich zu küssen, und durchquert dann das Zimmer, um sich aufs Bett zu setzen. Ich sage *durchquert*, was eine gewisse Entfernung impliziert. In Wirklichkeit meine ich damit, dass er sich nur umzudrehen und auf das Bett fallen zu lassen braucht. Ich bewohne das kleinste Zimmer im Haus, die sogenannte Abstellkammer. Während Dana, Caroline und Shane über (vergleichsweise) geradezu fürstliche Gemächer verfügen, ist mein Reich viel zu klein, um bei meinem chaotischen Leben darin Ordnung zu halten – wie der Umstand beweist, dass Finn die Auswüchse dieses Chaos nun beiseiteschiebt, damit er sich setzen kann: ein zerknittertes Laken, ein achtlos hingeworfener Pyjama, ein umgedrehtes Buch, ein feuchtes Handtuch, einen Fön und die Klamotten, die ich heute anprobiert habe, um mich dann wieder anders zu entscheiden.

»Und, erzähl mal, wie war euer Abend gestern?«, fragt Finn, nachdem er es sich so bequem wie möglich gemacht hat.

»Super. Zumindest der erste Teil.«

»Und der zweite nicht?«

»Nun, du kennst doch Caroline! Dana und ich wollten eigentlich nach Hause, aber sie hat uns überredet, noch in den Club zu gehen. Ich hatte ursprünglich keine Lust, aber dann fing ich gerade an, mich zu amüsieren, als Dana aus heiterem Himmel aufbrechen wollte, weil sie Kopfschmerzen bekommen hatte. Also sind wir alle drei mit dem Taxi nach Hause gefahren. Und du? Warst du aus?«

»Hmm?«

»Was hast du gestern Abend gemacht?«

»Och, nicht viel.«

»Hast du deinem Vater vor der Glotze Gesellschaft geleistet?« Plötzlich fällt mir mein Vorsatz ein, dass Finn und ich wieder öfter ausgehen sollten. »Weißt du«, sage ich, »ich hatte gestern richtig Spaß, bevor Dana geschwächelt hat! Und ich habe nachgedacht. Wenn wir zwei ausgehen, dann höchstens mal ins Kino oder in den Pub. Ich finde, wir sollten wieder öfter tanzen gehen und ein paar Live-Konzerte besuchen.«

»Klingt nicht schlecht«, antwortet Finn mit einem Lächeln. »Caroline hat vorhin angedeutet, dass es große Neuigkeiten gibt.«

Ich lache. »Mich wundert, dass sie es dir nicht selbst gesagt hat. Okay, du wirst es nicht glauben, aber wir haben beschlossen, gemeinsam ein Geschäft zu gründen.«

»Im Ernst?«

»Ja.«

»Und was für ein Geschäft?«

»Wir verkaufen Liebeselixiere«, antworte ich in beiläufigem, aber selbstsicherem Ton, als würden wir über etwas Konventionelleres reden wie, sagen wir, Versicherungen.

Finn sieht mich an und fängt dann an, zu lachen. »Nein, im Ernst! Was für ein Geschäft?«

»Wir verkaufen Liebeselixiere«, wiederhole ich, diesmal leicht defensiv.

»Liebeselixiere?«

Okay, Finns Begeisterung hält sich in Grenzen, aber ich muss an meine eigene Reaktion denken, als ich zum ersten Mal von der Idee gehört habe. Ich erzähle ihm alles, angefangen von Carolines rücksichtsloser Weckaktion, und beschreibe ihm ausführlich ihre Argumentation. Offenbar besitze ich nicht dieselben Überzeugungskräfte wie Caroline. Mir entgeht nicht, dass Finn dasitzt und sich bemüht, ernst zu bleiben, während ich rede. Seine kaum merklich gewölbte Augenbraue verrät einiges – Skepsis, Belustigung und mangelnden Enthusiasmus, worüber ich hinwegzusehen versuche.

»Also«, sage ich zum Schluss. »Ich werde die nächsten paar Wochen gründlich recherchieren und Mixturen ausprobieren.« Mit einem Nicken deute ich auf meinen Monitor. »Ich habe schon angefangen. Es ist erstaunlich, wie viel es im Internet zu diesem Thema gibt.« Ich mache eine kurze Pause. »Was meinst du dazu?«, frage ich und hoffe insgeheim auf seine Billigung.

»Was ich dazu meine?«

»Ja.«

»Ich bin mir nicht sicher.«

»Nun, jedenfalls besteht keine Gefahr, dass mich deine ungebremste Begeisterung umwirft, so viel steht fest!«, erwidere ich spitz.

»Ich muss mich erst mit der Idee vertraut machen. Ich versuche noch herauszufinden, wie das funktionieren soll.«

»Keine Sorge, es wird funktionieren. Die Idee ist super, und wir sind ein tolles Team. Caroline sagt, dass …«

»Ach ja, Caroline.«

Ich sehe ihn an und warte auf eine Erklärung, aber die kommt nicht.

»*Ach ja, Caroline*? Was soll das heißen?«, frage ich.

»Du weißt, ich mag Caroline, sehr sogar. Sie ist großartig. Immer gut drauf, begeisterungsfähig, dynamisch, gescheit, aber …«

»Aber was?«

»Also schön.« Finn überlegt kurz, dann erklärt er zögernd: »Bloß weil Caroline beruflich so erfolgreich ist und Erfahrung darin hat, Unternehmen zu promoten, macht das noch lange keine erfolgreiche Unternehmerin aus ihr! Das sagt nichts über ihre Fähigkeiten aus, ein eigenes Geschäft zu führen. Und ja, ich weiß, ihr seid schon eine Ewigkeit gute Freundinnen. Aber daraus lässt sich nicht automatisch ableiten, dass ihr auch gute Geschäftspartnerinnen seid.«

»Natürlich nicht! Trotzdem ist es für den Anfang schon mal gut, dass wir prima miteinander klarkommen, dass wir uns gegenseitig vertrauen und verstehen. Und wenn Caroline nicht wäre, würde es gar keine Geschäftsidee geben. Sie hat uns überzeugt.«

»Ja, kann ich mir vorstellen«, sagt Finn in einem Ton, der mir nicht gefällt. Dann zuckt er mit den Achseln. »Ich weiß nicht. Die ganze Sache … na ja … das stinkt doch irgendwie.«

»Stinkt?« Allmählich werde ich sauer.

»Nun, ja, das stinkt eben, wie fauler Fisch.«

»Fisch? Wenn du damit Austern meinst, dann hast du recht.« Ich deute wieder auf den Monitor. »Austern wird nämlich eine aphrodisierende Wirkung zugeschrieben, genau wie Seetang beziehungsweise Algen, wie wir heute dazu sagen. Natürlich ist Seetang auch kein Fisch, aber er riecht so.«

»Wovon redest du, Rosie?«

»Bevor du kamst, habe ich gelesen, wie sich wissenschaftlich erklären lässt, warum Seetang eine aphrodisierende Wirkung haben soll. Es ist nämlich so, dass Seetang viele Vitamine und Mineralien enthält, vor allem Jod. Jodmangel kann dagegen zu körperlichen Erschöpfungserscheinungen führen, was sich auch auf den Sexualtrieb auswirkt. Ist das nicht interessant?«

Finn sieht mich an, als würde er nur Bahnhof verstehen, und vielleicht tut er das ja auch. Schließlich bin ich mir selbst nicht sicher, ob ich alles richtig verstanden habe – oder warum ich hier so rumschwalle. Vielleicht ist das ja der Versuch, Finn mit meinem Fachwissen zu beeindrucken, um unserer Geschäftsidee einen seriösen Anstrich zu geben. Vielleicht will ich aber auch einfach vermeiden, von ihm zu hören, dass ich einer Schnapsidee aufgesessen bin.

»Macrocystis pyrifera«, bricht es unwillkürlich aus mir heraus.

»Wie bitte?«

»Das ist der wissenschaftliche Name für Riesentang, nur zu deiner Information.«

»Wenn du das sagst.«

»Ist so.«

»Komm schon, Rosie! Sei nicht gleich beleidigt! Ich will doch nur nicht, dass du dich da in was hineinsteigerst. Denkst du nicht, dass die Möglichkeit besteht, dass Caroline euch einen Floh ins Ohr gesetzt hat und es besser wäre, die Finger davonzulassen?«

Ich zucke mit den Achseln. »Ich finde Carolines Idee klasse. Sie hat mir keinen Floh ins Ohr gesetzt! Ich bin nicht blöd, weißt du. Ich kann für mich selbst entscheiden.«

»Sicher, aber wir wissen schließlich alle, wie Caroline ist.«

»Wie meinst du das?«

»Ich glaube, du weißt genau, wie ich das meine. Denk doch mal an gestern, die Sache mit deinem Lebenslauf.«

»Ja, okay, aber das war was anderes.«

»Ach so? Komm schon, Rosie, du bist Wissenschaftlerin. Warum lässt du dich auf so etwas ein? Du glaubst doch nicht wirklich an Liebeselixiere.«

»Gerade als Wissenschaftlerin darf ich mich neuen Ideen nicht verschließen, und vielleicht steckt ja mehr dahinter, als ich annehme.« Ich deute wieder auf den Monitor. »Ich bin auf viele interessante Seiten gestoßen.« Ich scrolle mit der Maus. »Die hier zum Beispiel. Niemand Geringeres als die American Chemical Society hat vor Kurzem ein Forschungsergebnis präsentiert, wonach erwiesen ist, dass Austern und andere Muscheln die Produktion der Sexualhormone anregen. Sie enthalten viel Zink, was für eine bessere Durchblutung sorgt. Die Studie sagt zwar nicht, dass Austern und Co. potenzfördernd sind, aber sie lässt die Möglichkeit zumindest offen. Die Macher der Studie sind Wissenschaftler, so wie ich. Ich verstehe meine Aufgabe so: Ich werde gründlich recherchieren, um Hokuspokus und traditionelle Aphrodisiaka unterscheiden zu können. Und dann stelle ich Rezepturen mit natürlichen Zutaten zusammen, die sich für die Serienproduktion eignen.«

»Aha.«

»Auf kosteneffizienter Basis, natürlich.«

»Kosteneffiziente Basis?« Finn blickt sich um. »Höre ich da vielleicht Caroline reden?«

»Schon gut. Also schön, am Anfang war ich auch skeptisch, und ja, wenn Caroline nicht wäre, würde ich mich nie auf so etwas einlassen, aber es gibt durchaus eine wissenschaftliche Grundlage für manche natürlichen Aphrodisiaka wie Austern oder Seetang. Jod zum Beispiel steigert das menschliche Wohlbefinden und damit die Libido. Wenn man sich gut fühlt, fühlt man sich auch sexy – so einfach ist das.«

»Ja, aber wenn jemand eine Schüssel voll Seetang isst, heißt das nicht, dass er sich automatisch verliebt.«

»Das behaupte ich auch gar nicht. Aber es wird ihm auch keinen Schaden zufügen. Außerdem werden wir den Seetang nicht schüsselweise verkaufen, sondern als appetitlichen Trank in erlesenen kleinen Ampullen.«

»Das ist es also? Du lässt dich von Caroline breitschlagen, in ein Geschäft einzusteigen, das vom Verkauf bunter Wässerchen in hübscher Aufmachung lebt, die nicht halten, was sie versprechen, aber die immerhin niemandem einen Schaden zufügen. Du willst also den Leuten Geld abknöpfen für ein Produkt, an dessen Wirkung du selbst nicht glaubst.«

»Oh, bitte! Das hört sich an, als wären wir üble Scharlatane!«

Er braucht nicht zu antworten. Sein Blick sagt alles.

»Komm schon, Finn, du darfst das nicht so eng sehen. Ist doch nur ein harmloser Verkaufsartikel und keine Sache auf Leben oder Tod. Niemand wird erwarten, dass unsere Elixiere Leben verändern. Die meisten Käufer werden aus Jux zugreifen, um in Stimmung zu kommen. Nehmen wir zum Beispiel ein Paar, das schon länger zusammen ist und bei dem sich die Langeweile eingeschlichen hat. Die beiden sind zusammen einkaufen in der Stadt. Sie entdecken unseren Laden. Aus einer Laune heraus kommen sie herein und kaufen schließlich eins von unseren Elixieren. Dann gehen sie nach Hause, kochen ein romantisches Abendessen, und am Ende des Abends setzen sie sich an den Kamin und trinken unser Elixier. Danach gehen sie ins Bett und schlafen zum ersten Mal seit Monaten wieder miteinander.« Ich hole tief Luft. »Ich behaupte ja nicht, dass unsere Produkte eine chemische Wirkung haben, aber sie haben eine Wirkung auf das Unterbewusstsein. Würde das Paar unser Produkt nicht kaufen, wäre es wahrscheinlich gar nicht auf den Gedanken gekommen, sein Liebesleben wieder zu entfachen. Was ist also so schlimm an unseren Produkten?«

Finn zuckt mit den Achseln. »Vielleicht sollte das Paar lieber Wein trinken. Der hat nämlich den gleichen Effekt.«

Nun zucke ich mit den Achseln. »Unsere Elixiere werden nicht teurer sein als ein guter Wein und genauso gut schmecken. Dafür werde ich sorgen.«

Wieder ein Achselzucken von Finn. Er sagt jetzt nichts mehr, aber sein mangelnder Enthusiasmus ist demotivierend.

»Du könntest wenigstens ein bisschen mehr Begeisterung zeigen!«, fahre ich ihn an.

»Willst du das wirklich, Rosie? Willst du von mir hören, dass ich die Idee brillant finde, auch wenn ich Bedenken habe und dir eher empfehlen würde, dir einen richtigen Job zu suchen? Wenn die Sache schiefgeht, was dann? Dann fängst du in einem halben Jahr wieder an, dich zu bewerben, bloß dass du dann auch noch erklären musst, was du im letzten halben Jahr gemacht hast. Um ehrlich zu sein, mir sind Liebeselixiere scheißegal und auch, ob sie wirken oder nicht. Aber du bist mir nicht egal.«

»Wenn ich dir nicht egal bin, dann bitte ich dich nur um ein wenig Unterstützung.«

»Aber Rosie …«

»Es ist nicht gerade so, dass ich mit Jobangeboten überhäuft werde, Finn! In Wahrheit ist das die erste Möglichkeit, die sich mir bietet. Ich mache das nicht auf Kosten anderer Zukunftsaussichten. Tatsache ist, dass ich im Moment gar keine anderen Aussichten habe. Jetzt oder nie – das ist die einzige Chance, die ich überhaupt habe. Könntest du nicht etwas optimistischer sein, bitte?«

»Und was, wenn es schiefgeht?«

»Dann habe ich es wenigstens versucht.«

Finn nickt nachdenklich. »Okay. Natürlich bin ich gespannt, ob es funktioniert.«

»Danke.«

Er steht auf. »Komm, lass uns gehen.«

»Gehen? Wohin?«

»Hast du vergessen, dass mein Vater uns heute zum Mittagessen eingeladen hat?«

»Oh Gott! Das habe ich glatt verschwitzt.«

»Wir müssen jetzt los.«

Abgesehen davon, dass ich Finn bitte, kurz anzuhalten, um eine Flasche Wein für seinen Vater zu besorgen, rede ich nicht viel während der Fahrt. Ich glaube, ich bin immer noch ein wenig enttäuscht von seiner lauwarmen Reaktion auf unser Projekt. Wir biegen von der Hauptstraße in eine ruhige Wohnsiedlung mit mehreren hundert identischen Doppelhaushälften. Die Siedlung wurde gebaut, als Finns Eltern heirateten. In den meisten Häusern wohnen Ehepaare, die auch um diese Zeit geheiratet haben und ihre Kinder in der Siedlung großgezogen haben.

Ich sage, die Häuser sind identisch, aber das stimmt nicht ganz. Anfangs waren die Neubauten sicher nicht voneinander zu unterscheiden, aber im Laufe der Jahre haben die Bewohner ihrem Zuhause einen persönlichen Stempel aufgedrückt. Manche haben die Garage und das Dachgeschoss ausgebaut, um genügend Platz für weitere Familienmitglieder zu schaffen. Manche haben die ursprünglichen Zäune herausgerissen und durch Mauern und schickere Tore ersetzt. Viele haben mittlerweile einen Wintergarten. Ein paar der Häuser sind in kräftigen Farben gestrichen, im Kontrast zu dem ursprünglichen Gelb, das allerdings noch überwiegt. Die meisten Grundstücke machen einen gepflegten Eindruck. Nicht jedoch das Haus von Mr. Heelan, und auch nicht die andere Haushälfte, wie ich bei unserer Ankunft feststelle, so wie bei jedem Besuch.

Mr. Heelan besitzt zwar mehrere Baumärkte, aber sein Haus sieht aus, als könnte es dringend einen neuen Anstrich vertragen. Als alleinerziehender Witwer mit einem kleinen Sohn hatte er wohl weder Zeit noch Lust, sich um den Garten zu kümmern. Der Vorgarten samt Büschen und Rasen wurde entfernt und zubetoniert, obwohl dort immer noch unverwüstliches Unkraut hervorsprießt.

Dagegen ist der Vorgarten, der zur anderen Doppelhaushälfte gehört, völlig verwildert und macht den Eindruck, als habe sich jemand einmal viel Mühe gemacht, dann jedoch das Interesse verloren. Das ist übrigens keine Vermutung, sondern das weiß ich. Die andere Grundstückshälfte gehört Marks Eltern. Finn sagt, er habe Marks Mutter seit seinem Tod nie wieder im Garten gesehen.

Finns Vater kann ich gut leiden, und ich komme ihn gerne besuchen, wenn auch selten. Ich habe immer ein bisschen Schiss, Marks Eltern zu begegnen. Ich weiß, Finn hat mit ihnen über uns gesprochen, und ich weiß auch, dass sie sich für uns beide freuen, soweit das unter den gegebenen Umständen möglich ist. Aber Finn meint, sie sind noch nicht so weit, um mich kennenzulernen. Das ist völlig okay – ich glaube nämlich, ich bin auch noch nicht so weit. Mark und ich waren nur kurze Zeit zusammen, sodass sich nie die Gelegenheit ergab, seine Eltern zu treffen. Und als er starb, war ich nicht imstande, zu seiner Beerdigung zu gehen. Ich habe seinen Eltern später einen Brief geschrieben, aber so seltsam es klingen mag: Wir sind uns bis heute nie begegnet.

Als wir uns losschnallen, gibt Finn einen dumpfen Ton von sich.

»Was ist?«, frage ich.

»Ich glaube, ich habe gerade Mrs. McCarthy am Fenster gesehen. Hör zu, ich schau mal kurz bei ihr vorbei. Ich weiß nicht, ob Dad ihr gesagt hat, dass wir heute kommen. Vielleicht hätte ich sie warnen sollen. Macht es dir was aus?«

»Nein«, sage ich. »Natürlich nicht.« Was auch stimmt. Es macht mir nichts aus, dass er bei Mrs. McCarthy vorbeischaut, aber es macht mir was aus, warum er das tut. Mein Anblick könnte sie derart aufwühlen, dass Finn das Bedürfnis hat, mit ihr zu reden.

Wir steigen aus. Finn gibt mir seinen Schlüssel.

»Geh einfach schon mal rein.« Er marschiert zu der anderen Haustür, dreht sich noch einmal um und ruft: »Wird nicht lange dauern.«

Während ich die Eingangstreppe hochgehe, spähe ich verstohlen zu der Nachbartür. Ich glaube, hinter dem Sichtschutz jemanden in einem rosaroten Pullover zu sehen. Rasch drehe ich den Kopf wieder weg.

Ich stecke den Schlüssel ins Schloss. »Hallo!«, rufe ich, als ich das Haus betrete. »Ich bin's – Rosie!«

Mr. Heelan erscheint mit einer Schürze in der Diele. *Dad ist der Beste* prangt in großen Buchstaben darauf.

»Hallo Rosie, schön, dass du da bist! Wo steckt mein Sohn?«

»Er ist kurz nebenan.«

»Ja?«

»Er hat Mrs. McCarthy am Fenster gesehen.«

»Ach so.«

Ich sehe, dass Mr. Heelan keine weitere Erklärung benötigt.

»Wahrscheinlich hätte ich was sagen sollen«, bemerkt er. »Egal, komm mit. Ich bin gerade in der Küche zugange.«

»Ich hoffe, Sie haben sich nicht allzu große Mühe gemacht.« Ich gehe ihm hinterher.

Wie gesagt, ich kann Mr. Heelan gut leiden. Er ist über fünfzig und sieht aus wie eine ältere Version von Finn. Er ist stämmig und hat die gleiche Naturkrause, bloß dass seine Locken mittlerweile grau sind. Aber seine Augen sind braun, nicht blau. Finn hat die Augen von seiner Mutter geerbt. Das weiß ich, weil ich bei meinen früheren Besuchen das Hochzeitsbild über dem Kamin im Wohnzimmer betrachtet habe. Das Porträt zeigt eine schöne Frau, schlank und groß, jedenfalls größer als ihr Bräutigam, so wie auch ich Finn um ein paar Zentimeter überrage. Bei meinem letzten Besuch habe ich Finns Vater gefragt, warum die Heelan-Männer sich immer so große Frauen aussuchen. Mr. Heelan hat gelacht und meinte, das wäre aus der Not heraus geboren, weil keine kleineren Frauen zur Verfügung standen. Die Größe einer Frau spiele keine Rolle, nur schön müsse sie sein, darauf käme es den Heelan-Männern an, witzelte er weiter. Hinterher sagte Finn zu mir, dass es ihm gefallen habe, wie ich über seine Mutter gesprochen habe – als würde sie noch richtig zur Familie gehören. Er sagte, die meisten Leute würden es vermeiden, über sie zu sprechen. Mr. Heelan ist vielleicht kein Mann, der gerne über seine Gefühle spricht, aber ich weiß, dass er mich mag. Finn hat es mir gesagt, und ich habe es auch so gemerkt.

Während Mr. Heelan nun an den Herd geht, um sich um das Essen zu kümmern, lasse ich den Blick durch die Küche schweifen. Sie sieht genauso heruntergekommen aus wie die Außenfassade. Damals in den Achtzigern waren moosgrüne Resopalmöbel vielleicht noch der letzte Schrei, aber das ist schon eine ganze Weile her. Die Blümchentapete ist auch völlig überholt. Immer, wenn ich in dieser Küche bin, stelle ich mir Finns Mutter vor: jung und schön, in engen Leggings und einem weiten Oberteil für ihren schwangeren Bauch, wie sie gerade die Blümchentapete an die Wand klebt, um das Nest einzurichten. Aber ich denke, würde sie noch leben, wäre die Tapete schon längst ersetzt worden. Ich weiß, dass Finn gerne die Küche komplett renovieren würde, aber sein Vater ist nicht so dafür. Ich glaube, ich kann verstehen, warum.

Ich verstehe auch, warum Finn wieder zu seinem Vater gezogen ist, obwohl ich nicht sicher bin, ob das eine gute Idee war. Ich befürchte, dass die zwei immer abhängiger voneinander werden und es für Finn schwer sein wird, ein zweites Mal auszuziehen, zurück in sein eigenes Haus.

»Und, Rosie, geht es dir gut?«, fragt Mr. Heelan.

»Ja«, antworte ich. »Und Ihnen?«

»Mir ging es nie besser. Das Essen müsste gleich fertig sein.«

Ich gebe ihm die Flasche Wein. »Ein kleines Dankeschön für die Einladung.«

»Ach, Rosie, das wäre doch nicht nötig gewesen.«

»Ist ja nur eine Kleinigkeit.«

Er stellt die Flasche auf die Anrichte und dreht sich dann zu mir. »Hattet ihr denn gestern einen schönen Abend?«, fragt er.

»Ja, war super«, antworte ich. Finn muss ihm wohl erzählt haben, dass ich mit den Mädels unterwegs war.

»Das dachte ich mir«, sagt er grinsend. »Es war mitten in der Nacht, als er heimgekommen ist.«

»Wie bitte?«

»Es war mitten in der Nacht, als Finn nach Hause gekommen ist, wo auch immer ihr euch rumgetrieben habt. Es geht mich ja nichts an – Finn ist schließlich erwachsen. Aber es ist schön, dass er wieder ausgeht und sich amüsiert. Er hat viel durchgemacht.« Nach einem verlegenen Hüsteln fügt er hinzu: »Du tust ihm gut, Rosie.«

Wirklich?, liegt mir auf der Zunge. Wenn ich ihm gut tue, warum hat er mir gegenüber dann so getan, als hätte er den Abend vor der Glotze verbracht, und seinem Vater gegenüber, als wären wir zusammen aus gewesen?

»Hi Dad!« Finn betritt die Küche.

»Hallo, mein Sohn«, begrüßt Mr. Heelan ihn.

Es gibt keine Umarmung oder Küsse zwischen den beiden, das ist nicht ihre Art, aber Mr. Heelan klopft seinem Sohn liebevoll auf den Rücken.

Finn bemerkt die Schürze. »Wo hast du denn das olle Ding gefunden?«

»Das lag hinten in einem der Schränke.«

Finn dreht sich zu mir und grinst. »Falls du dich wunderst, die Schürze habe ich ihm vor Jahren geschenkt, als ich noch klein war.«

Ich nehme an, Finn erwartet, dass ich lache oder mich über ihn lustig mache oder so, aber die Schürze ist mir wurscht. Am liebsten würde ich ihn fragen, warum er mich belogen hat. Aber ich kann ihm jetzt keine Szene machen, hier, in Anwesenheit von Mr. Heelan.

»Gut«, sagt Mr. Heelan. »Warum setzt ihr euch nicht? Das Essen ist fertig.« Er zieht für mich einen Stuhl zurück. »Bitte, Rosie, du bist unser Gast, du sitzt hier.«

Ich setze mich. Finn nimmt mir gegenüber Platz. Ich sehe ihn an. Er bemerkt meinen Blick, zwinkert mir zu und formt mit dem Mund die Worte »Ich liebe dich«. Ich reagiere nicht darauf. Ich versuche immer noch, zu ergründen, warum er mich angelogen hat. Warum hat er behauptet, den Abend mit seinem Vater vor dem Fernseher verbracht zu haben, wenn das nicht wahr ist? Denn offenbar war er ja aus – und ist erst mitten in der Nacht zurückgekommen.

Mr. Heelan serviert das Essen. »Ich habe noch nie von mir behauptet, ein begnadeter Koch zu sein«, erklärt er und stellt einen Teller vor mich hin. »Aber ich denke, es wird dir schmecken. Finn hat gesagt, du magst Lasagne.«

Mr. Heelan hat nicht gelogen, was seine Kochkünste betrifft: Trotz der Schürze liegt vor mir eine Fertiglasagne in ihrer Aluschale.

»Sieht lecker aus«, lobe ich.

»Ja, danke, Dad«, sagt Finn.

»Ich hole noch den Salat und das Knoblauchbrot.« Er geht zur Anrichte, bringt beides an den Tisch und setzt sich dann. »Lasst es euch schmecken!«

Ich tue es den anderen gleich und beginne zu essen. Am Tisch fällt kein Wort. Ich weiß nicht, woran die zwei denken, aber einen kurzen Moment lang vergesse ich die Frage, wo Finn gestern Abend war, und stelle mir stattdessen vor, wie anders das Leben von Finn und seinem Vater aussehen würde, wenn Mrs. Heelan nicht so jung gestorben wäre. Ich denke, dann würde Mr. Heelan nicht in einer Schürze dasitzen. Dann wären wir zu viert statt zu dritt und würden einen anständigen Sonntagsbraten essen statt diesem Fertiggericht aus dem Supermarkt. Mir fällt ein, dass Finn einmal erzählt hat, dass er meistens nebenan mit Marks Familie gegessen hat. Sein Vater hat wohl häufig lange gearbeitet, und wenn nicht, dann gab es immer nur schnelle Küche. Ich sehe Finn an. Ich versuche, ihn mir als kleinen Jungen vorzustellen, der seine Mutter verloren hat und mit seinem Vater am Küchentisch sitzt, während beide schweigend ihr Fertiggericht essen. Im nächsten Augenblick verdränge ich dieses Bild wieder. Ich möchte kein Mitleid mit Finn haben. Ich möchte wissen, warum er mich angelogen hat.

Nachdem wir mit dem Essen fertig sind, räumt Mr. Heelan den Tisch ab und serviert anschließend Kaffee und das Dessert – natürlich auch aus dem Kühlregal.

»Na, Rosie, Finn hat mir erzählt, dass dein Vorstellungsgespräch nicht so gut war«, sagt Mr. Heelan.

»Leider nicht.« Ich schüttle den Kopf.

»Du warst bestimmt enttäuscht.«

»Ein wenig.«

»Ich bin sicher, du wirst bald etwas finden. Du bist schließlich ein schlaues Mädchen.«

Ich überlege kurz, ob ich ihm von dem Projekt mit Caroline und Dana und dem Laden und alles erzählen soll, entscheide mich aber dagegen, wegen Finns Reaktion. Ich warte, ob Finn etwas dazu sagt, aber das tut er nicht, was mich ärgert.

Mr. Heelan sieht auf die Uhr an der Küchenwand. »Rosie, ich hoffe, es macht dir nichts aus, aber um drei fängt das Spiel an.«

Ich lache. »Natürlich nicht! Mein Vater verpasst auch kein

Spiel. Allerdings macht er gerade in Amerika Urlaub mit meiner Mutter. Bestimmt ärgert es ihn, dass er das Spiel nicht sehen kann. Oder er sucht verzweifelt die Gegend ab nach einem Irish Pub, in dem das Spiel live übertragen wird.«

Mr. Heelan lacht. Er erhebt sich vom Tisch und geht hinüber ins Wohnzimmer, mit seiner Kaffeetasse. Gleich darauf plärrt der Fernseher in voller Lautstärke los.

»... aber die Stimmung im Publikum ist heute Nachmittag prächtig, trotz des strömenden Regens ...« Gleich darauf wird der Ton ganz leise gestellt.

Finn sieht mich an. Er lächelt. »Ich hätte dich vor Dads Kochkünsten warnen sollen, wenn man das Kochen nennen will.«

»Warum?«, entgegne ich schnippisch. »Ich fand es köstlich.«

»Er sagt, so spart er sich den Abwasch.«

»Das macht Sinn.«

»Rosie, habe ich was Falsches gesagt?«

»Nein.«

»Oder irgendwas getan, was dich geärgert hat?«

»Was denn zum Beispiel?«

»Bist du sauer wegen meiner Reaktion, als du mir von Carolines Projekt erzählt hast?«

»Von *unserem* Projekt, meinst du wohl.«

»Von mir aus. Bist du deswegen sauer?«

Ich zucke mit den Achseln.

»Sieh doch, Rosie, du bist mir wichtig. Wenn ich dir nicht sagen kann, was ich denke, dann ...«

»Warum hast du mir erzählt, du wärst gestern Abend zu Hause gewesen und hättest deinem Vater vor der Glotze Gesellschaft geleistet?«

Finn sieht mich überrascht an.

»Warum hast du mich angelogen?«

»Ich habe nicht gelogen.«

»Nein?«

»Nein.«

»Wirklich nicht?«

»Ich habe es bloß nicht richtig gestellt, als du das angenommen hast.«

»Ist das nicht dasselbe wie lügen? Was hast du gestern Abend gemacht? Wo warst du?«

»Hör zu, Rosie …«, beginnt er.

»Ja?«

»Ich hätte es dir sagen sollen.«

»Was hättest du mir sagen sollen?«

»Es ist eigentlich unwichtig. Erinnerst du dich noch an Ashley aus der Band?«

»Klar, der Bassist.«

»Genau. Ashley hat mich gestern auf der Arbeit angerufen, und wir haben ein wenig über die Band geplaudert, und dann sind wir nach Feierabend einen trinken gegangen. Im Pub haben wir zufällig ein paar andere Musiker getroffen, die wir von früher kennen, und schließlich sind wir alle im Club gelandet. Ich weiß nicht, warum ich es dir nicht gesagt habe. Ich glaube, ich wollte vermeiden, dass du an Mark denken musst, wenn ich von der Band erzähle. Ich wollte dich nicht aufregen.«

»Und das ist die Wahrheit?«

»Ja.«

»Die ganze Wahrheit und nichts als die Wahrheit?«

»Ja. Was denkst du denn? Dass ich mit einer anderen aus war?«

»Nein! Oder vielleicht doch?« Ich zucke mit den Achseln. »Wäre ja möglich.«

»Rosie, du weißt, ich bin verrückt nach dir.«

Ich nicke. »Ja, aber Männer können ganz schön verschlagen sein und …«

»Scherst du da nicht alle über einen Kamm? Vergleichst du mich etwa mit deinen Exfreunden?«

Ich zucke wieder mit den Achseln.

»Rosie, ich bin nicht so. Das weißt du. Und du weißt auch, dass das mit uns etwas Besonderes ist. Ich liebe dich.«

Ich nicke. »Ja, ich weiß.«

Finn greift nach meiner Hand. Dann beugt er sich über den Tisch und gibt mir einen Kuss. Ich schließe die Augen und lasse sie so lange zu, wie der Kuss dauert, und das ist ziemlich lange. Erst als wir Mr. Heelan in der Diele hören, lösen wir uns voneinander.

»Unsre Jungs machen richtig Dampf«, sagt er, als er hereinkommt. »Das wird ein heißer Kampf.«

Finn sieht mich an.

»Geh schon«, sage ich. »Geh und sieh dir das Spiel an. Ich muss mich ohnehin um meine Recherche kümmern.«

»Ich bringe dich zurück.«

»Nein, das ist nicht nötig. Etwas Bewegung wird mir guttun.«

Auf dem Nachhauseweg wird mir bewusst, dass ich guter Dinge bin, aus verschiedenen Gründen. Nach ihrem sechswöchigen Urlaub kommen meine Eltern bald aus den Staaten zurück, und auch wenn meine Mutter mich manchmal wahnsinnig macht, habe ich sie dennoch vermisst. Ich freue mich wirklich sehr auf meine Eltern und auf ihren Reisebericht, wenn beide wieder gleichzeitig reden und einer den Erzählungen des anderen immer noch etwas hinzuzufügen hat. Ich freue mich auch auf meine Internetrecherche. Das Schlimme an der Arbeitslosigkeit ist die Langeweile. Nun habe ich etwas, in das ich meine Energie stecken kann. Und ich bin froh, dass meine albernen Verdächtigungen, Finn könnte eine andere haben, sich als genau das erwiesen haben – als alberne Verdächtigungen. Wie konnte ich nur auf so etwas kommen? Ausgerechnet Finn! Der netteste Mann, dem ich je begegnet bin – um Längen netter als alle Männer, mit denen ich zusammen war. Aber vielleicht ist genau das ja das Problem. Ich bin es nicht gewohnt, mit so einem netten Mann zusammen zu sein. Ich muss mich noch daran gewöhnen, dass er anders ist als die bisherigen Männer in meinem Leben. Aus diesem Grund liebe ich ihn ja.

Am späten Abend kommt Caroline in die Küche, wo ich mit meinem Laptop sitze.

»Hey«, sage ich und sehe sie an, mit leicht viereckigen Augen.

»Wie kommst du voran?« Sie nimmt sich einen Stuhl. »Sitzt du schon den ganzen Abend daran?« Ihr Blick wandert über die Ansammlung von Tassen, die ich in all den Stunden geleert habe, während ich hunderte von Seiten durchforstet habe.

Ich nicke.

»Und?«, fragt sie weiter. »Hast du was gefunden?«

»Nun, es ist nicht so einfach, wie du vielleicht denkst«, beginne ich. »Das Problem ist, dass viele Zutaten, denen eine aphrodisierende Wirkung nachgesagt wird, nicht sehr appetitlich sind.«

»Was meinst du damit?«

»Du erinnerst dich an deine Vision von lauter edlen Flakons in hübschen Farben, die in unserem Schaufenster funkeln?«

»Ja?«

»Nun, wenn du mich fragst, reden wir hier weniger vom Edel-und-schön-Look. Sondern vom Rohes-Fleisch-mit-Eingeweide-Look.«

»Was soll das heißen?«

»Wir reden hier von Skinkfleisch. Wir reden …«

»Skinkfleisch? Was ist das?«

»Das ist das Fleisch vom Skink! Das ist eine Echsenart, die in tropischem Klima heimisch ist.«

»Bäh!«

»Warte noch mit deinen Bähs, es kommt schlimmer. Wir reden von Aal, wir reden von frischem Schlangenblut, von Rentierpenis und von Haiflosse. Wir reden von Flussschnecke, Rhinozeroshorn, Tigerhoden, Fledermausblut …«

»Willst du mich verarschen?«

»Leider nein! Seit Anbeginn der Zeit hauen die Menschen sich so unappetitliches Zeug rein, um ihre Libido zu stärken.«

»Gott! Das ist ja krank!«

»Ja.«

»Und wonach wurde entschieden?«

»Was entschieden?«

»Welches Tier beziehungsweise welcher Teil eines Tieres stimulierend wirken soll?«

»Das ist unterschiedlich. Die Geschlechtsorgane von Kaninchen sind beispielsweise beliebt, weil … nun, du kennst ja den Ausdruck *rammeln wie die Karnickel*. Die Leute denken, wenn sie das essen, färbt der Effekt auf sie ab. Und was haben Rhinozeroshörner und Aale gemeinsam?«

Caroline hebt achselzuckend die Schultern.

»An was erinnern sie dich?«

Sie überlegt kurz, dann schüttelt sie den Kopf. »Keine Ahnung. An nichts Besonderes.«

Ich rolle mit den Augen.

Sie starrt mich verständnislos an. »Ich habe keinen Schimmer, worauf du hinauswillst, Rosie!«

»Hörner? Aale? Denkt man da nicht an ein bestimmtes männliches Körperteil?«

Caroline bricht in Lachen aus. »Oh mein Gott, Rosie! Ich weiß ja nicht, was für Männer du kennst, aber ich bin froh, dass mich keiner meiner Männer an ein Nashorn oder einen Aal erinnert hat!«

Ich schüttle ungeduldig den Kopf und fahre trotz ihres Gelächters fort. »Hinter dieser Beliebtheit steckt ein sogenannter Sympathiezauber.«

»Was ist das?«

»Das bedeutet, dass zum Beispiel Rhinozeroshorn aufgrund seiner phallischen Form eine aphrodisierende Wirkung zugeschrieben wird.«

»Komm schon, Rosie, du hast die falschen Seiten gelesen. Dieses ganze Zeug nützt uns nichts. Du musst dich auf Zutaten konzentrieren, die wir verwenden können! Wer möchte schon unseren Laden mit einer Ampulle Fledermausblut in der Handtasche verlassen? Das ist nicht ganz das, was ich mir vorgestellt habe! Du musst doch auch auf andere Sachen gestoßen sein, auf pflanzliche Zutaten, die sich verkaufen lassen, oder nicht?«

»Ja, ich habe ein Rezept gefunden mit Storchschnabel und ...«

»Storchschnabel! Rosie, ich sagte *pflanzliche* Zutaten!«

»Storchschnabel ist ein Heilkraut. Allerdings finde ich bestimmt auch eine Kultur, in der der Schnabel von Störchen als Aphrodisiakum verwendet wird.«

»Kraut oder nicht, etwas mit so einem Namen verkaufen wir nicht. Es gibt nämlich eine Priorität, und das ist das Image.«

Ich schaue auf den Bildschirm und scrolle herunter. Mein Blick fällt auf die vielversprechende Bezeichnung *Horny Goat Weed*.

»Und was ist damit?«, frage ich, um Caroline weiter aufzuziehen. »Horny Goat Weed? Es wächst in …«

»Rosie, hör auf! Ich will nichts mehr davon hören! Wir verkaufen kein scharfes Ziegenkraut!«

»Ich weiß nicht, das könnte vielleicht ein Verkaufsschlager werden. *Kommt herein, kommt herein! Hier gibt's das scharfe Ziegenkraut!*«

Vor meinem geistigen Auge sehe ich eine Schlange zwielichtiger, sich verstohlen umblickender Männer in beigen Mänteln mit hochgeschlagenem Kragen, die bereits am frühen Morgen vor unserem Laden stehen und es kaum erwarten können, unsere berühmte Spezialität zu erwerben, das *Horny Goat Weed Elixier*. Für den Bruchteil einer Sekunde überlege ich, ob ich Caroline von meiner Vision erzählen soll, lasse es aber. Sie steht jetzt ohnehin auf. Sie hat genug gehört.

»Gib Bescheid, wenn du was Nettes gefunden hast, was man auch vermarkten kann«, sagt sie und wendet sich zum Gehen.

»Ja, Boss.«

Nachdem Caroline die Küche verlassen hat, beschließe ich, mir einen neuen Kaffee zu machen, bevor ich meine Recherche fortsetze. Ich bin sicher, dass ich auf nützlichere Informationen stoßen werde, aber ich bezweifle, ob sie auch so faszinierend sind. Mein Problem ist, dass ich mich leicht ablenken lasse. Das war schon auf dem College so. Wenn ich in die Bibliothek ging, um zum Beispiel für ein Referat zu recherchieren, kam ich oft nicht einmal bis zur richtigen Abteilung. Auf dem Weg dorthin landete ich in einem anderen Fachbereich, und im nächsten Augenblick saß ich auch schon im Schneidersitz auf dem Boden, vertieft in ein Buch, das nicht das Geringste mit dem Referatthema gemeinsam hatte.

Wenn man liest, dass Menschen (hauptsächlich Männer) glauben, ihre Potenzstörungen zu lösen, indem sie rohe Tierteile verspeisen, klingt das zunächst belustigend und auch verblüffend. Weniger belustigend sind die Auswirkungen dieses Glaubens auf die einzelnen Tierarten. Nashörner zum Beispiel sind aus diesem Grund vom Aussterben bedroht. Und während die meisten von uns beim Anblick von Seehunden denken »Oh, wie süß!«, sehen sich andere wiederum dazu veranlasst, die Tiere nur wegen ihres Penis einzufangen und abzuschlachten. Da den Weibchen dieses Organ fehlt, werden ihre Kadaver einfach über Bord geworfen. Auch weiblichen Schildkröten ergeht es nicht besser. Sie werden eingefangen und bei lebendigem Leib aufgeschnitten, um die Eier herauszuholen, die roh mit Salz und Limettensaft gegessen werden. Die Welt ist ein merkwürdiger Ort, auf dem merkwürdige Menschen leben mit merkwürdigen Glaubensvorstellungen.

Aber Caroline hat recht. Das nützt uns alles nichts. Ich muss aufhören, Zeit zu verschwenden, und mich auf das Wesentliche konzentrieren. Aber erst der Kaffee.

Die Myrte war Aphrodite geweiht, der griechischen Göttin der Liebe, Lust und Schönheit. In der griechischen Antike war es Tradition, dass der Brautkranz aus Myrte geflochten war. Die alten Briten schätzten ebenfalls die aphrodisierende Wirkung dieser Pflanze, die oft für den Brautstrauß verwendet wurde oder das Haus der Frischvermählten schmückte.

Liebestrank aus dem Mittelalter mit Myrte:
2 Handvoll Myrteblüten und Blätter
2 Viertel Quellwasser
1 Viertel Weißwein
Zutaten mischen und 24 Stunden ziehen lassen.
Danach sieben.

8

Am darauffolgenden Freitagabend steht Caroline mitten in der Küche und klopft ungeduldig auf ihre Armbanduhr. »Wo bleibt Dana? Sie ist zu spät. Weiß sie überhaupt, dass das Meeting um sieben beginnt?«

Ich schaue auf die Uhr an der Wand. Es ist genau zwei Minuten nach sieben.

»Du lieber Himmel! Was mag ihr nur passiert sein?«, stoße ich mit gespielter Theatralik aus. »Schnell, wähl den Notruf!«

Caroline mustert mich kühl, ohne etwas zu sagen.

»Na komm schon, Caroline! Locker bleiben«, sage ich. »Sie wird bestimmt gleich hier sein. Bist du etwa nervös?«

»Warum sollte ich nervös sein?« Sie lacht, aber in meinen Ohren klingt es gekünstelt.

Caroline geht an den Schrank und nimmt einen Glaskrug heraus. Sie füllt ihn mit Wasser, stellt ihn mitten auf den Tisch, geht ein paar Schritte zurück und betrachtet ihr Werk. Zuvor hat sie den Tisch bereits hergerichtet. Für uns drei liegen jeweils ein neues Notizheft und ein Stift bereit, daneben ein umgedrehtes Glas, alles gleich und alles identisch angeordnet. Caroline nimmt ihre Aktentasche hoch und legt sie auf den Tisch neben eines der Hefte. Nicht zufrieden mit dem Anblick, rückt sie die Mappe millimetergenau gerade.

»So, fertig!«, sagt sie mit flüchtiger Genugtuung, die sofort wieder in Verärgerung umschlägt. »Wo bleibt sie nur?«, murmelt sie. Sie sieht mich an. »Soll ich sie mal anrufen?« Ohne meine Antwort abzuwarten, schnappt sie sich ihr Handy und beginnt, auf den Tasten herumzudrücken.

»Caroline, es ist gerade mal fünf nach sieben! Willst du nicht noch ein wenig warten?«

»Sie weiß doch, dass wir um sieben anfangen wollten.«

»Ja, aber ...« Ich unterbreche mich, weil ich in diesem Moment höre, wie die Haustür aufgeschlossen wird.

»Na, endlich!«, sagt Caroline.

Gleich darauf erscheint eine gut gelaunte Dana auf der Bildfläche, mit Doug im Schlepptau.

»Hi«, ruft sie fröhlich.

»Hi«, wiederholt Doug auf seine leise, schüchterne Art. Er macht immer den Eindruck, als würde er sich unter Menschen nicht wohl fühlen, besonders nicht in Carolines Gegenwart.

Weder Dana noch Doug fällt auf, dass Caroline ihn verwundert anstarrt. Während Dana an den Kühlschrank geht und einen Blick hineinwirft, schlurft Doug zum Tisch, schiebt Carolines sorgfältig arrangierte Sachen zur Seite, um Platz für seine Tasche zu schaffen, und setzt sich.

»Ich habe tierischen Hunger!« Dana legt eine Auswahl an Gemüse auf die Anrichte. »Doug, hast du Lust auf eine Gemüsepfanne?«

»Ähem«, hüstelt Caroline.

Dana sieht sie an. »Was? Möchtest du mitessen?«

»Nein, danke«, entgegnet Caroline frostig. »Ich esse später.«

»Bist du sicher?« Dana hat nichts von der eisigen Stimmung bemerkt.

»Dana«, sagt Caroline in schneidendem Ton. »Hast du unser Meeting vergessen?«

»Nein, natürlich nicht! Ich dachte nur, ich koche uns schnell was, wenn das okay ist.« Ein Blick in Carolines Gesicht sagt ihr, dass es nicht okay ist, ganz und gar nicht okay. »Aber ich kann damit auch warten …«

»Ich denke, das wäre besser«, knurrt Caroline. »Gut, lasst uns endlich anfangen.«

Caroline geht zum Tisch, nimmt Dougs Tasche herunter und stellt alles wieder an seinen Platz. Sie mustert Doug kurz, als würde sie überlegen, ob sie ihn auch woanders platzieren soll, aber dann setzt sie sich, nimmt ihre Armbanduhr ab und legt sie vor sich auf den Tisch. Ich nehme auch Platz. Dana folgt unserem Beispiel. Doug bleibt auf seinem Stuhl sitzen. Niemand sagt ein Wort. Wir warten darauf, dass Caroline das Meeting eröffnet, aber dann merke ich, dass sie darauf wartet, dass Doug verschwindet, ein Umstand, dessen er sich nicht bewusst ist.

Caroline stößt einen Seufzer aus. »Doug«, sagt sie. »Willst du nicht rübergehen und fernsehen?«

»Nö, eigentlich nicht«, antwortet Doug. Er streckt die Hand nach dem Wasserkrug aus und gießt sich ein Glas ein. Ich beobachte Caroline. Sie macht keinen glücklichen Eindruck. Sie sieht aus, als könnte sie sich nur mit Mühe beherrschen, Doug das Glas wegzunehmen mit der Begründung, das Wasser sei nur für die Teilnehmer des Meetings bestimmt. Ich rechne insgeheim damit, dass sie ihn auffordert – beziehungsweise ihm befiehlt –, die Küche zu verlassen. Aber sie hält sich zurück. Wahrscheinlich, weil ihr eingefallen ist, dass dies hier bedauerlicherweise ein freies Land ist und nicht eine Diktatur, in der sie das Sagen hat.

Mit einem lauten Stoßseufzer nimmt sie ihre Unterlagen und klopft sie gerade, dann gießt sie sich Wasser ein, nimmt einen Schluck, wirft einen Blick auf die Armbanduhr auf dem Tisch und fängt schließlich an. »Wir beginnen damit, dass wir der Reihe nach die aktuellen Ergebnisse unserer Bemühungen zusammenfassen, und …«

Sie wird unterbrochen von einem lauten Lachen in der Diele. Es ist Shane. Es hört sich an, als wäre er nicht alleine. Höchstwahrscheinlich hat er Loretta dabei, seine Freundin.

»Das darf doch wohl nicht wahr sein!«, stößt Caroline genervt aus. »Was machen die denn hier?«

Ich überlege, ob ich sie darauf hinweisen soll, dass Shane hier wohnt, halte aber den Mund.

»Ich habe Shane heute Morgen extra gefragt! Und da hieß es noch, dass er direkt nach der Arbeit auf die Piste geht und gar nicht nach Hause kommt«, grummelt Caroline.

Shane und Loretta betreten nun die Küche und bleiben verdattert stehen, als sie uns vier so förmlich am Tisch sitzen sehen.

»Oh. Hab ich was verpasst?«, fragt Shane.

»Wir sind mitten in einer geschäftlichen Besprechung«, informiert ihn Caroline.

»Ah, richtig!« Shane dreht sich zu Loretta. »Ich habe dir doch erzählt, dass Caroline, Dana und Rosie in das Geschäft mit Liebeselixieren einsteigen wollen.« Er grinst, als er das sagt. Loretta, die uns nicht so gut kennt wie Shane und wohl niemanden beleidigen möchte, nickt feierlich als Antwort. Aber ihr Gesichtsausdruck lässt erahnen, dass sie sich sehr zusammenreißen muss.

Ich glaube, Caroline hat es auch bemerkt. Sie setzt nämlich eine säuerliche Miene auf. Eine Sekunde lang denke ich, sie sagt etwas, aber dann verzichtet sie darauf.

»Keine Sorge«, versichert Shane, an Caroline gewandt. »Wir werden euch nicht lange stören. Wir möchten nur kurz einen Happen essen, bevor wir wieder losziehen.«

»Könnt ihr damit nicht warten, bis wir fertig sind?«, fragt Caroline.

»Nein. Wir müssen um halb neun in der Stadt sein«, antwortet Shane.

»Caroline, warum gehen wir nicht einfach nach oben und verlegen das Meeting in ein anderes Zimmer?«, schlage ich vor.

»Oder nebenan ins Wohnzimmer«, ergänzt Dana.

»Nein. Wir brauchen einen Tisch, wie bei einem richtigen Meeting. Wie sollen wir ernsthaft diskutieren, wenn wir auf dem Bett oder auf der Couch rumlümmeln?«

Ich betrachte Caroline. So unflexibel kenne ich sie gar nicht. Vielleicht ist sie ja ein wenig nervös, nun, da der Stein ins Rollen gebracht wurde, obwohl sie das niemals zugeben würde, nicht einmal sich selbst gegenüber.

»Kümmert euch einfach nicht um uns!«, sagt Loretta. »Wir sind auch ganz leise. Ihr werdet gar nicht merken, dass wir hier sind.«

Caroline, die einsieht, dass sie die beiden nicht aus der Küche werfen kann, richtet resigniert ihre Aufmerksamkeit wieder auf uns. Sie versucht, die alles andere als leise Anwesenheit von Shane und Loretta zu ignorieren, die jetzt in der Küche herumhantieren. Sie greift in ihre Aktentasche, holt drei gebundene Dokumente heraus, wovon sie eines behält und die anderen beiden an Dana und mich weitergibt.

»Erstens«, beginnt sie. »Wie ihr sehen könnt, habe ich einen Businessplan erstellt. Die fünf Interessenten, die mir signalisiert haben, dass sie unser Projekt finanziell unterstützen wollen, haben ihn auch bereits bekommen. Zweitens habe ich mit Monica Gregory gesprochen und …«

»Mit meiner Mutter?«, fällt Doug dazwischen.

Caroline ignoriert ihn. »… mit ihr für kommenden Donnerstag um dreizehn Uhr ein Treffen im Laden vereinbart.«

Shane kommt jetzt herüber und stellt sich zu uns an den Tisch, während er darauf wartet, etwas zu sagen, aber Caroline ignoriert ihn.

»Dann können wir mit Monica direkt die Umbauten besprechen. Außerdem …«

»Äh, Verzeihung«, fällt Shane ihr ins Wort.

Caroline unterbricht ihren Vortrag. »Was ist?«

»Sorry, wenn ich störe, aber weiß jemand von euch, wo die Sojasoße ist?«

»Im Fach über dem Kühlschrank«, antwortet Dana.

»Danke.«

»Drittens«, fährt Caroline fort.

»Shane«, sagt Dana. »Machst du eine Gemüsepfanne?«

»Ja.«

»Das hatte ich auch vor. Kannst du das Gemüse dazutun, das dort drüben auf der Anrichte liegt, damit wir mitessen können?«

»Sicher.«

Dana dreht sich wieder zu Caroline und lächelt. »Sprich weiter.«

»Eins noch«, sagt Doug.

»Was ist denn noch?«, seufzt Caroline.

»Du solltest den Termin mit meiner Mutter noch mal abchecken. Seit sie nicht mehr arbeitet, trifft sie sich donnerstags immer mit Fay zum Mittagessen.«

»Oh«, mache ich. »Deine Mutter und Fay haben noch Kontakt?« Als ich bei Monica beschäftigt war, gehörte Fay auch zu unserem Team. Seit die Boutique geschlossen ist, habe ich sie nicht mehr gesehen.

Doug nickt. »Ja, sie treffen sich regelmäßig jede Woche.«

»Ähem«, hüstelt Caroline. »Könnten wir uns nun wieder den geschäftlichen Dingen zuwenden?«

»Sorry«, sagt Doug. »Ich dachte, ihr solltet das wissen mit Fay und meiner Mutter.«

»Ja, vielen Dank für den Hinweis. Ich werde Monica noch mal anrufen, um den Termin zu bestätigen. Gut, wo war ich stehen geblieben?«

»Bei drittens«, souffliert Dana.

»Wie bitte?«

»Du bist stehen geblieben bei drittens.«

»Ach ja – und drittens war ich gestern Abend bei der Präsentation von *Stellar*, einem neuen Parfum, für das wir die Werbekampagne gemacht haben. Bei der Gelegenheit habe ich mich mit ein paar Leuten von der Presse unterhalten, die uns später noch nützlich sein können. Vor allem der eine ...«

»Wie geht es ihr?«, frage ich Doug, in Gedanken immer noch bei Fay. Das Verhältnis zwischen Fay und mir ist gespannt, obwohl ich sie immer gut leiden konnte.

»Hä? Ich sagte *der* eine, nicht *die* eine«, herrscht Caroline mich an.

»Was?«, entgegne ich verwirrt.

»Der Journalist, von dem ich gerade erzählen wollte, ist ein Mann«, erklärt Caroline.

»Aber ich rede von Fay.«

»Oh bitte!«, schnaubt Caroline. »Können wir nicht *ein* Mal beim eigentlichen Thema dieses Meetings bleiben?«

»Ach, Caroline, bleib mal locker. Ich habe doch nur Doug was gefragt.«

»Und ich will mit dem Thema durchkommen, verstehst du? Aber gut, mach.«

Ich sehe Doug an. »Wie geht es Fay?«

Doug wirft kurz einen Blick zu Caroline, dann sagt er schnell: »Gut. Denke ich.«

»Schön. Wenn ich nun fortfahren dürfte«, reißt Caroline wieder das Wort an sich. »Ich habe diesem Journalisten und seinen Kollegen gesteckt, dass ich ein hochinteressantes neues Projekt plane, allerdings ohne was Genaues zu verraten. Ich denke, ich habe sie neugierig gemacht. Gut, nun zu dir, Dana. Was hast du uns zu berichten?«

Dana rutscht auf ihrem Stuhl herum. »Im Moment kann ich noch nicht viel tun.«

»Hast du schon geeignete Fläschchen gefunden?«

»Nein. Dazu muss ich erst bei den Herstellern nachfragen, aber so weit bin ich noch nicht.«

»Aber du kümmerst dich darum?«

»Ja.«

»Bis nächste Woche?«

»Äh, okay.«

»Was ist mit den Etiketten? Hast du da schon was Passendes entdeckt?«

»Nein. Caroline, meinst du nicht, dass du die Dinge ein wenig überstürzt? Wir haben ja noch gar nichts zu etikettieren.«

»Aber bald. Oder, Rosie?«

»Ja. Ich bin auf ein paar interessante Sachen gestoßen und …«

»Interessant? Nützlich wäre besser!«, fährt Caroline mich an.

Ich werde wütend. Sicher, Caroline leitet dieses Projekt. Sicher, als Projektleiterin hat sie den besseren Überblick. Und sicher, sie ist wahrscheinlich nervöser, als sie jemals zugeben würde. Aber muss sie deswegen die knallharte Businessfrau raushängen und uns behandeln wie hoffnungslose Idioten? Ich habe die ganze Woche im Prinzip nichts anderes getan, als Webseite um Webseite zu studieren (die meisten davon, wenn auch nicht alle, themenrelevant). Ich habe mich über unzählige Kräuter und Gewürze schlaugemacht und sozusagen das »Unkraut« direkt aussortiert, wenn es für unsere Zwecke nicht geeignet war. Außerdem habe ich ein paar Händler gefunden, die uns die Zutaten liefern können für Rezepte, die Carolines Ansprüchen genügen: günstig, einfach in der Herstellung und appetitlich, damit die Leute zugreifen.

Das alles will ich ihr gerade sagen, aber ein gewisser Sturśinn, geweckt durch Carolines herablassende Art, bringt mich dazu, es mir anders zu überlegen. Stattdessen kommt mir eine Homepage in den Sinn, auf die ich bei meiner Recherche gestoßen bin. Sie wird Caroline in den Wahnsinn treiben! Die Seite stammt nämlich von einer selbsternannten weißen Hexe, die Empfehlungen gibt, wie man mit weißer Magie einen Liebestrank braut und dergleichen. Aber davon braucht Caroline vorerst nicht zu wissen.

»Ich habe viele nützliche Informationen über Kräuter gefunden, speziell auf dieser einen Seite«, beginne ich.

»Super!«, sagt Caroline.

»Dort wird empfohlen, dass man die Zutaten während der Saison kauft, und am besten nur heimische Gewächse. Wenn die Kräuter in Gewächshäusern gezüchtet sind oder lange Transportwege hinter sich haben, verlieren sie nämlich viel von ihren magischen Eigenschaften.«

»Von ihren was?«

»Von ihren magischen Eigenschaften«, wiederhole ich und spreche rasch weiter, bevor Caroline mich wieder unterbricht.

»Es ist so: Wenn wir das Ganze richtig machen wollen, dann müssen wir die Kräuter selber ziehen. Und wenn wir unsere positive Energie auf die Pflanzen konzentrieren, können wir ihre magische Wirkung erhöhen.«

»Spinnst du?« Caroline mustert mich entsetzt. Dann bemerkt sie, dass Dana und Doug mühsam ein Grinsen unterdrücken, und dreht sich prompt zu den beiden. »Was ist denn daran so komisch?«

»Ich habe mir nur gerade vorgestellt«, antwortet Dana, »wie du am frühen Morgen vor der Arbeit in Kostüm und Stöckelschuhen in unseren Kräutergarten gehst und den Pflanzen gut zuredest, damit sie wachsen.«

Alle (Loretta und Shane inbegriffen) brechen in Lachen aus. Nur Caroline nicht. Mit unbewegter Miene starrt sie Dana an.

»Sehr komisch!«, murmelt sie.

»Jedenfalls ist die beste Zeit, um Kräuter zu ziehen, wenn der Mond im Zeichen von Krebs, Skorpion, Waage oder Fische steht«, erkläre ich weiter.

»Oh, Allmächtiger!«

Ich deute mit einem Nicken auf Carolines Aktentasche. »Du hast nicht zufällig einen Mondkalender da drin, oder?«

»Einen was?«

»Einen Mondkalender. Liebeselixiere sollte man nur bei zunehmendem Mond zubereiten. Darum brauchen wir einen Mondkalender, in dem die Mondphasen stehen.«

»Herrgott, Rosie, woher hast du denn diesen ganzen Unsinn?«

Ich stehe auf und gehe zur Anrichte, wo mein Laptop steht, rufe die entsprechende Seite auf und trage das Laptop zu Caroline.

»Oh, das darf doch nicht wahr sein, Rosie!«, schreit sie

gleich darauf. »Das ist die Seite von einer weißen Hexe! Warum vertrödelst du deine Zeit mit so einem Scheiß?« Aber dann wirft sie doch widerwillig einen Blick auf die Homepage. In der Küche herrscht gespanntes Schweigen, während alle sie beobachten. Plötzlich beginnt sie laut zu lesen: »*Unselige Einflüsse können abgewehrt werden, wenn bei der Zubereitung des magischen Tranks im Deosil gerührt wird …*« Sie hebt den Blick. »Was zum Teufel ist *Deosil*?«

»Das ist ein Begriff aus dem Wicca-Kult.« Ich überhöre ihr Stöhnen. »Das ist die Bewegung im Uhrzeigersinn, die gleichzeitig dem Lauf der Sonne folgt. Sie steht für das Gute und für positive Energien.«

»Und warum schreiben die das dann nicht einfach? Und was ist mit *unselige Einflüsse* gemeint?«

»Du höchstwahrscheinlich«, bemerkt Dana. »So viel Zynismus zerstört die Magie.«

Caroline ignoriert sie und liest weiter vor. »*Kräuterelixiere sollten niemals in einem Topf aus Edelstahl gekocht werden, sondern in einem Kupferkessel oder einem Gefäß aus Ton, um Kontaminationen zu vermeiden.* Oh, Mann!« Sie liest weiter. »*Mörser und Stößel gehören zur unverzichtbaren Grundausstattung für die Zubereitung von Zaubertränken.* Hmm«, macht Caroline, ohne einen weiteren Kommentar. »*Genauso wichtig sind eine gute Gewürzmühle zum Zerkleinern der Blätter und Wurzeln und ein gutes Sieb oder ein feiner Seiher. Zusammen mit dem traditionellen Handwerkszeug der Zunft wie Zauberstab, Hexenstab usw. sind sie mächtige Hilfsmittel für Ihre magischen Experimente.* Ich kann das nicht glauben! Traditionelles Handwerkszeug der Zunft! Warum zeigst du mir das überhaupt, Rosie? Wir sind keine Hexen!«

»Kommt darauf an, wie man Hexe definiert«, sage ich. »Wir wollen schließlich Liebeselixiere verkaufen. Wenn das nicht nach Hexerei klingt!«

Shane mischt sich jetzt ein. »Wären wir im Mittelalter, würdet ihr wahrscheinlich alle drei von den Ältesten unter Wasser getaucht werden, um zu sehen, ob ihr ertrinkt.«

Caroline wirft ihm einen Was-geht-es-dich-an-Blick zu, dann richtet sie ihre Aufmerksamkeit wieder auf mich. Mit einem Stoßseufzer fragt sie: »Hast du denn gar nichts gefunden, was uns nützen kann?«

»Doch, ich habe ein paar Rezepte entdeckt. Hier zum Beispiel: ein sogenannter Liebestee. Dafür nimmt man zwei kleine Löffel Schwarztee, eine Prise Rosmarin, drei Prisen Thymian, zwei Prisen Muskat, drei frische Minzblätter, sechs frische Rosenblüten und drei Zitronenblätter und gibt alles in einen Topf aus Kupfer oder Ton. Danach mit drei Tassen kochendem klarem Quellwasser aufgießen, und zum Schluss süßt man die Mischung mit Zucker und Honig.«

Caroline nickt anerkennend. »Jetzt kommen wir der Sache allmählich näher! Das klingt wenigstens machbar. Wir können die Rezeptur ein wenig abändern, indem wir beispielsweise Leitungswasser verwenden statt reinem Quellwasser. Das würde Kosten sparen. Aber insgesamt wäre die Herstellung nicht zu teuer oder zu aufwändig.«

»Allerdings gibt es ein paar Sachen, die beim Herstellungsprozess berücksichtigt werden sollten«, wende ich ein.

»Was denn?«, fragt Dana.

»Es muss in der Nacht von einem Freitag auf Samstag geschehen, bei zunehmendem Mond.«

»Was faselst du da die ganze Zeit vom Mond?«, fragt Caroline.

»Bei zunehmendem Mond heißt zwischen Neu- und Vollmond.«

»Ach wirklich?«, bemerkt Loretta. »Darauf wäre ich nie gekommen.«

»Zunehmender Mond!«, sagt Caroline verächtlich.

Ich fahre fort: »Bevor der Tee getrunken wird, muss man den folgenden Spruch aufsagen: *Im Lichte des zunehmenden Mondes habe ich diesen Trank gebraut, damit* – an dieser Stelle setzt man den Namen des Objekts der Begierde ein – *sich traut*. Dann trinkt man den ersten Schluck und sagt: *Göttin der Liebe, erhöre mein Flehen, lass meinen Liebsten mich begehren! So fare iz. So fare iz.*«

»Göttin der Liebe! Und was zum Henker bedeutet *so fare iz*?« Caroline runzelt die Stirn.

»Ähm«, fahre ich zögernd fort. »Ich glaube, das heißt so viel wie ›So geschehe es‹. Und danach muss man …«

»Was? Da kommt noch mehr? Ich denke, ich habe genug gehört.«

»Wisst ihr«, schlägt Shane vor, »ich habe einen Kumpel, dessen Eltern haben einen Kostümverleih.« Loretta verpasst ihm einen leichten Stoß mit dem Ellenbogen, um ihn zum Schweigen zu bringen, aber er ignoriert sie. »Dort könntet ihr euch das richtige Business-Outfit besorgen. Die haben dort eine Riesenauswahl an Hexenkostümen.«

»Schön!« Caroline steht auf. »Die Besprechung ist zu Ende! Es ist sinnlos, weiterzumachen, wenn ihr beide«, sie funkelt Dana und mich an, »das alles auf die leichte Schulter nehmt und ich mir auch noch den Spott der anderen und die ständigen Unterbrechungen gefallen lassen muss. Wir versuchen eine Geschäftsidee zu verwirklichen. Warum führt ihr euch auf wie im Kindergarten?«

»Ach, komm schon, Caroline!«, sage ich versöhnlich. »Wir haben doch nur Spaß gemacht. Ich nehme unser Projekt durchaus ernst. Bitte, setz dich wieder. Ich habe auch noch andere Sachen gefunden, die dich interessieren dürften.«

»Nein! Mir reicht's!« Sie beginnt, ihre Sachen einzusammeln.

»Was reicht?«, erklingt plötzlich eine Stimme.

»Mick!«, ruft Caroline freudig.

Wir drehen alle die Köpfe. Im Türrahmen lehnt eine große, kräftige Gestalt mit einem lässigen Grinsen im Gesicht. Der Kopf als Gesamteindruck – die groben Gesichtszüge, der große Mund, die rote Gesichtsfarbe und die blonde Haarmähne – ergibt einen unerwartet netten Anblick. Ich glaube, Mick kann man am besten als unkonventionell attraktiv bezeichnen.

»Was machst du hier?«, fragt Caroline verwundert. »Du solltest doch in Wicklow sein!«

»Eigentlich schon. Aber um es mit den Worten des großen Shakespeare zu sagen: *Verbannt von ihr, ist selbst von selbst: o tödliche Verbannung!*«

»Wie bitte?«

Mick, der aus Cork stammt, wechselt nahtlos von seinem perfekten Shakespeare-Akzent zu seinem normalen Dialekt und übersetzt: »I hon di so sehr vermisst, dass i mi vom Set weggschlicha hon, um di zu sehn.«

Er geht hinüber zu Caroline, zieht sie vom Stuhl hoch, dreht sie zu sich, umfasst ihre Taille, hebt sie hoch und gibt ihr einen dicken Kuss zur Begrüßung. Dann vergräbt er das Gesicht in ihren blonden Haaren und atmet ihren Geruch ein. »Oh, i hon di so vermisst!«

»Ich dich auch«, sagt Caroline mit weicher Stimme und drückt sich an ihn.

Mick ist zwar ein großer, starker Mann, aber Caroline ist kein Leichtgewicht, und kurz darauf muss er sie absetzen. Caroline, der nun bewusst wird, dass wir alle dasitzen und uns über die Verwandlung von der toughen Businessfrau zu Micks Schätzchen freuen, sieht zu uns herüber.

»Was glotzt ihr denn so?«

Nachdem wir alles, was die Küche hergab, in die Gemüsepfanne geworfen haben – und unser Meeting wie auch Shane und Lorettas Pläne für den Abend ad acta gelegt wurden –, sitzen wir nun alle um den gedeckten Tisch. Caroline hat sich direkt neben Mick gezwängt und macht ein glückliches Gesicht. Sie ist viel gelöster als zuvor. Während des Essens dreht sich die Unterhaltung um Mick und sein aufregendes, neues Leben.

»Erzähl doch mal«, sagt Dana, »wie ist Kevin North wirklich?« North ist der Regisseur von *Schicksalsfarm.*

Mick sieht von seinem Teller hoch. Er zuckt mit den Achseln. »Er isch okay.«

»Okay? Mehr nicht?«

»Ja«, nickt Mick. »Okay.«

»Und weiter?«, bohrt Dana nach.

»Und was weiter?«, fragt Mick.

»Was kannst du uns noch über ihn sagen? Erzähl uns mal was.«

Mick zuckt wieder mit den Achseln. »Was denn? Es gibt nicht viel über ihn zu sagen. Ich mag ihn, sehr sogar. Er macht seinen Job gut. Er weiß, wie er das Beschte aus seinen Schauspielern herausholt.«

»Und wie ist Audrey Turner so?«, fragt Dana weiter. Audrey Turner ist die bekannte amerikanische Schauspielerin, mit der die weibliche Hauptrolle besetzt ist.

»Auch okay.«

»Mehr fällt dir zu ihr nicht ein?« Dana sieht ihn verwundert an. »Weißt du, Mick, du bist wirklich eigen.«

»Wie meinsch du das?«

»Ich meine, das ist mal wieder typisch für dich. Da kommst du aus dem Nichts mit lauter berühmten Leuten zusammen, und das beeindruckt dich kein bisschen. Ist dir nicht klar, dass uns Normalsterbliche dieser Promiklatsch brennend interessiert? Was macht es für einen Sinn, dass du mit lauter Berühmtheiten zusammenarbeitest, wenn du nicht ein bisschen aus dem Nähkästchen plauderst?«

»Da gibt es nichts zu plaudern.«

»Papperlapapp! Ich will solche Dinge hören wie dass Audrey Turner sich nur von Salatblättern ernährt. Oder dass man am Set immer stundenlang auf sie warten muss.«

Mick schüttelt den Kopf. »Sorry, dass ich dich enttäuschen muss, aber so isch Audrey nicht. Eher das genaue Gegenteil davon. Sie isch sehr professionell und weiß sehr wohl, dass sie nur ein Rädle im Getriebe isch. Sie hat keine Allüren. Salatblätter? Nee, so eine isch sie auch nicht. Die schaufelt sich genauso viel auf ihren Teller wie alle anderen.« Er fügt in bewunderndem Ton hinzu: »I hon koi Ahnung, wo sie das hinsteckt. Sie isch nur ein Strich in der Landschaft.«

»Wahrscheinlich treibt sie viel Sport«, sagt Caroline.

»Nö, glaub ich nicht. Aber wenn doch, dann sollte sie schleunigscht damit aufhören. Es gibt nämlich nichts Schöneres als eine Frau, die ein bisschen was auf den Rippen hat.« Er legt den Arm um Carolines nicht ganz schlanke Taille und kneift sie zärtlich, während Caroline nicht sehr begeistert zu sein scheint von diesem zweifelhaften Kompliment, ohne dass Mick dies bewusst ist. »Nehmt Caroline zum Beispiel. Seht euch an, wie sie ihren Teller vollgehäuft hat. Caroline macht sich keine Gedanken ums Kalorienzählen, und das isch gut so.« Carolines Blick schweift prüfend über die anderen Teller, während Mick unbekümmert weiterredet. »Menschen mit einem gesunden Appetit haben auch einen gesunden Lebenshunger! Jackie Gleason hat einmal gesagt: *Dünne Menschen sind schön, Dicke sind hinreißend.*«

Der Rest von uns hält die Luft an und wartet nervös.

»Soll das heißen«, sagt Caroline nach ein paar Sekunden angespannten Schweigens, dessen nur Mick sich nicht bewusst ist, »ich bin dick?«

»Nein, du bisch genau richtig. Absolut perfekt!« Er beugt sich zu ihr und gibt ihr einen Kuss. »Perfekt!« Dann kehrt er zu seinem ursprünglichen Thema zurück. »Aber Audrey isch auch ständig in Action. Sie hat nämlich ihre drei kleinen Kinder dabei.« In seinem Gesicht erscheint ein Lächeln. »Aber dafür isch ihr irischer Dialekt grausam. Nichts gegen Audrey, aber mich wundert es schon, warum North die Rolle nicht mit einer irischen Schauspielerin besetzt hat.«

»Ist sie genauso schlecht wie Julia Roberts in *Michael Collins*?«, fragt Dana.

»Schlechter.«

»So schlecht wie Nicole Kidman in dem einen Film, wie heißt er noch gleich?«

»*In einem fernen Land*?«, rät Loretta.

»Ja, genau. Ist sie auch so schlecht?«

»Um Gottes willen, nein!«, stößt Mick derart entsetzt aus, dass wir lachen müssen.

Mick scheint wirklich das große Los gezogen zu haben, was mich sehr freut. Es ist schön, wenn guten Menschen Gutes widerfährt. Caroline ist auffallend still. Vielleicht ist sie noch sauer wegen Micks dubiosem Kompliment. Normalerweise besitzt sie ein dickes Fell und schnappt wegen so etwas nicht gleich ein, vor allem nicht, wenn es nicht böse gemeint war. Sie weiß, dass Mick den Boden küsst, auf dem sie geht. Plötzlich macht sie den Mund auf.

»Mick, habe ich dir erzählt, dass wir uns am Donnerstag mit Monica im Laden treffen, um die Renovierung zu besprechen?«

Mick sieht sie an, etwas erstaunt über den plötzlichen Themenwechsel.

»Das isch toll.«

»Na los, Mick!«, fordert Dana ihn auf. »Erzähl uns mehr über Audrey Turner.«

»Also gut«, antwortet Mick lachend. »Sie hat einen Stimmentrainer, so ein seltsamer Wicht, der angeblich aus Belfast stammt. Ich habe gesehen, wie er sie unterrichtet, und ich finde, er macht alles nur noch schli…«

Caroline schneidet ihm das Wort ab. »Verstehst du, wir brauchen nämlich viel mehr Regale als andere Läden.«

»Caroline«, bremse ich sie. »Wir haben jetzt lange genug über das Geschäft geredet. Können wir uns mal anderen Themen widmen? Lass Mick doch erzählen! Das ist viel interessanter.«

»Oh, Entschuldigung! Bitte, erzähl weiter, Mick.«

»Jedenfalls hat dieser Stimmentrainer …« Er unterbricht sich, weil Caroline plötzlich aufsteht.

»Möchte jemand was zu trinken?«

Wir schütteln die Köpfe. Caroline geht an den Wandschrank, um sich ein Glas herauszunehmen, und veranstaltet dabei so einen Krach, dass Mick nicht weiterreden kann.

»Caroline«, sagt er, als er sich wieder Gehör verschaffen kann. »Isch was?«

»Nein, nein, wieso denn?« Ein paar Sekunden lang herrscht Schweigen. Die beiden starren sich an – Mick mit verdutzter Miene, Caroline mit bösem Blick –, aber als Mick wieder etwas sagen will, platzt Caroline heraus: »Mich würde es einfach mal interessieren, warum du keine einzige Frage zu unserem Projekt stellst! Ich riskiere alles dafür, gebe sogar meinen Job auf, um meine ganze Energie darauf zu verwenden. Aber seit du hier bist, hast du dich nicht einmal danach erkundigt! Ich weiß ja, wie aufregend es für dich ist, mit diesen ganzen Promis zu verkehren, aber ich hätte nie erwartet, dass du dich so änderst, ausgerechnet du!«

»Caroline«, sagt Mick perplex, »ich habe nur die Fragen der anderen beantwortet.«

»Ja, aber du musst ja nicht gleich so ausführlich werden.«

»Was? Ich habe doch gar nicht so viel erzählt.«

»Doch. Du solltest dich mal hören. Du findest kein Ende. Offenbar interessierst du dich nur noch für dich selbst, deine neuen Promifreunde und deinen ach so wichtigen Film.«

»Das ist unfair, Caroline!«, schaltet Dana sich ein. »Wir wollen schließlich hören, was er zu erzählen hat.«

Mick starrt Caroline an, dann sagt er leise: »Weisch du, ich hätte nie von dir erwartet, dass du eifersüchtig reagiersch. Schließlich habe ich das alles dir zu verdanken.«

»Ich bin nicht eifersüchtig. Sei nicht albern! Ich und eifersüchtig? Ich habe nur gesagt, dass du so mit dir selbst beschäftigt bist, dass du für meine Arbeit überhaupt kein Interesse zeigst.«

»Das isch nicht wahr.«

»Aber so kommt es bei mir rüber. Oder wie würdest du erklären, dass du kein einziges Mal nach dem Projekt gefragt hast, seit du hier bist?«

Mick nickt ernst. »Also schön: Der Grund isch, dass ich, offen gesagt, nicht viel von eurem Projekt halte.«

»Ach nein?«

»Nein. Caroline, wenn wir telefonieren, redesch du von nichts anderem mehr. Ich habe bis jetzt nichts dazu gesagt, aber ich kenne dich. Wo bleibt dein Zynismus? Ich weiß doch, dass du an so einen Hokuspokus nicht glaubsch! Ich habe den Eindruck, ihr wollt aus der Dummheit anderer Leute Profit schlagen.«

»Das ist nicht wahr.«

»Doch. Wenn ihr schon ein Geschäft gründen wollt, warum sucht ihr euch dann nicht etwas Sinnvolleres?«

Caroline lässt den Blick über die Gesichter am Tisch schweifen, während ich, betroffen über Micks Vorwurf, rasch auf meinen Teller schaue. Ich nehme an, Loretta war nicht schnell genug.

»Loretta, hältst du auch unser Projekt für Abzockerei?«, fragt Caroline.

»Darauf kannsch du Gift nehmen!«, stößt Mick hervor. »Loretta isch schließlich Medizinerin.«

»Stimmt das? Findest du, wir bescheißen die Leute?«

Loretta überlegt kurz und wählt ihre Worte mit Bedacht. »Nun, ich weiß nicht, ob *bescheißen* das richtige Wort ist. Ich bin ja immer offen für Alternativen zur klassischen Medizin, aber mit Liebeselixieren kann ich nicht viel anfangen.«

»Und du, Shane, was meinst du?«, will Caroline nun wissen.

Shane zuckt mit den Achseln. »Ich habe zwar vorhin Witze darüber gemacht, aber nur, weil du die Sache so ernst nimmst. Tatsächlich finde ich die Idee klasse.«

»Na, bitte!« Caroline nickt zufrieden.

Aber Shane ist noch nicht fertig. »Es war schon immer so, dass irgendwer versucht hat, den Leuten das Geld aus der Tasche zu ziehen. Warum sollt ihr nicht auch ein Stück vom Kuchen abhaben? Ich wünschte, die Idee würde von mir stammen!«

Obwohl Shanes Worte ihre eigenen sein könnten, macht Caroline keinen glücklichen Eindruck.

Währenddessen sitzt Doug die ganze Zeit da, ohne einen Ton von sich zu geben, und Caroline scheint es gar nicht in den Sinn zu kommen, ihn nach seiner Meinung zu fragen. Obwohl Dana behauptet, dass Doug vor Caroline Angst hat, lenkt er nun ihre Aufmerksamkeit mit einem nervösen Räuspern auf sich.

»Was?«, sagt Caroline. »Hast du auch was zu dem Thema beizutragen?«

»Äh …« Doug zögert, während wir alle warten. »Äh, ich verstehe nicht ganz, wo das Problem liegt.« Es scheint, als würde er unter seiner gebräunten Haut rot werden, weil er nun der Mittelpunkt der allgemeinen Aufmerksamkeit ist. Ich weiß, wenn Dana und Doug unter sich sind, dann redet er wie ein Wasserfall, das habe ich schon ein paarmal gehört. Aber in unserer Anwesenheit begnügt er sich meistens damit, zuzuhören. Trotz seines offensichtlichen Unbehagens fährt er fort: »Wenn eure Liebeselixiere die Leute für die Liebe empfänglicher machen, dann ist das doch eine gute Sache, oder nicht?«

»Na, also!«, sagt Caroline triumphierend. »Wenigstens einer hat verstanden, worum es dabei geht. Vielen Dank, Doug.« Sie richtet sich wieder an Mick. »Weißt du, ich habe von dir etwas mehr Unterstützung erwartet, so wie ich dich unterstützt habe, damit du für deine Rolle vorsprechen kannst. Aber offensichtlich hast du das vergessen.«

»Caroline, hör zu, es tut mir leid, aber ...«

Sie fällt ihm ins Wort. »Ich will jetzt nicht mehr darüber reden.«

»Caroline, ich will doch nur ...«

»Ist von dem Essen noch was übrig?«, fragt Caroline Shane.

»Äh, ja, jede Menge.«

Caroline geht mit ihrem Teller zum Herd und holt sich einen Nachschlag.

»Noch jemand?«, fragt sie.

Wir schütteln die Köpfe. Ich weiß nicht, wie es den anderen geht, aber mir ist der Appetit vergangen, genau wie die gute Laune. Dieses spontane gemeinsame Abendessen ist plötzlich gar nicht mehr so lustig.

Stärkt Absinth die Liebe?

9

Ich habe Finn die ganze Woche nicht zu Gesicht bekommen. Ich hatte mich in der Küche verschanzt, um herumzuexperimentieren. Zufrieden mit den Ergebnissen, habe ich heute Abend alle eingeladen zur ersten Verkostung. Mick kommt sogar eigens aus Wicklow. Es war nicht schwer, ihn zu überreden. Ich glaube, er will die Gelegenheit nutzen, um sich mit Caroline wieder zu versöhnen. Bei seinem letzten Besuch sind die beiden nicht in Frieden auseinandergegangen.

Der Erste, der eintrifft, ist Finn.

»Du bist früh dran«, sage ich und führe ihn in die Küche.

»Ich wollte mit dir reden, bevor die anderen da sind.«

»Sicher, schieß los.« Aber dann fällt mein Blick auf den Topf auf dem Herd. »Ach du Schande! Mein Chakra kocht über!« Ich flitze zum Herd, nehme den Topf von der Platte und stelle ihn rasch auf die Spüle. »Puh, das war knapp! Okay, wo ist mein Rezept? Was kommt als Nächstes?«

Ich suche in dem Chaos auf der Anrichte nach dem ausgedruckten Blatt, und als ich es gefunden habe, überfliege ich es und sage nebenbei zu Finn: »Gut, worüber möchtest du mit mir reden?«

»Vielleicht sollte ich damit bis später warten.«

»Ich brauche mehr Saft«, sage ich zu mir selbst und zu ihm: »Hmm?«

»Ich warte bis später, wenn du nicht mehr so viel zu tun hast.«

Eine halbe Stunde später bitte ich Finn, die anderen in die Küche zu holen. Gleich darauf kommen Dana, Doug, Loretta und Shane im Gänsemarsch herein, mit erwartungsvollen Gesichtern.

»Das riecht aber gut«, sagt Loretta.

»Wo sind Mick und Caroline?«, frage ich. »Caroline!«, rufe ich laut. »Beeilung, wir warten!«

»Wir kommen!«, ruft sie zurück. Kurz darauf erscheint sie in der Küche, mit geröteten Wangen, Hand in Hand mit Mick, und macht einen aufgekratzten Eindruck – sie haben sich eindeutig wieder versöhnt. Caroline lässt sich auf einen Stuhl plumpsen, während Mick zu mir an den Herd kommt.

»Mhmm.« Er späht in meine Töpfe.

Ich schöpfe ihm aus einem davon eine Kelle voll in ein Glas und gebe es ihm.

»Was isch das?«, fragt er und beäugt leicht misstrauisch den Inhalt.

»*Red-to-Orange Chakra Express*«, verkünde ich.

»Und was isch da alles drin?«

»Jede Menge – Gewürznelken, Zimt, Astragalus, Sternanis, Muskatnuss, Ingwerwurzel, Fenchel, Lorbeerblatt.«

»Wo hasch du das ganze Zeug her?«, fragt Mick weiter. »Sicher nicht vom Supermarkt an der Ecke, oder?«

»Doch, ein paar Sachen schon. Andere habe ich im Internet bestellt, Sternanis zum Beispiel und Astragalus.«

Schon seltsam, aber es wurmt mich ein wenig, dass ich das zugeben muss. Am liebsten würde ich die Gewürze selber ziehen. Das kann ich mir allerdings abschminken, weil in Carolines straffem Zeitplan kein Kräutergarten vorgesehen ist, der schließlich kultiviert werden muss. Aber vielleicht könnte ich ja später, wenn das Geschäft angelaufen ist, meine eigenen Kräuter ziehen? Caroline wird bestimmt beeindruckt sein, wenn ich ihr erzähle, wie viel wir dadurch sparen können. Und meine Eltern würden sicher schmunzeln über meine neue Leidenschaft. Sie führten viele Jahre lang ein Gartencenter, aber als sie in den Ruhestand gehen wollten, war keins ihrer Kinder daran interessiert, das Geschäft zu übernehmen. Also haben sie es verkauft. Ich glaube, sie waren anfangs ein wenig enttäuscht darüber, aber nun genießen sie ihren Lebensabend. Inzwischen sind sie von ihrer Amerikareise zurückgekehrt; wir hatten aber noch keine Gelegenheit, uns zu sehen. Ich war die ganze Zeit beschäftigt mit Recherchieren und Experimentieren. Bis jetzt habe ich meinen Eltern noch nichts von unserem Projekt erzählt. Bei den paar Telefonaten, die ich mit meiner Mutter geführt habe, stand ich immer kurz davor, es ihr zu sagen, hatte dann jedoch Angst vor ihrer Reaktion – Fassungslosigkeit, Entsetzen, Enttäuschung. Etwa so: »Du willst was? Liebeselixiere verkaufen? Oh Rosie! Und das, nachdem wir so viel Geld in deine Ausbildung gesteckt haben! Dein Vater wird sehr enttäuscht sein von dir!« Meine Mutter schiebt gerne meinen Vater vor, obwohl sie im Grunde sich selbst meint. Darum habe ich bis jetzt noch nichts gesagt.

Mick spült den ersten Schluck im Mund von links nach rechts, dann schluckt er ihn herunter. »Mmm, lecker!«

»Es schmeckt dir?«, frage ich nervös.

Er nickt und nimmt einen weiteren Schluck.

»Ich habe vergessen zu erwähnen«, sage ich, »dass ich auch zwei Flaschen Beaujolais hinzugefügt habe.«

Mick schließt nun die Augen, lässt den Kopf auf die Brust sinken und steht ganz still, zehn, fünfzehn Sekunden lang. Alle Augen sind auf ihn gerichtet. Plötzlich hebt er den Kopf wieder. Er dreht sich zu Caroline um und starrt sie mit seltsam glasigen Blick an, bevor er ein langes, leises Wolfsgeheul ausstößt.

»Oh Mann, Baby! Du bisch so scharf!« Er stellt das leere Glas auf die Anrichte, eilt hinüber zu Caroline und zieht sie von ihrem Stuhl hoch.

»Komm, lass uns nach oben gehen. Wir haben was Dringendes zu erledigen!« Er beginnt, an ihrem Hals zu knabbern.

»Hör auf, Mick. Stopp!«, schreit Caroline. »Lass den Blödsinn.«

»Blödsinn! Das isch kein Blödsinn! Das isch mein absoluter Ernscht! Ich schwöre, das Zeug wirkt wahre Wunder. Ich habe mich wohl getäuscht.«

Aber Caroline will davon nichts hören. »Lass es einfach sein, Mick!« Sie schiebt ihn zur Seite und setzt sich wieder hin. Dann funkelt sie ihn böse an.

»Komm schon, Caroline, das war doch nur ein Spaß! Wir haben uns doch wieder versöhnt. Ich dachte, du würdesch das witzig finden.«

»Wir *hatten* uns versöhnt, ja. Aber du musst ja alles wieder verderben, indem du das Ganze ins Lächerliche ziehst! Warum tust du das?«

Mick betrachtet sie einen Moment lang. »Weil das ganze Projekt ein Witz isch.«

Beide starren sich wütend an.

Mick dreht sich zu mir. »Bisch du sicher, das war das Rezept für ein Liebeselixier? Kommt mir eher vor wie ein Gegenmittel.«

Nicht gerade ein vielversprechender Anfang, denke ich.

»Na los«, sagt Shane, »wir wollen auch probieren.«

Ich verteile die nächsten Gläser an die anderen.

Dana probiert den ersten Schluck. »Das ist wirklich lecker!« Genüsslich fährt sie mit der Zunge über die Lippen. »Gute Arbeit, Rosie.«

»Oh, danke«, sage ich.

»Nur eins …«

»Ja?«

»Du hast gesagt, da ist Wein drin.«

»Ja. Wein ist bekannt als psychoaktive Substanz.«

»Was ist das?«, fragt Shane.

»Ein Mittel, das die Psyche des Menschen beeinflusst. Wein gilt nicht per se als aphrodisierend, aber er hat eine Wirkung auf das Bewusstsein.«

»Hm, stimmt. Das kennst du ja aus eigener Erfahrung, oder nicht, Rosie?«, grinst Shane.

»Spar dir das!«

»Ach komm schon, Rosie!«

Mag sein, dass Shane die Wahrheit sagt, aber das heißt noch lange nicht, dass ich es gut finde, dass er Witze über meine Vergangenheit reißt, jedenfalls nicht vor Finn.

»Was ich vorhin sagen wollte«, greift Dana ihre ursprüngliche Frage wieder auf. »Denkst du, es ist okay, wenn unsere Elixiere Alkohol enthalten, oder brauchen wir dafür eine Lizenz?«

»Daran habe ich noch gar nicht gedacht.« Ich sehe Caroline an.

»Ich würde mir darüber keine Gedanken machen«, sagt sie. »Braucht ja keiner zu erfahren.«

»Verstehe«, sage ich zögernd.

Dana sieht aus, als wolle sie etwas sagen, aber begnügt sich dann mit einem Achselzucken.

»Was hast du sonst noch?«, fragt Doug.

»Was?« Ich schaue auf sein leeres Glas. »Du hast schon alles ausgetrunken?«

»Ja, das war köstlich.« Er leckt sich die Lippen und grinst.

Ich gieße ihm eine Kostprobe von dem nächsten Elixier ein. »Für diesen Trank gibt es noch keinen Namen. Er enthält Zimt, Speik und Wermut.«

»Wermut? Igitt!«, sagt Dana. »Den trinke ich nicht!«

»Wie bitte?«

»Das ist doch dieses Teufelszeug, aus dem Absinth gemacht wird!«

»Ja, aber ich rede von der Pflanze, nicht von dem Schnaps. Wermut zählt zu den bittersten bekannten Kräutern.«

»Eine Pflanze? Bist du sicher?« Dana mustert mich skeptisch.

»Ja, bin ich«, sage ich und gebe ihr ein Glas. »Probier mal!«

»Absinth? Isch das nicht das Zeug, mit dem sich die französischen Dichter und Romanciers im 19. und 20. Jahrhundert das Gehirn weggeätzt haben?«, bemerkt Mick grinsend.

Ich zucke mit den Achseln. »Keine Sorge, deinem Gehirn wird kein Schaden zugefügt. Es kann nichts passieren.«

Dana beäugt ihr Glas leicht angewidert. »Wenn es dir nichts ausmacht, würde ich gerne verzichten.«

Sie gibt das Glas an Doug weiter, der Danas Bedenken nicht im Geringsten teilt und das Glas in wenigen Zügen leert.

»Geil!«, kommentiert er.

Ich lächle, erleichtert über seine Reaktion.

»Okay, Dana, dann probier mal den hier. Der wird dir schmecken.« Ich gebe ihr ein neues Glas.

»Was ist da alles drin?«

»Nun, ich habe Milch, Gewürznelken, Kardamom und Zimt in einen Topf gegeben, aus ein paar Vanilleschoten den Samen gekratzt und das Ganze sanft erhitzt. Dann habe ich die Mischung abkühlen lassen, ein paar Gewürze hineingestreut und anschließend Milch, Joghurt, Honig und Vanilleeis untergerührt, bis ich eine schaumige Masse hatte. Da dieses Elixier Milch und Eis enthält, müssen wir es kühl lagern.«

Ich gebe jedem ein Glas davon und warte auf die Reaktionen.

»Mhm. Köstlich!«, lobt Caroline.

»Hast du noch mehr davon?«, fragt Doug.

»Ja, klar.«

Ich bin richtig stolz auf mich, weil meine Liebescocktails so gut ankommen.

»Ich bin sprachlos, wie du das hinbekommen hast«, grinst Shane. »Einfach köstlich!«

Ich hebe bescheiden die Schultern. »Ich habe mich nur an das Rezept gehalten.« Ich verteile die nächste Runde. »Aber ich habe auch ein paar eigene Ideen, die ich gerne ausprobieren möchte, nachdem ich nun ein Gefühl dafür bekommen habe, was zusammenpasst und was nicht.«

»Du kniest dich richtig in die Sache rein, was, Rosie?«, sagt Loretta.

Ich zucke mit den Achseln. Aber sie hat recht. Es hat mir Spaß gemacht, diese ganzen Rezepte zu recherchieren, mehr, als ich anfangs dachte. Und egal, ob die Elixiere wirken oder nicht, wenigstens bekommen die Leute für ihr Geld etwas sehr Wohlschmeckendes. Ich schätze, das ist meine Rechtfertigung dafür, dass ich mich an diesem Projekt beteilige.

Nach der Verkostung schlägt Shane vor, auszugehen. Mick winkt ab, weil er zurück nach Wicklow muss. Finn und ich verzichten ebenfalls.

Mit Finns Unterstützung mache ich mich daran, die Küche aufzuräumen.

»Worüber wolltest du vorhin mit mir reden?«, frage ich, nachdem wir unter uns sind.

»Ich ziehe zurück in mein altes Haus.«

»Finn, das ist ja klasse!«

»Vermutlich ist es höchste Zeit.«

»Für deinen Vater wird das sicherlich nicht einfach sein, aber auf lange Sicht betrachtet ist es wohl das Beste.«

»Das denke ich auch. Außerdem will die Band sich wieder vereinen.«

»Nein!«

»Doch! In letzter Zeit habe ich wieder mehr Kontakt zu den Jungs. Wir können es alle kaum erwarten, wieder loszulegen.«

»Aber euch fehlt der Sänger. Wer soll Marks Platz einnehmen?«

»Lola, unsere neue Sängerin.«

»Lola?«

»Ja. Sie hat früher bei *Griffin* gesungen, das ist eine Band aus Dublin. Sie gingen vor ein paar Jahren nach London und waren dort auch recht erfolgreich, bis sie sich vor ein paar Monaten aufgelöst haben. Lola ist seit Kurzem wieder hier. Sie ist eine fantastische Sängerin und schreibt auch selber Songs.«

»Aber du bist doch der Songwriter der Band?«

»Ja, aber ich muss ja nicht der einzige sein. Vielleicht schreiben wir auch ein paar Songs zusammen. Darüber haben wir bereits gesprochen. Wir haben schon mal zusammen ein Lied komponiert, damals in der Schule für das Abschlusskonzert.«

»Ihr wart zusammen auf der Schule?«

»Ja. Zufällig auch noch in derselben Klasse.«

Ich bin ein wenig verblüfft. »Aber wenn sie so gut ist und du sie schon so lange kennst, warum war sie dann nicht von Anfang an bei *Dove* dabei?«

»Mark war gegen eine zweite Gesangsstimme. Außerdem waren er und Lola ... na ja, zwischen den beiden lief mal fast was.«

»Ach ja?«

»Ja.« Finn geht nicht näher darauf ein.

»Fast?«

»Ja.«

»Geht's auch ein wenig genauer?«

»Mark hat damals in der Schule für Lola geschwärmt, aber sie war clever genug, sich nicht auf ihn einzulassen.«

»Ah, im Gegensatz zu mir, oder wie?«

»Was?«

»Sie war also cleverer als ich.«

»Ich schätze, sie hat ihn eben besser gekannt.«

»Verstehe. Und wie ist sie so, diese Lola?«

Finn überlegt kurz. »Sie ist ein ziemlich ernster Mensch.«

Gut, denke ich und stelle mir eine pummelige Rothaarige vor mit einer dicken Hornbrille, jemanden wie Velma aus der Zeichentrickserie *Scooby-Doo.* Doch Finn zerstört im nächsten Augenblick mein tröstliches Bild.

»Aber sie hat auch etwas Wildes, Ungezähmtes. Sie wurde in der sechsten Klasse von der Schule verwiesen, weil sie auf der Klassenfahrt in Frankreich nackt baden war.«

Das könnte Velma nie passieren. Ich stelle mir jetzt eine Ursula Andress vor, die aus dem Meer watet, nur ohne ihren weißen Bikini.

»Ganz schön albern!«, sage ich.

Finn zuckt mit den Achseln. »Wir waren noch Kinder.«

Wir? Warum sagt er wir? *Wir* heißt doch, dass er irgendwie daran beteiligt war.

Finn sieht mich an. »Du wirst sie mögen, Rosie.«

»Klar. Sicher.« Werde ich das? Werde ich das wirklich? Und woher will er das überhaupt wissen?

»Du wirst sie bald kennenlernen. Sie zieht nämlich bei mir ein.«

»Wie bitte?«

»Ja, macht doch Sinn.«

Sinn? Inwiefern? Vielleicht verwechselt er die Wörter *Sinn* und *Unsinn*.

Er redet unbeirrt weiter. »Seit ihrer Rückkehr aus London wohnt sie wieder bei ihren Eltern. Sie sucht verzweifelt eine eigene Bude.«

Höre ich richtig? Erzählt mein Freund mir hier gerade in aller Seelenruhe, dass eine andere Frau bei ihm einzieht? Eine sehr ernste Person, aber mit einer wilden, ungezähmten Seite? Eine, die wegen Nacktbadens von der Schule geflogen ist? Soll ich mich jetzt freuen oder was? Hätte *mein* Freund nicht *vorher* mit mir darüber reden sollen, bevor diese Entscheidung gefallen ist?

Ohne sich des Schadens bewusst zu sein, den er anrichtet, erzählt Finn weiter. »Es ist wirklich Zeit, dass ich wieder mein eigenes Reich habe. Und es ist gut, dass ich nicht alleine im Haus sein werde. Lola und ich können uns die Kosten teilen, und ich werde mir nicht so, na ja, nicht so einsam vorkommen.«

Er wirkt ein wenig verlegen, aber ich verstehe sofort, was er meint. Mit Lola als Mitbewohnerin wird Marks Abwesenheit nicht so auffallen.

Finn spricht weiter. »Außerdem ist es die perfekte Gelegenheit, um gemeinsam an unserer Musik zu arbeiten und uns richtig reinzuhängen. Ich glaube, ich bin endlich wieder bereit dafür.«

»Verstehe.«

Ich verstehe das durchaus. Wirklich. Ich bin ja nicht blind. Das alles bedeutet schließlich, dass Finn endlich wieder einen Schritt vorwärts macht. Dass er aus seinem Loch kommt und in den Normalzustand zurückkehrt. Wie könnte ich etwas dagegen haben, außer ich wäre das größte Egoistenschwein der Welt? Trotzdem bin ich nicht glücklich darüber, dass diese Lola bei meinem Freund einzieht und so eng mit ihm zusammenarbeitet. Vor meinen Augen taucht ein Bild auf. Ein Bild, das für meinen Geschmack viel zu idyllisch ist. Diese Lola und mein Finn, ein eingeschworenes Gespann, das zusammen auf der Couch sitzt und Songs komponiert.

»Du hast doch kein Problem damit, oder, Rosie?«

Und ob!, würde ich am liebsten brüllen. Sicher, ich weiß, Finn hat Marks Tod schwer getroffen. Sicher, ich habe gesehen, wie seine musikalischen Ambitionen darunter gelitten haben. Sicher, ich habe gehofft, dass er bei seinem Vater auszieht und in sein Haus zurückkehrt. Sicher wünsche ich mir über alles, dass er wieder glücklich ist. Ich wünsche ihm nur das Beste. Und darum schüttle ich den Kopf.

»Natürlich nicht.« Was soll ich denn sonst sagen?

Kurz nachdem Finn seine Bombe platzen ließ, brach er auf. Und ich sitze nun am Küchentisch und begutachte den Schaden. Was soll ich tun? Ihn anrufen, sobald er zu Hause ist? Ihm sagen, dass ich bei genauerer Überlegung doch nicht glücklich bin über seine Neuigkeiten? Aber was sagt das über mich aus? Dass ich ihm nicht vertraue? Dass ich etwas dagegen habe, dass er sein Leben wieder in die Hand nimmt? Dass ich etwas dagegen habe, dass er wieder in sein Haus zieht? Dass ich etwas dagegen habe, dass er wieder in der Band spielt? So ist es nämlich nicht! Ich wünsche mir, dass das alles für ihn in Erfüllung geht. Was mich stört, ist diese Lola, die plötzlich in allem drinhängt.

»Hey!«

Ich sehe auf. Es ist Dana in ihrem Bademantel.

»Hey! Ich dachte, du bist mit den anderen ausgegangen.«

»Nein.« Sie stößt ein verlegenes Lachen aus. »Doug – nun, er hat beschlossen, dass wir es uns hier gemütlich machen.« Sie geht zum Wasserkocher und stellt ihn an.

»So, so.« Ich schenke ihr einen vielsagenden Blick.

»Möchtest du auch einen Tee?«, wechselt sie hastig das Thema.

»Nein, danke.«

Sie sieht mich an. »Hast du was, Rosie? Du wirkst ein bisschen niedergeschlagen.«

»Ich weiß nicht. Finn hat mir soeben eröffnet, dass die Band sich wieder zusammentut. Sie haben auch schon einen Ersatz für Mark gefunden, jemanden aus Finns ehemaliger Klasse.«

»Das ist doch toll!«

Ich zucke mit den Achseln. »Dieser Jemand ist zufällig weiblich und auf Wohnungssuche. Darum zieht sie jetzt mit Finn zusammen in sein Haus.«

»Verstehe.«

»Ich nehme an, du wirst mir gleich sagen, dass ich mir keine Sorgen zu machen brauche.«

Dana hebt die Schultern. »Ich weiß nicht.«

Ich sehe sie überrascht an.

»Was soll das heißen, du weißt nicht? Ich dachte, du appellierst an meine Vernunft! Ich dachte, du sagst, dass wir hier von Finn reden und dass er verrückt nach mir ist und dass ich mir keine Gedanken machen muss.«

»Das brauchst du auch nicht. Aber wer weiß schon, wie Männer wirklich ticken? Mir ist das jedenfalls ein Rätsel. Ich denke, du solltest auf der Hut sein und die Sache im Auge behalten. Zeig ihr, dass es dich gibt.«

»Verstehe.« Jetzt bin ich erst recht beunruhigt.

Dana fährt fort: »Aber wenn du damit wirklich ein Problem hast, dann solltest du es ihm sagen.«

»Das kann ich nicht, nicht unter diesen Umst…«

»Dana!«

Eine laute Stimme von oben unterbricht mich. Sie gehört Doug.

Dana schüttelt den Kopf und rollt mit den Augen. »Ich dachte, er schläft. Er war ziemlich geschafft, als ich ihn alleine gelassen habe.« In ihrem Gesicht erscheint ein verschmitztes Lächeln. »Weißt du, Rosie, vielleicht wirken deine Liebeselixiere ja tatsächlich.«

Eine alte Tradition besagt: Wenn man ein vierblättriges Kleeblatt isst und dabei an einen geliebten Menschen denkt, wird dieser die Liebe erwidern.
Vielleicht ist es wirkungsvoller, wenn Sie den geliebten Menschen einfach anrufen und ihm Ihre Gefühle gestehen. Sollten Sie sich dennoch für die Kleeblatt-Methode entscheiden, dann behalten Sie es am besten für sich.
Sie wollen ja nicht, dass das Objekt Ihrer Begierde Sie für total verrückt hält.

10

Am nächsten Tag warte ich darauf, dass Finn sich bei mir meldet, und als ich auch am übernächsten Tag nichts von ihm höre, versuche ich es am Morgen darauf mehrmals auf seinem Handy. Doch er geht nicht dran.

Ich beschließe, es bei seinem Vater zu probieren.

»Hallo, Mr. Heelan, hier ist Rosie. Ist Finn da?«

»Tut mir leid, Rosie, aber du hast ihn gerade verpasst, Engelchen. Er war schon ganz früh hier mit seiner Freundin Lola und dem Transporter, um seine restlichen Sachen zu holen. Ich glaube, die beiden wollten anschließend zu Lolas Elternhaus und ihre Sachen holen. Bestimmt sind sie schon wieder zurück, um alles auszuladen. Vielleicht versuchst du es mal direkt bei ihm.«

Ich bin überrascht. Okay, Finn hat zwar gesagt, dass er wieder in sein Haus zieht. Aber ich dachte, er meint damit irgendwann demnächst, in unbestimmter Zukunft. Was genau meinte Mr. Heelan damit, dass Finn seine restlichen Sachen geholt hat? Ist er bereits ausgezogen? Wozu die Eile?

»Okay«, sage ich. »Vielleicht mache ich das. Danke, Mr. Heelan.«

Nachdem ich aufgelegt habe, wähle ich Finns Festnetznummer, aber es geht niemand dran. Wo steckt er? Ich versuche, mich nicht darüber zu ärgern, dass ich ihn nicht erreichen kann. Aber ich ärgere mich trotzdem. Es ärgert mich, dass ich ihn nicht erreichen kann *und* dass er mit Lola unterwegs ist.

Nicht, dass ich Finn verdächtigen würde. Ich vertraue ihm. Aber dieser Lola? Was weiß ich schon über sie? Nicht viel. Und wenn sie auch nur zwei funktionierende Gehirnzellen besitzt, dann wird ihr nicht entgehen, was für ein besonderer Mensch Finn ist.

Irgendwann halte ich es schließlich nicht mehr aus und borge mir Carolines Wagen, um zu Finn zu fahren. Als ich dort ankomme, ist weit und breit kein Transporter zu sehen, aber dafür parkt in der Einfahrt ein ach-wie-niedliches gelbes Käfer-Cabriolet. Lolas Wagen? Bestimmt. Was sollte jemand mit einem ach-so-niedlichen Namen sonst fahren? Ich steige aus und gehe die Einfahrt hoch, wobei ich den Aufkleber an der Stoßstange des Käfers lese: *Hier bin ich! Und wie lauten deine anderen beiden Wünsche?* Also kein schüchternes Mauerblümchen, diese Lola, aber das konnte ich mir schon denken nach ihrem Schulverweis in der sechsten Klasse wegen der FKK-Nummer. Ich klingle an der Tür, warte, klingle wieder, und als niemand aufmacht, gehe ich zum vorderen Fenster und spähe hinein.

Es ist Monate her, seit Finn hier gewohnt hat, und ich betrachte das Haus mit neuen Augen, nachdem ich schon so lange nicht mehr hier war. Ich hatte schon fast vergessen, wie viel Arbeit Finn in das Haus gesteckt hat, nachdem er es gekauft hatte. Es ist ihm gelungen, ein stinknormales Reihenhaus aus den Fünfzigern in etwas Außergewöhnliches zu verwandeln. Von außen sieht das Haus zwar immer noch ziemlich normal aus, aber innen hat sich alles verändert. Im Erdgeschoss wurden sämtliche Zwischenwände herausgerissen, um einen einzigen großen Raum zu schaffen. Zudem wurde ein großer Teil der Rückwand entfernt und durch eine breite Glasfront ersetzt, die zu einer winzigen Gartenterrasse mit einem kleinen Teich hinausführt. Die ursprüngliche Treppe im Haus musste zugunsten einer modernen Glaskonstruktion weichen. Einzelne Farbtupfer wie die rote Couch, die hellgrüne, offene Küche und die großformatigen Bilder, die Finn selbst gemalt hat, runden die todschicke, offene Inneneinrichtung ab. Während ich Finns Werk – den Umbau des Hauses, seine Kunst – mit neuen Augen betrachte, geht mir durch den Kopf, dass Finn, wenn er nicht für seine Musik leben würde, auch Karriere als Innenarchitekt oder Maler machen könnte.

Nach so langer Zeit wieder hier zu sein, weckt Erinnerungen in mir. Zum Beispiel an meinen ersten Besuch hier, an Finns Geburtstagsfeier – die er nur aus dem Grund veranstaltet hatte, um mich näher kennenzulernen. Aber sein Plan ging nicht auf wie erhofft. Ich kann mich noch gut an sein schockiertes Gesicht erinnern, als Mark und ich Hand in Hand die Glastreppe emporstiegen und Finn aus der Gästeschar zu uns hochstarrte. An jenem Abend konnte keiner von uns – weder Finn noch Mark noch ich – ahnen, was für ein tragisches Ende sich anbahnte. Irgendwer hat mal gesagt, dass Gott die Welt rund gemacht hat, damit der Mensch nicht zu weit sehen kann.

Genug von diesen traurigen Erinnerungen, denke ich. Ich sollte wieder gehen. Aber plötzlich fallen mir kleine Veränderungen auf, seit ich das letzte Mal hier war. Finns Schlagzeug steht nun im Wohnbereich, während es früher oben in seinem Schlafzimmer aufgebaut war, und auf der Couch liegen zwei Gitarren. Die eine gehört Finn, wie ich weiß – als Schlagzeuger greift er auch manchmal in die Saiten. Das zweite Instrument ist eine Bassgitarre in knallpink. Wahrscheinlich gehört sie Lola. Wieder entsteht ein Bild vor meinen Augen, wie die beiden dort sitzen bis spät in die Nacht, ohne zu merken, wie die Zeit verrinnt, weil sie so vertieft darin sind, neue Stücke zu komponieren. Nein, das schmeckt mir ganz und gar nicht. Genau so wenig wie die unübersehbaren Anzeichen, dass mein Freund eine Mitbewohnerin hat. Von meiner Mutter kenne ich den Ausdruck *sein Revier abstecken* – womit jemand gemeint ist, der schneller heimisch wird als erwünscht. Was würde Mum wohl zu der ärmellosen roten Zottelweste sagen, die über der Lehne eines Küchenstuhls hängt? Und zu diesen niedlichen kleinen grünen Glitzerpumps, die achtlos auf dem Parkett liegen? In der Tat: Diese Lola ist schnell heimisch geworden. Offenbar hat sie sich rasch daran gewöhnt, mit meinem Freund gemütlich auf der Couch zu sitzen und an ihrer pinkfarbenen Bassgitarre zu zupfen.

Ich bin ihr zwar noch nicht begegnet, aber eins weiß ich jetzt schon: nämlich, dass mir diese pinkfarbene Bassgitarren spielende, ärmellose rote Zottelwesten und grüne Glitzerschuhe tragende, gelbe Käfer fahrende Frau unsympathisch ist, und zwar sehr.

Ich drehe mich vom Fenster weg, gehe vorbei an ihrem niedlichen Cabrio mit dem niedlichen Spruch auf der Stoßstange (und, wie mir jetzt auffällt, einem rosafarbenen Plüschwürfel am Innenspiegel – wie niedlich), das so selbstverständlich in der Einfahrt meines Freundes parkt. Ich steige wieder in Carolines Wagen, wobei mir plötzlich deutlich bewusst wird, dass ich nicht einmal ein eigenes Auto besitze, weder ein niedliches noch sonst einen fahrbaren Untersatz. Gerade als ich den Schlüssel ins Zündschloss stecke, kommt eine SMS an. Ich rechne damit, dass sie von Finn ist; falsch gedacht. Sie ist von meiner Mutter – der Königin der Textnachrichten.

Denk dran: Abendessen um 8.

Mist, das hatte ich tatsächlich vergessen! Da ich weiß, wie

streng meine Mutter meine Männer immer beurteilt (wozu sie in der Vergangenheit auch guten Grund hatte), habe ich ihr noch nicht viel von Finn erzählt und es immer wieder hinausgeschoben, ihn ihr vorzustellen. Aber kurz, nachdem meine Eltern aus den USA zurück waren, begegnete Dana in der Stadt zufällig meiner Mutter und stimmte wohl Lobeshymnen auf Finn an. Und von da an hat meine Mutter mich so lange genervt, bis ich schließlich klein beigab und ihr versprochen habe, Finn heute Abend zum Essen mitzubringen. Das Problem ist nur, dass ich vergessen habe, es ihm zu sagen. Ich antworte ihr.

Ist noch nicht sicher, ob Finn kommt.

Es heißt immer, Leute ab vierzig tun sich schwer, mit der modernen Technik Schritt zu halten. Auf meine Mutter trifft das sicher nicht zu. Ja, sie ist über sechzig, ja, sie jammert gerne über ihr Alter, ja, sie leidet seit einer Weile an Arthritis, ja, sie jammert auch oft darüber, wie schnell sich heute alles verändert – und trotzdem kann sie genauso flink simsen wie ein Teenager. Innerhalb von Rekordzeit erhalte ich ihre Antwort.

Bitte sag nicht, dass es schon wieder aus ist! Er ist so ein Netter.

Ich antworte umgehend.

Woher willst du das wissen? Du kennst ihn doch gar nicht. Und nein, es ist nicht aus.

Sekunden später piept mein Handy wieder.

Gut, dann bring ihn mit. Dein Dad & ich sind schon sehr gespannt. Drum das Essen.

Drum das Essen? Und das von der Frau, die immer an die Decke ging, wenn ich es wagte, unsere Muttersprache derart zu verhunzen? Die Frau, die mich während meiner ganzen

Kindheit jeden Samstagmorgen in einen Rhetorik- und Grammatikkurs geschickt hat? Drum das Essen!

Ich versuche es wieder auf Finns Handy – ohne Erfolg. Ich überlege, was ich tun soll, und beschließe dann, ihm eine Nachricht in den Briefkasten zu werfen. Im Seitenfach der Fahrertür steckt ein Notizblock. Ich schreibe Finn, dass wir heute Abend bei meinen Eltern eingeladen sind, und male nach kurzer Überlegung lauter Kussmünder und Herzen dazu, nicht nur für Finn, sondern auch für Lola. Dann steige ich wieder aus und werfe den Zettel in den Briefkasten.

Gegen fünf erhalte ich endlich einen Anruf von Finn.

»Hi, Süße«, beginnt er. »Ich habe gerade erst deine Nachricht erhalten. Ich war heute ziemlich im Stress.«

Ich überlege, ob ich ihn spitz fragen soll, ob er meine SMS nicht bekommen hat, aber entscheide mich dagegen, überlege es mir dann doch wieder anders und frage spitz: »Hast du meine SMS nicht bekommen?«

»Tut mir leid, aber in dem ganzen Chaos habe ich mein Ladegerät verlegt und erst jetzt wiedergefunden.«

»Mir war nicht klar, dass du so schnell umziehst.«

»Nachdem die Entscheidung gefallen war, hat es keinen Sinn gemacht, länger zu warten.«

Den Eindruck habe ich auch, denke ich, spreche es aber nicht aus.

»Und?«, sage ich stattdessen. »Kommst du heute Abend mit?«

»Zu deinen Eltern? Ja. Ich kann dich abholen, das wäre einfacher. Es liegt ohnehin auf meinem Weg. Der Transporter ist noch nicht ausgeladen; wir waren verhindert. Aber Lola leiht mir ihren Wagen.«

Mein Bauchgefühl rät mir, abzulehnen, aber es gibt keinen logischen Grund. Er hat recht. So wäre es einfacher.

»Okay«, sage ich. »Dann hol mich bitte um sieben ab.«

Als ich auflege, beschäftigt mich eine Frage. Was genau hat Finn gemeint mit »Wir waren verhindert«?

Das Erste, was mir an Finn auffällt, als ich ihm die Tür öffne, sind seine neuen Schuhe. Sonst sieht er so aus wie immer. Seine Locken sind weder glatter noch kürzer als sonst. Er trägt seine übliche Kluft aus Jeans, T-Shirt und schwarzer Samtjacke. Ja, alles ist wie immer, bis auf die auffälligen Sneakers mit schwarz-weißem Schachbrettmuster. Genau, schwarz-weiße Sneakers im Schachbrettdesign mit großen Quadraten.

Finn bemerkt, dass ich auf seine Schuhe starre.

»Gefallen sie dir?«, fragt er und hebt einen Fuß hoch, damit ich den Schuh aus der Nähe sehen kann.

Ich sehe auf die Schuhe, dann in Finns Gesicht, dann wieder auf die Schuhe, ohne zu wissen, wie ich reagieren soll.

»Interessantes Design«, sage ich schließlich diplomatisch.

»Interessant?«

»Ja.«

»Wieso interessant?«

»Nun ja … sie sind ein bisschen gewöhnungsbedürftig.«

Seine Stirn wölbt sich angesichts meiner mangelnden Begeisterung.

»Aber es sind richtige Rockstarschuhe!«, füge ich rasch hinzu. »Ich nehme an, wenn man in einer Rockband spielt, muss man sich auch dementsprechend kleiden. Außerdem, wer sagt, dass Männer nur langweilige Schuhe tragen dürfen?«

»Genau. Dasselbe hat Lola auch gesagt.«

»Lola?«

»Ja.«

Ach so? Mir kommt ein Gedanke. »War *sie* dabei, als du die Schuhe gekauft hast?«

»Ja. Sie hat sie im Schaufenster entdeckt.«

»Ihr wart zusammen einkaufen?«

»Eigentlich nicht. Wir wollten nur ein paar Lebensmittel besorgen. Lola mag keine Supermärkte. Sie lehnt Produkte ab, die den CO_2-Ausstoß erhöhen, du weißt schon, durch lange Transportwege, Plastikverpackung und so weiter. Sie kauft lieber alles frisch. Deshalb sind wir zu einem Bauernmarkt gegangen, und auf dem Weg kamen wir zufällig an diesem kleinen Schuhladen vorbei.«

Okay, ich weiß, dass es zwar nirgendwo geschrieben steht. Aber es ist eine unumstößliche Lebensregel, dass eine Frau niemals und auf gar keinen Fall einen Mann, der in festen Händen ist, beim Schuhkauf beraten sollte. Zum Beispiel kenne ich Shane schon viel länger als Loretta, er ist mein ältester Freund, und trotzdem würde mir niemals einfallen, mich in seine Schuhmode einzumischen. Was kommt als Nächstes? Wo wird das noch enden? Hilft sie ihm auch bei der Auswahl der Socken? Bei der Unterwäsche? Bei den Pflegeprodukten? Will sie ihn umstylen?

Ohne im Geringsten wahrzunehmen, dass seiner Zuhörerin missfällt, was sie erzählt bekommt, plappert Finn weiter: »Als Lola die Schuhe im Schaufenster entdeckt hat, meinte sie, die sind wie für mich gemacht.«

»Ach wirklich?«

»Ja.«

Der absichtlich sarkastische Unterton in meiner Stimme macht Finn kein bisschen stutzig. Stattdessen nickt er und bewundert seine neuen Schuhe, während wir zu Lolas Auto gehen. Er hält mir die Wagentür auf, und beim Einsteigen nehme ich das Buch vom Beifahrersitz, das dort liegt. Mein Blick fällt auf den Titel: *Die unerträgliche Leichtigkeit des Seins* von Milan Kundera. Sicher, was auch sonst? Leichte Unterhaltung ist nichts für unsere Lola. Als Finn einsteigt, bemerkt er das Buch in meiner Hand.

»Hast du das gelesen?«

Ich schüttle den Kopf. Ich lese wieder den Titel, dieses Mal laut: »Die unerträgliche Leichtigkeit des Seins.« Um jedoch nicht den Eindruck zu erwecken, dass ich weniger bewandert bin als Lola, füge ich lässig hinzu: »Aber den Titel kenne ich natürlich. Hast du es gelesen?«

»Noch nicht, aber bald. Lola ist total begeistert davon. Es ist eins ihrer Lieblingsbücher, das sie immer mal wieder liest.«

Ich lese den Klappentext vor. *»Die unerträgliche Leichtigkeit des Seins ist ein opulenter, anspruchsvoller Roman: Liebesgeschichte und zugleich metaphysische Abhandlung, politischer Kommentar und zugleich psychologische Studie, eine Lektion über Kitsch, eine musikalische Komposition in Worten, eine ästhetische Entdeckung und eine Betrachtung der menschlichen Existenz. Kundera schöpft aus seinen autobiografischen Erfahrungen während des Prager Frühlings 1968 und der anschließenden Jahre unter sowjetischer Besatzung. Sie liefern den Hintergrund für die Geschichte von vier Menschen, deren Lebensfäden unentwirrbar miteinander verknüpft sind.«* Ich lasse das Buch sinken. »Und warum findet Lola das Buch gut?«

»Ihr gefällt die zentrale Aussage, die darin steckt. Sie sagt, die unerträgliche Leichtigkeit des Seins bezieht sich auf die Tatsache, dass jeder von uns nur dieses eine Leben hat und dass alles, was wir erleben, völlig unbedeutend ist, weil unsere Entscheidungen keine Rolle spielen. Die Bedeutungslosigkeit unserer Entscheidungen, unseres Lebens, ist unerträglich.«

»Lola bevorzugt also leichte Bettlektüre.«

Ich drehe den Kopf zu Finn und erwarte, dass er über meinen Spruch lacht, aber zu meiner Enttäuschung verzieht er keine Miene. Was ist hier eigentlich los? Bis vor Kurzem wusste ich nicht einmal, dass mein Freund eine Freundin namens Lola hat. Und nun, nur wenige Tage später, höre ich nur noch *Lola sagt dies, Lola mag das.* Es ist, als wäre sie plötzlich die Hauptperson in Finns Leben. Sie wohnen zusammen, sie gehen zusammen einkaufen, sie suchen zusammen geschmacklose Schuhe aus, sie philosophieren zusammen über das Leben, und jetzt fährt er mich in ihrem niedlichen gelben Cabrio mit diesem bescheuerten Plüschwürfel. Wie konnte es so weit kommen, und das so schnell? Ich begreife es nicht.

Und warum läuft im CD-Player Leonard Cohen? Kann diese Frau auch weniger anspruchsvoll?

»Macht es dir was aus, wenn ich eine andere CD einlege?«

»Ich dachte, du magst Leonard Cohen.«

»Nein, eigentlich nicht.« Jedenfalls nicht mehr.

»Dann mach mal das Handschuhfach auf. Dort findest du jede Menge CDs.«

»Hab nichts anderes erwartet«, murmele ich und beuge mich vor, um die Klappe zu öffnen.

»Was?«

»Ich sagte, ich habe nichts anderes erwartet. Ich meine, ist doch logisch, oder? Schließlich macht sie selber Musik.«

Ich nehme einen Stapel CDs heraus und blättere ihn durch: *Sgt. Pepper's Lonely Hearts Club Band* von den Beatles, Mozarts Violinkonzerte Nr. 1, 2 & 5, *The Boatman's Call* von

Nick Cave, *Back to Black* von Amy Winehouse, *At Folsam Prison* von Johnny Cash. Oh Mann, diese Frau bringt mich zur Raserei! Selbst ihr Musikgeschmack könnte nicht abgerundeter sein. Ich sage nichts und schiebe den Stapel zurück ins Handschuhfach.

Meine Eltern wohnen eine Stunde außerhalb von Dublin, und während der restlichen Fahrt erwähnt Finn den Namen »Lola« nicht mehr. Trotz seiner typisch männlichen Begriffsstutzigkeit spürt er vielleicht unterbewusst meine Antipathie. Stattdessen stellt er mir lauter Fragen über meine Eltern, und ich erzähle ihm ein bisschen von den beiden, alles Mögliche, wobei er vieles davon schon weiß. Zum Beispiel dass sie letztes Jahr ihr Geschäft verkauft haben, das sie viele Jahre lang führten, und dass sie beschlossen haben, ihren Ruhestand in vollen Zügen zu genießen und meine Schwester zu besuchen, die in Australien lebt. Dass mein Vater kurz nach der Rückkehr sehr krank wurde und sich einer Notoperation unterziehen musste und fast an einem durchgebrochenen Zwölffingerdarmgeschwür gestorben wäre. Dass meine Mutter meinen Vater danach zu Hause gepflegt hat. Und dass die beiden, als es ihm wieder besser ging, sich sofort wieder ins Leben gestürzt haben – mit einem Nachholeifer, der ohne Zweifel angefacht wurde durch den Umstand, dass einer der beiden dem Tod kurz ins Auge geblickt hatte. Ich erzähle Finn weiter, dass sie erst seit Kurzem aus dem Urlaub zurück sind. Sie haben vier Wochen in Amerika verbracht, um meine beiden Brüder zu besuchen, die dort mit ihren Familien leben.

Ich halte mich an die bloßen Fakten. Es wäre zu schwierig, zu beschreiben, wie meine Eltern sind, besonders meine Mutter. Und außerdem wird Finn sie ja gleich kennenlernen.

Meine Mutter macht uns die Tür auf. Und, alle Achtung, sie wirkt dabei so locker, als hätte sie nicht in den letzten zwanzig Minuten auf der Lauer gelegen vor lauter Neugier, denn darauf würde ich sogar um Geld wetten. Der Anblick des neuen Freundes ihrer Tochter, dieser Anblick ändert alles. Ein echter Freund, der länger hält als ein verregnetes Wochenende! Ein Mann für *die* Tochter, bei der sie schon Angst hatte, dass sie keiner nimmt! Ein richtiger Mann in Fleisch und Blut, der ihr nun sogar in Fleisch und Blut gegenübersteht! Ein potenzieller Schwiegersohn, mit dem sie bei ihren Freundinnen im Bridgeclub und im Golfclub angeben kann, nachdem ihr mein bisheriges, spektakulär erfolgloses Privat- und Berufsleben diese Möglichkeit verwehrt hat! Wie gesagt: Dieser Anblick ändert alles. Plötzlich dämmert ihr das Ausmaß dieser Begegnung, und sie verliert auf einen Schlag ihre Lockerheit.

»Das ist also Finn!«, sagt sie laut, packt ihn an den Schultern und drückt ihn an ihren Busen. Meine Mutter ist eine große Frau, und Finn ist eher klein, und als sie ihn endlich loslässt, holt er erst einmal tief Luft. Aber er ist zum Glück unverletzt – kein Knochen gebrochen.

»Kommt rein, kommt rein«, ruft sie wieder, dann hakt sie sich bei Finn ein und führt ihn so flott in die Diele, dass seine Schachbrettmusterschuhe kaum den Boden berühren. Währenddessen ruft sie laut nach meinem Vater, in triumphierendem Ton, wie ein siegreicher Feldherr, der mit seiner Kriegstrophäe zurückkehrt: »Will! Will! Rosie und ihr Freund sind da!«

Ich folge den beiden ins Haus und treffe gleich darauf meinen Vater, der die Treppe herunterkommt.

»Rosie, mein Schatz, schön, dich zu sehen«, sagt er und breitet die Arme aus.

»Hallo, Dad, ich freue mich auch«, sage ich und umarme

ihn, während mir wieder einmal die Veränderung bewusst wird. Seit seiner Notoperation achtet er sehr auf seine Ernährung und hat mittlerweile seinen kleinen Bauch verloren. Das ist eine gute Sache, ich weiß, aber irgendwie hat er sich vorher besser angefühlt.

»Dann hast du ihn also mitgebracht?«, fragt er, nachdem wir uns voneinander gelöst haben.

»Ja.«

»Hast du ihn vorgewarnt wegen deiner Mutter?«

Ich schüttle den Kopf. »Ich wollte ihm keine Angst einjagen.«

Dad lacht, dann nimmt er meinen Arm, und wir gehen den beiden hinterher.

Mum hat alle Register gezogen. Sie hat den Tisch im selten benutzten Esszimmer vorbereitet, mit einer weißen Tischdecke und ihrem guten Porzellan, den guten Gläsern und dem guten Silberbesteck. Sie hat zwei Weinflaschen geöffnet, einen roten und einen weißen. Und sie hat sogar Feuer im Kamin gemacht. Normalerweise geschieht das nur an Weihnachten, und wie an Weihnachten ist es auch jetzt im Zimmer furchtbar heiß. Der Kamin ist viel zu groß für diesen eher kleinen Raum, der noch kleiner wirkt durch die antiken Mahagonimöbel, die Dad von seiner Mutter geerbt hat. Nach meinen bisherigen Erfahrungen gebe ich meinem Vater bis zum Hauptgang, bevor er schläfrig wird.

»Finn«, sagt meine Mutter, »Sie sitzen dort, gegenüber von Rosie, und du, Will, sitzt am Kopfende. Genau so. Perfekt. Gut, alles ist bereit, wir können also anfangen. Ich hole die Vorspeise.«

Nachdem Mum das Zimmer verlassen hat, sitzen wir drei schweigend am Tisch. Dad ist kein begnadeter Small-Talker –

das ist normalerweise der Part meiner Mutter. Ich bin froh über diese kurze Ruhe, die mit Mums Rückkehr beendet sein wird. Finn beschäftigt sich damit, die Einrichtung zu mustern. Er zieht seine Jacke aus, und ich bemerke Schweißperlen auf seiner Stirn. Gleich darauf kommt Mum mit einem Tablett zurück und stellt vier Teller mit einer kochend heißen, dicken Gemüsesuppe auf den Tisch. Sie legt einen Holzscheit ins Feuer, bevor sie Platz nimmt.

»Wissen Sie, Finn, Rosie hat uns noch gar nichts von Ihnen erzählt. Scheint wohl ein großes Geheimnis zu sein. Was machen Sie eigentlich beruflich?«

Finn, der gerade den Löffel zum Mund führt, hebt erschrocken den Kopf. Vielleicht hat er nicht so früh mit dem Beginn des Verhörs gerechnet oder nicht mit dieser Direktheit, aber meine Mutter kennt kein Taktgefühl. Auf Finns Stirn bilden sich noch mehr Schweißperlen. Liegt es am Kaminfeuer? An der heißen Suppe? An dem bohrenden Inquisitorenblick meiner Mutter? Oder an allem zusammen? Sein Löffel bleibt auf halber Höhe stehen, während er antwortet.

»Ich arbeite für meinen Vater. Wir haben ein Geschäft für Heimwerkerbedarf.«

»Wirklich. Wie interessant!«

»Ja, schon«, sagt Finn.

»Und Ihr Vater kann sich sehr glücklich schätzen, dass Sie sich im Familienbetrieb engagieren. Wissen Sie, von unseren Kindern hatte keins Interesse daran, unser Geschäft zu übernehmen. Wir haben es jahrelang aufgebaut, aber dann mussten wir es verkaufen.«

Finn nickt freundlich, ohne etwas zu sagen.

»Ja«, fährt Mum fort. »Ihr Vater hat wirklich Glück, dass sein Sohn für ihn arbeitet.«

Ich sehe, dass Finn immer noch nickt, als wolle er damit den Eindruck erwecken, als wäre der Job bei seinem Vater sein erklärtes Berufsziel und nichts anderes.

Ich beschließe, Mum aufzuklären.

»Finn arbeitet dort nur, bis seine Musikkarriere in Schwung kommt.«

Meine Mutter geht über diese Information hinweg, als glaube sie nicht wirklich an so etwas wie eine Musikkarriere.

»Wie lange hat Ihr Vater sein Geschäft schon?«

Finn zuckt mit den Achseln. »Keine Ahnung. An die dreißig Jahre, schätze ich.«

»Hat er es selbst gegründet?«

»Ja, zusammen mit meiner Mutter.«

»Arbeitet sie auch im Betrieb mit?«

»Nein. Meine Mutter ist leider gestorben, als ich noch ganz klein war.«

»Oh, das tut mir leid.« Sie bleibt einen Moment stumm, während sie diese unerwartete Neuigkeit verdaut. »Das ist ja furchtbar«, murmelt sie und fügt leicht vorwurfsvoll hinzu: »Rosie hat nie was davon erwähnt.« Plötzlich steht sie auf und nimmt Finn seinen fast noch vollen Teller weg. »Augenblick, ich hole Ihnen einen Nachschlag.«

Finn widerspricht. »Nein danke, Mrs. Kiely, das ist genug.«

»Nein, nein, da ist nur noch ein kleiner Rest im Topf, den schaffen Sie schon. Sonst muss ich ihn wegschütten.«

Sie verschwindet in der Küche und kehrt kurz darauf mit Finns Teller zurück, der bis zum Rand gefüllt ist. Sie stellt ihn vor ihm auf den Tisch und bleibt hinter seinem Stuhl stehen. Sie scheint zu überlegen, was sie noch für ihn tun kann, irgendetwas, um ihm den Verlust seiner Mutter zu erleichtern. Der Brotkorb ist leer, also eilt sie zurück in die Küche, um ihn aufzufüllen. Gleich darauf kehrt sie zurück und stellt den Korb neben Finns Teller. Wieder lungert sie um ihn herum.

»Möchten Sie noch Wein, Finn? Oder Wasser?«

»Nein, danke, Mrs. Kiely.«

Finn macht einen leicht verlegenen Eindruck. Und einen sehr verschwitzten. Er nimmt seine Serviette, um sich den Schweiß von der Stirn zu wischen.

»Mum«, greife ich ein, »kannst du dich bitte hinsetzen? Du machst Finn ganz nervös.«

»Nervös! Wie kommst du denn darauf? Sei nicht albern. Ich mache Sie doch nicht nervös, oder, Finn?«

»Nein, nein, Mrs. Kiely, natürlich nicht.«

»Ich bitte Sie, nennen Sie mich nicht ›Mrs. Kiely‹, sondern Nora.«

Nora nimmt wieder ihren Platz ein, und während Finn sich durch seine Suppe kämpft, beobachtet sie ihn mitfühlend. Vielleicht um von sich abzulenken, bringt Finn das Gespräch auf mich.

»Und was sagen Sie zu Rosies neuer Karriere?«, fragt er.

Ich schüttle heftig den Kopf. Er sieht mich fragend an, aber es ist bereits zu spät. Nun ist es raus.

»Rosies neue Karriere?«, wiederholt meine Mutter mit erfreutem und zugleich verblüfftem Gesicht. »Was meint Finn damit, Rosie? Du hast eine Arbeit gefunden? Ich wusste ja nicht mal, dass du wieder ein Vorstellungsgespräch hattest! Seit wann bist du so eine Geheimniskrämerin? Na los, erzähl schon!«

Oh Gott! Ich sitze ganz still da und starre auf den Tisch, während ich genau weiß, dass meine Mutter mich erwartungsvoll anblickt. Vielleicht wird sie das Thema fallen lassen und ein neues anschneiden, wenn ich stumm bleibe und weiterhin keinen Mucks von mir gebe? Pustekuchen! Wie ein Jagdhund, der eine Fährte gewittert hat, hakt Mum nach.

»Jetzt mach doch endlich den Mund auf, Rosie! Was ist das für eine Arbeit?«

Da mir nichts Besseres einfällt, zucke ich mit den Achseln.

»Will, hast du das gehört? Rosie hat einen Job!«, schreit Mum, als würde Dad in einem anderen Zimmer sitzen oder als wäre er schwerhörig oder geistig nicht ganz auf der Höhe. »Sag schon!« Sie lässt nicht locker. »Erzähl uns was darüber!«

»Ach, es ist nichts Wichtiges. Es ist eigentlich kein Job, sondern bloß eine Geschäftsidee, an der Dana, Caroline und ich arbeiten.«

»Oh.« Die Stirn meiner Mutter wölbt sich. »Was für eine Geschäftsidee?«, fragt sie argwöhnisch.

»Die, ein eigenes Geschäft zu eröffnen.«

»Ja, Liebes, aber was für eine Art Geschäft?«, fragt sie in übertrieben geduldigem Ton.

Ich überlege meine Worte. Wie kann ich es so ausdrücken, dass Mum nicht direkt ausflippt? So, dass sie damit bei ihren Freundinnen angeben kann?

»Ähm … wir möchten Kräuterelixiere in verschiedenen Geschmacksrichtungen verkaufen«, sage ich schließlich.

Ich bemerke Finns Blick, der mich leicht überrascht ansieht.

»Kräuterelixiere?«, wiederholt Mum. »Was denn für Kräuterelixiere?«

»Du weißt schon, Getränke, die aus Kräutern hergestellt werden«, sage ich ausweichend.

»Meinst du so was wie Energydrinks?«, fragt Dad.

»Ja, so ähnlich.«

Meine Eltern starren mich an, offenbar unsicher, wie sie reagieren sollen. Um ihnen zu helfen, beschließe ich, das Positive hervorzuheben. »Es freut euch bestimmt zu hören, dass ich dafür das anwenden kann, was ich in meinem Studium gelernt habe. Meine Aufgabe ist es nämlich, die diversen Zutaten zu recherchieren und neue Geschmacksrichtungen zu erfinden.« Meine Mutter macht immer noch einen leicht verwirrten Eindruck, und um peinliche Fragen zu vermeiden, fahre ich rasch fort. »Wir haben auch schon einen passenden Laden gefunden: Monicas ehemalige Boutique.«

»Verstehe«, sagt Mum zurückhaltend. Ich kann es ihr nicht verübeln. Selbst die beschönigte Version ist nicht das, was meine Mutter sich für meine berufliche Zukunft vorgestellt hat. Das Beste ist wohl, rasch das Thema zu wechseln.

»Weißt du, Mick dreht gerade in Wicklow. Offenbar macht ihm seine erste große Rolle riesig Spaß.«

Meine Mutter antwortet nicht sofort. Bestimmt hat sie noch viele Fragen an mich. Da sie sich jedoch vor Finn als gute Gastgeberin erweisen möchte, duldet sie den abrupten Themenwechsel. Zumindest so lange, bis sie mit mir unter vier Augen ist.

»Ich glaube, es ist Zeit für den Hauptgang. Rosie, kannst du in die Küche mitkommen und mir helfen?« Sie steht auf.

Ich kenne meine Mutter. Es wird ihr nicht gelingen, mich unter einem Vorwand in ihre Falle zu locken, weshalb ich so tue, als hätte ich ihre Bitte überhört. Stattdessen richte ich meine ganze Aufmerksamkeit auf Dad und schildere ihm das Neueste von Mick. Wahrscheinlich weiß mein Vater nicht einmal genau, von wem ich rede. Er hat nämlich Schwierigkeiten, meine Freunde auseinanderzuhalten, und die Hitze im Zimmer wird seine Konzentration sicher nicht fördern. Was mich jedoch nicht davon abhält, weiterzuplappern.

Der restliche Abend verläuft ganz okay. Wir landen schließlich bei dem unverfänglichen Thema Amerikareise, zu dem meine Eltern eine Menge zu sagen haben, vor allem meine Mutter. Nämlich dass ihre beiden Schwiegertöchter sich nicht richtig um meine Brüder kümmern (natürlich beurteilt nach unerreichbar hohen Maßstäben). Dass ihre Enkelkinder mit amerikanischem Akzent sprechen (keine Ahnung, warum das überhaupt erwähnenswert ist, schließlich leben sie seit ihrer Geburt in den USA). Dass in Amerika die Portionen riesig sind (eine überraschende Feststellung angesichts der Mengen, die sie vorhin aufgetischt hat, besonders für Finn, und die sicher mühelos konkurrieren können mit den Portionen jenseits des Atlantiks). Dass meine beiden Brüder dick geworden sind (was mich ins Grübeln bringt, wie sie wohl jetzt aussehen – als ich sie das letzte Mal zu Gesicht bekommen habe, waren sie schon keine Leichtgewichte mehr).

Aber irgendwann ist es schließlich Zeit zu gehen. Während Finn kurz das Bad aufsucht, bevor wir aufbrechen, nimmt meine Mutter mich auf die Seite.

»An dem musst du festhalten«, raunt sie mir zu. »Er ist ein guter Junge.«

Ich drehe mich genervt von ihr weg, aber gleichzeitig spüre ich auch Freude in mir.

Auf der Rückfahrt fühle ich mich gezwungen, das Verhalten meiner Mutter zu erklären.

»Ich hätte dich warnen sollen. Sie übertreibt manchmal ein bisschen.«

Finn schenkt mir einen kühlen Blick und sagt dann: »Ich finde deine Mutter sehr nett.«

Da ich so deutlich in meine Schranken gewiesen werde, sage

ich nichts mehr, und wir fahren schweigend weiter. Nach ungefähr fünf Minuten beginnt Finn zu sprechen.

»Sie wird sowieso dahinterkommen, weißt du.«

»Dahinterkommen?« Ich weiß natürlich genau, was er meint.

»Hinter euer Geschäft mit den Liebeselixieren. Was sollte der Scheiß mit den Energydrinks?«

»Das kam nicht von mir, sondern von meinem Vater.«

»Ja, aber du hast ihn nicht korrigiert.«

Ich zucke mit den Achseln.

»Warum hast du nur die halbe Wahrheit erzählt?«, will er wissen. »Du hättest es ihnen einfach sagen sollen.«

»Ich weiß! Ich wollte mir bloß das Gemecker von meiner Mutter ersparen.«

»Aber wenn sie es früher oder später erfährt, denkt sie vielleicht, es ist dir peinlich oder so.«

»Es ist mir *nicht* peinlich! Aber …« Ich zucke wieder mit den Achseln. »Ich wollte nicht gleich mit der Tür ins Haus fallen. Die Tatsache, dass ich mich selbstständig mache, statt einen gut bezahlten, sicheren Job anzunehmen, reicht fürs Erste. Ich will nicht, dass meine Mutter vor lauter Sorge um mich nachts kein Auge zukriegt. Ich sage es ihr, wenn die Zeit dafür reif ist. Wenn wir ein gutes Stück weiter sind und der Laden läuft, sodass sie sich mit eigenen Augen davon überzeugen kann.«

»Aber Rosie, es ist nicht fair zu …«

»Hör auf damit, Finn! Ich sagte, ich werde meine Mutter aufklären, wenn ich es für richtig halte. Können wir jetzt das Thema wechseln?«

Als Finn vor meinem Haus hält, frage ich ihn, ob er noch hereinkommt, aber er schüttelt den Kopf.

»Nein, ich fahre besser nach Hause. Ich rufe dich morgen an.«

»Ach komm, nur kurz.« Ich schnalle mich los, beuge mich zu ihm hinüber und küsse ihn. Er erwidert meinen Kuss, und ich schließe die Augen. Er streichelt mir zärtlich über das Haar. »Bloß für eine halbe Stunde«, bettle ich.

Er löst sich von mir. »Ich würde ja gerne, Rosie, aber ich kann nicht. Ashley und Judd sind heute Abend bei mir. Sie können es kaum erwarten, wieder loszulegen, jetzt wo die Band komplett ist.«

»Na schön«, sage ich seufzend, öffne die Beifahrertür und steige aus.

»Ich ruf dich morgen an«, ruft er mir nach. »Okay?«

»Ja, okay.« Ich schlage die Wagentür zu. »Gute Nacht!«

Eine andere alte Tradition besagt: Wenn man das Herz einer weißen Taube verzehrt, eine Hand auf der Schulter des Geliebten, erlangt man seine unsterbliche Liebe. Vielleicht meint Meat Loaf das, wenn er singt:
»I'd do anything for love, but I won't do that.«

11

Als ich die Küche betrete, sitzt Dana am Tisch vor ihrem Laptop, umringt von Bücherstapeln.

»Das sieht nach Arbeit aus. Was machst du?«

Sie gibt einen Stoßseufzer von sich und lässt sich auf ihrem Stuhl zurückfallen. »Ich versuche herauszufinden, was ich tun soll.«

»Was meinst du?«

»Ich suche ein neues Thema für meine Diplomarbeit.«

»Ich dachte, du wolltest dich mit dem Thema Aphrodisiaka auseinandersetzen und wissenschaftlich erforschen, ob sie wirklich funktionieren?«

»Ja, das war der Plan, aber ich glaube nicht, dass ich damit was reißen kann.«

»Und warum nicht?«

»Nun, am Anfang meiner Recherchen dachte ich noch, ich wäre auf etwas Besonderes gestoßen, vor allem da es nicht viel wissenschaftliches Material zu dem Thema gibt.«

»Aber das ist doch eigentlich gut, oder?«

»Ja, das dachte ich zunächst auch, bis mir klar wurde, warum.« Sie nimmt ein aufgeschlagenes Buch vom Tisch und hält es mir entgegen. »Lies mal die Stelle, die ich markiert habe. Das ist ein Bericht der amerikanischen Verbraucherschutzforschung.«

Ich sehe, dass sie eine Passage unterstrichen hat, und beginne laut vorzulesen.

»Das menschliche Bewusstsein ist das wirkungsvollste Aphrodisiakum, das es gibt. Allerdings ist es schwierig, die genaue Wirkung zu beurteilen, da allein schon die Erwartungshaltung bei Einnahme eines Aphrodisiakums die gewünschte Reaktion auslösen kann.« Ich sehe auf. »Die sagen also, dass die Wirkung von Aphrodisiaka auf den Menschen nicht ausschließlich körperlich wirkt, sondern auch über die Psyche, richtig?«

»Genau. Kannst du dich noch an Dougs Reaktion erinnern, nachdem er bei deiner Verkostung fleißig probiert hat?«

Ich lächle. »Ja.«

»Deine Elixiere haben sein Verhalten beeinflusst, aber es ist unklar, ob es eine rein physische Reaktion war. Er wusste ja, was er zu sich nimmt. Und genau das ist das Problem: Sobald man den Leuten erzählt, dass man ihnen ein Aphrodisiakum verabreicht, ist es sehr wahrscheinlich, dass sie allein aufgrund dieser Information ihr Verhalten ändern.«

»Dann lass sie im Ungewissen.«

Dana schüttelt den Kopf. »Nein. Du kannst so was nicht verabreichen, ohne auf die möglichen Folgen hinzuweisen. Das wäre unethisch.«

»Hallo, Mädels!« Caroline betritt die Küche. »Was macht ihr?«

Dana seufzt. »Mit dem Kopf gegen eine Wand rennen.«

»O-kay.« Caroline wirft ihr einen suspekten Blick zu.

»Nun, um genau zu sein: Ich bin deinem Vorschlag gefolgt und habe zum Thema Aphrodisiaka recherchiert.«

Caroline nickt. »Und?«

»Anfangs war ich noch guter Dinge …«

»Das freut mich«, sagt Caroline.

»… aber mittlerweile sehe ich viele Probleme.«

»Oh! Welche denn?«, fragt Caroline.

Dana gibt ihr ebenfalls das Buch und wartet, während Caroline wie ich zuvor den unterstrichenen Absatz liest.

Als sie damit durch ist, hebt sie den Kopf. »Und warum zeigst du mir das?«

»Weil man auf diesem Gebiet nicht richtig forschen kann! Wenn die Testpersonen wissen, dass sie Aphrodisiaka bekommen, beeinflusst das aller Wahrscheinlichkeit nach ihr Verhalten. Andererseits kann man ihnen diese Information nicht verheimlichen, denn das wäre unethisch.«

»Ich verstehe.« Caroline nickt. »Eine richtige Zwickmühle.«

»Genau. Aus diesem Grund ist die vorhandene Sekundärliteratur auch so spärlich und subjektiv. Man kann die Wirkung einfach nicht messen.«

»Dann gibt es also keinen wissenschaftlichen Beweis für die Wirkung von Aphrodisiaka?«

»Nein, keinen, der rational und objektiv begründet ist.«

»Außer …« Caroline streckt die Hand aus. »Gib mir noch mal das Buch.« Sie nimmt es Dana ab, sucht nach der Textstelle und liest laut vor. *»Das menschliche Bewusstsein ist das wirkungsvollste Aphrodisiakum.«* Sie hebt den Kopf und blickt uns triumphierend an.

»Und?«, fragt Dana. »Darüber sind sich alle einig. Worauf willst du hinaus?«

»Genau darauf. Das einzige wissenschaftlich anerkannte Aphrodisiakum ist das menschliche Bewusstsein.«

»Ja, und?«, fragt Dana, keinen Deut schlauer.

»Du musst einen anderen Denkansatz wählen! Es bringt nichts, beweisen zu wollen, ob Liebeselixiere wie die von Rosie wirken oder nicht. Das ist ein Rohrkrepierer. Der Beweis kann nicht wissenschaftlich erbracht werden, also verabschiede dich von dieser Idee. Stattdessen solltest du den Fokus deiner Recherche auf das einzige allgemein anerkannte Aphrodisiakum richten: die menschliche Psyche.«

»Oh mein Gott!«, stößt Dana begeistert aus. »Caroline, du bist ein Genie!« Sie nimmt Caroline in den Arm, drückt sie kurz und gibt ihr rechts und links einen dicken Schmatzer auf die Wangen. »Das ist *die* Lösung!«

»Hey, krieg dich mal wieder ein«, sagt Caroline lachend. »Du ruinierst mein Make-up.«

»Was ist los?« Ich blicke fragend von einer zur anderen. »Hab ich was verpasst?«

Danas Begeisterung kennt keine Grenzen. »Also erforsche ich stattdessen, wie die Psyche unser Verhalten beeinflusst, wenn wir es mit vermeintlichen Aphrodisiaka zu tun haben! Wie *die Psyche selbst* aphrodisierend wirkt.«

»Genau!«, sagt Caroline, stolz wie Oskar.

»Okay, okay, lass mich genauer darüber nachdenken«, sagt Dana, nun hellwach. »Wie könnte das Experiment aussehen? Genau: Rosie mixt uns einen Trank, der allerdings nichts enthält, was aphrodisierend wirken könnte. Ich führe den Test mit zwei verschiedenen Gruppen durch. Der ersten Gruppe erzähle ich, dass ich, keine Ahnung, den Geschmackssinn oder so erforsche. Der zweiten Gruppe sage ich, dass ich ihre Reaktion teste auf die Einnahme eines vermeintlichen Aphrodisiakums. Und dann vergleiche ich das Verhalten beider Gruppen in einem bestimmten Zeitraum und natürlich unter denselben Testbedingungen. Oh mein Gott, das ist es! Das ist mein Thema! Der Effekt von Aphrodisiaka auf die menschliche Psyche.« Mit einem strahlenden Lächeln sieht sie uns abwechselnd an. »Aber …« Plötzlich macht sie ein nachdenkliches Gesicht. »Trotzdem gibt es noch einige wichtige Fragen zu klären. Beispielsweise: Wie und wo finde ich Testpersonen? Und wo soll ich das Experiment durchführen? Das müsste schon in einem kontrollierten Umfeld geschehen.«

»Du meinst, zum Beispiel in einem Labor?«, frage ich.

»Das nicht gerade, aber an einem Ort, wo ich für eine gewisse Zeit äußere Einflüsse ausschalten kann. Jede Gruppe muss sich unter denselben Bedingungen dem Test unterziehen. Ich muss zum Beispiel sicherstellen, dass die Probanden keinen Alkohol trinken oder beeinflusst werden durch stimulierende Bilder, Bücher oder Musik.«

Caroline hat schon den nächsten Geistesblitz. »Moment mal! Du kennst doch Donald?«

»Ja?«, sagt Dana.

Donald ist Carolines unheimlich erfolgreicher Bruder, dem wir jeden Monat Miete zahlen, um in diesem Haus zu wohnen. Es gehört ihm – eins von vielen, verteilt im gesamten Stadtgebiet. Und das ist noch längst nicht alles, denn Donald zählt zu den Gewinnern des überdurchschnittlichen Wirtschaftswachstums in den Neunzigern: Er besitzt Immobilien, Ladenflächen, Autohäuser, Tankstellen. Er ist richtig dick im Geschäft. Von irgendwem muss Caroline ihren Unternehmergeist ja haben.

»Nun«, sagt Caroline jetzt, »Donald ist doch Miteigentümer von dieser alten Jugendherberge unten an der Küste. Er hat sie zusammen mit seinem Geschäftspartner gekauft. Sie haben eine Baugenehmigung beantragt, um ein Luxushotel daraus zu machen, aber im Moment wird die Herberge nicht genutzt. Sie ist schlicht, aber zweckmäßig. Wir könnten die Probanden an einem Wochenende dorthin einladen. Die beiden Gruppen könnten an unterschiedlichen Tagen anreisen und jeweils eine Nacht bleiben. Reicht das als Testzeitraum?«

Dana nickt. »Ja, ich denke schon. Aber woher bekomme ich so viele Freiwillige? Eine kostenlose Übernachtung in einer ehemaligen Jugendherberge am Meer außerhalb der Saison wird nicht einmal den ärmsten Studenten hinter seinem Schreibtisch hervorlocken.«

»Von wie vielen Probanden sprechen wir überhaupt?«, erkundigt Caroline sich.

»Sagen wir, zwei Gruppen mit jeweils vierzig Teilnehmern, die Hälfte männlich, die andere weiblich.«

»Also achtzig Personen insgesamt.« Caroline überlegt kurz. »Okay, wie wäre es damit? Donald ist auch an einem Projekt beteiligt, das unter dem Namen *Energy Weekend* läuft. Es handelt sich um ein Musikfestival, das er zusammen mit ein paar Freunden organisiert und das immer im August stattfinden soll. Dieses Jahr ist Premiere, aber sie hoffen, dass sich daraus eine feste Veranstaltung entwickelt. Du könntest den Studienteilnehmern VIP-Tickets für das Festival in Aussicht stellen. Welcher Student würde da schon Nein sagen? Mach einen Aushang im College, auf dem steht, dass du Freiwillige für ein Experiment suchst, dass dafür eine Übernachtung an der Küste erforderlich ist und dass es zur Belohnung einen VIP-Pass für das *Energy Weekend* gibt. Das schlägt bombensicher ein – die Leute werden Schlange stehen, um mitzumachen.«

Caroline sieht aus, als wäre sie von ihrer eigenen Genialität begeistert. Dana macht jedoch ein zweifelndes Gesicht.

»Ich weiß nicht«, zögert sie.

»Du weißt nicht? Warum? Wo ist das Problem?«

»Das ist einfach keine akademische Vorgehensweise.«

»Ach, papperlapapp! Wieso denn nicht? Wir verstoßen schließlich gegen keine ethischen Regeln. Es war schon immer üblich, freiwillige Studienteilnehmer für ihren Aufwand zu entschädigen. Wir bedanken uns eben mit einem Festivalticket für die Teilnahme. Das wird das Ergebnis der Studie nicht beeinflussen.«

»Wahrscheinlich nicht«, sagt Dana skeptisch.

»Was heißt hier wahrscheinlich? Mein Plan ist brillant, wenn ich das so sagen darf.«

»Und du denkst, dein Bruder macht das alles für mich?«

»Nein, nicht für dich, sondern für mich natürlich. In Geschäftskreisen mag er zwar, wie soll ich es ausdrücken, als harter Hund gelten, aber seiner kleinen Schwester kann er nichts abschlagen. Er sagt bestimmt Ja, wenn ich ihn bitte. Dana, ich frage ihn aber erst, wenn du dir sicher bist, dass du die Studie durchführen willst. Also? Ja oder nein?«

»Ich weiß nicht …«

»Was gibt es da noch zu wissen? Die Sache ist perfekt! Was hast du zu verlieren? Komm schon, sag Ja! Ich kann ihn sofort anrufen und fragen.«

»Also gut.«

»Bist du dir sicher, Dana?«, frage ich.

»Ja, bin ich«, antwortet sie leicht unsicher.

»Okay. Dann rufe ich jetzt Donald an«, verkündet Caroline.

Passionsfruchtlikör

2 Tassen weißer Zucker
1–2 Tassen Passionsfruchtfleisch
1 Tasse Wasser
2 große Zitronen
2 gestrichene Teelöffel Weinsäure
Zucker und Wasser in einen Topf geben und fünf Minuten aufkochen lassen. Passionsfrucht und Zitronensaft hinzufügen und weitere zwei Minuten kochen lassen. Danach durch ein Sieb passieren, um die Kerne zu entfernen. Zum Schluss Weinsäure hinzugeben und gut umrühren. Wohl bekomm's!

12

Hier, probier mal!« Ich halte Dana, die gerade in die Küche kommt, mein Glas entgegen.

»Augenblick!«, bremst sie mich lachend. »Lass mich erst meine Jacke ausziehen.«

Währenddessen nippe ich wieder an meinem Glas. »Mhmm …« Ich lecke mir genüsslich über die Lippen, und als Dana in die Diele geht, um ihre Jacke aufzuhängen, rufe ich ihr hinterher: »Ich experimentiere gerade mit einem Cocktail, den du für deine Studie verwenden kannst.«

Dana kommt wieder herein, nimmt mir das Glas ab, probiert einen Schluck und überlegt dann kurz. »Schmeckt irgendwie seltsam, findest du nicht?«, sagt sie schließlich. »Ziemlich herb, aber trotzdem lecker.«

»Möchtest du ein Glas?«

»Okay.« Sie lacht. »Hast du damit den Freitagabend verbracht?«

»Ich befürchte ja.«

»Finn ist nicht hier?«

»Nein, er probt mit der Band.«

»An einem Freitagabend?«

»Nun, er arbeitet ja die ganze Woche, da bleibt nicht viel Zeit zum Proben. Egal. Was machst du denn so früh schon hier? Ich dachte, du wolltest dich mit Doug treffen.«

»Habe ich ja auch. Wir waren im Kino, aber danach wollte Doug unbedingt nach Hause. Er war zu müde, um noch was zu unternehmen. Er hat den ganzen Tag im Laden die Wände gestrichen.«

Nachdem die Umbauten so gut wie fertig sind, hat Doug uns angeboten, die Räume zu streichen.

»Und, wie kommt er voran?«

»Super. Es ist zwar viel Arbeit für einen alleine, aber ich glaube, es macht ihm Spaß.«

»Wie lange wird er brauchen, bis er fertig ist?«

»Er sagt, bis Mitte nächster Woche. Er macht das richtig schön. Und weißt du was? Kann sein, dass er bald schon den nächsten Laden renoviert.«

»Soll das ein Witz sein?«

»Nein. Irgend so ein Typ, der ein paar Häuser weiter seinen Laden hat, war neugierig und hat spontan die Nase durch die Tür gesteckt. Doug ist mit ihm ins Gespräch gekommen. Offenbar kennt der Typ Monica von früher, als sie noch ihr Geschäft hatte. Jedenfalls hat ihm wohl gefallen, was aus der alten Boutique geworden ist. Er hat Doug gefragt, ob er auch seinen Laden renovieren würde, wenn er bei uns fertig ist.«

»Und?«

»Doug hat natürlich sofort Ja gesagt.«

»Caroline meint, Doug macht seine Arbeit sehr gründlich.«

Dana lacht. »Sie muss es ja wissen. Sie kontrolliert ihn schließlich täglich.«

»Stört ihn das?«

»Ich glaube nicht. Er weiß, dass er gute Arbeit leistet. Ich glaube, auf eine Art bewundert er Caroline. Er hat gesagt, sie ist sehr professionell, sehr fleißig.«

»Wo steckt sie eigentlich, weißt du das?«

»Sie meinte, sie kommt heute später, weil sie auf irgendeinen Geschäftsempfang muss. Übrigens, hat sie dir erzählt, dass sie ihre schriftliche Kündigung abgegeben hat?«

»Ja. Ich kann nicht glauben, dass sie tatsächlich in zwei Wochen aufhört.«

»Schrecklich, wie schnell die Zeit verfliegt! Der Laden wird eröffnet sein, bevor wir es merken.« Dana streckt mir ihr leeres Glas entgegen. »Hast du noch mehr davon? Ich glaube, ich bin auf den Geschmack gekommen.«

»Klar, jede Menge.«

»Was ist da alles drin?«

»Das ist ein Passionsfruchtlikör.«

»Passionsfrucht? Rosie, hast du etwa vergessen, dass der Trank für die Studie kein Aphrodisiakum enthalten darf? Das ist doch der Sinn der Sache.«

»Natürlich habe ich das nicht vergessen. Das Seltsame ist, die Passionsfrucht ist eine der wenigen Früchte, der keinerlei aphrodisierende Wirkung zugeschrieben wird, trotz ihres Namens. Apfel, Ananas, Melone, Pfirsich, Erdbeere, Himbeere, Banane und so weiter, fast jedes Obst wurde irgendwann mal als Aphrodisiakum ausprobiert. Nicht jedoch die Passionsfrucht.«

»Und warum heißt sie dann so?«

»Das ist eine interessante Geschichte. Der Name stammt von Jesuitenmissionaren in Südamerika, die in der Pflanze Symbole für die Passionsgeschichte erkannten. Die Blütenblätter stehen für die zehn Apostel bei der Kreuzigung, die Ranken für die Geißeln, mit denen Jesus ausgepeitscht wurde, der fransige Strahlenkranz für die Dornenkrone, und …«

Ich bemerke, dass Dana grinst.

»Was?«

»Wenn du so weitermachst, verwandelst du dich noch in einen Streber.«

»Ich glaube, das ist schon passiert!«, antworte ich lachend. »Das kommt wahrscheinlich daher, dass ich so viel Zeit alleine verbringe.«

»Finn ist in letzter Zeit sehr beschäftigt, nicht?«, bemerkt Dana.

»Ja, aber ich glaube, das ist wichtig für ihn. Er möchte mit der Band den Durchbruch schaffen. Egal, ich habe mir überlegt, für die erste Testgruppe sollten wir eine andere Bezeichnung als ›Passionsfrucht‹ nehmen. Es gibt nämlich eine große Auswahl an Synonymen: Konyal, Lilikoi, Parcha, Markisa, aber mein Favorit ist *Granadilla.* Und wenn dann am nächsten Abend die zweite Gruppe das vermeintliche Aphrodisiakum testet, nennen wir es Passionsfruchtlikör, um für die richtige Stimmung zu sorgen.«

»Ja, das klingt gut.«

»Und, haben sich schon ein paar Freiwillige gemeldet?«

»Ein paar?«, sagt Dana lachend. »Jede Menge. Ich habe dir ja erzählt, dass ich überall im College Zettel verteilt habe, oder?«

»Ja?«

»Die Resonanz war unglaublich. Ich wurde förmlich überschwemmt mit Anrufen. Die VIP-Tickets für das Festival haben sich als gutes Lockmittel erwiesen. Ich dachte, mein Handy hört nie wieder auf zu klingeln. Irgendwann habe ich es schließlich ausgeschaltet.«

»Und wann soll das Experiment starten?«

»Übernächstes Wochenende.«

»So bald schon?«

»Ja. Ich habe bereits viel Zeit verloren. Ich muss Gas geben. Und wenn der Laden eröffnet ist, bleibt noch weniger Zeit. Außerdem hat Carolines Bruder bereits eine Firma beauftragt, das Haus zu entkernen. Also muss ich mich beeilen.«

»Ist denn im Haus genug Platz für alle?«

»Offenbar ja. Laut Donald gibt es vier große Schlafsäle mit genügend Betten für die Teilnehmer, und im Obergeschoss sind ein paar Einzelzimmer, wo wir schlafen können. Du kommst doch mit und hilfst mir, oder?«

»Sicher.«

»Doug ist auch dabei, und Caroline hat gesagt, dass sie und Mick auch kommen. Je mehr Helfer, desto besser. Um ehrlich zu sein, ich habe ein bisschen Schiss vor der ganzen Aktion.«

»Wird schon schiefgehen.«

»Ja.«

Sie blickt auf ihr leeres Glas.

»Kann ich noch was davon haben?«

»Sicher.«

Nachdem die roten M&M's mehrere Jahre lang vom Markt genommen wurden, weil sie angeblich einen umstrittenen Farbstoff enthielten, entstand das Gerücht, dass der wahre Grund für das Verbot ihre aphrodisierende Wirkung wäre. Die hat die Arbeiter in der Produktion angeblich dazu veranlasst, die roten M&M's direkt vom Band zu klauen und für den Eigenbedarf zu verwenden. Nicht alle Überlieferungen vermeintlicher Aphrodisiaka stammen also aus alten Zeiten.

13

Als Caroline das Wohnzimmer betritt, in einem fabelhaften roten Cocktailkleid und farblich darauf abgestimmten High Heels, die Haare zu einem Dutt hochgesteckt, starren alle sie an. Doug stößt unwillkürlich einen leisen Pfiff aus. Caroline sieht ihn überrascht an, woraufhin Dougs Gesicht auch einen überraschten Ausdruck annimmt, als frage er sich selbst, was in ihn gefahren ist.

»Wow!«, rufe ich. »Du siehst klasse aus!«

»Oh, danke schön.«

»Gehst du aus?«, fragt Dana.

»Du glaubst doch nicht etwa, dass ich mich so aufbrezle, um mich mit euch vor die Glotze zu setzen, oder?«

»Komm!«, fordert Dana sie auf. »Dreh dich mal.«

»Vergiss es!«, erwidert Caroline.

»Ach komm, mach schon!«, bettelt Dana.

Die sonst so selbstsichere Caroline wirkt plötzlich überraschend unbeholfen, als sie sich widerwillig, aber gehorsam um die eigene Achse dreht. »Zufrieden?«, schnaubt sie Dana an.

»Mick wird das bei deinem Anblick sicher sein«, grinst Dana. »Aber Moment mal … Hast du vorher nicht erwähnt, dass Mick gar nicht kommt, weil er am Set Überstunden machen muss?«

»Das ist richtig.«

»Oh!«

Caroline seufzt. »Ich habe auch noch ein Leben außerhalb

von Mick. Das ist auch gut, so selten wie ich Mick in letzter Zeit zu Gesicht bekomme. Wenn du es unbedingt wissen willst, ich gehe zur Neueröffnung des Urbana-Boutique-Hotels.«

»Nobel, nobel.«

»Ja. Eigentlich brauche ich mir im Job kein Bein mehr auszureißen, aber diese Gelegenheit kann ich mir nicht entgehen lassen. Es gibt eine Champagnerverkostung mit einer großen Auswahl der erlesensten Tropfen.«

»Und warum hast du uns nicht gefragt, ob wir mitkommen möchten?«, will ich wissen.

»Ich habe leider nur eine Einladung. Ursprünglich wollte ich ja gar nicht hin, weil ich mit Mick gerechnet habe ... Aber warum soll ich mir diese Gelegenheit entgehen lassen, wenn er mich wieder mal sitzen lässt? Außerdem bietet sich die Chance, für unser Projekt Publicity zu machen. Die Presse wird bestimmt zahlreich vertreten sein. Vielleicht kann ich ja den einen oder anderen überreden, über unsere Eröffnung zu berichten. So, mal sehen – Handtasche, Einladung, Handy, Schlüssel, Jacke ...« In diesem Moment hören wir draußen auf der Straße ein Auto zweimal hupen. »Und da ist auch schon mein Taxi. Ciao, meine Süßen, ihr braucht nicht auf mich zu warten!«

»Komm nicht so spät!«, ruft Dana ihr nach. »Vergiss nicht, morgen startet das Experiment. Wir fahren gleich nach dem Frühstück los.«

»Ich weiß. Ich komm schon nicht zu spät!«

Ein kurzes Winken, und sie ist verschwunden. Zurück bleibt nur der Duft ihres Lieblingdufts von Chanel.

Kurz nachdem Caroline weg ist, beschließt Doug, nach Hause zu gehen. Er sagt, er ist total im Eimer, was kein Wunder ist. Nachdem er bei uns fertig war, ging es direkt weiter mit dem nächsten Job – der nächste Laden, den er komplett neu streicht. Obwohl er mittlerweile vierzehn Stunden am Tag schuftet und seinen jüngeren Bruder als Helfer eingespannt hat, steht er immer noch unter Termindruck.

Dana begleitet ihn zur Tür.

»Möchtest du einen Tee?«, fragt sie, als sie wiederkommt.

»Ja, gerne.«

Wenig später kehrt sie mit zwei vollen Tassen aus der Küche zurück und setzt sich neben mich auf die Couch.

»Und, ist für morgen alles bereit?«, frage ich.

»Ja, größtenteils. Danke für deine Hilfe.«

Dana und ich waren heute den ganzen Nachmittag in der Stadt, um die Lebensmittel für das Wochenende zu besorgen: Tee, Kaffee, Milch, Müsli und Saft zum Frühstück, Brot, Käse und Wurst zum Mittag sowie sämtliche Zutaten für Spaghetti Bolognese – und zwar für insgesamt achtzig Studenten plus wir selbst. Dazu kommen die Zutaten für unseren Passionsfruchtlikör, darunter mehrere Tüten mit Passionsfrüchten – wir mussten fünf Supermärkte abklappern, um die Menge zusammenzubekommen, die wir benötigen.

»Um wie viel Uhr kommt die erste Gruppe an?«, frage ich.

»Um sechs. Das gibt uns genügend Zeit, um das Haus zu inspizieren und alles herzurichten. Ich habe keine Ahnung, in was für einem Zustand es ist. Schließlich wird es schon seit einiger Zeit nicht mehr genutzt. Du bist doch noch mit von der Partie, oder?«

»Aber klar. Wann willst du morgen früh aufbrechen?«

»So gegen neun. Das dürfte früh genug sein.«

»Was ist mit Shane und Loretta? Kommen die beiden auch?«

Dana schüttelt den Kopf. »Sie sind dieses Wochenende in

London, aber wir sind auch so genug. Du, ich, Doug, Caroline und Mick.«

»Ich könnte Finn fragen, aber er hat im Moment so viel um die Ohren.«

»Wegen der Band?«

»Ja.«

Dana nimmt einen Schluck von ihrem Tee. »Wie geht es Finn?«

Ich antworte achselzuckend: »Gut.« Etwas in ihrer Stimme veranlasst mich hinzuzufügen: »Warum fragst du?«

»Einfach so, aus keinem besonderen Grund.«

Das kaufe ich ihr nicht ganz ab.

»Finn macht sich in letzter Zeit ziemlich rar, nicht?«, fragt sie weiter.

»Ja, schon«, antworte ich und füge rechtfertigend hinzu: »Er hat eben einfach viel zu tun. Die Band verschlingt viel Zeit. Das weißt du doch. Eigentlich waren wir heute verabredet, zu einem romantischen Abendessen. Aber leider ist ihm was Wichtiges dazwischengekommen, irgendein Termin mit einem Typen, der ein paar Clubs in der Stadt besitzt. Da der Typ schon zweimal ein Treffen hat platzen lassen, wollten Finn und die anderen sich diese Gelegenheit nicht entgehen lassen.«

»Und deswegen hat er dich versetzt?«

»So darfst du das nicht sehen, Dana. Er musste da hin. Ich verstehe, wie wichtig das für ihn war. Und es hat sich gelohnt. Er hat mich hinterher angerufen, und anscheinend ist es super gelaufen. Der Typ ist wohl ernsthaft daran interessiert, die Band für Auftritte zu buchen.«

»Aber wenn das Treffen schon vorbei ist, warum seid ihr dann nicht danach ausgegangen?«

Ich zucke mit den Achseln. »Finn klang ziemlich müde. Ich wollte ihn nicht stressen.«

»Trotzdem schade.«

Ich zucke wieder mit den Achseln. »Ich kann es nicht ändern.« Ich stoße ein kurzes Lachen aus. »Dabei habe ich mir extra ein neues Top gekauft und diese Ohrringe hier.« Ich streife die Haare hinter das Ohr, um sie ihr zu zeigen.

»Sehr hübsch.«

»Danke.«

»Du bist bestimmt froh, dass Finn wieder fast der Alte ist, oder?«

Ich nicke. »Allerdings. Er ist wieder richtig gut drauf.«

»Und wie kommt er mit seiner neuen Mitbewohnerin zurecht?«

»Gut.«

»Was hast du gesagt, wie heißt sie noch gleich?«

»Lola.«

»Hast du sie schon kennengelernt?«

»Nein.«

»Warum nicht?«

»Na ja, ich mit meinen Experimenten, Finn mit seiner Band, da hat sich eben bisher noch keine Gelegenheit ergeben.«

»Dann wird es aber höchste Zeit.«

»Bitte?«

»Du solltest sie endlich kennenlernen. Je früher, desto besser. Du willst ihr doch nicht den Eindruck vermitteln, dass du dich im Hintergrund hältst. Du musst dein Revier abstecken.«

Ich lache. »Mein Revier abstecken? Dana! Finn ist doch keine Jagdtrophäe!«

»Aber du hältst ihn für eine, nicht wahr?«

»Wie bitte?«

Dana überlegt kurz. »Du hast Finn wirklich sehr gern, nicht wahr, Rosie?«

»Ja, natürlich.«

»Nun, dann musst du ihm das deutlich zeigen und ...«

»Aber das habe ich!«

»... dieser Lola genauso.«

»Was kümmert mich Lola?«

»Nun, sie sollte dich kümmern. Es wäre dumm von dir, sie zu ignorieren.«

Ich sehe Dana an. Ich bin überrascht, dass sie mir ungefragt einen Rat gibt – es ist sonst nicht ihre Art, sich einzumischen.

Dana fährt fort: »Warum rufst du ihn nicht einfach an? Sag ihm, dass du vorbeikommst.«

Ich sehe sie alarmiert an. »Das klingt, als würdest du Finn nicht trauen.«

»Nein, das wollte ich damit nicht sagen. Aber was wissen wir schon von dieser Lola? Kann man der trauen? Mach schon. Ruf ihn an. Jetzt.« Sie beugt sich vor zum Couchtisch, schnappt sich mein Handy und streckt es mir entgegen. »Mach schon!«

Ich will es nehmen, zögere jedoch. Ich fühle mich ein bisschen manipuliert. Natürlich gefällt es mir nicht, dass Lola in Finns Leben so einen großen Platz einnimmt, aber ich glaube dennoch nicht, dass zwischen den beiden etwas läuft. Sonst würde ich es wissen. Finn ist wie ein offenes Buch – in lesefreundlicher Großschrift. Die bloße Vorstellung ist absurd.

Und ja, sicher vermisse ich ihn. Es passt mir nicht, dass wir uns in letzter Zeit so selten sehen, aber es ist ja nur vorübergehend, bis der Laden und die Band einigermaßen laufen. Dann können wir wieder mehr Zeit miteinander verbringen wie früher, nur besser. Schließlich ist Finn nun viel glücklicher.

»Komm, ruf ihn endlich an. Sag ihm, dass du vorbeischaust.«

»Dana …«

»Stell dir doch einfach mal vor, Finn und Lola sitzen gemütlich zusammen auf der Couch, bei einer Flasche Wein, und schauen sich einen Film an …«

»Willst du mich eifersüchtig machen oder was?«

»Ja. Wäre das so schlimm? Ich finde, es ist höchste Zeit, dass du endlich aufhörst, den Kopf in den Sand zu stecken, und stattdessen mehr Initiative zeigst. Du bist zu selbstgefällig. Mach endlich!«

Widerwillig nehme ich das Handy entgegen und wähle die Nummer. Gleich darauf klingelt es, und Finn meldet sich.

»Hi, Finn.«

»Hey, Rosie.«

Ich sehe Dana an, die neben mir sitzt und mir gestikulierend zuzischt: »Mach schon. Sag ihm, dass du vorbeikommst.« Ich folge ihr gehorsam.

»Ich dachte, ich könnte noch vorbeikommen?«

»Jetzt?«

»Ja.«

»Oh, okay.«

Da er nicht allzu begeistert klingt, füge ich hinzu: »Falls es dir recht ist.«

Aus dem Augenwinkel nehme ich wahr, dass Dana die Augen verdreht.

»Hör mal, Rosie«, setzt Finn an. »Können wir das nicht auf ein andermal verschieben?«

»Und warum?«

»Du weißt doch, dass wir nächste Woche unseren ersten Auftritt haben, nicht?«

»Ja?«

»Nach unserem Termin vorhin haben wir beschlossen, an einem der neuen Stücke zu arbeiten. Das Essen mit dir war ja bereits gecancelt.«

»Aber ich dachte, du bist völlig erledigt?«

»Bin ich auch, aber wir sind wahrscheinlich alle ein wenig nervös, wieder vor Publikum zu spielen. Ein paar von den neuen Songs klingen noch nicht ganz rund.«

Wir, wir, wir. Auf wen bezieht sich dieses *Wir*, das er ständig verwendet? Ich beschließe, ihn zu fragen. »Wen meinst du eigentlich mit *wir*?«

»Die Band natürlich.«

»Alle?«

»Ja, mehr oder weniger.«

Mehr oder weniger? Es gibt einen großen Unterschied zwischen mehr und weniger! *Mehr* wie die ganze Band und *weniger* wie – nun, eben nur er und Lola.

Wie aufs Stichwort höre ich im Hintergrund ein helles, mädchenhaftes Lachen.

»Ich störe euch auch nicht, Finn«, sage ich schnell.

»Ich weiß nicht, Rosie. Ich denke, die Ablenkung wäre zu groß. Lass es uns einfach verschieben. Der Auftritt ist am Mittwoch. Wir haben nur noch fünf Tage Zeit, damit alles passt.«

»Was sagt er?«, flüstert Dana.

»Augenblick, Finn.« Ich lege die Hand auf die Sprechmuschel. »Er sagt, sie proben gerade für ihren ersten Auftritt kommenden Mittwoch.«

»Frag ihn, wo sie spielen.«

»Hör auf, mir ständig vorzusagen!«, fauche ich sie an. »Außerdem weiß ich das schon. Im *Velvet Rooms.*«

»Im *Velvet Rooms*!« Dana pfeift durch die Zähne. »Wow! Sehr beeindruckend. Wie sind sie denn da rangekommen?«

»Scheinbar kennt Lola noch ein paar Leute von früher.« Ich höre, dass Finn meinen Namen sagt. »Sorry, Finn, Dana hat mich gerade was gefragt.«

»Hör zu«, meint er dann, »ich weiß ja, dass du mit dem Laden und mit Danas Experiment alle Hände voll zu tun hast. Warum verschieben wir unser Wiedersehen nicht einfach direkt bis nach dem Auftritt? Wir könnten uns was Besonderes überlegen. Vielleicht sollten wir mal einen Tag wegfahren, nur du und ich?«

»Ja.«

»Ich bin im Moment ohnehin keine gute Gesellschaft, Rosie. Ich habe nur noch die Musik im Kopf. Der Gedanke, bald wieder live aufzutreten, macht mich ziemlich nervös. Schließlich hat es ein paar Veränderungen gegeben, was die Besetzung und die Songs betrifft. Ich wache neuerdings mitten in der Nacht auf und bin schweißgebadet. Ich muss mich einfach voll und ganz auf die Musik konzentrieren und meine gesamte Energie hineinstecken, damit es klappt.«

»Sicher. Ich weiß ja, wie wichtig das für dich ist. Aber du fehlst mir. Es kommt mir vor, als würden wir uns kaum noch sehen.«

»Du fehlst mir auch. Aber …«

Irgendwer, eine weibliche Stimme, ruft den Namen meines Freundes im Hintergrund.

»Okay, okay!«, ruft Finn zurück. Dann sagt er zu mir: »Ich muss jetzt wieder.«

»Okay.«

»Ich liebe dich.«

»Ich liebe dich auch.« Ich lege auf.

»Und?«, hakt Dana sofort nach.

»Er sagt, wir sollen warten, bis sie ihren ersten Auftritt hinter sich haben, bevor wir uns wiedersehen.«

»Verstehe.« Sie überlegt kurz. »Weißt du, Rosie, du bist zu nachsichtig mit ihm.«

»Ich bitte dich, Dana! Das ist für Finn ein großer Schritt, nach allem, was er durchgemacht hat. Du kannst ihm nicht vorwerfen, dass er seine ganze Energie in die Musik steckt. Das ist wichtig für ihn.«

»Wichtiger als du?«

»Nein, das habe ich nicht gesagt. Aber trotzdem ist es wichtig.«

»Ich weiß. Trotzdem muss er dir Raum geben in seinem Leben, und das tut er momentan nicht. Sogar Doug ist das aufgefallen.«

»Was? Du hast mit Doug über Finn und mich gesprochen?«

»Eigentlich nicht.«

»Also doch.«

Sie zuckt mit den Schultern. »Nur kurz.«

»Mir wäre es lieber, du würdest mein Privatleben nicht mit Doug besprechen, auch wenn er dein Freund ist.«

»Ich sage doch nur, dass Finn sich mehr Zeit für dich nehmen müsste.«

»Ach, komm schon, Dana. Kannst du nicht ein wenig großzügiger sein? Finn hat eine schwere Zeit hinter sich. Ich bin einfach nur froh, dass es wieder bei ihm läuft, endlich.«

Dana zuckt wieder mit den Schultern. »Du hast auch eine schwere Zeit hinter dir. Hat er dich überhaupt zu dem Konzert im *Velvet Rooms* eingeladen?«

»Nein.« Was ich zugegebenermaßen enttäuschend finde, aber das sage ich Dana nicht. Ich will nicht noch mehr Öl ins Feuer gießen, das auch so schon gut brennt. Trotzdem versuche ich, Dana eine Erklärung zu liefern. »Wahrscheinlich mache ich ihn nur noch nervöser. Ich würde ihn ablenken. Ich bringe so viel Ballast mit. Ich würde ihn an Mark erinnern, an die Vergangenheit. Dabei muss er sich auf seine neue Karriere konzentrieren.«

»Möchtest du denn gerne hin?«

»Natürlich.«

»Dann halt dir den Mittwochabend frei. Wir gehen zusammen hin.«

»Ich weiß nicht, Dana, ob das so eine gute Idee ist.«

»Finn braucht es ja nicht zu erfahren. Beziehungsweise erst nach dem Konzert.«

Im zweiten Jahrhundert nach Christus wurde dem Philosophen Lucius Apuleius der Prozess gemacht, weil er seine Frau, eine sehr viel ältere, sehr wohlhabende Witwe ursprünglich mit einem Liebestrank verführt haben soll. Er wurde freigesprochen.
Die Angehörigen sollen Apuleius angeklagt haben – wer genau, ist unklar. Vielleicht seine Frau selbst?
Das wäre mal ein interessanter Scheidungsgrund.

14

Ich schlage die Kofferraumklappe zu und gehe zur Haustür. »Okay«, rufe ich nach oben. »Ich bin startklar. Seid ihr so weit?«

Dana kommt die Treppe herunter, einen Rucksack über der Schulter.

»Hast du das ganze Zeug reingekriegt, das wir gestern gekauft haben?«, fragt sie.

»Ja, alles drin. Allerdings ist der Kofferraum jetzt auch voll bis obenhin.«

Dana macht ein besorgtes Gesicht. »Ich denke, wir hätten die Bolognesesauce vorkochen sollen. Was, wenn wir irgendwas vergessen haben? Irgendwelche wichtigen Zutaten oder so?«

»Dana, hör auf, den Teufel an die Wand zu malen! Wir haben alles, was wir brauchen. Ich habe die Vorräte mehrmals gecheckt. Es ist viel leichter, die Soße vor Ort zuzubereiten. Wie hätten wir so viele Liter Bolognese transportieren sollen?«

»Hast du an das Hackfleisch im Kühlschrank gedacht?«

»Ja. Ist im Kofferraum.«

»Und auch an die Milch?«

»Ja, die ist auch im Kofferraum, insgesamt vierzig Liter. Würdest du jetzt bitte endlich einsteigen?« Ich drehe mich wieder zur Treppe. »Caroline!«, rufe ich. »Wo bleibst du? Komm endlich!«

»Schon gut, schon gut, ruhig Blut.« Sie erscheint am oberen Treppenabsatz mit einem Koffer.

»Caroline! Was willst du mit dem Koffer? Wir sind doch nur zwei Tage weg.«

»Und? Ist auch nur ein kleiner Koffer.«

»Aber wo sollen wir ihn unterbringen? Im Wagen ist kein Platz mehr.«

»Den quetschen wir noch irgendwie rein.«

Um neun ziehen wir schließlich die Haustür hinter uns zu. Caroline setzt sich ans Steuer, ich auf den Beifahrersitz und Dana nach hinten, zusammen mit Carolines Koffer. Als wir bei Doug einen Zwischenstopp einlegen, um ihn einzusammeln, öffnet Monica die Tür. Dana geht ins Haus, um Doug zu holen, während Monica zum Wagen herüberkommt.

»Hallo, Monica!«

»Hallo, ihr zwei! Da habt ihr ja Großes vor. Wie viele Studenten werden kommen?«

»Vierzig heute und noch einmal vierzig morgen.«

»Ich möchte nicht mit euch tauschen!«, sagt sie lachend. »Doug hat mir übrigens erzählt, dass der Laden sehr schön geworden ist.«

Ich nicke. »Oh ja! Nur noch eine Woche, dann feiern wir Eröffnung.«

»Der Laden ist nicht wiederzuerkennen«, sagt Caroline.

»Das habe ich befürchtet!« Monica lacht. »Ich weiß noch, als ich die Boutique eingerichtet habe, musste ich rund um die Uhr schuften, um alles pünktlich fertig zu kriegen. Ich dachte, ich schaffe es niemals rechtzeitig. Aber wisst ihr, rückblickend betrachtet war das wohl die aufregendste Zeit meines Lebens. Wahrscheinlich sogar die beste.« Sie stößt ein wehmütiges Lachen aus. »Damals hatte ich noch so viel Energie. Oh Gott, das ist jetzt schon so lange her.« Sie sieht, dass Doug und Dana aus dem Haus kommen. »Da sind ja unsere Turteltäubchen.

Ich lasse euch jetzt wieder alleine. Ihr habt sicher Besseres zu tun, als euch meine alten Geschichten anzuhören.«

Doug gibt Monica ein Küsschen, bevor er mit Dana hinten einsteigt. Sie müssen sich ganz schön zusammenquetschen, aber schließlich nimmt Doug Carolines Koffer auf den Schoß, ohne sich zu beschweren. Als wir losfahren, winkt Monica uns zum Abschied, und obwohl sie lächelt, sieht sie schrecklich einsam aus. Als ich noch für Monica gearbeitet habe, war sie für mich eine Art Superwoman. Ich habe immer bewundert, wie gut sie alles unter einen Hut bekam als selbstständige Geschäftsfrau und alleinerziehende Mutter. Sie war schon früh Witwe geworden. Monicas Söhne sind mittlerweile erwachsen bis auf Tim, der noch zur Schule geht, und das Geschäft hat sie auch nicht mehr. Sie macht einen leicht verlorenen Eindruck, wie sie da auf der Straße steht. Ich frage mich, ob sie es bereut, dass sie ihre Boutique aufgegeben hat.

Ich frage Caroline: »Du hast doch hoffentlich daran gedacht, Monica zu unserer Eröffnungsfeier einzuladen?«

»Selbstverständlich. Die Einladung ist schon in der Post. Spätestens am Montag müsste sie in ihrem Briefkasten liegen.« Sie sagt laut nach hinten: »Hast du das gehört, Doug?«

»Ja. Danke, Caroline.«

Während der Fahrt vertiefen sich Doug und Dana hinten in ein Gespräch, und nach einer Weile fällt mir auf, dass Caroline ungewöhnlich schweigsam ist.

»Du bist heute so still, Caroline.«

Sie dreht den Kopf zu mir. »Ach ja? Bin noch ein bisschen müde, schätze ich.«

»Hattest du gestern einen schönen Abend bei dem Champagnerempfang?«

»Was? Ach so, das. Ja, war okay.«

»Wann bist du nach Hause gekommen?«

Caroline zuckt mit den Achseln. »So gegen Mitternacht.«

»Lügnerin!«, sage ich lachend. »Um Mitternacht waren Dana und ich noch auf.«

»Dann eben um eins. Ich weiß es nicht mehr.« Sie zuckt wieder mit den Achseln.

»Waren interessante Gäste da?«

Sie dreht wieder den Kopf zu mir. »Was soll die ganze Fragerei?«, schnauzt sie mich an.

»Entschuldigung! Ich wollte lediglich Konversation machen.«

»Nun, wegen mir kannst du das auch lassen.« Sie schaltet das Radio ein. »So, damit dir nicht langweilig wird.«

»Okay, schon kapiert.«

»Hör zu, Rosie, tut mir leid. Ich habe Kopfschmerzen.«

»Soll ich fahren?«

»Nein, geht schon. Mir ist einfach nicht nach Reden, das ist alles.«

Nach ungefähr einer Stunde biegt Caroline von der National Route auf eine lange, schmale, kurvige Schlaglochpiste.

»Bist du sicher, dass das der richtige Weg ist?«, frage ich, während wir über den zugewachsenen Pfad mit einer Grasnarbe in der Mitte entlangrumpeln.

»Ja, ich bin sicher.«

»Ähm – wie lange ist die Jugendherberge schon außer Betrieb?«

Caroline zuckt mit den Schultern. »Keine Ahnung. Eineinhalb Jahre, vielleicht auch knapp zwei.«

»Wenn die Zufahrt schon so verwildert ist, wie wird dann erst das Haus aussehen?«

»Abwarten. Das wird sich zeigen, okay?«

Kurz darauf erreichen wir eine Lichtung und halten vor einem großen, alten Gebäude. Wir steigen aus.

»Ist es das etwa?«, fragt Dana entgeistert und spricht damit genau das aus, was ich denke.

»Ja«, sagt Caroline. »Was hast du denn erwartet? Das Ritz?«

Ich weiß nicht, was ich erwartet habe, aber sicher nicht das. Noch nie habe ich einen so Unheil verkündenden, trostlosen Ort gesehen! Wie das Haus in Hitchcocks *Psycho* thront der alte Kasten auf einem Hügel, und dahinter erstreckt sich ein grauer Strand, über den der Wind fegt. Es ist das einzige Gebäude weit und breit. Ich hätte nicht gedacht, dass es in Irland so abgelegene Stellen gibt.

»Bist du sicher?«, fragt Dana.

Caroline nickt. »Natürlich bin ich sicher. Kommt schon. Lasst uns reingehen.«

Wir folgen ihr zu der Eingangstür, von der die rote Farbe abblättert. Als Caroline den Schlüssel hineinsteckt, stellt sie fest, dass nicht abgeschlossen ist. »Oh! Das ist aber merkwürdig.« Sie stößt die Tür auf und ruft hinein: »Hallo! Hallo?« Als sie keine Antwort erhält, betritt sie das Haus.

»Caroline!« Dana packt Carolines Arm und hält sie fest.

»Herrgott! Was ist denn?«

»Du kannst da nicht reingehen. Was, wenn jemand drin ist?«

»Wie wollen wir das rausfinden, wenn wir nicht reingehen?«

»Hast du keine Angst?«, fragt Dana.

»Ich bin mir sicher, es gibt nichts, wovor wir Angst haben müssten.«

Caroline geht weiter in die dunkle, abschreckende Diele hinein, während Doug, Dana und ich ihr ängstlich folgen.

»Wir müssen hier gut durchlüften, bevor die erste Gruppe

eintrifft!«, ruft Caroline zu uns zurück. Sie knipst einen Schalter an, und es wird hell, oder besser gesagt: geringfügig heller durch eine nackte Vierzig-Watt-Glühbirne, die von der Decke baumelt. Die trübe Beleuchtung macht die Diele nicht weniger abschreckend, eher noch mehr.

Der erste Raum, den wir betreten, ist die Küche. Das Erste, was uns auffällt, ist ein kleines, tragbares Radio, das auf der Anrichte steht und vor sich hin dudelt. Das Zweite, was uns auffällt, ist eine Packung Weetabix auf dem großen Holztisch, zusammen mit einem Milchkarton und einer Schüssel, in der ein Löffel steckt und die Reste eines Frühstücks herumschwimmen.

»Wohnt hier jemand?«, fragt Dana und blickt sich ängstlich um.

»Eigentlich nicht.« Caroline klingt verwundert. Sie nimmt die Milch vom Tisch und schnüffelt daran. »Die ist frisch.«

Im Radio läuft *Video Killed the Radio Star*, dieser seltsame alte Hit.

»Oh Gott«, sage ich. »Das Haus ist richtig unheimlich.«

»Ich habe eine Gänsehaut«, sagt Dana. »Bist du dir auch wirklich sicher, dass wir uns nicht in der Adresse geirrt haben, Caroline?«

»Ja! Hör endlich auf, mich ständig zu fragen!«

»Das ist wie auf der *Mary Celeste*«, murmelt Doug.

»Der was?«, fragt Dana.

»Die *Mary Celeste* ist ein berühmtes Geisterschiff. Sie wurde vor über zweihundert Jahren im Atlantik aufgefunden, als sie zwischen den Azoren und Portugal trieb. Als die Crew eines anderen Schiffes an Bord ging, fand sie die *Mary Celeste* völlig verlassen vor. Auf dem Schiff herrschte ein nasses Durcheinander, so nannte es der Erste Offizier. Selbst das Bett des Kapitäns war vollkommen durchnässt. Und in der Schiffsküche war der Ofen herausgerissen …«

»Und wo war die Besatzung?«, frage ich.

»Das weiß bis heute niemand. Sowohl die Crew als auch die Passagiere sind spurlos verschwunden.«

»Hör auf!«, bittet Dana. »Ich krieg schon wieder Gänsehaut!«

Doug lächelt. »Das liegt am Haus.«

Das Radio plärrt: *»Video killed the radio star, in my mind and in my car, we can't rewind, we've gone too far …«*

Ich fröstele.

»Schalt dieses verdammte Ding aus!«, befiehlt Caroline.

Ich gehe hinüber zu dem Radio und schalte es aus. Wir stehen alle mitten in der Küche und lassen den Blick kreisen.

»Vielleicht gibt es einen Hausmeister«, sagt Caroline. »Donald hat zwar nie einen erwähnt, aber vielleicht hat er es einfach vergessen.« Sie geht wieder hinaus in die Diele. Wir folgen ihr und scharen uns dicht um sie, während sie wieder laut ruft: »Hallo! Hallo?« Nachdem sich nichts rührt, geht sie von Tür zu Tür und steckt kurz den Kopf in jedes Zimmer. Dann ruft sie die Treppe hoch: »Hallo!«, und wir spitzen alle die Ohren, aber es tut sich kein Mucks.

»Wir gehen besser mal hoch und sehen oben nach.«

»Meinst du, das ist klug?« Dana sieht besorgt aus.

»Wir bleiben einfach dicht beisammen«, entgegnet Caroline, die schon halb die Treppe oben ist.

Wir beeilen uns, ihr zu folgen. Nachdem wir in jeden Raum einen kurzen Blick geworfen haben, gehen wir weiter nach oben ins Dachgeschoss. Als wir alles inspiziert haben, dreht sich Caroline mit einem Achselzucken zu uns um. »Hier ist niemand. Vielleicht sollte ich Donald mal anrufen.« Sie holt ihr Handy hervor und wählt die Nummer, legt aber kurz darauf wieder auf. »Teilnehmer nicht erreichbar. Ich versuche es später noch mal. Wir sollten jetzt mit den Vorbereitungen beginnen. Okay, bringen wir den alten Kasten auf Vordermann!« Sie geht die Treppe wieder hinunter.

»Was? Das ist nicht dein Ernst!«, sagt Dana laut und geht ihr hinterher. »Hier können wir nicht bleiben! Das Haus ist völlig verdreckt und richtig gruselig. Wir sind doch nicht wegen einer Mutprobe hergekommen! Ach ja, außerdem gibt es da noch unseren unsichtbaren Mitbewohner. Was, wenn er plötzlich auftaucht?«

»Hör zu, das war wahrscheinlich bloß ein alter Landstreicher, der Fersengeld gegeben hat, als wir angerückt sind. Wahrscheinlich steht er schon oben an der Hauptstraße und versucht zu trampen. Sollte er tatsächlich zurückkommen, dann sind wir hier genug Leute, um mit ihm fertig zu werden. Was das Haus betrifft, mag ja sein, dass es ziemlich rustikal ist, aber …«

»Rustikal!«, faucht Dana empört.

»Ja, rustikal, aber es ist zweckmäßig. Wir müssen bloß mal richtig durchlüften und ein bisschen sauber machen.«

»Das soll wohl ein Witz sein!«, schnaubt Dana.

»Ich habe genügend Putzzeug mitgebracht«, sagt Caroline. »Wir haben noch ein paar Stunden Zeit, bevor die ersten Studenten eintreffen.«

»Stunden!«, stößt Dana mit leicht hysterischem Lachen aus. Ich sehe, dass Doug stumm ihre Hand nimmt und beruhigend tätschelt. Aber es nützt nicht viel; Dana ist ziemlich aufgebracht. »Dafür brauchen wir Tage, Wochen, Monate!«

»Okay, Dana, was willst du uns damit sagen?«, fragt Caroline. »Dass wir alle wieder ins Auto steigen, zurück nach Dublin fahren und das Ganze vergessen sollen? Gut! Es ist deine Studie, nicht meine. Ich habe genügend andere Dinge zu tun. Ich wäre sogar froh, wenn ich nicht hier putzen und auf deine Versuchskaninchen aufpassen müsste. Du willst die Sache abblasen – okay! Wozu streiten? Wir können sofort wieder abhauen. Wir müssten natürlich noch die Probanden informieren. Auf dem Rückweg kann ich den Schlüssel in den Briefkasten von Donalds Büro werfen, und die Sache hat sich erledigt. Du brauchst es nur zu sagen, wenn du das willst.«

»Nein, das will ich nicht, aber ...«

»Aber was?«

»Es ist nur ...« Dana macht eine ausladende Geste. Wir stehen mittlerweile wieder in der Küche. »Na ja, schau doch mal, wie es hier aussieht!«

»Komm schon, Dana«, schaltet Doug sich nun ein. »So schlimm ist es doch gar nicht. Caroline hat recht, das Haus ist einfach länger nicht benutzt worden. Jetzt, wo wir schon hier sind, kriegen wir das auch noch hin.«

Caroline nickt zustimmend. »Hör auf deinen Freund, Dana! Was er sagt, ist vernünftig.«

»Aber wo sollen wir überhaupt anfangen?« Dana blickt sich hoffnungslos um.

»Eins nach dem anderen«, antwortet Caroline. »Wir müssen vor allem in der Küche klar Schiff machen. Rosie und ich werden uns darum kümmern. Ihr zwei«, sie deutet auf Doug und Dana, »geht nach oben und nehmt euch die Schlafsäle vor. Sorgt dafür, dass genügend Betten bereitstehen. Anschließend geht ihr ins Dachgeschoss, sucht die besten Zimmer für uns aus und lüftet sie gründlich. Danach müssen wir uns kurz beratschlagen, welche Gemeinschaftsräume wir benutzen, und diese ebenfalls aufräumen. Das können Rosie und ich machen, während ihr«, sie deutet wieder auf Doug und Dana, »in den

Speisesaal geht und überprüft, ob wir auch genügend Geschirr haben. Wie gesagt, ich habe zwar alle möglichen Putzutensilien eingepackt, aber wenn trotzdem etwas fehlen sollte, kann ich immer noch Mick Bescheid sagen. Er kann die Sachen besorgen und später mitbringen, wenn er kommt. Okay, ich denke, das war's fürs Erste. Fangen wir an.« Sie streift ihre Handtasche von der Schulter, öffnet sie und nimmt eine rosafarbene Schürze und rosafarbene Gummihandschuhe heraus. Sie bindet sich die Schürze um, streift den ersten, dann den zweiten Handschuh über und bemerkt schließlich, dass wir drei dastehen und sie anstarren.

»Was ist?«, fragt sie.

»Was ist das denn?«, entgegnet Dana und deutet auf die Schürze und die Handschuhe. »So habe ich dich noch nie gesehen. Ich wusste nicht einmal, dass du so etwas besitzt.«

»Habe ich mir extra vorher besorgt. Das richtige Outfit für so einen Job.«

Da ihr restliches Outfit aus Bluse, Rock und Pumps besteht, sieht Caroline für mich eher aus wie frisch aus einer TV-Reklame für irgendeinen Haushaltsreiniger, den sie vor der Kamera präsentiert in einer unvorstellbar sauberen und glänzenden Küche, mit zwei, drei unvorstellbar sauberen und glänzenden Kindern im Hintergrund. Aber ihr Outfit ist definitiv ungeeignet für die Drecksarbeit, die vor uns liegt.

Dana denkt offenbar dasselbe. »Vielleicht wären eine alte Jogginghose und ein Sweatshirt passender gewesen.«

Caroline mustert Dana in ihrer alten Jogginghose und dem ausgeleierten Sweatshirt kühl von oben bis unten. »Für manche schon.«

»Und wie willst du in den hohen Hacken putzen, Caroline?«, fragt Dana.

»Du solltest mittlerweile wissen, dass ich keine flachen Schuhe trage. Ich komme mit hohen Absätzen besser zurecht. Ich bin nichts anderes gewöhnt.« Sie greift wieder in ihre Tasche und holt einen Putzlappen und eine Flasche Powerreiniger heraus. Dann lässt sie den Blick durch die Küche wandern, um herauszufinden, wo sie anfangen soll. »Was ist?«, fragt sie, als sie bemerkt, dass wir alle über ihren absurden Anblick grinsen.

»Wie heißt noch mal dieser Film mit den immer perfekt geschminkten und gekleideten Ehefrauen, die von ihren Männern in Roboter umfunktioniert wurden?«

»Du meinst *Die Frauen von Stepford*?«, sagt Caroline.

»Genau.«

»Nun, wenn die Frauen von Stepford etwas konnten, dann putzen.« Sie tätschelt ihre tadellos sitzende Frisur und streicht ihre rosafarbene Schürze glatt. »Und dabei gut aussehen. Das ist schließlich nicht verboten. Nur weil ich nicht aussehe wie eine Putzfrau, heißt das noch lange nicht, dass ich nicht putzen kann. So, kommt jetzt! Lasst uns endlich anfangen!«

Dana und Doug verschwinden nach oben, während Caroline und ich uns die Küche vornehmen, die vor Dreck starrt. Caroline hat nicht zu viel versprochen und zeigt vollen Körpereinsatz. Sie fegt durch die Küche wie ein Wirbelwind.

Nach ungefähr zwanzig Minuten kommt Dana wieder herunter. »Ich glaube, es gibt ein Problem mit den Betten.«

»Was soll das heißen? Gibt es nicht genug?«

»Doch, mehr als genug, aber die Matratzen sind ziemlich versifft. Ich habe den Teilnehmern zwar gesagt, sie sollen ihren Schlafsack mitbringen, aber wenn sie die Matratzen sehen, werden sie sicher meutern. Vielleicht hätte ich ihnen auch sagen sollen, ein Laken mitzubringen, aber damit habe ich nicht gerechnet. Denkst du, Mick kann auf die Schnelle ungefähr fünfzig Laken organisieren?«

»Ich schicke ihm eine SMS«, sagt Caroline. »Vielleicht kann er sie irgendwo leihen. Lassen sich nicht auch manche Hotels täglich frische Wäsche liefern?« Sie legt ihren Putzlappen weg, nimmt ihr Handy von der Anrichte und schreibt sofort die Nachricht an Mick.

»Außerdem brauchen wir noch ungefähr zwanzig Messer und Gabeln«, sagt Dana. »Und genauso viele Teller. Wir haben nicht genug Geschirr.«

»Okay.« Gleich darauf verschickt Caroline ihre SMS. Als sie das Handy wieder weglegen will, klingelt es plötzlich. Sie sieht auf das Display. »Es ist Mick.« Sie hebt ab. »Hi!«, begrüßt sie ihn fröhlich, lauscht in den Hörer und sagt dann enttäuscht: »Oh, verstehe.« Sie stößt einen Seufzer aus. »Und bis wann kannst du dann hier sein? Ah, Mick, so spät erst? Wie? Dann muss ich mir wohl ganz schnell was Neues einfallen lassen … Was? Ja, ich dich auch.« Sie legt auf. »Okay, wir haben ein Problem. Mick schafft es nicht, jedenfalls heute nicht mehr. Sie sind mit den Dreharbeiten in Verzug, schon wieder.«

»Verdammt!«, stöhnt Dana. »Und was machen wir jetzt? Die Studenten rennen uns sofort weg, wenn sie die Matratzen sehen!«

»Und wie sollen wir denen das Essen servieren ohne ausreichend Geschirr?«, frage ich.

»Oh, das darf doch nicht wahr sein!«, schüttelt Caroline den Kopf. »Warum seht ihr mich alle an, als wäre ich die Einzige, die das Problem lösen kann?« Sie überlegt kurz. »Okay, ich versuche es noch mal bei meinem Bruder. Vielleicht kann er uns helfen.«

Wir stehen da und warten, während sie die Nummer wählt, aber Donald ist nach wie vor nicht erreichbar. »Verdammt, wo steckt er bloß? Ich kann ihm nicht einmal eine Nachricht hinterlassen. Entweder hat er sein Handy ausgeschaltet, oder er ist gerade in einem Funkloch.«

»Vielleicht sollte einer von uns nach Dublin zurückfahren und dort die fehlenden Sachen organisieren«, schlage ich vor.

»Nein«, widerspricht Caroline. »Das würde bis zum Nachmittag dauern, und es gibt hier zu viel zu tun.«

»Und was sollen wir dann machen?«, fragt Dana.

»Hört zu«, sagt Caroline. »Ich habe da eine Idee. Ich weiß zwar noch nicht, ob es klappen wird, aber überlasst einfach alles mir. Ich muss nur noch mal kurz telefonieren.«

»Wen rufst du an?«, frage ich, aber sie ist schon draußen in der Diele.

Währenddessen kommt Doug in die Küche. »Hier im Haus wohnt tatsächlich jemand«, eröffnet er Dana und mir.

»Woher willst du das wissen?«, fragt Dana.

»Ich habe oben im Dachgeschoss einen alten Schlafsack auf einem Bett gefunden.«

»Wer weiß, wie lange der dort schon liegt. Vielleicht hat ihn ja jemand zurückgelassen.«

»Aber im Bad hängt feuchte Wäsche.«

»Oh!«

Caroline kehrt in diesem Moment zurück.

»Doug hat oben im Bad feuchte Wäsche entdeckt, die jemand dort zum Trocknen aufgehängt hat«, teilt Dana ihr mit.

Caroline überlegt kurz. »Also gut, offenbar hat sich hier tatsächlich jemand eingenistet, aber im Moment ist niemand hier, oder? Wir halten einfach die Augen offen und schließen nachts die Tür ab.« Sie wechselt das Thema. »Wegen der Laken ist alles geregelt. Ein Freund von mir bringt sie so schnell wie möglich her, zusammen mit dem fehlenden Geschirr.«

Dana blickt skeptisch drein. »Was für ein Freund?«

»Er heißt Niall Wallace.«

»Niall Wallace? Den Namen hast du noch nie erwähnt«, melde ich mich zu Wort. »Wer ist das?«

»Ich kenne ihn schon seit Jahren, aber wir sind uns erst gestern Abend nach langer Zeit wiederbegegnet – bei der Champagnerverkostung. Er ist einer der Investoren.«

»Du meinst doch nicht etwa Niall Wallace, den Rugbyspieler?«, fragt Dana.

»Doch, genau den.«

»Pitbull Wallace? Hat der nicht in der Nationalmannschaft gespielt?«

Caroline wirkt leicht verärgert. »Diesen Spitznamen hört er nicht gerne, aber richtig, er war mal Nationalspieler.«

»Ist er noch als Spieler aktiv?«

»Nein, er musste wegen einer Knieverletzung aufhören. Jetzt ist er Unternehmer.«

»Der ist doch bestimmt mehrfacher Millionär, oder nicht?«, fragt Dana weiter.

Caroline nickt. »Ja.«

»Ich wusste gar nicht, dass du solche Leute kennst«, kommentiere ich.

»Ich habe vor einiger Zeit eine Kampagne für Niall gemacht, aber danach haben wir uns aus den Augen verloren. Bis gestern.«

»Und jetzt?«, fragt Dana. »Dieser Pitbull Wallace …«

»Niall! Sein Name ist Niall.«

»Kommt er jetzt selber hierher und bringt uns die fehlenden Sachen?«

Caroline nickt. »Ich habe ja gesagt, er ist ein Freund von mir. So, genug jetzt. Machen wir uns wieder an die Arbeit.«

Für Caroline mag die Unterhaltung vielleicht beendet sein, nicht jedoch für Dana.

»Das muss aber ein wirklich guter Freund sein, wenn er dafür alles stehen und liegen lässt«, bemerkt sie, aber Caroline gibt keine Antwort.

Vielleicht hat sie es auch tatsächlich nicht gehört. Sie kniet nämlich schon wieder auf dem Boden, und ihr Kopf steckt im Backofen. Wir beobachten ihr Hinterteil, das hin und her wackelt, während sie von innen schrubbt.

»Wer hätte das gedacht?« Dana grinst. »Ich glaube, mich überrascht bald gar nichts mehr.«

Nach mehrstündiger Plackerei macht das Haus allmählich einen annehmbaren Eindruck. Auf Carolines Vorschlag gehe ich hinaus in den verwilderten Garten und pflücke ein paar Blumen, die drinnen eine freundlichere Atmosphäre schaffen sollen. Währenddessen kommt ein nagelneuer silberner Mercedes an und hält direkt vor der Eingangstür. Ich gehe auf den Wagen zu.

Ein bulliger Typ steigt aus, in einem dunklen Anzug und mit weit aufgeknöpftem Hemdkragen, der den Blick auf eine dicke Goldkette zwischen einem Büschel schwarzer Brusthaare lenkt. Obwohl der Himmel bewölkt ist, trägt er eine Sonnenbrille. Er ist braungebrannt, und seine polierten Schuhe glänzen mit seinen öligen schwarzen Locken um die Wette.

»Hallo!«, rufe ich und gehe zu ihm.

»Hallo! Ich bin nicht sicher, ob ich hier richtig bin. Ich suche Caroline Connolly.«

»Ja, da sind Sie richtig. Kommen Sie herein.« Ich führe ihn ins Haus.

»Mann! Das sieht hier ja aus wie auf einer Müllkippe«, brummt er, während er sich umsieht.

»Caroline!«, rufe ich. »Dein Freund ist hier!«

Caroline kommt aus der Küche.

»Niall! Hi!«

»Hi, Caroline.« Er geht zu ihr und küsst sie auf beide Wangen. Ich bemerke seinen überdimensionalen goldenen Siegelring und die goldenen Manschettenknöpfe. Der Typ besitzt mehr Schmuck als ich.

»Du siehst mal wieder zum Anbeißen aus!« Niall mustert Caroline von oben bis unten.

»Unsinn! Ich sehe bestimmt furchtbar aus!«, entgegnet sie – ziemlich kokett, wie mir auffällt.

Sie sieht alles andere als furchtbar aus. Ich weiß nicht, ob ich ihren Anblick mit »zum Anbeißen« beschreiben würde, aber während wir anderen drei einen ziemlich zerzausten Eindruck machen, sitzt bei Caroline jedes einzelne Haar an seinem Platz.

»Ich habe euch die Sachen mitgebracht, die ihr braucht«, erklärt Niall. »Sofort nachdem du mich angerufen hast, habe ich einen von meinen Leuten losgeschickt. Dann bin ich hingefahren, habe alles eingeladen und mich sofort auf den Weg zu dir gemacht.«

»Ich hoffe, ich habe dir nicht zu viele Umstände bereitet.«

»Für dich nehme ich jeden Umstand in Kauf«, antwortet er und fügt rasch hinzu: »Ich musste zwar das Meeting früher beenden und das Mittagessen mit ein paar Geschäftsfreunden absagen, aber, hey, für dich mache ich das gerne.«

»Du hast Rosie bereits kennengelernt?«

»Hi, Rosie.«

»Niall, richtig? Vielen Dank für die schnelle Hilfe.«

»Kein Problem.«

Im nächsten Augenblick sagt er »Hier, Rosie, du kannst schon mal ausladen« und wirft mir den Autoschlüssel zu, aber ich reagiere nicht schnell genug, und er landet auf dem Boden. »Ho, ho, ungeschickt lässt grüßen!«, spottet Niall.

Ich beuge mich herunter und hebe den Schlüssel auf. Ungeschickt lässt grüßen! Ich bezweifle stark, dass er das jemals zu seinen Teamkameraden gesagt hat, aber bevor mir eine passende Antwort einfällt, kehrt er mir bereits den Rücken zu.

»Caroline«, höre ich ihn sagen, »zeigst du mir das Haus?«

»Was ist eigentlich mit diesem Niall?«, fragt Dana, als wir zusammen ein Bett beziehen. »Warum hat keiner von uns jemals von ihm gehört?«

Ich zucke mit den Achseln. »Ich weiß auch nicht mehr als du.«

»Doug meint, er hätte neulich ein Phantombild von Niall gesehen in *Aktenzeichen XY*«, witzelt Dana.

»Was? Mit oder ohne Sonnenbrille?«, entgegne ich scherzend und füge bei dem Gedanken an den ganzen Goldschmuck hinzu: »Was hat er verbrochen? Einen Juwelier überfallen? Hier«, ich halte ihr das Laken hin, »nimm das andere Ende.«

»Mich würde interessieren, ob Mick von ihm weiß.«

»Dana, wir wissen beide nichts. Los, komm, schnapp dir das Laken. Die Studenten werden bald eintreffen, und ich muss noch Spaghetti Bolognese für vierzig Mann kochen plus Caroline, Doug, du und ich. Und wahrscheinlich plus Pitbull. Er macht nämlich nicht den Eindruck, als wolle er bald wieder aufbrechen.«

»Geh zu Caroline. Sie soll ihm sagen, dass er einen seiner

Männer kommen lassen soll mit fünfundvierzig Portionen warmes Essen.«

Ich lache. »Er scheint eine Schwäche für Caroline zu haben, nicht wahr?«

Dana lacht ebenfalls. »Allerdings. Er kann die Augen nicht von ihr lassen.«

»Woher willst du das wissen? Schließlich hat er seine Sonnenbrille kein einziges Mal abgenommen, seit er hier ist. Kannst du hier weitermachen, während ich runtergehe und das Essen vorbereite?«

»Herzlich willkommen!«, ruft Dana, als die Studenten aus dem Bus steigen.

»Ja, willkommen, alle zusammen, willkommen!«, fällt Caroline an ihrer Seite ein.

Inzwischen sieht das Haus innen deutlich besser aus, zumindest bei oberflächlicher Betrachtung. Die gute Laune, die die Studenten mitbringen, und Carolines überschwängliche Begrüßung wird sie zunächst von den Mängeln ablenken. Mit lauter Stimme führt Caroline die muntere Truppe hinein, direkt nach oben zu den Schlafsälen. Dort weist sie die Leute an, sich ein freies Bett zu suchen (die nun alle mit sauberen, weißen Laken bezogen sind, was einen himmelweiten Unterschied macht) und anschließend wieder herunterzukommen, sobald sie sich eingerichtet haben.

Gegen sechs trommelt Dana mit einiger Mühe – trotz unserer Unterstützung – die Studenten im ganzen Haus zusammen und schickt sie in den Speisesaal. Sie beschwert sich, dass sie sich vorkommt wie ein Schäfer, aber nachdem sie ihre Schäfchen endlich alle um den gedeckten Tisch versammelt hat, beginnen Caroline, Doug und ich, das Essen zu servieren. Niall verlässt den Saal, weil sein Handy klingelt. Dana stellt sich an das obere Tischende, um ihre Begrüßungsansprache zu halten.

»Hallo zusammen«, beginnt sie. »Als Erstes möchte ich mich dafür bedanken, dass ihr alle gekommen seid. Ich erkläre euch nun kurz, worum es geht.«

Dana findet kaum Beachtung. Diese zufällige Auswahl von vierzig Studenten und Studentinnen ist mehr daran interessiert, miteinander Bekanntschaft zu schließen als Dana Gehör zu schenken. Ich lasse den Blick über die Köpfe schweifen. Tatsächlich, ein paar sitzen ruhig da und richten ihre Aufmerksamkeit auf Dana, aber das ist nur eine kleine Minderheit. Die meisten dagegen unterhalten sich angeregt, lachen, manche flirten bereits, ein Paar liefert sich sogar einen kleinen Schlagabtausch, der aber nicht ernst gemeint ist – er ist Teil ihres Flirts, der von Sekunde zu Sekunde intensiver wird. Der Geräuschpegel im Saal ist unbeschreiblich. Was für ein Krach!

»Das ist ja wie im Kindergarten!«, schreit Caroline über den Lärm hinweg.

Obwohl ich nicht viel älter als die Studenten bin, fühle ich mich in meiner Funktion als »Autoritätsperson« um Jahre älter. Allerdings ist es mit unserer Autorität im Moment nicht weit her.

Dana erhebt die Stimme: »Der Grund, weshalb ihr alle hier seid, ist …«

Der restliche Satz geht in dem lauten Stimmengewirr unter. Dana steht hilflos am Tischende und blickt verzweifelt in die Runde.

»Das ist nicht nett von denen, sie einfach zu ignorieren«, sagt Doug, der sich neben mich gestellt hat. »Die könnten ruhig etwas höflicher sein und ihr zuhören.«

Er hat recht. Dana muss auf sich aufmerksam machen, und zwar schnell.

»Okay«, knurrt Doug mit grimmigem Blick. »Das reicht!« Er stapft davon, und ich sehe, dass er zum Lichtschalter geht. Er dreht das Licht aus, und im Saal wird es dunkel.

Gleich darauf ertönen Rufe wie »Hey!« und »Was soll das?«.

Doug wartet eine halbe Minute, bevor er das Licht wieder anschaltet, was ihm die Aufmerksamkeit des ganzen Saals verschafft. Er wirkt ein wenig nervös, weil er plötzlich im Mittelpunkt steht, aber dann sagt er laut: »Okay! Ihr seid jetzt mal still und hört zu, was euch die Projektleiterin zu sagen hat!« Er deutet auf Dana.

Im Saal herrscht Ruhe. Alle Blicke wandern von Doug zu Dana, die ihn verwundert anstarrt. Dann sammelt sie sich wieder.

»Also gut«, beginnt sie erneut, »der Grund, warum ihr alle hier seid ...« Sie unterbricht sich, weil Niall in diesem Moment zurückkehrt und geräuschvoll seinen Platz einnimmt. Nachdem er sich gesetzt hat, fährt sie fort: »Der Grund, warum ihr alle hier seid, ist, weil ich eure Teilnahme für eine Vergleichsstudie über das menschliche Geschmacksempfinden benötige. Nach dem Essen erhält jeder von euch ein Glas Granadillalikör. Ihr könnt heute Abend so viel davon trinken, wie ihr wollt. Morgen Vormittag werdet ihr dann einen Fragebogen bekommen, den ihr bitte ausfüllt. Wie ihr bestimmt wisst, dient der menschliche Geschmackssinn dazu, die verschiedenen Speisen und Getränke voneinander zu unterscheiden. Allerdings gibt es zahlreiche Faktoren, die den Geschmackssinn beeinflussen können: Augenkrankheiten, hormonelle Einflüsse, genetische Besonderheiten und so weiter. Da sich jeder von euch genetisch unterscheidet, unterscheidet sich vielleicht auch euer Geschmackssinn, und genau das wollen wir hier erforschen.« Sie macht eine kurze Pause und lässt den Blick über die Köpfe wandern. »Hat das jeder verstanden?«

Offenbar ja, also fährt sie fort. »Es gibt allerdings ein paar Regeln. Erstens: kein Alkohol. Zweitens: Das Abendessen ist heute eure letzte Mahlzeit. Drittens: keine Drogen, viertens: keine Zigaretten – Genussmittel können sich nämlich auf euer Geschmacksempfinden auswirken. Und fünftens: Ihr dürft euch nicht vom Grundstück entfernen.« Sie sieht wieder in die Runde. »Gut, das war's eigentlich schon. Ich wünsche euch einen angenehmen Aufenthalt! Wir haben ein paar Sachen vorbereitet, mit denen ihr euch den Abend vertreiben könnt. Im Fernsehraum zeigen wir nachher DVDs, und auch sonst ist für Unterhaltung gesorgt. Hier im Speisesaal werden nach dem Essen Brettspiele und Karten ausliegen, und im Saal gegenüber findet eine kleine Disko statt für alle, die gerne tanzen.«

Nachdem alle mit Essen versorgt sind, machen Caroline, Niall, Doug, Dana und ich uns ebenfalls über die Spaghetti her. Niall nimmt dazu endlich seine Sonnenbrille ab, und nun verstehe ich auch, warum er so an ihr hängt. Mit der Brille wirkt er einigermaßen attraktiv – aber ohne ist er es definitiv nicht! Er hat fiese, kleine Äuglein, die sein grobschlächtiges Gesicht noch grobschlächtiger wirken lassen.

»So weit, so gut«, seufzt Dana mit Blick auf die Studenten.

»Dana, ich bin ein wenig verwirrt«, bemerkt Niall. »Ich dachte, ihr testet hier Aphrodisiaka?«

»Tun wir ja auch.«

»Und was sollte das dann mit dem Geschmackssinn?«

»Die erste Gruppe ist nur die Kontrollgruppe.«

»Die was?«

»Die Kontrollgruppe. Da die Teilnehmer davon ausgehen, dass wir ihr Geschmacksempfinden untersuchen, wird ihr Verhalten nicht beeinflusst. Die zweite Gruppe morgen bekommt genau denselben Trank, nur nennen wir ihn dann nicht Granadillalikör, sondern Passionsfruchtlikör – und wir erzählen den Teilnehmern, dass er eine aphrodisierende Wirkung hat. Wir glauben nämlich, dass diese Information das Verhalten der Probanden beeinflussen wird. Im Grunde teste ich also die menschliche Psyche und nicht die Wirkung eines bestimmten Getränks. Die eine Gruppe wird annehmen, ein Aphrodisiakum zu trinken, die andere nicht. So kann ich das Verhalten beider Gruppen miteinander vergleichen und herausfinden, ob sich die erste Gruppe anders verhält als die zweite.«

»Ich verstehe. Mir war nicht klar, dass das Experiment so lange dauert, aber ich denke, ich kann meine Termine morgen verschieben und mir ein paar Kleider zum Wechseln bringen lassen.«

»Du willst das ganze Wochenende hier bleiben?« Caroline wirkt überrascht.

»Ja. Ohne euch nahe treten zu wollen, aber ich denke, ihr könnt einen Mann an eurer Seite gebrauchen und …«

»Ähem, Verzeihung«, wirft Doug ein.

Niall redet einfach weiter, als hätte Doug nichts gesagt. »… wenn ich an meine eigene Studentenzeit zurückdenke, können solche Partys nämlich richtig ausarten.«

»Ich glaube, wir kriegen das auch alleine hin«, meldet Doug sich erneut auf seine ruhige Art zu Wort.

»Außerdem kommt ja Mick morgen«, ergänzt Dana.

Doug stößt einen Seufzer aus. »Hallo? Ich bin auch noch da!«

»Ach ja, Mick, den habe ich fast vergessen«, sagt Niall. »Er ist Schauspieler, hast du gesagt? In welchen Filmen hat er denn mitgespielt? Kenne ich die?«

»In keinem«, antwortet Caroline. »Er hat gerade erst …«

»Eine meiner Schwestern ist auch Schauspielerin«, fällt Niall ihr ins Wort und stößt ein Lachen aus. »Zumindest bezeichnet sie sich als eine.«

»Mick steckt gerade mitten in den Dreharbeiten zu *Schicksalsfarm*«, erläutert Dana ihm. »Er spielt den Lenny, eine der Hauptrollen. Kevin North führt Regie. Nicht wahr, Caroline?«

Bevor Caroline die Chance hat zu antworten, kommt Niall ihr zuvor. »Ach ja, Kevin North ist mir ein Begriff. Ich habe schon ein paar Mal darüber nachgedacht, in die Filmbranche zu investieren. Offenbar kann man dadurch Steuern sparen, aber ich weiß nicht. Ich lege mein Geld lieber in etwas Solides an. Das Filmgeschäft ist riskant. Selbst ein großer Name wie Kevin North garantiert noch keinen Kassenerfolg.« In diesem Moment klingelt wieder sein Handy, und er nimmt es vom Tisch und sieht auf das Display. »Da muss ich drangehen.« Er steht auf. »Stevie, mein Junge«, brüllt er in den Hörer, während er den Saal verlässt. »Was hast du mir zu berichten?«

»Also?« meint Dana zu Caroline, sobald Niall weg ist.

»Also was?«, entgegnet Caroline.

»Was auch immer ›Stevie, mein Junge‹ zu berichten hat, mich interessiert vielmehr, was da läuft zwischen dir und Niall.« Sie nickt in Richtung Tür, durch die Niall verschwunden ist.

»Was meinst du? Da läuft nichts.«

»Nein?«

»Nein. Niall ist bloß ein Freund.«

»Bloß ein Freund?«

»Ja.«

»Behauptest du.«

»Es ist wahr. Mehr ist da nicht.«

»Sieht Niall das genauso?«

Plötzlich wird Caroline sauer. »Jetzt hör mal gut zu, Dana! Wenn Niall nicht gewesen wäre, dann hätte nicht nur die halbe versammelte Mannschaft ihre Spaghetti mit den Fingern essen müssen, sondern wir müssten zudem alle auf fleckigen Matratzen schlafen statt auf frischen Laken. Behalte also gefälligst deine komischen Anspielungen für dich, verstanden?«

»Okay, okay. Tut mir leid.«

Trotz Nialls Befürchtungen verläuft der Abend gut, allerdings ist es ziemlich anstrengend, alle im Auge zu behalten. Eine der Teilnahmevoraussetzungen war, dass die Probanden Single sind, aber nun möchten viele das scheinbar ändern. Dana kommt in die Küche, wo Caroline und ich gerade mit dem Abwasch fertig geworden sind.

»Wisst ihr was? Ich war gerade im Fernsehzimmer. Da drin knutschen schon die Ersten! Jetzt schon! Ich meine, die haben sich doch gerade erst kennengelernt. Wo soll das alles bloß hinführen?«

»Meinst du die niedliche, kleine Blondine in dem dunkelroten Top und den schwarzen Leggings?«, fragt Caroline.

»Ja, woher weißt du das?«

Caroline lacht. »Hast du keine Augen im Kopf? Die Kleine flirtet schon den ganzen Abend hemmungslos mit jedem Mann. Sogar mit Doug.«

»Sogar?« Dana blickt verärgert. »Was meinst du mit ›sogar‹?«

»Ich meinte: auch. Sie hat auch mit Doug geflirtet. Allerdings vergebens. Er hat es gar nicht richtig mitbekommen.«

»Wenn es heute hier richtig rundgeht«, überlege ich laut, »wie wird es dann erst morgen, wenn die andere Gruppe ein vermeintliches Aphrodisiakum testet?«

»Um das herauszufinden, sind wir ja hier«, sagt Dana. »Hört mal, wenn ihr beiden mich hier nicht braucht, würde ich gerne nach oben gehen und mir ein paar Sachen aufschreiben. Ist das okay?«

Gegen Mitternacht beschließe ich, ins Bett zu gehen. Ich entdecke Dana und Doug im Fernsehzimmer – Dana sitzt immer noch an ihren Aufzeichnungen. Von der Blondine mit dem dunkelroten Top und ihrem Begleiter ist nichts zu sehen, aber dafür kuschelt ein anderes Paar auf einer Couch, während gerade ein älterer Streifen mit Tom Hanks läuft, *The Green Mile*, glaube ich. Dana hatte Mühe, Filme zu finden, die keine Sexszenen enthalten. Vielleicht ist es ja daher kein Zufall, dass schon den ganzen Abend Tom-Hanks-Filme laufen.

»Bleibt ihr noch lange auf?«, frage ich. »Caroline geht ins Bett. Ich auch.«

Dana nickt. »Wir kommen später hoch. Ich möchte warten, bis Ruhe eingekehrt ist und ich weiß, dass alle schlafen.«

»Na dann, bis morgen.«

Caroline, Niall und ich gehen die Treppe empor in den zweiten Stock. Mein Zimmer liegt ganz am Ende des Flurs, daneben ist Carolines Zimmer, dann kommt Nialls Zimmer und schließlich das von Dana und Doug. Es ist ziemlich kalt, also ziehe ich mich rasch aus und klettere ins Bett mit meiner Nachtlektüre – Samuel Pepys' *Tagebuch*, das ich endlich angefangen habe zu lesen. Nachdem ich mich in meinen Schlafsack eingemummelt habe, lese ich an der Stelle weiter, wo ich zuletzt aufgehört habe. Pepys' Chronik einer vergangenen Epoche ist interessant, aber noch interessanter sind die Details aus seinem Privatleben. Pepys war ein Nabelschauer und ein richtiger Schürzenjäger dazu. Kein Detail war ihm zu schmutzig oder zu intim, um es zu verschweigen. An diesem Punkt in seinem

Leben – anno Januar 1665 – wacht er seit vielen Jahren streng über seine Ehefrau, turtelt aber mit einer Mrs. Bagwell und einer Jane Welsh herum, der Magd seines Perückenmachers, außerdem mit einer Sarah (Nachname unbekannt, aber sie arbeitet im *Swan Inn*) sowie einer weiteren Frau namens Betty Martin. Der Mann hatte keinerlei Skrupel, eine Frau nach der anderen flachzulegen. Es muss die Hölle sein, mit so einem Mann verheiratet zu sein! Ich denke an Finn und dass ich mich sehr glücklich schätzen kann, weil ich ihn habe. Ich beschließe, ihm eine Gutenacht-SMS zu schicken. Der Kälte trotzend, strecke ich den Arm aus dem Schlafsack und taste nach meinem Handy, das neben dem Bett auf dem Boden liegt. Ich hebe es auf. Gleich darauf sehe ich, dass ich eine Kurzmitteilung von Finn erhalten habe, allerdings schon vor einer Stunde.

Schlaf gut. XXX

Jedes X steht für einen Kuss. Ich lächle und simse zurück:

Ich würde besser schlafen, wenn du meinen Schlafsack mit mir teilen würdest. Vielleicht aber auch nicht …

Ich warte auf eine Antwort, aber nachdem nichts kommt, nehme ich an, dass Finn bereits eingeschlafen ist. Also lege ich das Handy wieder auf den Boden, knipse die Lampe über dem Bett aus und kuschle mich tief in meinen Schlafsack hinein.

Ich bin nicht sicher, wie viel später – es könnten fünf Minuten sein, aber auch fünfzehn, ich schlafe noch nicht richtig – es leise an meine Tür klopft. Zumindest glaube ich zunächst, dass es meine Tür ist, bis ich Caroline rufen höre »Wer ist da?«. Da wird mir bewusst, dass es *bei ihr* geklopft hat. Die Antwort kann ich nicht verstehen, aber ich höre, wie gleich darauf eine Tür geöffnet wird und Caroline sich mit einem Mann unterhält – sicher mit Niall. Ich setze mich auf und spitze die Ohren. Einerseits will ich sie nicht belauschen, andererseits bin ich neugierig, was da vor sich geht. Läuft was zwischen den beiden? Steht Caroline auf diesen Kerl? Nein, die Vorstellung ist absurd. Caroline ist verrückt nach Mick. Und Mick ist verrückt nach Caroline. So ist es. Das wissen wir alle.

Aber Mick lässt sich in letzter Zeit selten blicken, und wenn doch, kommt es immer öfter zum Streit. Und was Niall betrifft: Er mag mir zwar nicht sehr sympathisch sein, aber er ist ein erfolgreicher Geschäftsmann, der Geld hat wie Heu und daraus auch kein Geheimnis macht. Das alles kann man von Mick nicht behaupten. Niall verkörpert die Eigenschaften, die Caroline früher an einem Mann bewunderte und voraussetzte, bevor sie mit Mick ein Paar wurde. Vielleicht träumt sie ja immer noch heimlich von einem reichen Mann. Vielleicht freut sie sich über Nialls nächtlichen Besuch.

Sollte zwischen den beiden tatsächlich etwas passieren oder sich anbahnen, sollte ich dann nicht unter einem Vorwand dazwischenplatzen, zum Beispiel, weil ich nicht schlafen kann? Geht mich das überhaupt was an? Wahrscheinlich nicht. Aber Caroline ist meine Freundin. Und Mick ist mein Freund. Verdammt! Ich muss mich da einmischen. Das darf ich nicht zulassen! Caroline wird nicht ihre Beziehung mit Mick aufs Spiel setzen für so einen wie Niall, das werde ich nicht tatenlos mitansehen. Ich sitze da und lausche weiter, bis die Unterhaltung plötzlich verstummt. Was machen die? Das reicht! Ich gehe jetzt rüber! Ich ziehe den Reißverschluss an meinem Schlafsack auf, schwinge die Beine über die Bettkante, stehe auf, gehe zur Tür und schleiche vorsichtig hinaus in den dunklen Flur. Während ich nach dem Lichtschalter taste, habe ich plötzlich das Gefühl, ich bin nicht alleine. Ich drehe mich um und entdecke am Treppenabsatz eine Gestalt.

»Hallo«, sage ich. Ein Mann, denke ich. »Bist du das, Doug?«

Aber ich weiß sofort, dass es nicht Doug ist.

Der Kerl, wer immer er sein mag, dreht sich um und rennt die Treppe hinunter.

»Hey!«, rufe ich. »Komm zurück!«

Im Nu steht Caroline in ihrer Tür. »Rosie, was ist los?«

»Irgendein Kerl schleicht hier herum.« Ich finde endlich den Lichtschalter und knipse ihn an. »Als ich ihn angesprochen habe, ist er nach unten gerannt.«

»Bleib cool! Das war bestimmt einer von den Studenten.«

Ich schüttle den Kopf. »Nein, das glaube ich nicht. Der Typ ist hier im Dunkeln herumgeschlichen. Warum hätte er weglaufen sollen, wenn es ein Student war? Vielleicht war das ja unser unsichtbarer Hausbewohner.«

»Vielleicht. Aber alle Türen und Fenster im Erdgeschoss sind verschlossen! Das habe ich selbst überprüft, bevor ich ins Bett bin.«

»Vielleicht ist er ja vorher unbemerkt ins Haus geschlüpft … Oder vielleicht hat er einen Schlüssel. Schließlich war die Haustür bei unserer Ankunft nicht abgeschlossen …« Plötzlich höre ich ein Geräusch. »Pst«, sage ich. »Da kommt jemand die Treppe hoch.« Gleich darauf erkenne ich das leise Murmeln von Dana.

»Hey«, sagt Dana und blickt uns überrascht an. »Was steht ihr hier herum? Ich dachte, ihr schlaft längst.«

»Ist dir auf der Treppe jemand begegnet?«, frage ich.

»Nein«, sagt Dana. »Ich habe niemanden gesehen. So viel ich weiß, liegt jeder in seinem Bett – oder zumindest in irgendeinem Bett. Muss nicht zwingend das eigene sein.«

»Ich glaube, hier im Haus schleicht ein Penner herum«, sage ich.

»Ist das dein Ernst?«

»Als ich aus dem Zimmer kam, stand er am Treppenabsatz und ist dann nach unten gerannt.«

»Soll ich noch mal runtergehen und nachsehen?«, fragt Doug.

Dana zögert keine Sekunde. »Ich komme mit!«

»Warum gehen wir nicht alle zusammen?«, schlägt Caroline vor.

Ich sehe sie an. Am liebsten würde ich ihr ins Gesicht sagen, dass ich weiß, warum sie Wert darauf legt, dass wir *alle zusammen* gehen. Damit Niall unbemerkt in sein Zimmer zurückschleichen kann.

»Soll ich Niall wecken und ihn fragen, ob er mitkommt?«, fragt Dana.

Carolines Gesicht nimmt einen ängstlichen Ausdruck an, und ich höre mich sagen: »Wir sind genug, um mit einem alleine fertigzuwerden. Lassen wir Niall schlafen.« Dann füge ich spitz hinzu: »Oder was meinst du, Caroline?« Caroline sieht mich an, und ich halte ihrem Blick stand. Ich weiß, dass sie weiß, dass ich es weiß, und ich bin froh darüber. »Außerdem haben wir ja Doug dabei.«

»Das ist richtig«, sagt Doug erfreut.

»Und wahrscheinlich gibt es sowieso keinen Grund, sich Sorgen zu machen.«

Zu guter Letzt marschieren wir zu viert – zuerst Doug, dann Dana, dann Caroline und zum Schluss ich – die Treppe herunter und sehen uns im ganzen Haus um, aber alles scheint in Ordnung zu sein, bis Dana aus der Küche ruft: »Hey, Leute, kommt mal her und seht euch das an!«

Im Gänsemarsch betreten wir die Küche. Das Fenster über der Spüle klafft sperrangelweit auf, und die dünnen Vorhänge tanzen im Wind.

»Das Fenster habe ich vorhin überprüft. Es war definitiv geschlossen.« Caroline beugt sich nun über die Spüle und schließt es wieder.

»Ich sehe mich mal draußen um«, verkündet Doug.

»Vielleicht solltest du das besser nicht tun«, wende ich ein. Mir fällt ein, dass im Film Leute, die sich kurz mal draußen umschauen wollen, immer direkt der Gefahr in die Arme laufen und im nächsten Moment mit aufgeschlitzter Kehle daliegen oder mit einer Kugel im Kopf – falls sie nicht spurlos verschwinden.

»Ich komme mit!«, sagt Dana.

Genau wie im Film, zuerst geht einer, dann der Nächste. Aber Dana und Doug sind entschlossen.

»Seid vorsichtig!«, rufe ich den beiden nach.

Zurück bleiben Caroline und ich. Ich weiß, dass sie mich ansieht, aber ich ignoriere sie hartnäckig.

»Rosie?«, sagt sie schließlich.

»Was?«, fahre ich sie an.

»Es ist nichts passiert, weißt du?«

»Gut«, sage ich und wende mich zum Gehen. »Ich seh mal nach den anderen.«

Letzten Endes finden wir nichts, weder drinnen noch draußen.

»Wer immer das war, ist schon längst über alle Berge«, sagt Dana, als wir wieder nach oben gehen. »Gute Nacht, ihr zwei!«, wünscht sie uns, bevor sie in ihr Zimmer geht. »Schlaft gut!«

»Ja, gute Nacht!« Doug folgt ihr.

Nachdem sich die Tür hinter ihnen geschlossen hat, drehe ich mich zu Caroline und sage spitz: »Ich hoffe, Niall liegt jetzt brav in seinem eigenen Bett.« Dann lasse ich sie im Flur stehen und verschwinde in mein Zimmer.

Der Begriff »Honeymoon« stammt von dem uralten Hochzeitsbrauch, den Frischvermählten Honig zu schenken, um ihnen die Hochzeitsnacht zu versüßen. Als ich klein war, dachte ich, »Honeymoon« bedeutet, dass die Braut und der Bräutigam nach der Hochzeit zum Mond fliegen, wo sie von morgens bis abends Honig essen. Für mich klang das aufregend und plausibel zugleich. Womit sollte das Brautpaar sonst seine Zeit verbringen?

15

Am nächsten Morgen bin ich hundemüde. Ich habe nicht besonders viel geschlafen. Bei Tageslicht betrachtet, bin ich mir ziemlich sicher, dass der vermeintliche Eindringling geflüchtet ist und wir ihn nie wieder zu sehen bekommen werden. Aber letzte Nacht, während ich in der Dunkelheit lag, in einem seltsamen Bett in einem noch seltsameren Haus, war ich nicht so optimistisch. Ich bildete mir ständig ein, irgendwelche Geräusche zu hören. Allerdings war ich froh, nicht zu hören, dass Niall Caroline einen weiteren nächtlichen Besuch abstattete.

Auch heute behandelt er sie genauso aufmerksam wie gestern.

»Wo bleibt Mick?«, flüstert mir Dana beim Frühstück ins Ohr. »Wenn du mich fragst, je früher er kommt, desto besser. Vielleicht zieht Romeo dann endlich Leine.«

Um zehn versammelt Dana die Studenten, um die Fragebögen zu verteilen.

Um elf kommt der Bus, der die Teilnehmer nach Dublin zurückbringt.

Um halb zwölf ruft Mick an und sagt Caroline endgültig ab.

Um eins fährt ein Transporter vom Urbana-Hotel vor, der Niall eine Tasche mit Kleidung zum Wechseln und einen Picknickkorb bringt.

Um halb zwei kommt Niall herunter, frisch geduscht und legerer gekleidet als gestern, im weit aufgeknöpften Hemd und Jeans mit messerscharfen Bügelfalten.

Um ein Uhr einunddreißig flüstert Dana mir zu: »Kennt Caroline nicht die goldene Regel, die besagt: Trau keinem Mann, der Jeans mit Bügelfalten trägt?«

Um ein Uhr zweiunddreißig ruft Niall: »Hey, habt ihr Lust auf ein Picknick am Strand?«

Worauf Dana antwortet »Ja, klar« und mir zuraunt: »Die beiden lasse ich auf gar keinen Fall alleine.«

Irgendwie hat Niall es so gemanagt, dass Doug den schweren Picknickkorb schleppt, und nacheinander klettern wir den steilen Abhang hinunter zum Strand.

»Hol sie zurück!«, keucht Doug, als er unten ankommt und sieht, wie weit Caroline und Niall schon voraus sind. »Ich bin doch kein Packesel!«

»Hey, ihr zwei!«, rufe ich laut. »Kommt zurück! Wir bleiben hier!«

Niall, oder besser gesagt: derjenige, der den Picknickkorb packte, hat an alles gedacht, selbst an die Karodecke, die Niall nun ausbreitet, um das Essen darauf zu verteilen. Die Auswahl ist riesig. Ein Berg von Sandwiches mit allen möglichen Belägen: gekochter Schinken, verschiedene Käsesorten und Gürkchen, gefülltes Brathähnchen. Dazu gibt es italienische Fenchelsalami, Hähnchen-Goujons mit Zitrone und Koriander, Hackbraten und Geflügel-Sataysspieße.

»Wow!«, sage ich bei dem einladenden Anblick.

»Was ist das?«, fragt Doug, als Niall den Deckel von einem Kanister mit einer hellgrünen Flüssigkeit abschraubt.

Niall liest das handgeschriebene Etikett auf dem Deckel. »Kalte Gurken-Minz-Suppe.«

»Kalte Gurkensuppe?«, wiederholt Doug skeptisch.

»Ja, eine Gazpacho«, erläutert Niall in herablassendem Ton.

»Ach«, sagt Doug in zunehmend sicherem Ton, »und ich

dachte, unter Gazpacho versteht man eine kalte Gemüsesuppe nach andalusischer Art.«

Dana verzieht das Gesicht zu einem leichten Grinsen und sieht Doug stolz an.

Um das ganze Essen herunterzuspülen, gibt es zudem eine große Auswahl an Getränken: stilles Wasser und Mineralwasser, selbst gemachte Limonade, Rotwein, Weißwein und sogar Champagner.

»Oh mein Gott!«, sagt Caroline laut. »Das ist ja unglaublich!«

Dana schüttelt verwundert den Kopf. »Und ich dachte immer, Picknick machen heißt, sich ein paar Schnitten mit Schinken und Gouda und eine Thermoskanne Tee zu teilen, während man um die Kühlerhaube des Wagens herumsteht oder im Wagen sitzt, falls es regnet. Zumindest kenne ich das so von meiner Familie.«

»Lasst es euch schmecken«, sagt Niall.

»Ich kriege keinen Bissen mehr runter«, stöhnt Caroline und lässt sich rücklings in den Sand plumpsen.

»Schade!«, sagt Niall. »Dann muss ich wohl die Brownies, die Erdnussbutterkekse und das Bananen-Nuss-Brot wegwerfen.«

Caroline setzt sich sofort wieder auf. »Vielleicht geht ja doch noch ein klitzekleiner Happen rein.« Sie nimmt einen Keks und probiert davon. »Mhm, köstlich!«

»Tee oder Kaffee?«, erkundigt sich Niall.

»Kaffee, bitte.«

»Das war lecker, nicht?« Niall gießt den Kaffee ein. »Kompliment an das Küchenpersonal vom Urbana.«

»Das muss echt cool sein, ein Hotel zu besitzen«, bemerkt

Dana. »Man braucht nur anzurufen, und schon bekommt man alles geliefert.«

»Nun, ich besitze es nicht wirklich. Ich bin nur einer der Investoren. Aber stimmt, ein Hotel zu besitzen, hat durchaus seine Vorteile.« Niall dreht den Kopf wieder zu Caroline und klopft auf seinen Bauch. »Wenn du den Kaffee ausgetrunken hast, sollen wir dann einen Spaziergang am Strand machen und ein paar Kalorien verbrennen?«

Ich sehe Dana an, die meinen Blick erwidert und eine Augenbraue hochzieht, aber ob nun wegen Nialls Sorge um seine Figur oder wegen seiner Aufforderung an Caroline kann ich nicht sagen. Vielleicht wegen beidem.

»Nö, lieber nicht«, antwortet Caroline.

Dana steht auf. »Ich denke, wir sollten uns auf den Rückweg machen. Die zweite Gruppe wird bald eintreffen.«

Caroline steht als Nächste auf. »Komm!«, sagt sie zu Niall.

Er streckt die Hand aus. »Zieh mich hoch!«

Sie nimmt seine Hand, aber plötzlich zieht er dagegen, und Caroline landet auf ihm.

»Ups! Sorry!«, lacht er.

»Niall, lass mich sofort los!«, faucht Caroline. Sie rappelt sich hoch und streicht ihre Kleider glatt.

»Hey! Tut mir leid, Caroline.«

»Schon gut. Vergessen wir es einfach.«

Wieder bleibt der Picknickkorb irgendwie an Doug hängen. Natürlich ist er jetzt leichter, aber dennoch muss Doug sich ganz schön anstrengen, um die steile Anhöhe hochzukommen. Er selbst beschwert sich mit keinem Ton, aber Dana platzt irgendwann der Kragen.

»Caroline!«, ruft sie. »Kannst du mal kurz herkommen?«

»Ja, was ist?«

»Findest du nicht, Niall könnte Doug beim Tragen helfen?«

»Das würde er sicher tun, wenn sein Knie nicht kaputt wäre.«

Dana schnaubt verächtlich.

»Wie bitte?«

»Ich habe nichts gesagt.«

»Aber du hast geschnaubt.«

»Geschnaubt?«

»Ja, geschnaubt, wie jemand, der dem anderen zu verstehen geben möchte, dass ihm irgendwas nicht passt, aber ohne mit der Sprache herauszurücken, bis der andere fragt.«

Dana schnaubt wieder. »Ich habe keinen Schimmer, wovon du redest.«

»Dana, wenn du etwas zu sagen hast, dann spuck es aus.«

»Also schön. Mich würde interessieren, was Mick zu der ganzen Sache meint.«

»Was für eine Sache?«

»Dass Niall das ganze Wochenende hier ist.«

»Dann lass uns ihn am besten fragen. Oh, Moment mal, das geht ja gar nicht! Er ist nämlich nicht da. Ich Dummerchen! Nein, Mick ist leider nicht hier. Zuerst wollte er gestern Mittag kommen, dann heute Morgen, und schließlich hat er ganz abgesagt. Das heißt, wir können ihn gar nicht fragen, oder sehe ich das falsch?«

»Sei nicht gleich beleidigt, Caroline, ich will doch nur …«

»Dich um deine eigenen Angelegenheiten kümmern? Fein!«

»Caroline, sei nicht gleich so …«

»Dana, hör zu: Niall ist bloß ein Freund. Er weiß, dass ich eine Beziehung habe. Zwischen ihm und mir läuft nichts. Du brauchst dir also keine Sorgen zu machen, okay? Und vielleicht könntest du ein klein wenig höflicher zu ihm sein – nach allem, was er für uns getan hat.«

Heute Abend gibt es Spaghetti Bolognese, genau wie gestern, und nachdem das Essen ausgeteilt ist, steht Dana auf und hält wieder ihre Begrüßungsrede. Diesmal ist sie allerdings selbstbewusster und die Gruppe aufmerksamer.

»Hallo zusammen! Danke, dass ihr gekommen seid.« Wie am Abend zuvor zählt sie die Regeln auf: kein Alkohol, keine Drogen, kein Essen bis zum Frühstück, keine Zigaretten, kein Aufenthalt außerhalb des Grundstücks. Wieder weist sie darauf hin, dass für den Abend Brettspiele und Karten, DVDs und eine Disco zur Verfügung stehen. Dann kommt sie zu dem großen Unterschied.

»Gut. An dieser Stelle muss ich euch sagen, dass es eine kleine Änderung im Programm gibt. Bevor ihr unterschrieben habt, habe ich euch gesagt, dass ich eine Studie mache, um den Geschmackssinn zu erforschen. Tatsächlich möchte ich heute Abend die Wirkung eines Aphrodisiakums testen.« Sofort erhebt sich lautes Stimmengewirr, aber Dana fährt unbeirrt fort. »Der Grund, warum ich euch das bis jetzt verschwiegen habe, war, damit die erste Gruppe nichts erfährt. Sie ist die Kontrollgruppe und geht immer noch davon aus, dass es hier um den Geschmackssinn geht. Ich habe durchaus Verständnis, wenn der eine oder andere von euch nun abspringt, das ist euer gutes Recht. Wer jetzt aussteigen möchte, erhält natürlich trotzdem sein VIP-Ticket für das Energy Weekend.« Sie blickt in die Runde. »Möchte jemand auf die Teilnahme verzichten? Dann hebt bitte die Hand!« Wieder setzt Stimmengewirr ein, während man sich gegenseitig beratschlagt, aber niemand hebt die Hand. »Okay«, sagt Dana und lässt den Blick über die

Köpfe wandern. »Super! Ich gehe also davon aus, dass ihr alle mitmacht. Ich werde nach dem Essen neue Teilnahmeformulare verteilen, in denen ihr per Unterschrift euer Einverständnis erklärt.«

»Was passiert denn nun genau?«, fragt ein Strebertyp mit Brille und besorgtem Gesicht, der nahe am Kopfende sitzt. Wahrscheinlich sitzt er auch in den Vorlesungen immer ganz vorne und stellt Fragen mit besorgter Miene.

»Dazu komme ich gleich«, antwortet Dana. »Wenn ihr mit dem Essen fertig seid und die Formulare unterschrieben habt, bekommt ihr einen Passionsfruchtlikör. Ihr könnt davon so viel trinken, wie ihr wollt. Ich versichere euch im Namen der Fakultät, dass das Getränk völlig unschädlich ist und ausschließlich natürliche Zutaten enthält. Es wurden keine chemischen oder sonstigen Zusatzstoffe verwendet. Trotzdem«, fährt Dana mit erhobener Stimme fort, um den Geräuschpegel zu übertönen, »falls jemand Bedenken hat und aussteigen möchte, dann keine Scheu, bitte! Ihr sollt euch in keiner Weise gezwungen fühlen, an dem Experiment teilzunehmen. Ach ja, und morgen nach dem Frühstück bekommt ihr von mir einen Fragebogen zum Ausfüllen. Gibt es noch Fragen?«

»Wo bleibt der Likör?«, ruft eine Studentin, woraufhin der ganze Saal in Gelächter ausbricht.

»Den gibt es gleich nach dem Essen«, antwortet Dana.

»Was für eine Wirkung hat dieser Passionsfruchtlikör?«, fragt der Streber.

»Das wollen wir ja herausfinden!« Wieder lacht der Saal. »Aber keine Angst! Wie gesagt: Das Getränk ist absolut unschädlich und enthält keine künstlichen Zusätze.«

Nachdem die Gruppe fertig ist mit Essen, beginne ich, den Tisch abzuräumen. Einer der Studenten – ein dunkelhaariger, gut aussehender Kerl mit einem ausgeprägten Kinngrübchen, der eine schwarze Lederjacke trägt – hält mich am Arm fest.

»Machst du auch mit bei dem Experiment?«, fragt er mich mit anzüglichem Grinsen.

Ich mustere ihn genauer. Er sieht wirklich sehr gut aus – ein bisschen erinnert er an John Travolta in seiner Glanzrolle in *Grease*.

»Leider nicht.«

»Kann ich dich wirklich nicht überreden?«

Zu einer anderen Zeit an einem anderen Ort, liegt mir auf der Zunge, was ich unter den gegebenen Umständen jedoch unpassend finde als Antwort. Zudem bin ich einige Jahre älter als der Kerl. Und ich will nicht an Danas Experiment teilnehmen. Und außerdem habe ich einen Freund.

Während ich mich mit einem Stapel Geschirr auf den Weg in die Küche mache, fällt mir auf, dass die bloße Erwähnung des Wortes *Aphrodisiakum* die Atmosphäre verändert hat. Die zweite Gruppe macht nun einen noch aufgekratzteren Eindruck als die erste gestern.

Während der Abend verstreicht, wird der Unterschied zur ersten Gruppe immer deutlicher. Nur wenige Studenten interessieren sich für das Fernsehzimmer. Und gerade einmal zwei spielen Karten: der Strebertyp und eine Studentin, die genauso strebermäßig aussieht und passend bebrillt ist. Heute Abend ist die Disco der beliebteste Ort. Tanzten gestern nur ein paar Frauen, drängelt sich heute alles auf der Tanzfläche. Mir fällt auch auf, dass wesentlich mehr von dem Likör getrunken wird als gestern, und ich habe alle Hände voll zu tun, die Gläser aufzufüllen und gleichzeitig Dana zu informieren, wem ich wie viel gegeben habe. Außerdem habe ich heute jede Menge Verehrer – im Gegensatz zu gestern.

John Travolta versucht inzwischen sein Glück bei einer anderen, einer hübschen Blondine mit einem halben Dutzend Piercings in der Augenbraue. Aber dafür buhlen zwei andere Männer um meine Aufmerksamkeit, ein kräftiger Großer und ein totenblasser Dünner, der ganz in Schwarz gekleidet ist.

»Sieht so aus, als würde deine Hypothese sich bestätigen«, bemerke ich zu Dana, als wir auf dem Weg zur Küche an einem knutschenden Pärchen vorbeikommen. Wir müssen dringend für Nachschub sorgen, obwohl ich schon dreimal so viel Likör ausgeschenkt habe wie gestern.

Als der Abend sich dem Ende neigt, gibt es mehr Pärchen als Singles.

»Ist die menschliche Psyche nicht eine wunderbare Sache?«, sagt Dana. Gleich darauf bemerkt sie, dass ein Paar durch die Haustür verschwinden will. »Hey!«, ruft sie. »Alle bleiben im Haus, verstanden?«

Es ist fast zwei Uhr, als wir schließlich ins Bett gehen, mit Ausnahme von Dana und Doug. Die bleiben so lange auf, bis überall Ruhe eingekehrt ist, während Dana ihre Beobachtungen notiert.

Es ist fast drei Uhr, als ich von einem Schrei geweckt werde – vermutlich Caroline. Ich brauche eine Sekunde, um mich zu orientieren, dann strample ich mich aus meinem Schlafsack, springe aus dem Bett und stürze hinaus in den Flur.

»Caroline!« Ich klopfe an ihre Tür, die angelehnt ist. »Alles okay?«

Ohne eine Antwort abzuwarten, stoße ich die Tür weit auf und schalte das Licht an. Ich bin nicht sicher, was ich erwartet habe, aber sicher nicht das, was ich zu sehen bekomme. Caroline sitzt senkrecht in ihrem Bett, mit vor Angst weit aufgerissenen Augen, die Knie im Schlafsack bis zum Kinn hochgezogen. Aber das wirklich Überraschende ist die Gestalt, die auf allen vieren vor ihrem Bett kauert, als würde sie etwas suchen. Es ist nicht Niall und auch keiner der Studenten, soweit ich das aus diesem Blickwinkel beurteilen kann. Die Gestalt macht einen ziemlich zerlumpten Eindruck.

»Was ist hier los?«, frage ich Caroline. »Wer zum Teufel ist das?«

»Keine Ahnung. Er sagt immer nur, dass er nach einem Foto sucht, das er unter dem Bett verloren hat.«

Nun erscheinen auch Doug und Dana auf der Bildfläche.

»Was ist los?«, fragt Doug. »Wer ist das?«

Der Kerl kriecht jetzt unter dem Bett hervor und richtet sich auf. Das Erste, was mir an ihm auffällt, ist, dass er sehr klein und schmal ist. Das Zweite, was mir auffällt, ist sein Bart, der gar nicht zu seinem kindlichen Gesicht passt, und das Dritte ist, dass mir dieses Gesicht bekannt vorkommt. Es ist Seán. Ich kenne ihn von früher. Er übernachtete eine Zeit lang in einem Hauseingang gegenüber von Monicas Boutique, als ich dort gearbeitet habe.

»Seán?«, sage ich.

Er wirkt überrascht, dass ich seinen Namen kenne. Er starrt mich unsicher an, dann beginnt er zu grinsen, als er mich erkennt. An das Grinsen kann ich mich gut erinnern. Er hatte schon damals dieses niedliche Lächeln, bei dem seine Zahnlücke zu sehen ist.

»Ah, Rosie, meine Freundin! Mein Kaffee-Engel!«

»Du kennst mich also noch?«

»Na klar.«

»Du kennst ihn?«, fragt Caroline misstrauisch.

»Ja. Ich habe dir sogar von ihm erzählt. Das ist Seán, dem

ich früher immer einen Kaffee mitgebracht habe, als er noch auf der Straße schlief, direkt gegenüber von Monicas Laden.«

Alle Blicke ruhen auf Seán.

»Ja«, sagt Caroline etwas freundlicher. »Ich erinnere mich.«

Als ich noch in der Boutique beschäftigt war, besorgte ich jeden Morgen frischen Kaffee und Donuts für Fay, Monica und mich. Eines Tages hatte Monica verschlafen, und während ich draußen vor dem Laden wartete, weil ich keinen eigenen Schlüssel hatte, wurde mir bewusst, dass ich beobachtet werde. Und zwar von einem Obdachlosen, der im Hauseingang gegenüber sein Nachtlager aufgeschlagen hatte. Zunächst ignorierte ich ihn, aber dann sprach er mich an. Offenbar wusste er, dass ich öfter zu spät zur Arbeit kam. Ich stufte ihn schließlich als harmlos ein, und da ich Mitleid mit ihm hatte, gab ich ihm einen Kaffee, und wir kamen ins Gespräch. Ich weiß nicht, ob man das als Freundschaft bezeichnen kann, aber ich schloss Seán richtig ins Herz. Von da an brachte ich ihm jeden Morgen einen Kaffee und plauderte kurz mit ihm. Aber eines Tages war er verschwunden.

»Ich will keinen Ärger«, sagt Seán jetzt. »Ich wollte nur mein Bild holen. Es war in meinem Schlafsack. Der lag hier, aber nun ist er weg. Ich dachte, vielleicht ist es rausgerutscht und unter das Bett gefallen.«

Ich sehe Doug an. »Hast du ein Bild gesehen, als du hier aufgeräumt hast?«

Doug schüttelt den Kopf. »Nein.«

Seán macht einen verzweifelten Eindruck.

»Seán«, sage ich. »Vielleicht ist es ja noch hier! Komm, ich helfe dir beim Suchen.« Ich knie mich neben das Bett und spähe unter die Matratze, genau wie er.

Es ist Seán, der das Bild entdeckt, zwischen der Wand und

einem Bettfuß. »Da ist es!« Er schlängelt sich unter das Bett, streckt die Hand danach aus, bekommt es zu greifen, rutscht wieder unter dem Bett hervor und richtet sich auf.

Es ist ein Foto in einem dicken Holzrahmen. Ohne dass ich das Motiv sehe, weiß ich auch so, was darauf zu sehen ist. Seán schleppte schon damals das Bild in seinem Schlafsack herum; es war und ist wohl immer noch sein kostbarster Besitz. Ich strecke die Hand danach aus, und er gibt es mir. Ich betrachte das Porträt. Es zeigt einen sauberen Seán ohne Bart, der wie vierzehn aussieht, obwohl er damals siebzehn oder achtzehn war, als die Aufnahme gemacht wurde. Außerdem sieht man darauf seine Freundin, an deren Namen ich mich nicht mehr erinnern kann, und seine beiden kleinen Töchter.

Plötzlich kommt mir ein Name in den Sinn. Ich deute auf das ältere, dunkelhaarige Mädchen.

»Das ist Julia, nicht wahr?«

Seán lächelt und nickt, erfreut darüber, dass ich mich an den Namen seiner Tochter erinnere.

»Und wie heißt noch mal die Kleine?«, frage ich.

»Queenie.«

Er nimmt mir das Bild wieder ab und streicht über Queenies blonde Haare.

»Was machst du eigentlich hier, Seán?«, frage ich.

Er zuckt mit den Achseln. »Ich wohne hier. Aber ich will keinen Stress. Jetzt, wo ich mein Bild habe, verschwinde ich wieder.«

Bevor ich ihm weitere Fragen stellen kann, werde ich unterbrochen.

»Was ist denn hier los?«

Wir sehen alle zur Tür, wo Niall steht und uns fragend anblickt. Wahrscheinlich geben wir ein seltsames Bild ab. Caroline sitzt noch immer in ihrem Bett. Seán in seinen gammeligen Klamotten steht in der Mitte des Zimmers und hält sein Bild umklammert, während Dana, Doug und ich im Pyjama um ihn herumstehen.

»Wer ist das?«, fragt Niall, ohne seine Abscheu zu verbergen.

»Das ist Seán, ein alter Bekannter von mir«, antworte ich. Trotz der merkwürdigen Situation stelle ich fest, dass mich Nialls unverhohlenes Erstaunen freut.

»Hört zu«, sagt Seán. »Ich habe mein Bild. Ich hau wieder ab.«

»Aber das geht nicht!«, widerspreche ich. »Draußen regnet es in Strömen.«

»Rosie, warte mal k...«, beginnt Caroline.

»Wir werden Seán bei diesem Sauwetter nicht vor die Tür jagen«, sage ich mit Nachdruck. Plötzlich kommt mir ein Gedanke. »Wo hast du gestern übernachtet, Seán?«

Seán blickt verunsichert in die Runde und gesteht dann: »Draußen im Wagen.«

»In dem silbernen Mercedes?«, fragt Niall.

Seán nickt. Ich kann mir ein Grinsen nicht verkneifen.

»Du hast in meinem Wagen gepennt!«

Ich gehe sofort dazwischen. »Keine Sorge, Seán, du musst nicht mehr im Auto schlafen. Du kannst dich unten auf eine Couch legen.« Ich sehe Caroline an. »Oder? Seán wird nichts anstellen, ich kenne ihn. Ich vertraue ihm.«

Caroline zögert kurz, dann nickt sie. »Also schön, von mir aus, aber morgen früh verschwindet er wieder. Das Haus gehört meinem Bruder. Ich bin dafür verantwortlich.«

»Klar«, sagt Seán. »Kein Problem. Wenn ihr aufsteht, werde ich schon weg sein. Danke, Leute, ich weiß das echt zu schätzen. Wirklich.« Er wendet sich an Caroline. »Das ist echt nett von euch.«

Für einen Augenblick entwaffnet, sagt Caroline: »Machen wir doch gerne.« Sie schenkt ihm sogar ein Lächeln.

»Komm, Seán, lass uns nach unten gehen, um dir einen Schlafplatz herzurichten«, schlage ich vor. »Ich glaube, gestern hat einer aus der ersten Gruppe seinen Schlafsack hier vergessen. Ich schau mal nach, ob ich ihn finde.«

In der Zeit, als ich mit Seán näher Bekanntschaft machte, erfuhr ich die traurige Geschichte, wie er in die Obdachlosigkeit gerutscht war. Er erzählte sie damals in einem sehr sachlichen Ton, ohne jedes Selbstmitleid, was sie jedoch nicht weniger tragisch machte. Früher lebte er mit seiner ebenfalls minderjährigen Freundin Hilda – jetzt weiß ich wieder ihren Namen – und den beiden Töchtern in einer Mietwohnung. Während Seán sich hauptsächlich um die Kinder kümmerte, verdiente Hilda ein bisschen Geld, indem sie nachts Büros putzte. Eines Morgens, auf dem Nachhauseweg von der Arbeit, hatte sie das große Pech, ein paar Betrunkenen über den Weg zu laufen, deren Zechtour bereits am Nachmittag zuvor begonnen hatte. Sie fielen über Hilda her, raubten sie aus und schlugen sie brutal zusammen. Damals hatte Seán behauptet, dass sie wieder als eine Familie zusammenleben würden, sobald Hildas Zustand sich gebessert hätte. Und dass das Bild dann wieder an seinen alten Platz über dem Kamin kommen würde.

Aber Seáns Version wich von der Realität ab, wie ich später nach seinem Verschwinden herausfand. Nachdem ich ihn eine Weile nicht mehr gesehen hatte, begann ich, mir Sorgen zu machen, und erfuhr von zwei anderen Obdachlosen die Wahrheit: dass Hilda sich niemals von den schweren Verletzungen erholen würde und im Wachkoma lag. Dass sie für den Rest ihres Lebens ein Pflegefall sein würde. Dass die beiden Kinder bei Pflegeeltern untergebracht waren. Und dass Seán wahrscheinlich wieder in der Psychiatrie saß, wo er zuvor schon Patient war, weil er mit der Realität nicht klarkam.

Seán hat keine Ahnung, dass ich das alles weiß, und ich überlege, ob ich ihn darauf ansprechen soll. Aber dann lasse ich es sein.

Ich mustere ihn. Fühle ich mich bedroht von diesem jungen Mann, der auf der Straße lebt und traumatisiert ist? Nein, nicht im Geringsten. Ich muss daran denken, wie Seán mir damals zu Hilfe kam, als Mark mich auf der Straße belästigte. Ich vertraue Seán. Er ist einer von den Guten, auch wenn er im Leben die Arschkarte gezogen hat.

»Sag mal, Seán«, beginne ich, als er es sich auf einer Couch gemütlich macht, »wie kommt es, dass du dich hier draußen rumtreibst? Ich dachte, du wärst ein Großstadtkind.«

Er zuckt mit den Achseln. »Zu viele Drogen, zu viel Gesocks auf der Straße. Hier draußen ist es sicherer.« Rasch fügt er hinzu: »Aber ich verstehe, was deine Freundin meint. Morgen früh bin ich wieder weg. Sie braucht sich keine Sorgen zu machen.«

»Und wo willst du hin?«

Wieder ein Achselzucken. »Irgendwo findet sich immer ein Plätzchen.« Er dreht sich auf die Seite. »Gute Nacht, und nochmals danke.«

»Gute Nacht, Seán«, entgegne ich. »Es war schön, dich wiederzusehen.«

»Ja, fand ich auch.«

»Schlaf gut.« Aber ich bleibe wie angewurzelt stehen und beobachte ihn weiter, statt mich zu verziehen. »Seán«, sage ich, »kann ich dir meine Telefonnummer geben, nur für alle Fälle?«

»Okay.«

Ich gehe in die Küche, wo ich einen Stift und ein Stück Papier finde, und notiere meine Nummer darauf. Als ich wieder zu Seán zurückkehre, ist er bereits eingeschlafen, sein kostbares Porträt an die Brust gedrückt. So vorsichtig wie möglich stecke ich den Zettel in seine Brusttasche. Seán bewegt sich kurz im Schlaf, wacht aber nicht auf. Dann lösche ich das Licht und lasse ihn alleine.

*Die thessalischen Hexen mischten Tollkirschwurzel
und Wein für mächtige Liebeselixiere.
Wussten die Hexen eigentlich, dass die Tollkirsche,
ein Nachtschattengewächs, zu den giftigsten
Pflanzen in der westlichen Hemisphäre zählt?
Das meiste Gift ist – ausgerechnet –
in der Wurzel enthalten. Symptome einer Vergiftung durch
Tollkirsche sind: vergrößerte Pupillen, Herzrasen,
Halluzinationen, Sehstörungen, Verlust des
Gleichgewichtssinns, Erstickungsgefühl, Blässe und
ein roter Ausschlag, belegte Stimme, trockene Kehle,
Verstopfung, Harnverhaltung und geistige Verwirrung.
Vielleicht haben die Hexen das mit
Liebessymptomen verwechselt.*

16

Als wir am nächsten Morgen nach unten gehen, ist von Seán nichts mehr zu sehen, abgesehen vom Schlafsack, den ich ihm gegeben habe. Der liegt ordentlich zusammengefaltet auf der Couch. Ich hätte ihm sagen sollen, dass er ihn mitnehmen kann, nachdem Doug Seáns alten Schlafsack und die Klamotten im Bad weggeworfen hat.

»Ich frage mich, wo er hin ist«, murmelt Dana.

Ich zucke mit den Schultern. »Keine Ahnung. Ich wünschte, ich wüsste es.«

»Morgen allerseits!«, höre ich Niall rufen, der die Treppe herunterkommt und gleich darauf den Raum betritt. »Und, hat dieser kleine Penner Leine gezogen?«

Ich spare mir die Mühe zu antworten, genau wie Dana.

»Ich glaube, ich gehe mal die Studenten wecken«, sagt Dana.

Ich folge ihr.

Nach dem Frühstück verteilt Dana die Fragebögen.

»Okay!«, ruft sie laut. »Ich habe noch zwei übrig. Sind Geraldine McWilliams und Eoin O'Brien anwesend?« Sie sieht sich fragend um. Niemand reagiert. »Weiß jemand, ob die beiden am Frühstück teilgenommen haben?«

Die Studenten verrenken sich die Hälse und mustern sich gegenseitig. Wieder meldet sich keiner.

»Kann es sein, dass die beiden noch im Bett liegen und schlafen?«

Allgemeines zaghaftes Kopfschütteln.

»Hat jemand einen von den beiden heute Morgen schon gesehen?«

Wieder kollektives Kopfschütteln.

»Okay«, sagt Dana, die nun leicht besorgt klingt. »Wer hat neben den beiden geschlafen?«

Eine der Studentinnen meldet sich: »Ich war neben Geraldine!«

»Lag sie im Bett, als du aufgestanden bist?«

Die Studentin schüttelt den Kopf. »Nein, aber sie lag drin, als ich schlafen gegangen bin.«

Plötzlich meldet sich der Streber zu Wort, der den Eindruck erweckt, als würde er jetzt erst richtig zuhören. »Eoin O'Brien? Das ist doch der mit der schwarzen Lederjacke, oder?«

»Ja.«

Mir wird bewusst, dass von John Travolta die Rede ist.

»Ich habe mitbekommen, wie er heute Morgen ganz früh aus dem Schlafsaal geschlichen ist. Eine der Frauen kam herein, um ihn abzuholen. Ist diese Geraldine blond und hat jede Menge Augenbrauenpiercings?«

»Ja, genau, das ist sie«, antwortet einer am Tisch.

»Hast du eine Idee, wo sie hingegangen sind?«, fragt Dana den Streber.

»Ich glaube, sie wollten zum Strand.«

»Zum Strand? Bei dem Wetter?«

»Die beiden klangen ziemlich vergnügt.«

»*Vergnügt!* Du heilige Scheiße!«

Der Regen hat zwar mittlerweile nachgelassen, aber das Meer ist heute Morgen sehr unruhig, und die hohen Wellen donnern krachend an den Strand. Dieser steht zum größten Teil unter

Wasser, auch die Stelle, wo wir gestern gepicknickt haben. Als wir auf der Klippe entlanglaufen, sprüht die Gischt hoch bis in unsere Gesichter. Doug sagt etwas, aber ich kann kein Wort verstehen bei dem Tosen der Wellen und dem Sturm, der uns um die Ohren pfeift.

»Was?«, brülle ich.

»Geht nicht so dicht am Rand!«

»Meint ihr, den beiden ist was passiert?«, schreit Dana.

Ich zucke mit den Schultern und schreie zurück: »Wahrscheinlich kommen sie uns gleich Hand in Hand entgegen und wundern sich über die ganze Aufregung!«

Aber sie kommen uns nicht Hand in Hand entgegen. Nein. Leider nicht.

Caroline entdeckt sie als Erste. Ich höre sie brüllen: »Da sind sie!«

Wir sehen alle zu ihr und dann in die Richtung, in die sie hektisch zeigt, hinaus aufs offene Meer. Zwei kleine Gestalten kämpfen dort gegen die Wellen und versuchen verzweifelt, an Land zu kommen.

»Oh mein Gott!«

»Allmächtiger!«, schreit Dana.

Caroline hat bereits ihr Handy in der Hand und wählt den Notruf. Ich höre, wie sie gleich darauf in einem atemlosen Schwall die Situation schildert. Währenddessen treiben die beiden Gestalten immer weiter aufs Meer hinaus, und die Entfernung zu uns wird immer größer, genau wie zum Strand. Der Kampf gegen die Wellen scheint aussichtslos.

Caroline legt auf und brüllt: »Die Küstenwache ist informiert. Sie schicken einen Rettungshubschrauber. Der Mann in der Notrufzentrale hat gesagt, wir sollen unter keinen Umständen ins Wasser gehen. Die Brandung ist zu gefährlich.«

Aber Dana steht bereits am Klippenrand und scheint Ausschau zu halten nach einem Weg hinunter zum Strand. Da klatscht plötzlich eine riesige Welle hoch; Doug kann sie gerade noch rechtzeitig zurückziehen.

»Dana! Vorsicht! Sonst reißt dich eine Welle mit!«

Ein paar der Studenten stoßen nun zu uns.

»Oh mein Gott!«, kreischt eine junge Frau direkt hinter mir. »Wir müssen hilflos zusehen, wie sie ertrinken!«

Zwei andere Frauen umarmen sich und weinen leise.

»Der Mann in der Notrufzentrale hat gesagt, wir dürfen sie nicht aus den Augen verlieren!«, schreit Caroline.

Aber leichter gesagt als getan. Einer der beiden Köpfe – Geraldine – geht kurz unter.

»Oh Gott!«, kreischt Dana.

»Seht mal! Da ist noch jemand im Wasser!«, schreit einer der Studenten.

Wir starren alle hinunter und sehen eine dritte Gestalt, die zu den anderen beiden hinausschwimmt. Ich erkenne ihn sofort, und mich verlässt der Mut: Es ist Seán. Was für eine Chance hat er, denke ich, dieses dürre, unterernährte Kerlchen? Wir beobachten, wie er versucht den meterhohen Wellen und der starken Strömung zu trotzen. Zunächst sieht es aus, als würde er kein Stück vorankommen, aber obwohl er immer wieder abgetrieben wird, gelingt es ihm dennoch, sich näher und näher an Geraldine heranzukämpfen. Wir sehen, wie er sie dann in Schleppgriff nimmt und mit ihr zur Küste zurückschwimmt. Beide gehen kurz unter, tauchen aber gleich wieder auf. Wir laufen die Klippe entlang zu der Stelle, auf die Seán zupaddelt, das einzige Stück Strand, das noch nicht überschwemmt ist, und lassen ihn dabei keine Sekunde aus den Augen. Die beiden gehen wieder unter. Und kommen wieder hoch. Die Böschung über dem schmalen Streifen Strand ist nicht so steil. Doug, der weit voraus läuft, ist bereits auf dem Weg nach unten. Da Seán und Geraldine immer noch ein gutes Stück vom Strand entfernt sind, springt Doug ins Wasser, um die beiden zu retten.

»Kommt!«, brülle ich und steige die Böschung hinab. Dana, Caroline und ein paar der Studenten folgen mir.

Inzwischen haben die drei den Strand erreicht, und während wir noch herunterklettern, sehe ich, dass Seán zurück ins Wasser will, aber Doug hält ihn zurück. Zwischen den beiden entsteht eine kleine Rangelei, bis es Seán gelingt, sich von Doug loszureißen und sich wieder in die Fluten zu stürzen. Doug zögert keine Sekunde und springt ihm hinterher.

»Doug!«, kreischt Dana.

»Vorsicht, Dana!«, schreie ich, als sie vor lauter Hektik ausrutscht und beinahe stürzt.

Wir erreichen den Strand. Caroline läuft sofort zu Geraldine, die im Sand liegt. Sie kniet sich neben sie und beginnt mit Wiederbelebungsmaßnahmen.

»Doug!«, brüllt Dana. »Doug! Komm zurück! Er wird ertrinken!«

»Herrgott, Dana! Willst du auch noch von der Strömung ins Meer gerissen werden? Geh ein Stück zurück, hörst du!«

»Aber Doug wird ertrinken«, schreit sie hysterisch. »Sie werden alle ertrinken!«

»Sie schaffen das! Doug schafft das! Mach es nicht noch schlimmer! Keinen Schritt weiter!«

Ich halte sie fest, und sie klammert sich an mich. Wir beobachten, wie Doug und Seán Eoin erreichen und ihn ins Schlepptau nehmen, aber sie kommen kaum voran. Alles ist gegen sie. Eoin hat keine Kraft mehr. Er ist schwerer. Seine

Lederjacke zieht ihn nach unten. Die Strömung scheint noch stärker geworden zu sein. Auch Seán hat an Kraft eingebüßt. Es hat den Anschein, als würden sie den Kampf verlieren. Und sie verlieren ihn! Sie werden immer weiter aufs Meer hinausgetrieben.

»Sie werden alle ertrinken!«, schreit Dana. »Doug wird sterben!«

Ich sage nichts, denke jedoch im Grunde dasselbe. Dana versucht, sich von mir loszureißen, aber ich halte sie gut fest.

»Dana, nicht!«, brülle ich und höre plötzlich einen Hubschrauber über uns. Ich sehe zum Himmel hoch. »Siehst du? Da kommt die Küstenwache!«

»Gott sei Dank!«, heult sie.

Der Hubschrauber fliegt über uns hinweg und verharrt kurz darauf in der Luft über dem Wasser. Wir beobachten, wie ein Retter an einem Seil heruntergelassen wird, bis er die drei Männer im Wasser erreicht. Wir warten, und kurz darauf gibt er dem Piloten ein Zeichen. Wir sehen, wie Eoin aus dem Wasser gezogen wird und langsam hochsteigt, bis er in den Hubschrauber gehievt wird. Diese Übung dürfen wir zwei weitere Male verfolgen. Als Nächster wird Seán gerettet, und zuletzt Doug. Nachdem alle an Bord sind, dreht der Pilot wieder ab in Richtung Küste.

Noch im Jahr 1994 gab es in den USA Pläne für eine sogenannte Gay Bomb, *befüllt mit chemischen Aphrodisiaka. Sie soll die Gegner in sexuelle Ekstase versetzen, damit sie gegenseitig übereinander herfallen, oder militärisch ausgedrückt »eine abscheuliche, aber nichttödliche Waffe, um die Moral des Gegners zu brechen«.*
Wollen wir hoffen, dass die USA nicht irgendwann auf die Idee kommen, diesen Plan wieder aus der Mottenkiste hervorzuholen und in die Tat umzusetzen.

17

Rosie?«

»Was?«

»Du hast mir überhaupt nicht zugehört, oder?«

Ich drehe mich von der Scheibe weg und sehe Dana an, die neben mir hinten in einem Taxi sitzt.

»Tut mir leid«, sage ich. »Erzähl noch mal.«

»Ich habe dir nichts erzählt, sondern ich habe dich gefragt, ob du denkst, dass Geraldine und Eoin uns verklagen werden?«

»Hast du denn was von ihnen gehört?«

»Nein, aber es ist ja noch nicht so lange her. Ich glaube, von Eoin haben wir nichts zu befürchten, aber Geraldines Vater war stinksauer.« Ohne wahrzunehmen, dass ich in Gedanken woanders bin, redet Dana weiter. »Wenn du mich fragst, der gute Mann braucht mal jemanden zum Reden, also professionelle Hilfe, meine ich. Ich habe noch nie erlebt, dass ein Mensch so viel Wut in sich hat. Das ist ungesund. Als er uns in der Notaufnahme zusammengeschissen hat, dachte ich, wenn er so weiterbrüllt, behalten die ihn dort, weil er gleich einen Herzinfarkt bekommt. Weißt du …«

Dana redet weiter, aber ich bekomme nicht viel mit. Ich bin nervös. Vielleicht hätte ich Finn sagen sollen, dass wir heute Abend das Konzert besuchen. Aber wie denn, wo er mich doch eigentlich gar nicht dabeihaben möchte?

»Rosie!«

»Was?«, sage ich unwirsch.

»Ich habe dich gefragt, was du mit Seáns Jacke gemacht hast?«

Nachdem der Hubschrauber die drei in die Klinik geflogen hatte und Geraldine in einem Notarztwagen abtransportiert worden war, habe ich Seáns Jacke und sein Bild am Strand gefunden. Ich habe die Sachen mitgenommen, aber als wir in der Klinik ankamen, war Seán bereits weg.

»Ich habe sie aufgehoben«, antworte ich. »Ich weiß nicht, was ich damit machen soll.«

Das Konzert heute Abend wird ganz anders sein. Das letzte Mal, dass ich Finn auf der Bühne gesehen habe, war zusammen mit Mark als Sänger. Dessen Platz nun Lola einnimmt.

»Vielleicht solltest du alles in eine wasserdichte Tüte packen und wieder am Strand deponieren?«, schlägt Dana vor.

»Vielleicht. Daran habe ich auch schon gedacht – aber was, wenn ein anderer die Sachen zuerst findet?«

»Du hast recht.«

Kurz darauf halten wir vor dem *Velvet Rooms*.

»Oh, sind wir schon da?«, sagt Dana.

Das *Velvet Rooms* ist nicht sehr groß, aber dafür umso beliebter beim Publikum. Und auch heute Abend ist es gerammelt voll. Als wir den Saal betreten, ist die Bühne noch leer. Nachdem wir uns an der Bar Getränke besorgt haben, bahnt Dana sich mit einem lauten »Entschuldigung!« einen Weg durch die Menge, während ich ihr folge.

»Dana!«, rufe ich. »*Dana!*«

Aber bei dem Lärm hört sie mich nicht. Also packe ich ihren Ärmel und ziehe daran. Sie bleibt stehen und dreht sich um.

»Was ist?«, schreit sie.

Ich beuge mich dicht an ihr Ohr und brülle: »Ich will nicht so nah an die Bühne! Er soll doch nicht wissen, dass ich hier bin, jedenfalls nicht sofort!«

»Okay. Sollen wir hier bleiben?«

Ich nicke.

Es macht keinen Sinn, eine Unterhaltung zu führen, also beschränken wir uns darauf, an unseren Gläsern zu nippen und unseren Standort zu verteidigen vor dem Gedränge ringsum. Wenig später betritt ein Comedian die Bühne, der das Vorprogramm bestreitet, sofort erkennbar an seiner großspurigen, lässigen Haltung, mit der er zum Mikrofon schlendert. Er beginnt seine Show, aber ich verstehe kein Wort – sein Mund ist zu dicht am Mikrofon. Alle paar Sekunden lacht er über seine eigenen Sprüche, die er wohl für witzig hält, bis er merkt, dass nur wenige im Publikum seine Ansicht teilen. Woraufhin sein Lachen immer unsicherer klingt und er seinen Text herunterhaspelt, sodass er noch schlechter zu verstehen ist. Schließlich brüllt er mit unverhohlener Erleichterung ins Mikrofon: »So, nun ist es Zeit, Platz zu machen für die Band, wegen der ihr hier seid und die nach einer längeren Pause in neuer Besetzung auftritt. Begrüßt mit mir die äußerst talentierten Musiker von *Dove*!«

Zuerst kommen Mitch und Ashley, die Gitarristen, im Laufschritt auf die Bühne und winken der Menge zu, scheinbar begeistert über das eigene Comeback. Das Publikum scheint genauso begeistert darüber zu sein. Dem riesigen Applaus und den lauten Jubelrufen und Pfiffen nach zu urteilen, haben die alten Fans *Dove* trotz der Trennung die Treue gehalten. Die Zuschauer toben in einer Lautstärke, die ich noch nie zuvor erlebt habe.

Als Nächster betritt Finn die Bühne. In seiner obligatorischen schwarzen Samtjacke, eine Hand in seiner Jeans vergraben, schlendert er gemächlich und lässig zu seinem Schlagzeug und winkt mit der freien Hand dem kreischenden Publikum zu. Er macht einen gelassenen Eindruck, ohne überheblich zu wirken. Wenn er so nervös ist, wie ich vermute, dann verbirgt er es ziemlich gut. Oh Gott, ich liebe ihn so sehr! Am liebsten würde ich der Menge um mich herum stolz verkünden: »Das ist *mein* Freund!« Ich beobachte, wie Finn hinter seinem Schlagzeug Platz nimmt, die Arme hochstreckt und das doppelte Victory-Zeichen macht. Plötzlich beginnt irgendwo rhythmisches Stampfen, das bald den ganzen Saal erfasst, und während es immer lauter wird, begreife ich, was es zu bedeuten hat: Die Zuschauer möchten damit ausdrücken, wie sehr sie sich freuen, Finn, Mitch und Ashley wiederzuhaben, und wie sehr sie den Verlust von Mark bedauern. Ich bin froh, dass ich das miterleben darf. Hätte Dana mich nicht zu dem Konzert überredet, hätte ich diesen Moment verpasst.

Allmählich verklingt das Stampfen wieder, und eine erwartungsvolle Stille breitet sich im Saal aus. In den nächsten gefühlten fünf bis zehn Minuten passiert nichts. Aber wahrscheinlich ist nicht einmal eine Minute verstrichen, als das Publikum bereits ein wenig unruhig wird und plötzlich eine kleine Gestalt, die nur Lola sein kann, barfuß auf die Bühne rennt. Ihr Gesicht ist von der Menge abgewandt, und sie sieht stattdessen zu Finn und den anderen beiden. Sie bleibt in der Mitte der Bühne stehen, den Zuschauern den Rücken zugewandt, und gibt der Band mit einem Kopfnicken das Zeichen loszulegen. Das Konzert beginnt mit einem langsamen Stück, das ich noch nicht kenne. Lola dreht sich in Richtung Publikum, ohne den Kopf zu heben. Sie steht ganz still und beginnt schließlich zu singen, mit zarter Stimme, sodass die Zuschauer gezwungen sind, leise zu sein, um diese zierliche Person in Leggings und einem engen schwarzen T-Shirt zu hören. Erst beim Refrain blickt sie zum ersten Mal in die Menge.

Das ist also Lola. Entspricht sie dem Bild, das ich von ihr hatte? Leider ja. Schlimmer noch: Sie ist umwerfend schön, entsetzlich schön, auf eine coole, lässige Docklady-Art. Unverschämt hohe Wangenknochen, ein gefährlicher Schmollmund, stark getuschte Wimpern, eine auffällige, platinblonde Kurzhaarfrisur, die ihre schönen, feinen Gesichtszüge unterstreicht. Selbst wenn sich diese Lola keine einzige Note merken könnte, sieht sie dennoch aus wie der geborene Rockstar, vom Scheitel bis zu ihrem dezent tätowierten Knöchel und den silbern lackierten Zehnägeln. Ich suche nach etwas, irgendwas, was man an ihr kritisieren kann.

»Ich meine, was soll das mit den nackten Füßen?«, schreie ich zu Dana.

»Was?«, schreit Dana zurück.

»Warum hat die keine Schuhe an?«

Dana begnügt sich mit einem stummen Achselzucken.

»Soll das cool sein oder was?«, schreie ich weiter, obwohl ich genau weiß, dass ich das nur aus Eifersucht sage, und trotzdem kann ich mich nicht bremsen.

Und was ist mit ihrer Stimme? Ich würde ja gerne sagen, dass Lola stimmlich enttäuscht, aber dem ist nicht so. Tatsächlich hat sie eine außergewöhnliche Stimme. Sie klingt wie Engel und Teufel zugleich. In dem einen Moment leicht, klimpernd, süß und unschuldig wie ein Engel, und im nächsten wie ein kettenrauchender, schnapstrinkender, die Nacht zum Tag machender Teufel, der den Text hinrotzt.

Ich wende meine Augen von ihr ab und beobachte die Menge. Sollte manch treuer Anhänger von *Dove* Bedenken gehabt haben, weil Mark ersetzt wurde, dann hat Lola mit ihrer Schönheit, ihrem Talent und ihrer tollen Bühnenpräsenz alle Zweifel weggefegt. Sie hat das Publikum schon jetzt genau da, wo sie es haben will. Ohne Pause stimmt sie das nächste Lied an, eine ältere Ballade über eine verlorene Liebe, die Finn geschrieben hat und die früher von Mark gesungen wurde. Aber es gelingt ihr, mit einer ganz eigenen Interpretation zu überzeugen. Den Zuhörern verschlägt es geradezu den Atem, bis der letzte Takt verklingt. Dann bricht ohrenbetäubender Jubel aus, begleitet von donnerndem Applaus und Pfiffen, die gar nicht mehr aufhören. Das ist der Anfang zum Erfolg, das spüre ich.

Ich sehe, wie die Band Blicke wechselt. Ich sehe, wie Lola sich zu Finn dreht. Alle vier auf der Bühne sind überrascht von der Zuschauerreaktion. Wahrscheinlich haben sie eher mit einer gewissen Zurückhaltung gerechnet, weil die Band in neuer Formation auftritt, statt mit derart frenetischem Beifall. Mit glücklichen Gesichtern stimmen sie den nächsten Song an.

Die Begeisterung der Zuschauer hält das ganze Konzert über an und steigert sich sogar. Schließlich kommt der letzte Song. Es ist wieder ein neues Stück, das von Lola stammt, wie sie dem Publikum erzählt, und das im Saal ebenfalls bombig ankommt. Als der Applaus langsam abklingt, geht Lola zu Finn hinter seinem Schlagzeug und drückt ihm einen Kuss auf die Lippen, bevor sie ihn an der Hand nimmt, von seinem Stuhl hochzieht und nach vorne zum Bühnenrand schleift. Hand in Hand verbeugen sie sich. Ich sehe, wie sie sich anblicken, mit glücklich strahlenden Gesichtern angesichts ihres überwältigenden Erfolgs. Dann schlingt Lola die Arme um Finn und drückt ihn ganz fest. Die Menge beginnt wieder zu johlen. Immer noch Händchen haltend verbeugen sie sich wieder, genau wie Mitch und Ashley.

Nach allem, was Finn durchgemacht hat, sollte ich mich über den Beifall der Menge freuen, den er und seine Band erhalten, aber das tue ich nicht. In mir brennt nämlich ein hässlicher, zäher Klumpen Eifersucht. Plötzlich will ich nur noch weg.

»Dana!«, rufe ich. »Ich gehe!«

»Was?«, schreit Dana.

»Ich hau ab!«

Ich drehe mich um und überlasse es Dana, ob sie mir folgt oder nicht.

Sie holt mich ein, als ich auf die Straße hinaustrete.

»Bestimmt wirst du mir jetzt sagen, dass ich eine doofe, eifersüchtige Kuh bin, aber ich konnte es keine Sekunde länger ertragen, die beiden zu sehen«, erkläre ich.

Dana sagt nichts, sondern sieht mich nur mit diesem seltsamen, mitleidigen Blick an.

»Ich meine, ich weiß, dieses Küssen und Umarmen und Händchenhalten ist rein beruflich, nicht wahr? Es ist nicht so, als hätte es was zu bedeuten.«

»Wahrscheinlich nicht«, sagt sie zögernd.

»Wahrscheinlich nicht? Was soll das heißen? Sag mir nicht, dass du denkst, dahinter steckt mehr!«

»Nein«, antwortet sie und schüttelt den Kopf. »Nein, das glaube ich nicht. Aber …« Sie verstummt.

»Aber was?«

»Hör zu, ich hätte es dir schon früher sagen sollen …«

»Was denn?«

»Also gut.« Sie holt tief Luft. »Ich habe die beiden vorher schon einmal zusammen gesehen, an unserem Mädelsabend, als wir mit Caroline im Club waren. Aber damals habe ich mir nichts dabei gedacht. Finn ist einfach nicht der Typ dafür.«

»Kein Typ wofür? Was meinst du? Was haben die beiden gemacht?«

»Das ist es ja. Im Grunde haben sie nichts gemacht, aber ich weiß nicht ... Lolas Verhalten gegenüber Finn hat mich irgendwie gestört. Sie war so anhänglich, weißt du? Sie hat ständig Körperkontakt gesucht. Vielleicht ist das ja ihre Art, aber ...« Dana verstummt wieder.

Ich starre sie an. »Du meinst den Abend, an dem du früher nach Hause wolltest, weil du plötzlich Kopfschmerzen hattest? Ist das der Abend, von dem du sprichst?«

Sie nickt.

»Waren deine Kopfschmerzen echt?«

Sie schüttelt den Kopf.

»Nein. Ich wollte dich nur schützen. Ich wollte nicht, dass du die beiden siehst. Es tut mir leid, Rosie! Ich hätte mich wahrscheinlich anders verhalten sollen, aber ich habe eben spontan reagiert. Es tut mir wirklich leid! Ich hätte es dir früher sagen sollen.«

»Allerdings! Stattdessen geht das schon seit Wochen so mit den beiden, und ich weiß von nichts! Hätte ich das früher gewusst, hätte ich bestimmt weniger Verständnis dafür gezeigt, dass sie bei ihm einzieht!«

»Rosie ... Ich glaube, das geht hauptsächlich von ihr aus. Wie gesagt: Finn ist eigentlich nicht der Typ dafür.«

Ich setze mich in Bewegung. »Okay. Ich muss jetzt nach Hause und in Ruhe nachdenken.«

Dana läuft mir nach und hält mich am Arm fest. »Du gehst nirgendwohin! Wir bleiben hier und warten auf die Band.

Und wir gehen mit zur Aftershowparty, wo auch immer die stattfindet.«

»Nein!« Ich versuche, mich von ihr loszureißen. »Das kann ich nicht!«

»Doch, das kannst du! Und du *musst*! Du hast recht, ich hätte es dir von Anfang an sagen sollen. Aber jetzt, wo du weißt, mit wem du es zu tun hast, musst du Präsenz zeigen. Lola muss dich und Finn zusammen sehen.«

»Oh nein, Dana!«

»Rosie, reiß dich zusammen! Du warst noch mit keinem Mann so glücklich wie mit Finn. Wir wissen nicht, ob zwischen den beiden was läuft. Aber du hast selbst gesehen, dass sie es darauf anlegt. Sie wird alles tun, um ihn zu erobern. Willst du dich freiwillig ins Abseits stellen? Willst du tatenlos zusehen?«

»Nein, wohl kaum.«

»Gut! Dann bleiben wir hier und warten, bis sie rauskommen. Okay?«

Nach scheinbar einer halben Ewigkeit lichtet sich der herausströmende Menschenpulk allmählich. Etwas später hören wir Lola, bevor wir sie sehen – ihr melodisches, mädchenhaftes, ansteckendes Lachen, das in meinen Ohren klingt wie Fingernägel, die über eine Tafel kratzen. Als sie schließlich herauskommen, fällt mir als Erstes auf, dass Lola sich bei Finn eingehakt hat.

Finn entdeckt mich sofort und schenkt mir trotz meiner Befürchtungen ein strahlendes Lächeln. »Rosie! Hi!« Ich freue mich, dass er sich freut, mich zu sehen, und noch mehr freut es mich, dass er sich jetzt von Lola löst, zu mir kommt und mich küsst, warm und sanft. Dann sieht er mich an.

»Was machst du denn hier?«, fragt er lachend.

Ich lache auch. »Dana und ich dachten, wir sehen uns euren

Auftritt an. Ich weiß, du hast gesagt, du willst mich nicht dabeihaben. Also bin ich hingegangen, ohne dir was zu sagen.«

»Du hast das Konzert gesehen?«

»Ja. Du bist doch nicht sauer, oder?«

Er schüttelt den Kopf. »Das ganze Nervenflattern war völlig überflüssig. War die Stimmung nicht unglaublich? Was für ein Publikum! Die haben uns richtig gefeiert. Oder besser gesagt: Lola!«

»Hey, das war Teamarbeit«, sagt Lola bescheiden, mit falscher Bescheidenheit, nehme ich an. »Der Applaus galt uns allen.« Sie kommt einen Schritt auf mich zu. »Hi, ich bin Lola.« Sie streckt mir die Hand entgegen.

Da ich keine andere Wahl habe, wenn ich nicht unhöflich wirken möchte, gebe ich ihr die Hand. »Ich bin Rosie.«

»Finns Freundin«, fügt Dana hinzu, unnötigerweise, wie ich finde, aber trotzdem freut es mich. »Und ich bin Dana, Rosies Freundin.«

Finn lacht. »Das habe ich ganz vergessen! Ihr kennt euch ja noch gar nicht.«

»Nein«, antworten Lola und ich gleichzeitig, während wir uns gegenseitig taxieren.

In diesem Moment stoßen Mitch und Ashley zu uns.

»Hallo, Rosie! Lange nicht gesehen!«, ruft Ashley. »Du siehst verdammt gut aus.«

»Du auch, Ash.«

»Hey, Rosie! Schön, dich wieder mal zu sehen«, stimmt Mitch fröhlich ein. »Hast du unseren Supergig gesehen?«

Ich nicke und stelle fest, dass mir die Worte fehlen. Plötzlich werde ich ein wenig sentimental. Ich kann Mitch und Ashley gut leiden. Ich war immer gern in ihrer Gesellschaft, bevor die Band sich aufgelöst hat.

»Hallo, Jungs!«, bringe ich schließlich heraus. »Ihr wart einsame Spitze heute Abend! Das Publikum ist völlig ausgeflippt!«

»Ja, das war der Hammer, nicht?«, freut sich Mitch. »Hört mal, wir wollen auf unser Comeback anstoßen. Kommt ihr mit?«

»Klar kommen wir mit«, antwortet Dana.

»Ich war anfangs so nervös. Ich habe gedacht, die pfeifen mich bestimmt sofort aus.« Seit wir uns hingesetzt haben, redet Lola in einem fort über ihren glorreichen Triumph. »Ich meine, schließlich hatte Mark viele Fans. Darum hatte ich Angst, das Publikum akzeptiert mich nicht. Ich dachte, wenn ich es überrasche, wenn ich mir die Begrüßungsansage spare und direkt zu singen beginne, dann habe ich vielleicht eine Chance, es für mich zu gewinnen. Aber ich hätte mir nie träumen lassen, dass es so gut läuft! Das war der helle Wahnsinn, meinst du nicht auch, Finn?«

Finn nickt und lächelt sie glücklich an. »Du warst fantastisch!«

»Fantastisch! Ja! Das waren wir alle!« Sie springt von ihrem Stuhl auf. »Okay, ich muss mal kurz auf die Toilette. Bin gleich wieder da.«

»Ist Lola Love eigentlich ihr richtiger Name?«, fragt Dana, nachdem sie weg ist. »Hört sich wie ein Künstlername an.«

»Na ja, also ihre Eltern heißen nicht Mr. und Mrs. Love«, antwortet Mitch. »Und ich glaube auch nicht, dass Lola ihr Taufname ist.«

Ashley ergänzt: »Heißt sie nicht Charlotte Louisa Cunningham oder so? Weißt du das, Finn? Du kennst sie doch am längsten.«

»Charlotte Louisa Olivia Clara Cunningham, um genau zu sein«, antwortet Finn.

»Mann, länger geht wohl nicht!«, sagt Ashley. »Ich finde, ›Lola‹ passt ganz gut zu ihr.«

Ich überlege kurz, ob ich Finn fragen soll, wie mein zweiter Vorname lautet (ich kann leider nicht mit drei oder vier dienen), aber lasse es sein. Ich möchte mir die Demütigung ersparen, falls er ihn vergessen hat.

Kurz darauf kehrt Lola zurück.

»Ich hoffe, ihr habt während meiner Abwesenheit nicht über mich gelästert.«

»Ich wollte wissen, ob Lola Love dein richtiger Name ist«, erklärt Dana. »Wie bist du darauf gekommen?«

»Das ist eine Hommage an die Kinks und indirekt auch an meinen Vater. Ich bin mit der Musik von den Kinks aufgewachsen. Dad ist ein großer Fan, und mich haben sie auch stark beeinflusst, musikalisch betrachtet. Du kennst doch bestimmt den Song *Lola*?«

Dana blickt ratlos, aber ich kenne das Lied. Der Text handelt von einem jungen Mann, der in einem Club eine Lola kennenlernt. Mir fallen ein paar Songzeilen ein: *»Girls will be boys and boys will be girls, it's a mixed-up, muddled-up, shook-up world.«*

Gleich darauf kommt mir ein Gedanke. »Aber stellt sich am Ende des Songs nicht heraus, dass Lola ein Mann ist?«, frage ich.

Lola lacht. »Ich weiß, ich weiß, aber trotzdem hat mein Vater mich immer Lola genannt. Seine liebe Lola. Wahrscheinlich gefällt ihm der Name.«

»Okay, Leute, kleines Quiz: Wie hieß der erste Hit von den Kinks?«, fragt Ashley unvermittelt.

»*All Day and all of the Night?*«, rät Mitch.

»Leider falsch! Das war erst der zweite Hit. Einen Versuch habt ihr noch.«

»*You Really Got Me*?«, ruft Lola.

»Richtig! Zehn Punkte für die liebe Lola!«

»Okay«, sagt Mitch. »Ich hab auch was für euch! Welche berühmte Band hat in den späten Achtzigern *All Day and all of the Night* gecovert?«

»Die Stranglers!«, ruft Lola.

»Wieder zehn Punkte für die bezaubernde Lady!«

»Na komm«, sagt Lola. »Denk dir mal was Schwierigeres aus.«

»Also gut.« Mitch überlegt kurz. »Wie nannten sich die Stranglers ursprünglich?«

»Ah …« Lola kneift die Augen zusammen und überlegt angestrengt. »Den Namen habe ich schon mal gehört. Ich weiß es. Er liegt mir auf der Zunge.«

Mitch beschließt, einen Hinweis zu geben. »Es ist der Name von einem Ort in England, der eng mit der Bandgeschichte verbunden ist.«

»Guildford!«, ruft Lola. »Die Guildford Stranglers. Dort kommen sie ursprünglich her, nicht wahr?«

»Absolut korrekt, Lola.«

»Komm, Mitch, das war immer noch viel zu einfach«, drängt Lola wieder. »Denk dir mal was richtig Schweres aus.«

Dana langweilt sich offensichtlich genauso wie ich. Als sie sich unbeobachtet wähnt, sieht sie mich an und gähnt übertrieben, aber Lola bekommt es mit.

»Hey, die beiden Mädels langweilen sich. Findet eben nicht jeder Rock'n'Roll so spannend wie wir.« Sie sieht mich an.

»Finn hat mir erzählt, ihr wollt ein Geschäft aufmachen. Mit Liebeselixieren oder so ähnlich?«

»Ja«, sage ich abweisend. »Mit Liebeselixieren.«

Offenbar habe ich jedoch keinen Grund, abweisend zu sein.

»Das klingt ja toll«, schwärmt Lola. »Ich interessiere mich sehr für solche Dinge. Ich finde nämlich, wir verlieren immer mehr den Bezug zur Natur.«

»Ja?«

»Ja. Ich meine, warum heißt alternative Medizin alternative Medizin? Da schwingt doch unterschwellig mit, dass es keine richtige Medizin ist, wenn du verstehst, was ich meine. Ich denke, wir verlieren allmählich das Wissen von unseren Vorfahren, gerade was Pflanzenkunde betrifft. Weißt du, ich habe eine Nichte und einen Neffen, die waren noch kein einziges Mal Brombeeren sammeln. Ist das zu fassen?«

Ich zucke mit den Achseln. »Nun ja, ich denke, das ist ...«

»Die beiden haben noch nie«, fällt sie mir ins Wort, »wirklich noch nie so etwas Einfaches gemacht wie zum Beispiel Beeren gepflückt. Stattdessen verbringen sie ihre gesamte Freizeit vor dem Computer. Das kann doch nicht richtig sein.«

Mag sein, dass Lola nicht Unrecht hat, aber ihre selbstgerechte Art geht mir langsam auf den Wecker, genau wie alles andere an ihr, wenn ich ehrlich bin. »Vielleicht sind sie ja glücklich mit ihrem Computer«, höre ich mich plötzlich sagen.

»Aber nur, weil sie es nicht anders kennen.«

»Das muss nicht so sein. Es gibt eben Kinder, die nicht so gerne rausgehen. Meine Schwester Sarah zum Beispiel hat früher lieber in ihren Büchern geschmökert, als draußen zu spielen.«

»Ohne deine Eltern beleidigen zu wollen, aber vielleicht

war das ein Fehler. Man muss Kinder nur richtig für eine Sache begeistern.«

»Erlaube mal!«

»Du interessierst dich also für unseren Laden, Lola?«, unterbricht Dana, um schnell wieder Frieden zu stiften. »Der offizielle Verkauf beginnt ab Montag nächste Woche, aber die Eröffnungsfeier ist schon am Samstag. Hast du Lust zu kommen? Du bist herzlich eingeladen. Finn wird auch da sein, oder, Finn?«

»Ja, klar«, antwortet Finn.

»Dann nehme ich die Einladung gerne an.«

»Super!«, sage ich und nehme mir insgeheim vor, Dana auf dem Nachhauseweg zu erwürgen.

Aber keiner in der Runde macht Anstalten, sich auf den Nachhauseweg zu begeben, und nach Zapfenstreich finden wir uns vor dem Pub auf der Straße wieder.

»Lasst uns in einen Club gehen«, schlägt Lola vor.

»Ja, warum nicht?«, sagt Ashley zustimmend. »Es ist noch viel zu früh, um nach Hause zu gehen. Besonders an so einem Abend.«

»Ich bin dabei«, sagt Finn. »Was meinst du, Rosie?«

Ich zögere mit der Antwort. Ich sehe in die Gesichter. Alle scheinen von Lolas Vorschlag angetan zu sein, selbst Dana. Aber ich habe genug von Lola. Allerdings möchte ich bei Finn bleiben, aber dann muss ich mich wohl den anderen anschließen und dahin, wo sie hingehen.

Ich zucke mit den Achseln. »Von mir aus …«, sage ich lustlos.

Finn scheint meine mangelnde Begeisterung zu spüren, denn er zieht mich jetzt eng an sich und flüstert mir ins Ohr: »Wir können auch nach Hause gehen.«

Ich lächle und flüstere zurück: »Zu dir oder zu mir?«

»Wie wäre es bei dir?«

»Hey, ihr zwei Turteltäubchen«, ruft Ashley lachend. »Kommt ihr jetzt?«

»Nun …«, beginnt Finn.

»Natürlich kommt er mit!«, lacht Lola.

»Ich glaube, wir verzichten.«

Ich muss zugeben, dass mir die offenkundige Enttäuschung in Lolas Gesicht mehr als nur ein wenig Genugtuung bereitet. Runde eins geht an mich.

»Dana, ist es okay, wenn ich nicht mitkomme?«, frage ich.

Dana grinst. »Wir sehen uns morgen. Viel Spaß.«

»Den werden wir haben«, lächelt Finn.

»Nun mag der Himmel Kartoffeln regnen.«
Falstaffs Wunsch in Die lustigen Weiber von Windsor *beruht auf seinem Glauben, dass die Kartoffel ein Potenzmittel ist. Als die Kartoffel nach Europa gebracht wurde, begegnete man ihr mit Misstrauen und Vorurteilen, weil sie als dreckig, unheilig und primitiv verschrien war. Doch mit der Zeit wuchs ihre Beliebtheit stetig, nicht zuletzt dank des Glaubens an ihre aphrodisierenden Eigenschaften. In der Naturheilkunde herrschte lange die Überzeugung, dass die Kartoffel ein Wundermittel ist, mit dem man alles heilen kann, von Durchfall bis zu Tuberkulose.*

18

Am nächsten Morgen stehe ich widerwillig früh auf und lasse Finn weiterschlafen, um mit Dana den Bus in die Stadt zu nehmen, damit wir pünktlich um neun im Laden sind, wie Caroline uns befohlen hat. Als wir eintreffen, steht sie bereits in der Tür und dirigiert zwei Männer, die unter dem Gewicht eines riesigen Kartons ächzen.

»Vorsicht, ja, das passt. Okay, stellen Sie ihn dort drüben ab.« Sie deutet auf den Boden vor der Verkaufstheke.

»Da kommen noch mal zwanzig«, sagt einer der Männer.

»Gut, stellen Sie sie einfach daneben.«

»Was ist da drin?«, fragt Dana.

Statt einer Antwort schlitzt Caroline den zugeklebten Karton mit einem Messer auf, greift hinein, nimmt ein weißes Papierknäuel heraus und faltet es auseinander. Zum Vorschein kommt ein zierliches, wunderschön geformtes, achteckiges Fläschchen mit einem kugelförmigen Deckel aus Glas.

Ich nehme es ihr aus der Hand. »Das sieht sehr edel aus.«

»Nicht wahr?«, sagt Caroline. »Das war eine gute Wahl, Dana.«

Dana nickt. »Ich habe mich für die klassischste Form entschieden.«

Caroline packt ein paar weitere Miniflakons aus und stellt sie in das Glasregal im Schaufenster. Durch dic Ampullen wirkt alles plötzlich viel realer. Ich bekomme allmählich eine klare Vorstellung von unserem Verkaufsprodukt. Ich denke an die Elixiere, die ich zusammengestellt habe, besonders an die, die eine kräftige Farbe haben. Und zum ersten Mal kann ich mir vorstellen, dass die Sache funktioniert. Ich kann mir vorstellen, dass Kunden die Produkte kaufen, die ich fabriziert habe.

»Natürlich sind die Flakons teurer als der Inhalt selbst«, erklärt Caroline, während sie einen davon in ihrer Hand bewundert. »Aber die Verpackung ist nun mal das A und O.« Sie stellt den Flakon auf die Verkaufstheke. »Kommt mal mit! Hinten wartet noch eine Überraschung.«

Wir folgen ihr.

»Oh mein Gott!«, staune ich. »Seit wann ist denn die Küche fertig?«

»Seit gestern. Doug muss nur noch ein paar Stellen ausbessern. Er hat gesagt, das will er morgen machen.«

Bewundernd blicke ich mich in dem ehemaligen Lagerraum um. An der einen Wand stehen ein Herd, ein Kühlschrank und eine Spüle, alles nagelneu. An der gegenüberliegenden Wand erstreckt sich ein Regal, vor dem eine großzügige Büroecke eingerichtet ist.

»Und, was meint ihr?«, fragt Caroline.

»Super!«

»Wir sind jetzt vollständig eingerichtet. Fehlen nur noch die ganzen Zutaten, die du bestellt hast, Rosie. Ich habe gestern bei der Firma angerufen – die Sachen werden wohl heute Vormittag angeliefert. Ach ja, die Etiketten, die Dana bestellt hat, müssten auch fertig sein, genau wie die Tüten mit unserem Logo. Ich gehe nachher in die Druckerei und hole die Sachen ab, dann kann ich auch gleich Seidenpapier besorgen. Ich dachte, wir nehmen auch wieder rosa und rot. Gut, los, helft mir beim Auspacken!«

Gegen Mittag kommt der nächste Lieferwagen. Diesmal sind es die Zutaten, die wir im Internet bestellt haben. Caroline ist unterwegs, um die Etiketten und Tüten abzuholen, also dirigiere ich die Männer mit den Kartons in die Küche. Als sie wieder weg sind, beginne ich auszupacken und die Sachen sinnvoll in der Küche zu verstauen. Ich freue mich schon darauf, in dieser neuen kleinen Küche zu kochen, und ich beeile mich mit dem Einräumen, um möglichst schnell loslegen zu können.

Eine Stunde später gehen wir zu dritt raus in die Mittagspause. Als wir zurückkommen, beginnen wir mit der Zubereitung der Elixiere. Caroline hat vielleicht das Sagen bei diesem Projekt, aber die Küche ist mein Hoheitsgebiet. Es sind meine Rezepte. Ich spüre unwillkürlich Stolz. Wir reden nicht viel, im Hintergrund läuft die Talkshow von Rick Montague im Radio. Die anderen beiden schnippeln, ich stehe am Herd. Dana summt bei der Arbeit. Mir wird bewusst, dass ich glücklich bin, richtig glücklich. Aus einem spontanen Impuls heraus lasse ich für einen Moment alles stehen und liegen und gehe zu meiner Handtasche, die an der Tür hängt, um mein Fotohandy herauszuholen. Als ich es in die Hand nehme, sehe ich, dass ich eine Nachricht von Finn erhalten habe.

Warum bist du nicht einfach liegen geblieben? Vermisse dich jetzt schon. Liebe dich unheimlich.

Ich simse zurück:

Liebe dich auch.

Dann halte ich das Handy hoch.

»Bitte lächeln!«, sage ich.

Beide sehen von ihrer Arbeit auf. In ihren blau-weiß gestreiften Schürzen, die Caroline uns besorgt hat, nehmen sie sich in den Arm und warten mit strahlendem Lächeln, dass ich auf den Auslöser drücke.

Plötzlich ruft Dana: »Moment! Du musst auch auf das Foto, Rosie.«

»Du hast recht.« Ich gehe zu den beiden hinüber, stelle mich neben Dana, lege den Arm um ihre Schulter und halte den anderen mit dem Handy ausgestreckt vor uns.

»Sagt cheese!«

Beide sagen laut: »Cheese!«

Gleich darauf sehen wir uns das Ergebnis an.

»Oh nein! Ich hab voll den Silberblick!«, jammert Dana.

»Ach was«, wischt Caroline ihre Bedenken beiseite. »Du siehst toll aus! Wir sind alle gut getroffen.«

Und das stimmt. Wir wirken so jung und motiviert. Und glücklich. Ich muss an Monica denken. Bestimmt hat sie dieselben Emotionen durchlebt, als sie damals die Boutique einrichtete. Ich denke, das ist ein ganz besonderer Augenblick für uns drei.

»Wisst ihr was? Ich werde das Foto ausdrucken und hier aufhängen.«

»Bitte nicht«, jammert Dana wieder. »Ich sehe echt scheiße aus!«

»Das bildest du dir ein, Süße. Wir sind wie die drei Musketiere. Wie lautet deren Motto?«

Unisono rezitieren wir: »Alle für einen und einer für alle!«

»Wenn uns jemand hört, denkt er bestimmt, wir haben einen Knall!«, ruft Caroline lachend.

Den restlichen Nachmittag arbeiten wir fleißig weiter.

»Habt ihr gewusst«, unterbreche ich die Stille, weil mir plötzlich etwas einfällt, was ich gelesen habe, »dass die Kartoffel früher als Aphrodisiakum galt?«

»Nein!« Dana ist verblüfft. »Ausgerechnet die gemeine Knolle. Das soll wohl ein Scherz sein!«

»Im sechzehnten Jahrhundert waren Kartoffeln nicht so alltäglich wie heute. Sie waren gerade erst in Europa eingeführt worden und galten als exotische Delikatesse, was sie sehr teuer machte. Erst als die Kartoffel große Verbreitung fand, verlor sie ihren besonderen Status.«

»Hast du geeignete Rezepte gefunden?«, erkundigt sich Caroline.

Ich schüttle den Kopf. »Nein.«

»Vielleicht solltest du mal selber ein bisschen herumexperimentieren«, schlägt sie dann vor. »Kartoffeln sind nämlich preiswert. Umso höher wäre unser Gewinn. Ich hab's! Wir könnten das Ergebnis als irische Spezialität vermarkten. Im Sommer wimmelt es in der Stadt von Touristen, die werden sich um so ein Souvenir prügeln! Besonders Amerikaner sind doch wild auf so etwas. Und denkt mal an die ganzen spanischen Austauschstudenten!«

»Meinst du nicht, dass spanische Austauschstudenten auch so schon heißblütig genug sind?«, flachst Dana lachend.

»Das werden wir ja sehen!«, entgegnet Caroline und lacht ebenfalls. »Wir nehmen das Geld, von wem wir es kriegen.«

Dana lacht wieder. »Das könnte dein persönliches Motto sein: Ich nehme das Geld, von wem ich es kriege!«

Caroline zuckt mit den Achseln, ist aber nicht beleidigt.

»Übrigens«, wechselt Dana das Thema. »Wo warst du gestern Nachmittag?«

»Gestern Nachmittag?« Caroline tut so, als müsste sie überlegen. »Nirgends.«

»Lüg nicht. Shane hat gesehen, dass du deinen Wagen mit

Lebensmitteln vollgepackt hast und dann weggefahren bist, ohne dich zu verabschieden.«

»Shane hat mir nicht hinterherzuschnüffeln.«

»Wo warst du denn? Komm schon, warum machst du so ein Geheimnis daraus?«

Caroline schweigt für einen Moment, als würde sie überlegen, was sie antworten soll.

»Also?« Dana sieht sie erwartungsvoll an.

»Also gut. Ich bin zur Jugendherberge gefahren, um Seán ein paar Sachen zu bringen.«

»Seán!« Ich sehe sie überrascht an. Damit habe ich bestimmt nicht gerechnet.

»Ja.«

»Aber er war nicht da, oder? Schließlich hast du ihm Hausverbot erteilt.«

»Nein, er war nicht da. Aber ... ich weiß auch nicht ... falls er sich in der Nähe herumtreibt, kann ich ihm ein wenig helfen. Selbst wenn es nur eine Kleinigkeit ist.«

»Das sind ja ganz neue Töne!«, schmunzele ich.

»Ja! Seit wann besitzt du denn so ein weiches Herz?«, fragt Dana lachend.

Caroline zuckt wieder mit den Achseln, dann legt sie lächelnd den Zeigefinger auf die Lippen. »Aber sagt es bitte niemandem. Ich möchte nicht meinen Ruf verlieren.«

»Wisst ihr«, sage ich, »ich würde wirklich gerne wissen, wo Seán sich jetzt herumtreibt. Ich habe immer noch seine Jacke und das Bild. Das würde ich ihm gerne zurückgeben.«

»Vielleicht solltest du mal bei den Notunterkünften anrufen.«

»Das habe ich schon getan, aber bisher ohne Erfolg. Ich werde es eben weiter versuchen.«

Kurz darauf klingelt Carolines Handy. Sie sieht auf das Display.

»Gehst du nicht dran?«, frage ich.

Sie zuckt mit den Achseln. »Nö.«

»Wer ist es?«

»Niall.«

»Und warum willst du nicht drangehen?«

Wieder ein Achselzucken. »Ich kann jetzt keine Ablenkung gebrauchen. Der Mann findet am Telefon kein Ende.«

Zehn Minuten später klingelt Carolines Handy wieder. »Das darf doch wohl nicht wahr sein!«, schimpft sie. Sie nimmt es wieder in die Hand, und während sie den Namen im Display liest, verschwindet ihr Stirnrunzeln.

»Das ist mein Bruder«, sagt sie und meldet sich. »Hey, Donald!« Sie lauscht in den Hörer. »Ja. Ja. Was? Jetzt? Super! Klar, kein Problem. Okay, bis in einer halben Stunde.« Sie legt auf und sieht uns grinsend an. »Lasst uns hier Schluss machen. Wir müssen noch was abholen.«

»Was denn?«, fragen wir beide gleichzeitig.

Caroline tippt an ihre Nase. »Das werdet ihr schon sehen. Kommt einfach mit.«

Als wir Carolines Wagen erreichen, der um die Ecke in einem Parkhaus steht, wirft sie mir den Schlüssel zu. »Kannst du fahren? Ich muss ein paar Leuten simsen.«

»Klar.«

Ich nehme hinter dem Steuer Platz, während Caroline neben mir einsteigt und Dana hinten.

»Und, wo fahren wir hin?«, frage ich, als wir das Parkhaus verlassen.

»Bieg einfach da vorne links ab.«

»Willst du mir nicht sagen, wo ich hinfahren soll?«

»Du wirst es früh genug erfahren.« Sie sieht nicht einmal von ihrem Handy auf.

»Warum rückst du nicht einfach mit der Sprache heraus?«, frage ich. »Wenn ich das Ziel nicht kenne, wie soll ich uns dann dort hinbringen?«

»Ja, also gut, halte dich in Richtung Stillorgan Dual Carriageway.«

»Und dann?«

»Dann gebe ich dir wieder Bescheid.«

Ich stoße einen verdrossenen Seufzer aus.

Zwanzig Minuten später erreichen wir die Nationalstraße.

»Und jetzt?«, frage ich.

»Jetzt fahren wir erst einmal ein Stück.«

Also fahre ich ein Stück.

»Und jetzt?«

»Immer weiter geradeaus.«

Also fahre ich immer weiter geradeaus.

»Da an der Ampel musst du links abbiegen«, sagt Caroline plötzlich.

»Was, hier?«

»Schnell, wechsel die Spur!«

»Caroline, Herrgott noch mal! Wie soll ich das machen? Du hättest mir früher Bescheid sagen sollen.«

»Los! Schnell! Jetzt!«

Irgendwie gelingt es mir, auf die Linksabbiegespur zu wechseln und die Kurve zu nehmen, ohne dass etwas passiert.

»Und jetzt?«

»Einfach geradeaus.«

Wir fahren ungefähr fünf Minuten geradeaus, als Caroline sagt: »Da vorne musst du anhalten.«

»Hier?«, frage ich. Wir halten vor einem Autohaus. »Gehört das deinem Bruder?«

»Ja, genau.«

Ich finde einen freien Parkplatz.

»Ihr wartet hier«, sagt Caroline und steigt aus.

Wir bleiben gehorsam sitzen.

»Was meinst du? Was hat sie nun schon wieder vor?«, fragt Dana hinter mir.

Ich zucke mit den Achseln. »Das weiß nur der liebe Gott.«

»Glaubst du, es hat was mit dem Laden zu tun?«

Ich zucke wieder mit den Achseln. »Keine Ahnung. Wahrscheinlich ja. Warum hätte sie uns sonst hierhergeschleift? Aber was genau sie plant, ist mir ein Rätsel.«

Schweigen kehrt ein.

»Caroline kniet sich ziemlich in das Projekt rein, nicht wahr?«, bemerkt Dana plötzlich.

»Ja, sie gibt alles.«

»Ja, hundert Prozent.«

Wieder entsteht ein kurzes Schweigen.

»Rosie?«

»Ja?«

»Hast du Schiss, dass es nicht klappen könnte?«

Ich überlege kurz, bevor ich antworte. »Anfangs schon ein wenig, aber jetzt nicht mehr. Der Laden hat eine 1a-Lage und ist wirklich richtig schick geworden. Wir haben eine gute Auswahl an Produkten, die uns in der Herstellung so wenig kosten, dass die Gewinnspanne beträchtlich ist.« Nach kurzer Überlegung füge ich hinzu: »Ich glaube, unser Konzept geht auf.«

»Ja, ich auch.«

»Da kommt sie«, sage ich, als Caroline zurückkehrt.

Sie steigt wieder ein.

»Wofür sind die?« Ich habe die Schlüssel in ihrer Hand bemerkt.

»Das werdet ihr gleich sehen! Okay, fahr bitte um das Gebäude herum auf die Rückseite.«

Ich gehorche, und gleich darauf sehe ich sie: drei pinkfarbene Mini Cooper, jeder davon seitlich beschriftet mit *MAGIC TO GO* und darunter, etwas kleiner, die Geschäftsadresse und Telefonnummer.

»Oh mein Gott, Caroline! Das ist ja abgefahren!«

Ich halte an, und wir steigen aus.

Die Motorhaube der Minis ziert ein großes rotes Herz. Ich gehe um einen der Wagen herum. Die andere Seite ist ebenfalls mit *MAGIC TO GO* beschriftet, und auf dem Heck stehen der Name und die Adresse von Donalds Autolackiererei.

Caroline erklärt: »Donald stellt uns die Minis einen Monat lang zur Verfügung. Wir benutzen ab sofort für jeden Weg nur noch unsere Firmenwagen. Damit werden wir in der Stadt sicher Aufsehen erregen. Das gibt gute Mundpropaganda.«

»Caroline, du bist ein Genie!«, sage ich und umarme sie. »Weißt du, ich wollte immer einen Mini haben! Ich dachte zwar an einen knallroten, aber hey, pink ist auch okay.« Ich bemerke, dass Danas Begeisterung sich in Grenzen hält. »Dana, gefallen sie dir nicht?«

»Doch, sicher, ja.«

»Prima!«, sagt Caroline.

»Caroline, du glaubst doch nicht im Ernst, dass ich damit zur Uni fahre. Was sollen die anderen von mir denken?«

»Komm schon, Dana, wo ist das Problem?«, sagt Caroline.

»Wo das Problem ist? Da fragst du noch? Mit so einem

Auto bin ich bei meinen Professoren unten durch. Und mein Forschungsprojekt auch.«

»Du musst ja nicht direkt vor dem Gebäude parken. Benutz den großen Studentenparkplatz.«

Dana macht immer noch keinen glücklichen Eindruck, aber Caroline redet bereits weiter.

»Donald ist gerade in einer geschäftlichen Besprechung. Er bringt mir später mein Auto, und danach fahre ich ihn wieder zurück. Hier, fangt!«

Sie wirft uns jeweils einen Schlüssel zu. Ich fange ihn auf und versuche es direkt bei der nächsten Fahrertür. Er passt, und ich steige ein. Caroline kommt zu mir.

»Gut!«, grinst sie. »Und jetzt bilden wir einen Autokorso, damit wir auch schön auffallen. Ich fahre voraus!«

Als wir auf der Nationalstraße im zäh fließenden Verkehr vorwärtsrollen, bemerke ich, dass jeder zu uns herüberstarrt. Ein komisches Gefühl. Wir erregen ohne Zweifel Aufmerksamkeit. Trotz oder vielleicht gerade wegen des Staus gelingt es uns, zusammenzubleiben. Als wir an einer Ampel halten, sehe ich, dass jemand aus dem Fahrzeug daneben zu Caroline hinübergestikuliert, die direkt vor mir ist. Sie lässt die Scheibe herunter, und ich sehe, dass sie etwas zurückruft. Offenbar hat sie bereits mit der Kaltakquise begonnen.

Kaum sind wir zurück, hängt sie sich ans Telefon und erkundigt sich, ob die Flyer schon fertig sind. Von nun an, informiert sie uns, werden wir immer unsere Flyer dabeihaben und fleißig an die Leute verteilen.

Plötzlich kommt ihr eine neue Idee. Sie bittet Dana, zu recherchieren, wo man günstig Potpourri-Mischungen bekommt. Es würde doch hübsch aussehen, schlägt sie vor, wenn wir den Boden unserer Tüten mit Blütenblättern auskleiden, in die wir dann den Flakon, in Seidenpapier eingewickelt, hineinlegen.

»Was meint ihr?«, fragt sie.

»Ich meine, du bist einfach nur genial«, antworte ich. »Im Ernst.«

»Nein, ich meine wegen der Blütenblätter?«

»Die sind auch einfach nur genial.«

»Nur eines ist ein wahrer Liebeszauber: wenn ein einsichtsvoller Geist im Menschen wirkt.«
Von wann stammt dieser Satz? Weder von heute noch von gestern, sondern aus einer Zeit, die sehr lange zurückliegt, aus dem Jahr 342 vor Christus, geschrieben von Menander von Athen, griechischer Komödiendichter.

19

Finn ruft mich am Samstagmorgen an. »Und, ist alles bereit für heute Abend?«

»Ja. Caroline wollte vermeiden, dass irgendwas auf den letzten Drücker schiefgeht. Darum haben wir bis um drei Uhr nachts im Laden gearbeitet. Ich bin total erledigt, aber es hat sich gelohnt. Jetzt ist alles fertig, und ich kann mit dir den Tag verbringen wie versprochen. Nach der ganzen Plackerei habe ich mir das auch verdient.«

»Was hältst du davon, wenn wir aufs Land rausfahren und irgendwo gemütlich einkehren? Hast du Lust?«

»Ja, das klingt gut. Soll ich dich abholen?«

»Das wäre klasse.«

Ich überlege kurz, ob ich ihm sagen soll, dass ich ihn in einem pinkfarbenen Mini mit einem riesigen Herz auf der Motorhaube abholen werde statt mit Carolines Wagen, wie Finn sicher annimmt, aber entscheide mich dagegen. Das wird er noch schnell genug merken. Stattdessen verabrede ich mich mit ihm in einer Stunde.

Als ich auflege, bemerke ich, dass Caroline in der Küche steht.

»War das Finn?«, fragt sie.

»Ja.«

»Unternehmt ihr was?«

»Ja, wir machen eine Tour aufs Land und gehen irgendwo was essen. Vielleicht fahren wir nach Wicklow.«

»Gute Idee. Heute ist schönes Wetter.« Plötzlich fällt ihr etwas ein. »Ich weiß! Warum machen wir nicht alle gemeinsam einen Ausflug?«

»Alle?«

»Ja. Ich bin mir sicher, Doug und Dana sind sofort dabei, und Loretta und Shane lassen sich bestimmt auch nicht lange bitten. Wir könnten Mick am Set besuchen. Er wollte zwar gestern kommen, aber nach den vielen Regenunterbrechungen will North das gute Wetter ausnutzen und hat für heute einen extra Drehtag angesetzt.«

Ich zögere mit meiner Antwort.

»Komm schon, Rosie«, sagt Caroline in schmeichelndem Ton. »Das wird sicher lustig! Wer weiß, wann wir jemals wieder die Chance haben werden zu einem gemeinsamen Ausflug. Wir haben geackert wie die Blöden, damit alles rechtzeitig fertig wird und die Feier heute Abend steigen kann. Wir haben uns eine Pause verdient. Wenn der Laden eröffnet ist, werden wir kein richtiges Wochenende mehr haben. Wir könnten doch alle zusammen gepflegt essen gehen und unseren Einstand feiern. Komm, sag Ja. Das wird bestimmt schön.«

»Also gut«, gebe ich nach.

»Wir können mit den Minis fahren. Dann machen wir auch außerhalb der Stadt Reklame für uns!«

Da die anderen noch schlafen, geht Caroline nach oben, um Loretta, Shane und Dana aus dem Bett zu scheuchen. Sie informiert sie kurz über das Tagesprogramm, ohne einen Einwand zu dulden, und befiehlt ihnen schließlich, zu duschen und sich anzuziehen.

Wir brechen im Konvoi auf. Caroline fährt vorne mit Loretta und Shane, dann komme ich und zum Schluss Dana. Unser erstes Ziel ist Dougs Haus. Monica öffnet die Tür, und als sie unsere kleine Miniflotte sieht, bricht sie in Begeisterung aus.

»Das ist ja eine tolle Idee, Mädels! Einfach großartig! Damit erregt ihr bestimmt Aufsehen.«

»Genau das ist unsere Absicht«, sagt Caroline lachend. »Kommen Sie heute Abend zur Feier, Monica?«

»Die will ich unter keinen Umständen verpassen.« Sie geht zu mir herüber und beugt sich durch das offene Seitenfenster. »Rosie, hast du was dagegen, wenn ich Fay mitbringe?«

»*Fay*? Möchte sie denn kommen?«

»Ja. Um ehrlich zu sein – das hat mich ein wenig überrascht, nach allem, was zwischen euch war. Aber als ich ihr von der Party erzählt habe, hat sie mich gefragt, ob du etwas dagegen hättest, wenn sie mitkommt.«

»Nein, natürlich nicht. Sag ihr, sie ist mehr als willkommen. Ich würde sie gerne mal wieder sehen.«

Monicas Anspielung bezieht sich auf einen schlimmen Streit zwischen Fay und mir, als wir noch zusammen in Monicas Boutique gearbeitet haben. Fay hatte eine Affäre mit einem verheirateten Mann, der sie Jahre zuvor in einer sehr schwierigen Situation im Stich gelassen hatte. Natürlich ging mich das alles nichts an, was mich damals jedoch nicht kümmerte, und meine Einmischung führte dazu, dass er sich ein zweites Mal von ihr trennte. Noch heute zucke ich zusammen bei dem Gedanken an mein unverfrorenes Herumschnüffeln. Dadurch habe ich Fays Beziehung zerstört – ihre Beziehung mit dem einzigen Mann, den sie jemals geliebt hat. Ich kann kaum glauben, dass sie sich wieder in meine Nähe traut, aber ich freue mich sehr darüber.

»Stark!«, meint Doug lachend, als er herauskommt und die kleine Flotte am Straßenrand sieht.

Unser nächstes Ziel ist Finns Haus. Dieses Mal steige ich aus und gehe an die Tür, um zu klingeln. Lola macht mir auf, in einem ausgebeulten Pyjama und völlig ungeschminkt, was – ich gebe es nur ungern zu – ihrer Schönheit keinen Abbruch tut.

»Hi, Lola«, sage ich. »Ich komme Finn abholen. Ist er schon fertig?« Ich sehe, dass sie die Minis wahrnimmt, aber sie gibt keinen Kommentar dazu.

»Hi! Rosie, richtig?«

»Äh, ja.« Wie unhöflich! Sie kann meinen Namen unmöglich vergessen haben.

»Ich sag ihm Bescheid, dass du da bist.« Damit kehrt sie mir den Rücken zu und lässt mich vor der Tür stehen. Dana drückt jetzt kurz auf die Hupe, und ich drehe mich um. Sie macht eine scheuchende Handbewegung, um mir zu signalisieren, ins Haus zu gehen, also folge ich Lola.

Während ich die Diele durchquere, höre ich sie sagen: »Diese Freundin von dir ist hier – diese Rosie.«

»Ah, gut!«

Warum sagt Finn nichts?, frage ich mich. Warum weist er Lola nicht darauf hin, dass ich seine feste Freundin bin?

»Hi«, sage ich und gehe an Lola vorbei zu Finn, der an der Küchenanrichte lehnt und aus einer Schüssel Cornflakes isst. Ich nehme ihm den Löffel aus der Hand, lege ihn weg und begrüße Finn mit einem langen Kuss. Zuerst ist er überrascht, aber dann erwidert er meinen Kuss so intensiv, dass ich mich schließlich losreißen muss.

»Und, bist du so weit?«, frage ich.

»So weit wofür?«, entgegnet er lachend.

Ich schenke ihm einen verschwörerischen Blick, wobei ich hoffe, dass Lola kein Detail entgeht. »Nicht das, was du wieder denkst«, antworte ich und lache auch. »Die anderen sitzen alle schon draußen im Wagen und warten auf dich.«

»Die anderen?«

»Ja. Caroline hat mitgekriegt, dass ich heute Morgen mit dir telefoniert habe. Sie wollte unbedingt mitkommen, genau wie Doug, Dana, Loretta und Shane. Mick sammeln wir unterwegs ein. Ich hoffe, du hast nichts dagegen.«

»Ich glaube nicht. Ich hol nur schnell meine Jacke.« Er läuft die Treppe hoch, wobei er immer zwei Stufen auf einmal nimmt.

Zurück bleiben Lola und ich.

»Und, alles fertig für heute Abend?«, fragt sie.

»Ja.«

»Um wie viel Uhr sollen wir kommen?«

Ich zögere kurz. Wen meint sie mit *wir*? Ich habe Finn eingeladen. Dana hat Lola eingeladen. Niemand hat die beiden zusammen eingeladen. Ich sehe, dass sie auf eine Antwort wartet. »Nun, die Feier beginnt offiziell um acht.«

»Das passt, oder, Finn?«, fragt sie, als er wieder die Treppe herunterkommt.

»Ja, glaub schon«, antwortet er, während er mit seiner Jacke kämpft.

»Dann also bis später«, sagt Lola zu mir.

»Bis nachher, Lo!«, sagt Finn, und wir machen uns auf den Weg nach draußen.

Als wir das Haus verlassen, stößt Finn verblüfft aus: »Was zum Henker …?!« Er zeigt auf die drei Minis. »Wo habt ihr die denn her?«

»Von Carolines Bruder. Er stellt sie uns einen Monat lang

zur Verfügung. Caroline hat das arrangiert. Sie verspricht sich davon einen hohen Werbeeffekt.«

Alle fünf – Caroline, Loretta, Shane, Dana und Doug – grinsen heraus und winken Finn.

»Scheiße!«, sagt er lachend. »Müssen wir wirklich damit herumfahren?«

»Ja. Warum denn nicht? Und, wie findest du sie?«

»Jedenfalls fällt man damit garantiert auf.«

»Genau das ist unsere Absicht.«

Wir brechen auf. Wie Caroline uns angewiesen hat, bitte ich Finn während der Fahrt durch die Stadt, an alle Fahrzeuge, die neben uns stehen bleiben, unseren Flyer zu verteilen. Zuerst sträubt er sich ein wenig, bis ich argumentiere, dass er kein Problem damit hätte, wenn es Werbung für seine Band wäre. Daraufhin beginnt er, die Flyer zu verteilen.

Fünfzig Minuten später erreichen wir den Drehort von *Schicksalsfarm*, ein alter Bauernhof. Die ganze Zufahrt ist zugeparkt mit Trucks, Transportern und jeder Menge anderen Fahrzeugen, mit denen die Filmcrew angerückt ist. Wir suchen uns die letzten freien Lücken, in die unsere Minis hineinpassen, steigen aus und gehen in Richtung Set.

Mick hat uns bereits gesehen. Er ruft ein fröhliches »Hallo!« und grinst über das ganze Gesicht, dann geht er uns entgegen. Gleich darauf nimmt er Caroline in den Arm und gibt ihr einen Kuss. Sie löst sich aus seiner Umarmung und macht einen Schritt rückwärts, um ihn von oben bis unten zu mustern, sein unrasiertes Gesicht, die struppigen Haare, die zerrissenen Kleider, die er trägt.

»Ich hoffe doch, du siehst nur so aus für deine Rolle«, sagt sie lachend.

Mick lacht auch. »Ich bin gleich dran in der nägschten Szene. Ich hoffe, es macht euch nichts aus, noch ein bisschen zu warten.«

»Nein, kein Problem«, antwortet Caroline. »Worum geht es denn in der Szene?«

»Ich bin momentan auf der Flucht, verstehsch du, und ich habe die letschten Tage und Nächte draußen verbracht, aber jetzt erreiche ich endlich den Hof, wo eine alte Freundin von mir wohnt. Ihr könnt gerne zuschauen, wenn ihr versprecht, am Set leise zu sein.«

»Wirklich?«, sagt Dana aufgeregt.

»Sicher.«

In diesem Moment ruft jemand Micks Namen, und er dreht sich kurz um und ruft zurück: »Ich komme!« Dann wendet er sich wieder uns zu. »Also gut, dann bis später. Es wird nicht so lange dauern.«

Wir stellen uns ans Set und verfolgen die Dreharbeiten.

Die Szene beginnt mit Audrey Turners Auftritt (ja genau, *die* Audrey Turner, in Fleisch und Blut), die das Haus verlässt. Sie trägt ein schäbiges und zugleich knappes Kleid, ihre Haare sind schlampig und zugleich sexy hochgesteckt. Auf ihrer Hüfte balanciert sie geübt und zugleich aufreizend einen Wäschekorb, während sie leise vor sich hin summt. Sie geht über den Hof zur Wäscheleine und beginnt dann, die Sachen aufzuhängen, wobei sie sich jedes Mal strecken muss, sodass ihr Kleid hochrutscht und ihre langen, wohlgeformten Beine in ganzer Länge entblößt.

»Luder!«, flüstert Dana.

Nun taucht Mick zwischen den Bäumen auf und bleibt stumm stehen, während er Audrey beobachtet.

»Bestimmt genießt er die Aussicht«, bemerkt Caroline trocken.

»Vergiss nicht, das ist alles nur gespielt, Caroline«, sagt Dana.

»Hm, in diesem Fall ist er ein noch besserer Schauspieler, als ich dachte.«

Audrey, die Mick plötzlich bemerkt, stößt einen Schrei aus.

»Anthony!«, ruft sie in ihrer Version eines irischen Akzents. »Was machst du hier? Du musst dich verstecken! Sie suchen alle nach dir!«

Er gibt keine Antwort. Er sieht völlig erschöpft aus.

»Um Himmels willen! Du bist ja in einem schrecklichen Zustand!«, schreit sie.

»Ich brauche Hilfe, Minnie«, bringt er schließlich hervor. »Ich weiß nicht, zu wem ich sonst gehen soll. Ich habe seit Tagen nichts gegessen. Ich brauche einen Platz, wo ich mich kurz ausruhen kann.«

»Oh, Anthony! Sie waren erst heute Morgen hier und haben nach dir gesucht!«

»Bitte, Minnie. Ich bleibe nicht lange. Aber ich bin völlig am Ende vor lauter Erschöpfung und Hunger.«

Audrey/Minnie mustert ihn kurz. »Warte hier!« Sie blickt sich verstohlen um. »Ich seh mal, was ich für dich zu essen finde.«

Mick/Anthony lehnt sich erschöpft gegen einen alten Holzschuppen. Er schließt die Augen. Es sieht aus, als würde er einnicken.

Audrey/Minnie, die auf dem Weg ins Haus ist, ruft zu ihm zurück: »Du kannst dich gerne waschen, wenn du willst.« Sie zeigt auf einen Schlauch, der auf dem Boden liegt. »Aber beeil dich. Ich bring dir frische Kleider – die Sachen von

Martin passen dir bestimmt.« Dann verschwindet sie im Haus.

Mick beginnt sich auszuziehen, und ich meine damit *ganz*, bis er splitternackt ist. Verlegen wende ich den Blick ab und frage mich, warum man uns nicht vorher weggeschickt hat. Alle anderen, zumindest die Filmleute, scheinen kein Problem damit zu haben, dass Mick im Adamskostüm dasteht, während Caroline, Dana und Loretta (und auch ich, um ehrlich zu sein) große Augen machen. Dana stößt einen leisen Pfiff aus und bekommt dafür Carolines Ellenbogen in die Rippen.

»Glotz da nicht so hin!«, zischt Caroline.

»Und wie soll das gehen?«, zischt Dana zurück.

In diesem Moment kommt Audrey/Minnie wieder aus dem Haus und nähert sich leise Mick, der sich mit dem Gartenschlauch abspritzt. Sie stellt das Tablett, das sie in den Händen trägt, auf dem Boden ab und geht dann weiter langsam auf Mick zu, während sie ein Stück Seife aus der Tasche ihres Kleids zieht. Als er sie bemerkt, lächelt er schüchtern. Sie lächelt genauso schüchtern zurück, aber auch verführerisch. Dann beginnt sie, ganz sanft seinen Rücken einzuseifen.

»Uuund Cut!«, ruft der Regisseur.

Ich blicke zu Caroline. Sie scheint ein wenig perplex zu sein nach dem, was sie soeben gesehen hat. Ich schaue wieder zu Mick. Er zieht sich gerade an, während Audrey daneben steht und sich mit ihm unterhält. Gleich darauf nickt er in unsere Richtung und sagt etwas zu ihr. Nachdem er wieder angezogen ist, machen sich beide auf den Weg zu uns.

»Audrey, gestatten, das isch meine Freundin, Caroline.«

»Hallo, Caroline!« Audrey spricht jetzt in ihrem amerikanischen Akzent. »Wie nett, Sie kennenzulernen.«

»Danke, freut mich auch sehr.«

Caroline erwidert etwas misstrauisch Audreys Lächeln, aber ich denke, sie braucht sich wegen Audrey keine Sorgen zu machen. Diese offene, herzliche Person, die Caroline so freundlich begrüßt, hat es sicherlich nicht auf ihren Mick abgesehen.

Wie um meine Vermutung zu bestätigen, sagt Audrey nun: »Ich habe schon so viel von Ihnen gehört! Mick schwärmt nämlich unablässig von Ihnen.«

»Ach ja?«

»Oh ja. Ständig heißt es Caroline hier, Caroline dort.«

»Das freut mich zu hören«, sagt Caroline und lacht.

Mick macht Audrey mit dem Rest bekannt, und sie gibt jedem von uns die Hand.

Shane stößt Mick sachte in die Rippen. »In letzter Zeit haben wir nicht gerade viel von dir zu Gesicht bekommen. Ich habe nicht damit gerechnet, dafür dann heute gleich alles von dir zu sehen …«

»Ach, hör auf!« Mick lacht.

Audrey wendet sich wieder an Caroline. »Mick hat erzählt, Sie stehen kurz davor, ein eigenes Geschäft zu eröffnen. Wie aufregend!«

»Ja, allerdings.« Plötzlich kommt Caroline eine Idee. »Vielleicht hat Mick ja erwähnt, dass wir alle gemeinsam essen gehen wollen? Wollen Sie sich uns anschließen, Audrey?«

Mick macht ein überraschtes Gesicht. Genau wie ich. Ich hätte nie damit gerechnet, dass Caroline so freundlich ist zu der Frau, mit der ihr Freund intime Szenen dreht. Aber sie verhält sich richtig erwachsen.

»Gerne«, sagt Audrey. »Ich komme gerne mit. Ich muss mich nur noch kurz umziehen.«

»Ja«, sagt Mick. »Ich auch.«

Audrey setzt sich in Bewegung, während Mick Caroline erst noch einen Kuss gibt.

»Wofür war der?«, fragt sie ein wenig erstaunt.

»Nur damit du weisch, dass ich dich liebe.«

»Das weiß ich auch so!« Caroline lacht.

Mick läuft Audrey hinterher und holt sie ein, und wir beobachten, wie die beiden zusammen weitergehen.

»Kompliment«, sagt Dana zu Caroline. »Du gehst mit der Situation sehr vernünftig um.«

»Findest du?«

»Im Grunde hast du nichts zu befürchten«, sage ich. »Sie ist an Mick nicht interessiert. Das sieht man.«

»Nun ja, sie ist Schauspielerin, oder?«, entgegnet Caroline. »Sie kann es mühelos verbergen, falls sie es darauf anlegt.«

»Und warum warst du dann so nett zu ihr?«, frage ich.

»Kennst du nicht den Spruch: *Halte deine Freunde nahe bei dir, aber deine Feinde noch näher?*«

Manchmal gibt es Tage, die sind einfach perfekt. Heute scheint so ein Tag zu sein. Der niedliche, kleine Landgasthof, bei dem wir Halt machen, hat einen herrlichen Wintergarten, der als Speisesaal dient, dekoriert mit vielen Grünpflanzen und gestärkten weißen Tischdecken. Wir genießen die warme Sonne, während wir auf das Essen warten. Alle sind gut drauf, das Essen ist köstlich, und es ist wirklich ein schöner Nachmittag.

Nach dem Essen stehen Finn und ich vom Tisch auf, um draußen einen Spaziergang zu machen, während die anderen – drei glückliche Paare und Audrey, die sich als sehr unterhaltsam entpuppt – angeregt weiterplaudern. Wenig später entdecken wir eine Bank und setzen uns. Dann genießen wir einfach die Stille und die Zweisamkeit in der herrlichen Umgebung und sitzen einträchtig nebeneinander. Finn legt den Arm um meine Schulter. Keiner von uns verspürt das Bedürfnis zu reden.

»Und, freust du dich auf heute Abend?«, fragt Finn nach einer Weile.

Ich nicke. »Ja, aber ich bin auch ein wenig nervös. Ich hoffe, dass möglichst viele Leute kommen.«

»Ich habe allen Bescheid gesagt, die ich kenne.«

»Sehr gut. Je mehr kommen, desto besser.«

»Ich habe sogar meinen Vater gefragt.«

»Wirklich?«, sage ich lachend. »Und, kommt er?«

»Klar. Das will er sich doch nicht entgehen lassen. Allerdings kann ich nicht garantieren, dass er was kauft. Er kommt eher zur moralischen Unterstützung. Du weißt ja, wie sehr er dich mag.«

»Und mag er Lola auch?«

»Wie bitte?«

»Nichts, nichts, blöde Frage.« Wie bin ich denn darauf gekommen? Warum musste ich das Gespräch auf sie lenken?

»Dad kennt Lola noch nicht richtig«, sagt Finn, der etwas verblüfft wirkt über meinen merkwürdigen Themenwechsel.

»Gut«, sage ich.

Ich bemerke, dass Finn mich immer noch sonderbar ansieht, aber dann beugt er sich lächelnd zu mir und flüstert mir ins Ohr: »Ich liebe dich, Rosie Kiely. Das weißt du.«

»Ja, natürlich.« Ich lache. »Und ich liebe dich auch.«

Wir fallen wieder in Schweigen und sitzen Händchen haltend da, bis ich mich schließlich etwas widerwillig hochrapple.

»Na komm!«

»Och, nee, hier ist es doch so idyllisch! Setz dich wieder hin.«

»Aber die anderen werden sich wundern, wo wir bleiben. Wir sollten bald aufbrechen. Wir müssen nämlich früher in den Laden, um die letzten Vorbereitungen für die Feier zu treffen. Also, komm schon. Hoch mit dir!«

»Na schön. Aber nur, wenn du mir einen Kuss gibst.«

Ich lache. »Das ist Erpressung!«

»Komm schon, nur noch einen!«

Bis zu diesem Zeitpunkt war der Tag perfekt, doch dann änderte sich alles.

Als wir in den Wintergarten zurückkehren, sitzen die anderen noch am Tisch, aber uns fällt sofort auf, dass zwischen Mick und Caroline dicke Luft herrscht. Beide machen ein Gesicht wie drei Tage Regenwetter, die anderen einen unbehaglichen Eindruck.

Ich setze mich neben Dana und flüstere: »Was ist los?«

»Oh Gott«, murmelt sie leise. »Der dritte Weltkrieg ist ausgebrochen.«

»Wovon redest du?«

»Komm mit auf die Toilette.«

Sie steht auf, und ich gehe ihr hinterher.

»Gut, erzähl schon«, sage ich, nachdem wir die Tür hinter uns geschlossen haben. »Was ist passiert?«

»Caroline ist voll ins Fettnäpfchen getreten.«

»Wie das?«

»Sie hat Audrey gefragt, ob sie heute Abend zu unserer Feier kommt und für ein paar Fotos posiert.«

»Und? Ist doch eine tolle Idee!«

»Mick ist plötzlich ziemlich sauer geworden. Er hat Caroline vorgeworfen, Audrey auszunutzen und sie nur deshalb einzuladen, um sie für ihre Zwecke einzuspannen.«

»Nun ja ... Ich habe mich auch schon gefragt, warum sie Audrey vorhin so großzügig angeboten hat, mitzukommen.«

»Um ehrlich zu sein, Mick hat sich mehr darüber aufgeregt als Audrey. Wäre er nicht so ausgeflippt, hätte sie Caroline wahrscheinlich gerne den Gefallen getan. Das Resultat ist, dass Caroline und Mick nun miteinander schmollen. Ich schwöre dir, die zwei schenken sich nichts, die sind beide gleich schlimm. Vielleicht war es falsch von Caroline, Audrey derart zu überfallen, aber trotzdem finde ich Micks Reaktion überzogen. Es war unnötig, Caroline vor allen anderen so abzukanzeln.«

Als wir von der Toilette zurückkehren, erfahren wir, dass Caroline bereits gegangen ist, weshalb Mick und Audrey bei mir in den Wagen steigen. Wir machen einen Umweg über Dalkey, um Audrey in ihrem hübschen kleinen Strandhaus abzusetzen, das sie während der Dreharbeiten bewohnt, und anschließend bringen wir Mick zu seinem Apartment in der Innenstadt. Als wir weiterfahren, bekommt Finn eine SMS.

Ich sehe fragend zu ihm hinüber, während er die Nachricht liest.

»Von Lola«, erklärt er. »Sie möchte wissen, ob ich mitessen möchte, bevor wir zur Eröffnungsfeier gehen.«

Wer ist sie, seine Mutter?, hätte ich am liebsten gefragt, aber ich hüte meine Zunge. Für heute gab es genug Streit.

»Um wie viel Uhr geht es noch mal los?«

»Um acht.«

»Sollen wir früher kommen, um euch zu helfen?«

»Nein, ich denke, das ist nicht nötig. Wir sind ziemlich gut organisiert. Du weißt ja, wie Caroline ist.«

Er nickt. »Ja.«

Gleich darauf halten wir vor seinem Haus. Lolas Cabrio steht in der Auffahrt, natürlich.

»Wir sehen uns um acht«, sagt er und beugt sich zu mir, um mir einen Kuss zu geben, bevor er aussteigt.

Als ich weiterfahre, sehe ich, wie Lola ihm die Tür öffnet. Wenn sie sich nicht für seine Mutter hält, für wen dann? Für seine verdammte Ehefrau?

»I took my troubles down to Madam Ruth.«
The Searchers

20

»*Magic to Go!*« Caroline liest von der anderen Straßenseite das Schild über unserer Ladentür. »Mädels, wir haben es geschafft! Das ist alles unser Werk!« Ein Päckchen unter dem linken Arm, deutet sie mit dem rechten auf das frisch angebrachte Schild. Die Fassade ist weiß gestrichen und die Ladentür ebenso pink wie der Rahmen des Schaufensters. Dort ist ein buntes Kaleidoskop aus kleinen Glasflakons ausgestellt, die wunderbar funkeln in der frühen Abendsonne. Und auf die drei pinkfarbenen Minis, die in einer Reihe davor parken. »Es ist so weit, Mädels! Wir haben das zusammen auf die Beine gestellt! Sieht es nicht fantastisch aus? Ich finde, wir haben das super gemacht. Los, kommt!«

Sie läuft auf die Straße und schlängelt sich durch den zäh schleichenden Verkehr auf die andere Seite, wo sie den Schlüssel in die Ladentür steckt und hineingeht. Wir folgen ihr.

»Okay, wir haben noch eine Stunde, bevor es losgeht.« Sie macht ihr Paket auf, das sie mitgebracht hat. »Hier, Dana, zieh das an.« Sie wirft ihr ein rosafarbenes Stoffbündel zu.

»Was ist das?«, fragt Dana und faltet es auseinander.

»Deine Arbeitskleidung.«

Dana hält das Kleidungsstück empor, um es zu begutachten. Es ist ein rosafarbener Laborkittel, und auf die Brusttasche ist ein kleines Herz gestickt.

»Und der ist für dich, Rosie. Wir wollen doch seriös wirken.« Sie streift ebenfalls ihren Kittel über und posiert vor uns. »Und? Was meint ihr?«

»Du siehst klasse aus, Madam Ruth. Fehlt nur noch der Goldzahn.«

Caroline sieht mich ausdruckslos an. »Von wem sprichst du?«

»Finn hat mir neulich diesen alten Song von den Searchers vorgespielt … *Love Potion Number Nine.* Er handelt von einer Zigeunerin mit einem Goldzahn, besagte Madam Ruth. Sie verkauft Liebeselixiere.« Ich stimme das Lied an. *»I took my troubles down to Madam Ruth, you know, that gypsy with the gold-capped tooth!«*

»Du singst den Text falsch!«, unterbricht mich Dana. »Du meinst wohl Madam Rue.« Sie beginnt ebenfalls zu singen. *»I took my troubles down to Madam Rue, you know, that gypsy with the gold tattoo.«*

»Nein! Sie heißt Madam Ruth, und sie hat einen Goldzahn, kein Tattoo!«

»Sie heißt Madam Rue! Und sie hat ein goldenes Tattoo!«

»Goldenes Tattoo! Das ergibt doch keinen Sinn!«

»Tut es wohl.«

»Hey, ihr zwei!«, fährt Caroline dazwischen. »Das ist doch völlig unwichtig. Bitte! Wir müssen uns auf wesentlichere Dinge konzentrieren.«

Dana und ich geben Ruhe. Ich mustere Caroline. Gut, sie ist keine Zigeunerin mit einem Goldzahn. Aber mit ihrer blonden Bobfrisur, dem rosafarbenen Haarband, dem weißen Kleid, den weißen Stilettos und der rosafarbenen Kittelschürze verkörpert sie überzeugend die junge Geschäftsinhaberin eines modernen Unternehmens, das Liebeselixiere verkauft.

»Also gut«, sage ich. »Die Show kann losgehen!«

Wir erwarten heute Abend einige Gäste. Caroline hat alle ihre PR-Kontakte eingeladen, und natürlich haben wir sämtlichen Verwandten, Freunden und Bekannten Bescheid gesagt.

Die Ladenklingel läutet, und die ersten Gäste treffen ein. Ich sehe sofort, dass von »meinen« Leuten mehr gekommen sind, als ich erwartet habe. Meine Eltern sind da, und allem Anschein nach auch Mums gesamter Golfclub, der Bridgeclub, sämtliche Nachbarn und alle Tanten und Onkel. Ich bin nicht sicher, ob sie eine so glanzvolle Kulisse abgeben, wie Caroline sie sich wünscht. Aber dafür bin ich mir hundertprozentig sicher, dass meine Eltern nie und nimmer mit so etwas gerechnet haben. Wie auch? Schließlich habe ich ihnen nicht gesagt, was sie erwartet. Ich beobachte meine Mutter, die sich umblickt, ein starres Lächeln im Gesicht. Ich kenne sie – ich weiß, dass das Lächeln nicht echt ist. Oh je! Wie oft habe ich mir vorgenommen, ihr und Dad zu sagen, dass wir keine Energydrinks verkaufen, sondern Liebeselixiere. Aber jedes Mal habe ich wieder gekniffen. Und als der große Tag immer näher rückte, beschloss ich, einfach alles auf mich zukommen zu lassen und meine Eltern vor vollendete Tatsachen zu stellen, statt irgendwelche Erklärungen abzugeben. Mit dieser Taktik, so meine Überlegung, brauchten sie sich nicht schon vorher den Kopf zu zerbrechen, sondern könnten sich mit eigenen Augen davon überzeugen, was wir Tolles auf die Beine gestellt haben. Nun frage ich mich allerdings, ob diese Taktik ein Fehler war. Vielleicht hätte ich es ihnen doch früher sagen sollen. Das war nicht ganz fair.

Ich gehe zu ihnen hinüber.

»Hallo Mum, Dad, Mrs. Lamont, Tante Joanna, Onkel Dave und alle anderen. Danke, dass ihr gekommen seid.«

»Tja«, antwortet Tante Joanna. »Deine Mutter hat uns völlig im Dunkeln gelassen, was uns erwartet. Aber *damit* haben wir wirklich nicht gerechnet!«

Meiner Mutter gelingt es, ihr Lächeln zu wahren. Sie zuckt lässig mit der Schulter, um den Eindruck zu erwecken, als hätte sie absichtlich nicht zu viel verraten. Gleich darauf stößt Caroline dazu, um alle zu begrüßen, und Mum, die die Gelegenheit wittert, weil sie sich gerade unbeobachtet wähnt, packt mich am Arm und zieht mich zur Seite.

»Du hast was von Energydrinks gesagt!«, faucht sie mich an. »Genau das habe ich den anderen erzählt.«

»Was?« Ich beschließe, dass mir nichts anderes übrig bleibt, als mich dumm zu stellen. »Nein, das musst du falsch verstanden haben.«

»Ich weiß doch noch, was du uns erzählt hast. Oh, Rosie! Du hättest mich wenigstens vorwarnen können. Warum hast du mir nicht gesagt, worum es hier wirklich geht?«

Ich antworte ohne Umschweife: »Weil ich wusste, dass dir das nicht gefallen wird und du kein gutes Haar an der Sache lässt.«

»Das ist nicht fair! Ich habe dich immer unterstützt.«

»Ja, aber nur, wenn ich das gemacht habe, was du wolltest.«

Mum wirkt verletzt, aber bevor sie die Chance hat, etwas zu sagen, platzt Caroline dazwischen; sie hat sich bei meinem Vater eingehakt.

»Mrs. Kiely, ich habe Ihrem Mann gerade empfohlen, die Gelegenheit zu nutzen und etwas Schwung in Ihr Liebesleben zu bringen.« Sie stößt ein dreckiges, kleines Lachen aus. »Damit wollte ich natürlich nicht sagen, dass Ihr Liebesleben Schwung nötig hat.«

Ich zucke zusammen. Ich will nicht, dass meine Freundinnen sich über das Liebesleben meiner Eltern auslassen, und das auch noch in meiner Gegenwart, nicht einmal im Scherz.

»Ach so«, sagt Dad, »unser Liebesleben.« Dann lacht er, als wäre die Vorstellung absolut lächerlich. Als wäre er sein ganzes Leben lang davon ausgegangen, dass meine Geschwister und ich – der sichtbare Beweis seines Liebeslebens – der Storch gebracht hat.

Meine Mutter wechselt hastig das Thema. »Ich muss sagen, Caroline, ihr habt ganze Arbeit geleistet! Das grenzt fast an ein Wunder. Der Laden macht richtig was her. Nicht wahr, Will?«

»Absolut«, stimmt Dad zu.

»Meinst du das im Ernst, Mum?«, frage ich, sehr erfreut, und vor allem sehr erleichtert.

»Ja, das meine ich im Ernst. Natürlich ist das mein Ernst! Komm mal her zu mir!« Sie streckt die Arme nach mir aus und schließt sie fest um mich, während ich ihre Umarmung erwidere. Mir wird in diesem Moment bewusst, wie viel es mir bedeutet, dass meine Mutter stolz ist auf mich.

»Es tut mir leid, dass ich es dir nicht gesagt habe.«

»Ja, das sollte es auch. Ich bin kein Ungeheuer, weißt du.«

»Das weiß ich.«

»Ist Finn auch da?«, fragt sie, nachdem wir uns wieder voneinander gelöst haben. Sie blickt sich suchend um.

»Nein, er kommt noch.«

»Und, Mrs. Kiely«, höre ich Caroline sagen. »Was kann ich Ihnen anbieten? Vielleicht einen Schluck *Herzenswärme*?«

»Und was passiert, wenn man den trinkt?«, fragt Dad, der für meinen Geschmack etwas zu viel Interesse zeigt.

»Herzenswärme ist ein sehr schmackhafter Trank, der, Sie wissen schon, ein wenig stimulierend wirkt.« Sie greift hoch in eines der Regale, nimmt eine kleine rosafarbene Ampulle heraus und hält sie ihm entgegen. »Na, wie wär's, Mr. Kiely?« Sie zwinkert ihm zu. »Was meinen Sie?« Kennt Caroline irgendwelche Grenzen? Flirtet sie etwa gerade mit meinem Vater? Und schlimmer noch – genießt er es tatsächlich so sehr, wie es den Anschein hat?

»Ein wenig stimulierend?«, wiederholt er. »Das will ich sehen.« Er nimmt ihr den Flakon ab, kramt nach seiner Brille und liest das Etikett. »*Herzenswärme* … hmm.« Er hebt den Kopf. »Klingt nach einer explosiven Mischung.«

»Warum nehmen Sie das Elixier nicht einfach mit und probieren es zu Hause aus? Dann kann ich Mrs. Kiely fragen, *wie* explosiv die Mischung war, wenn ich sie das nächste Mal sehe.« Sie zwinkert Dad zu. Das zweite Mal.

Es reicht, finde ich. »Caroline«, ich nehme sie am Arm, »vorhin hat übrigens jemand nach dir gefragt. Ich habe leider seinen Namen vergessen, aber ich glaube, es war jemand von der Presse.«

»Wirklich? Wo ist er?« Sie sucht mit den Augen den Raum ab.

»Drüben am Schaufenster«, schwindle ich. »Da hinten!«

Caroline lässt Dad wie eine heiße Kartoffel fallen und stürzt los durch das immer dichtere Gedränge im Raum.

Gleich darauf habe ich alle Hände voll zu tun damit, Weißwein und nichtalkoholische Getränke auszugeben. Wir haben beschlossen, dass jeder Gast gratis ein Elixier seiner Wahl bekommt. Und wir empfehlen allen, es mit nach Hause zu nehmen – sonst herrscht hier bald Sodom und Gomorrha, wie Caroline den Gästen erklärt. Sie wird nicht müde, bei jeder Gelegenheit zu betonen, dass jeder so viele Elixiere käuflich erwerben kann, wie er möchte.

Dana stellt sich zu mir. »Hast du eine Ahnung, wie viel uns dieser Abend kostet?«, fragt sie.

Ich schüttle den Kopf.

»Ich schätze, es sind jetzt schon über zweihundert Gäste da.«

Während sie redet, entdecke ich plötzlich Mick. Mein Blick schweift durch den Raum auf der Suche nach Caroline, um zu sehen, ob sie ihn bereits wahrgenommen hat. Hat sie. Sie haucht prompt ihrer Gesprächspartnerin links und rechts ein Küsschen auf die Wange und lässt sie stehen, bevor sie trotz ihrer hohen Absätze durch den Saal auf Mick zugaloppiert. Ich sehe, wie er sich herunterbeugt, um sie zu küssen. Offenbar ist der Streit vom Nachmittag bereits wieder vergessen. Wenigstens sind beide nicht nachtragend, was wichtig ist, so stürmisch, wie es in dieser Beziehung zugeht. Nun lösen sie sich wieder voneinander, und Mick lässt den Blick kreisen. Er wirkt beeindruckt, und das sollte er auch sein. Der Laden ist nämlich wirklich fabelhaft geworden.

Plötzlich schlägt auch mein Herz höher. Ich habe Finn im Eingang entdeckt. Im nächsten Moment plumpst mein Herz wieder nach unten; Lola kommt hinter ihm herein. Aber wenigstens sind sie nicht alleine. Mitch und Ashley folgen, und zu guter Letzt Finns Vater.

Ich gehe auf sie zu. »Hallo, Leute! Hallo, Mr. Heelan!«

»Der Laden sieht ja hammermäßig aus«, staunt Lola, die auch hammermäßig aussieht, wie ich leider feststellen muss. »Super Arbeit!«

»Danke.«

Sie geht auf mich zu, um mich zu umarmen, aber ich drehe mich rechtzeitig weg. Ich möchte nicht unhöflich sein, aber ich glaube nicht, dass ich das ertragen würde.

Ich sehe Finn an. Es ist mir völlig schnuppe, wie Lola den Laden findet. Ich möchte wissen, was Finn davon hält.

»Ja«, sagt er, lässt den Blick schweifen und nickt. »Meinen Glückwunsch! Ihr habt wirklich tolle Arbeit geleistet, Rosie.«

»Sag mal, Rosie, wirken eure Elixiere denn?«, will Ashley wissen.

»Das musst du selbst ausprobieren!«, antworte ich lachend.

»Hi, Rosie!« Shane und Loretta sind gekommen.

»Shane! Loretta! Wie schön, dass ihr hier seid!«

»Als würden wir uns *das* durch die Lappen gehen lassen!«, lacht Shane.

»Hallo, Rosie!« Ich drehe den Kopf und erblicke Monica, zusammen mit Fay.

»Monica! Hallo! Oh Gott, Fay! Wie schön, dich zu sehen!«

»Hallo, Rosie. Gratulation!«

Ich glaube nicht, dass Fay weiß, wie viel ihr Kommen mir bedeutet, aber es bedeutet mir sehr viel. Vielleicht hat sie mir mein unverzeihliches Einmischen in ihr Privatleben schließlich verziehen. Aber jetzt ist nicht der richtige Zeitpunkt, um dieses Thema anzusprechen. Stattdessen sage ich: »Danke, dass du gekommen bist.«

Ich bemerke, dass Monica ein Taschentuch aus ihrer Handtasche nimmt.

»Monica, alles in Ordnung?«

»Ach, ich sentimentales Huhn! Ich wollte doch gar nicht sofort losheulen.« Sie tupft sich die Augen ab. »So! Alles wieder gut«, sagt sie mit gezwungener Fröhlichkeit. »Ich glaube, das hier weckt alte Erinnerungen in mir. Ich weiß noch, als ich damals mit der Boutique begann … Das ist schon so lange her! Es kommt mir vor wie ein anderes Leben.«

Doug kommt jetzt herüber und legt den Arm um sie. Sie

tätschelt seinen Arm. Dann lacht sie. »Vielleicht sollten wir uns mal genauer ansehen, was es hier alles zu kaufen gibt. Was meinst du, Fay?«

»Ich weiß nicht, wie es sich bei dir verhält, Monica«, sagt Fay, »aber bei mir macht es jedenfalls wenig Sinn, ein Aphrodisiakum zu kaufen. Es ist ja nicht so, dass jemand davon profitieren würde.«

Bei jedem anderen hätte ich dies als eine spitze Bemerkung aufgefasst, nicht jedoch bei Fay. Trotzdem erinnern mich ihre Worte wieder einmal daran, dass ich dafür verantwortlich bin, dass niemand davon profitiert.

Monica löst sich aus Dougs Arm und beugt sich verschwörerisch zu mir. »Hat Doug dir erzählt, dass ich jemanden kennengelernt habe?«

»Nein!«

»Doch!«, schwärmt sie wie ein verliebter Teenager. »Es ist noch ganz frisch. Es läuft ziemlich gut, also drück mir die Daumen. Ich kann dir versichern, dass ich mich heute Abend auf jeden Fall mit ein paar Vorräten eindecken werde.« Sie beugt sich noch näher heran. »Doug hat mir verraten, dass deine Elixiere sagenhaft wirken!«

Ich muss die beiden stehen lassen, weil ich plötzlich am anderen Ende des Raums eine gestresste Dana bemerke, die mir zuruft und mich verzweifelt an die Kasse winkt, wo sich eine lange Schlange gebildet hat. Ich entschuldige mich bei Fay und Monica und mache mich auf den Weg zu Dana.

Als es wieder etwas ruhiger zugeht, kommt meine Mutter an den Verkaufstisch.

»Rosie, weißt du, ich wünsche dir, dass euer Geschäft ein Erfolg wird. Das meine ich wirklich so!«

»Ich weiß, Mum.«

»Gut, das hoffe ich doch. Ich mache mir halt nur ein paar Sorgen. Was wäre ich denn für eine Mutter, wenn ich mir keine Sorgen machen würde?« Sie lehnt sich über die Verkaufstheke und umarmt mich ein zweites Mal fest, und ich drücke sie auch. »Ich muss mich erst noch an die Tatsache gewöhnen, dass du jetzt erwachsen bist und alt genug, deine eigenen Entscheidungen zu treffen.«

»Danke, Mum.«

Ich entdecke Mr. Heelan in ein paar Meter Entfernung, wo er sich mit Lola unterhält.

»Kennst du Finns Vater schon?«, frage ich und nicke in seine Richtung.

»Wer? Dieser vornehme Herr dort drüben, der sich mit der jungen Frau unterhält, die mit den blondierten Haaren und dieser scheußlichen roten Zottelweste?«

»Genau.«

Sie mustert Mr. Heelan kurz. »Warum machst du uns nicht miteinander bekannt, Rosie?«

»Das werde ich, sobald hier ein bisschen Ruhe einkehrt.«

»Vielleicht sollte ich mich selbst mit ihm bekannt machen.«

Ich will bereits widersprechen und ihr sagen, sie soll damit warten, als mir bewusst wird, dass es nur von Vorteil sein kann, wenn Lola mithört.

»Das ist eine gute Idee! Sag ihm, dass du meine Mutter bist und was für eine tolle Tochter du hast und dass Finn und ich wie füreinander geschaffen sind.«

Meine Mutter wirft mir einen sonderbaren Blick zu, dann lacht sie. »Natürlich. Das ist doch schließlich die Wahrheit.«

Ich beobachte, wie sie zu Mr. Heelan hinübergeht, aber dann werde ich abgelenkt, weil in diesem Moment Niall zur Tür hereinkommt. Ich sehe, wie er sich umblickt, gleich darauf Caroline entdeckt, sofort auf sie zugeht und ihr einen Kuss auf die Wange drückt. Dann unterhalten sie sich angeregt. Ich bemerke, dass Nialls Hand die ganze Zeit über Carolines Po ruht.

Ich bin nicht die Einzige, der das auffällt.

»Wer isch denn Carolines neuer Freund?«, fragt Mick plötzlich hinter mir.

»Wer?« Natürlich weiß ich genau, wer gemeint ist, aber ich tue so, als wüsste ich es nicht.

»Der schicke Typ in dem schicken Anzug, der sich gerade mit Caroline unterhält.«

»Ach der«, antworte ich lachend. »Du meinst Niall?«

»Wenn er so heißt.«

»Das ist nur ein Bekannter von Caroline.«

Mick beobachtet die beiden und studiert ihre Körpersprache. Niall steht immer noch sehr besitzergreifend neben Caroline. Aber wie es auch immer wirken mag – ich weiß, dass sie kein Interesse an Niall hat. Das hat sie mir selbst gesagt. Ich glaube ihr. Aber warum schwirrt er in letzter Zeit ständig um sie herum? Warum jagt sie ihn nicht endlich zum Teufel?

Ich sehe Mick an. Er macht ein mürrisches Gesicht.

»Von hier aus könnte man den Eindruck gewinnen, dass er mehr isch als nur ein Bekannter.«

Ich kann Mick keinen Vorwurf machen, dass er sauer ist. Selbst mich ärgert Carolines Verhalten. Was spielt sie für ein Spiel? Ich beschließe, ein ernstes Wort mit ihr zu reden, aber bevor ich dazu komme, erscheint plötzlich Audrey Turner im Eingang und sieht aus wie ein leibhaftiger Filmstar.

Durch den Raum geht ein Raunen. Ich sehe, wie die Gäste sich anstupsen. Alle Blicke richten sich auf Audrey.

»Sie ist doch noch gekommen«, sage ich zu Mick.

Er nickt. »Ja, das war nicht sicher. Sie hat zwar gesagt, sie möchte uns den Gefallen gerne tun, aber da sie ihre Kinder dabeihat, wusste sie nicht, ob sie es schafft. Es isch für sie nicht einfach, sich neben der Arbeit um die Kids zu kümmern. Sie vermissen ihr Zuhause in Amerika und ihren Vater.«

»Aber eins verstehe ich nicht: Warum hast du Audrey doch noch überredet? Ich dachte, du nimmst es Caroline übel, dass sie es hintenrum versucht hat?«

»Das war ich auch. Ich fand es nicht gut, wie sie Audrey in Verlegenheit gebracht hat, aber wahrscheinlich habe ich ein wenig überreagiert. Audrey isch schließlich solche Bitten gewohnt. Ich hätte sie nicht so verteidigen müssen vor allen anderen. Caroline hat im Prinzip nur die Gunscht der Stunde genutzt. Mag sein, dass ich von eurer Geschäftsidee nicht ganz so begeischtert bin, aber ich weiß, wie wichtig das für Caroline isch. Ich will ja auch, dass es ein Erfolg wird, darum habe ich Audrey später noch mal angerufen und gebeten zu kommen. Caroline hat recht. Mit Audrey auf den Fotos gibt das eine super Publicity.«

Mick verschwindet wieder. Ich beobachte, wie er zu Caroline hinübergeht und sich zwischen sie und Niall drängt, dem er nur flüchtig zunickt. Dann gibt er Caroline einen Kuss auf den Mund, nimmt sie am Arm und führt sie zu Audrey. Die anwesenden Fotografen haben sich bereits um sie versammelt und stellen ihre Objektive scharf. Mick übernimmt das Kommando und stellt Caroline neben Audrey. Dann bittet er die Fotografen um einen Moment Geduld, geht zur Verkaufstheke, nimmt eine unserer durchsichtig schimmernden Tüten, legt ein paar Liebeselixiere hinein und kehrt damit zu Audrey zurück, die die Tüte freundlicherweise entgegennimmt und in die Kameras hält, mit Caroline an ihrer Seite, während Mick lächelnd im Hintergrund bleibt. Als Caroline zu ihm sieht, lächelt sie ebenfalls und wirft ihm eine Kusshand zu. Er grinst. Das, denke ich, während ich die beiden beobachte, ist wahre Liebe. Auch wenn sie immer wieder streiten und beide sehr impulsiv sind: Ihre Gefühle füreinander sind echt.

Dad reißt mich aus meinen Gedanken, als er nun zu mir kommt und drei Ampullen auf die Theke legt. Ich sehe ihn überrascht an.

»Die kaufe ich nur, um euren Umsatz zu steigern.« Er grinst verlegen.

»Sicher«, antworte ich lachend. »Das glaube ich dir sofort.«

Ich verpacke die Flakons einzeln. Ich schlage sie zunächst in rosa Seidenpapier ein, dann in rotes, und anschließend lege ich sie vorsichtig in eine der Tüten, die bereits mit Potpourri dekoriert sind. Obwohl ich mich weigere, besteht Dad darauf, die Elixiere zu bezahlen. Dann nimmt er die Tüte an sich und blickt sich suchend um.

»Mal sehen, wo deine Mutter steckt. Es ist Zeit, dass wir nach Hause fahren, sonst kommen wir hier nie mehr weg.«

»Hat es dir denn gefallen?«, frage ich ihn.

»Ja, sehr. Ich habe mich prächtig amüsiert. Ihr habt das klasse hingekriegt.«

»Danke, Dad.«

Als er sich von mir entfernt, stürmt Mick auf ihn zu: »Mr. Kiely, kommen Sie mal kurz?« Ohne einen Widerspruch zu dulden, ergreift er Dads Arm, führt ihn zu Audrey und stellt ihn an ihre Seite.

Dad ignoriert die »Bitte lächeln!«-Rufe der Fotografen und starrt stattdessen Audrey an, als könne er nicht fassen, wie er neben diese sagenhafte Erscheinung geraten ist.

Gleich darauf ruft Mick meinen Namen. Ich setze mich in Bewegung. Die Fotografen machen Aufnahmen von Caroline, Dana und mir zusammen mit Audrey, dann ohne Audrey, und schließlich mit unseren drei Männern. Während wir zu sechst posieren, registriere ich Lola an der Seite. Sie starrt mich mit derart unverhohlener Abneigung an, dass ich in diesem Moment keinen Zweifel mehr habe, wie es um ihre Gefühle für Finn bestellt ist: Die sind nämlich alles andere als rein platonischer Natur.

Allmählich lichtet sich die Gästeschar. Audrey hat sich bereits verabschiedet, genau wie meine Eltern. Ich sehe, dass Finns Vater noch da ist und er sich mit Fay unterhält. Ich finde, die beiden würden ein gutes Paar abgeben, zwei attraktive Mittfünfziger.

Als Dana sich zu mir gesellt, äußere ich meine Gedanken.

»Lass das, Rosie!«, fährt sie mich sofort an. »Du hältst dich aus Fays Leben heraus, verstanden? Du hast schon genug Schaden angerichtet.«

»Dana, ich habe nichts dergleichen vor.«

»Dann ist ja gut!«

»Ich habe doch nur eine harmlose Bemerkung gemacht!«

Dana geht weiter, und ich lasse den Blick schweifen, der gleich darauf auf Caroline verharrt. Sie unterhält sich *schon wieder* mit Niall. Sie gestikuliert wild mit den Armen und plappert aufgeregt. Als sie lachend den Kopf zurückwirft, sehe ich, dass Niall die Hand hebt und über ihren Hals streichelt. Caroline sieht ihn an wie vom Donner gerührt. Ich warte darauf, dass sie ihm eine Ohrfeige verpasst oder so, aber stattdessen schüttelt sie den Kopf und weicht einen Schritt zurück. Niall macht daraufhin einen Schritt auf sie zu, ergreift ihre Hand, beugt sich vor und flüstert ihr etwas ins Ohr. Sie hört stirnrunzelnd zu, dann schüttelt sie wieder den Kopf. Niall hebt wieder die Hand und streichelt ihre Wange. Sie weicht nicht aus, sondern steht da und lässt es zu. Was zum Teufel ist hier los? Warum lässt sie sich die unerwünschten Annäherungsversuche dieses Widerlings gefallen?

Gerade als ich beschließe, mich einzumischen, kommt Lola zu mir.

»Na«, sagt sie. »Kann ich mal so ein Zauberelixier probieren?«

»Jetzt?«

»Ja, warum nicht?«

Ja, warum nicht, denke ich selbst. »Äh, klar«, sage ich. Ich überlege kurz und nehme dann aus dem Regal einen Trank, den ich nach meinem eigenen Rezept gemischt habe. Da uns allmählich die Ideen ausgingen, heißt er *Liebestoll.*

»Probier den hier«, sage ich.

Lola nimmt den Stöpsel ab und trinkt die Ampulle in einem Zug leer.

»Mmh …« Sie fährt sich mit der Zunge über die Lippen.

Ich sehe wieder zu Caroline und Niall. Seine Hand liegt jetzt auf ihrer Schulter, und er redet beschwörend auf sie ein, während sie stumm zuhört, mit sehr ernstem Gesichtsausdruck.

»Was genau ist da drin?«, höre ich Lola fragen.

Ich drehe mich wieder zu ihr. »Oh mein Gott! Deine Lippen! Die schwellen ja richtig dick an!«

»Was ist da drin?«, fragt Lola wieder, diesmal mit panischem Unterton. »Bestimmt Banane, oder?«

»Äh, ja, Erdbeeren, Himbeeren, Bananen und …«

»Um Gottes willen! Ich bin allergisch gegen Bananen!«, stößt sie hervor.

»Auf *Bananen*?«

»Ja! Oh Gott! Ich habe einen anaphylaktischen Schock!«

»Aber das kann nicht sein! So was kriegt man doch nur, wenn man Fisch isst!«

»Was? Denkst du etwa, ich mache Witze?«, sagt Lola keuchend. »Bist du Expertin für allergische Schocks oder was?« Sie drückt mir ihre Tasche in die Hände. »Mein EpiPen!«

»Was?«

»Mein EpiPen!«, wiederholt sie. Ihr Atem geht sehr schwer. Und ihre Lippen schwellen immer noch an.

»Okay, okay.«

»Schnell!«

Ich öffne ihre Handtasche und leere sie auf der Theke aus. Mittlerweile werden die Umstehenden auf uns aufmerksam.

Dana kommt herbeigeeilt. »Was ist los?«

»Lola hat einen allergischen Schock von einem unserer Elixiere, das Banane enthält.«

»Wo ist Loretta?« Dana blickt suchend durch den Raum. »Soll ich nach ihr suchen? Sie weiß bestimmt, was zu tun ist.«

»Ich glaube, sie und Shane sind vor ein paar Minuten gegangen.«

»Oh Gott! Soll ich den Notarzt rufen?«

»Ja!«, schreit Lola. »Schnell!«

»Bin schon dabei«, sagt Doug, der aus der Menge hervortritt, die uns umringt. Er hält sein Handy am Ohr und spricht nun mit jemandem. »Ja, richtig. Was? Ja, über dem Laden hängt ein großes Schild, da steht *Magic to Go* drauf. Sie können es nicht verfehlen!«

Nachdem er aufgelegt hat, zieht er einen Stuhl hinter der Theke hervor und hilft Lola, die sich bereits krümmt, sich zu setzen.

»Hat sie einen EpiPen?«, fragt er.

»Meinst du das hier?«, frage ich und strecke ihm das längliche Ding entgegen, das ich dafür halte.

Er nimmt es und zieht die Schutzkappe von der Spritze. »Okay, Lola, ich werde dir die Injektion in den Oberschenkel geben und durch deine Leggings stechen, einverstanden?«

Lola nickt.

»Weißt du auch sicher, was du da tust?«, fragt Caroline mit zweifelnder Miene.

Doug ignoriert sie.

»Keine Angst«, beruhigt er Lola. »Alles ist unter Kontrolle. Alles wird wieder gut. Der Notarzt ist schon unterwegs.« Er redet mit sanfter Stimme auf sie ein und setzt ihr ohne großes Aufhebens die Injektion in den Schenkel. »So, das war's!«

Lola wimmert kurz. Als sie Finn in der Nähe entdeckt, streckt sie die Hand nach seiner aus, ergreift sie und umklammert sie fest, während sie dasitzt. Doug spricht ihr weiter beruhigend zu und unterbricht sich zwischendurch ein paar Mal, um die Anwesenden zu bitten, Abstand zu halten und Lola in Ruhe zu lassen.

»In letzter Zeit steckt er voller Überraschungen, nicht wahr?«, bemerkt Caroline, die neben mir steht.

»Wer?«

»Doug.«

»Wieso?«

»Na, zuerst springt er in das tosende Meer und rettet zwei Menschen das Leben, und nun kümmert er sich um Lola.« Sie runzelt die Stirn. »Ich meine, die meiste Zeit läuft er herum wie Clark Kent, unscheinbar und introvertiert – aber sobald ein Held gebraucht wird, verwandelt er sich in Superman.«

Ich blicke zu Doug. Es ist ungewohnt, ihn in der Anführerrolle zu sehen. »Hmm, ich würde gerne wissen, ob er in seinem Kleiderschrank ein Supermankostüm versteckt«, bemerke ich scherzhaft.

»Vielleicht sollten wir Dana fragen«, antwortet Caroline augenzwinkernd. Dann stößt sie ein lautes Lachen aus, sodass alle Köpfe sich zu uns drehen, um zu sehen, wer sich so unschicklich verhält.

Schließlich, nach scheinbar unendlichen fünfzehn Minuten, trifft der Notarzt ein. Da die Sanitäter offenbar annehmen, dass Finn Lolas Freund ist, bieten sie ihm an, mitzufahren. Als er in den Wagen hineinklettert, rufe ich ihm hinterher, dass wir uns in der Klinik treffen, aber ich glaube nicht, dass er mich gehört hat. Er ist nämlich mit Lola beschäftigt.

In der Notaufnahme wird Lola sofort behandelt, und als ich in der Klinik ankomme, sagt Finn mir, dass der Schock unter Kontrolle ist, dass es Lola gut geht und sie in den nächsten ein bis zwei Stunden das Krankenhaus verlassen darf. Wir können nichts weiter tun, als dazusitzen und zu warten.

Wahrscheinlich hätte ich mir einen besseren Moment aussuchen können, tat es aber nicht. Vielleicht lag es an der plötzlichen Erleichterung, dass Lola den Schock gut überstanden hat, ich weiß es nicht, aber plötzlich höre ich mich das sagen, was ich schon von Anfang an sagen wollte.

»Finn, ich habe ein Problem damit, dass Lola bei dir wohnt.«

»Wie bitte?«

»Ich mag sie nicht. Es gefällt mir nicht, wie sie dich in Beschlag nimmt. Es gefällt mir nicht, wie sie sich zwischen uns drängt. Ich möchte, dass du sie bittest, auszuziehen.«

»Wie bitte?«

»Ich möchte, dass du sie bittest, auszuziehen.«

»Bittest du mich oder verlangst du es?«

»Wenn du so willst … ich verlange es.«

»Du suchst dir auch immer den richtigen Zeitpunkt aus! Wir sitzen hier in der Notaufnahme, nur weil Lola *dein* verdammtes Gebräu getrunken hat! Und als wäre das für heute Abend nicht schon genug, verlangst du von mir jetzt auch noch, dass ich sie rausschmeißen soll. Dass ich sie auf die Straße setzen soll! Ich bin nicht blöd, Rosie. Ich weiß, dass du sie nicht leiden kannst. Das weiß Lola selbst – du hast dir ja keine große Mühe gegeben, es zu verbergen. Aber …«

»Entschuldige bitte?«

»Aber Lola ist eine alte Freundin von mir, und ich springe nicht so mit ihr um. Sorry, keine Chance.«

»*Keine Chance!* Was soll das? Es ist ja nicht so, dass sie auf der Straße landet. Sie kann ja immer noch bei ihren Eltern unterkommen, oder?«

»Warum sollte sie zurückgehen? Sie hat ein Zuhause.«

»Du wirst sie also nicht bitten, auszuziehen?«

»Nein. Das kannst du vergessen.«

»Ich verstehe.«

»Rosie, du musst lernen, mir zu vertrauen. Ich werde dich nicht betrügen. Ich bin keiner von dieser Sorte.«

Aber ich höre nicht zu. »Na schön, wenn Lola nicht auszieht, dann bleibt mir wohl nur noch, unsere Beziehung zu beenden.«

Finn sieht mich völlig perplex an. »Das soll wohl ein Witz sein!«

Noch während ich es ausgesprochen habe, wusste ich, dass ich es auf zig andere Arten besser hätte lösen können. Mir ist bewusst, dass ich überstürzt reagiere, aber es gibt für mich kein Zurück.

»Nein, das ist mein Ernst«, sage ich.

»Schön, wie du willst. In diesem Fall war's das wohl.«

»Sieht so aus.«

Und schwups! ist unsere Beziehung vorbei. Die beste, die ich je hatte, und ich habe sie einfach weggeworfen. Wie konnte ich nur so bescheuert sein!

Das Kamasutra erwähnt eine Salbe aus den Blüten der Nauclea cadamba, Spondias mangifera und Eugenia jambolana. Eine Frau, die damit bestrichen wird, verliert in den Augen ihres Mannes jede Anziehungskraft. Leider gibt es noch zahlreiche andere Möglichkeiten, dies zu bewerkstelligen.

21

Ich wache auf, als Caroline die Treppe hochbrüllt: »Kommt schnell runter! Das müsst ihr sehen! Wir stehen ganz groß in der Zeitung!«

»Heute schon?«, höre ich Dana zurückrufen.

»Ja! Kaum zu glauben, was? Ich hätte nie gedacht, dass wir in der Sonntagsausgabe landen!«

Und plötzlich trifft es mich wie ein Schlag, als meine Erinnerung einsetzt. Ich habe mich von dem besten Mann getrennt, den ich je hatte. Warum? Weil ich ihn mit einer anderen im Bett erwischt habe? Nein. Weil mir klar geworden ist, dass er doch nicht der Mann meiner Träume ist? Äh, nein. Warum dann? Weil ich eine eifersüchtige, voreilige, idiotische, dumme Kuh bin!

Ich klettere aus dem Bett, aber statt nach unten zu gehen, stelle ich mich unter die Dusche und bleibe dort so lange, bis das Wasser allmählich kalt wird. Dann ziehe ich mich an und geselle mich zu den anderen in die Küche. Caroline und Dana sitzen am Tisch, während Shane in der Pfanne Eier zubereitet.

»Hier!«, ruft Caroline und hält mir aufgeregt eine Zeitung entgegen. »Sieh mal!«

Ich betrachte die Fotos. Auf den meisten ist Audrey abgebildet, was nicht weiter überrascht. Ein Bild zeigt sie neben Caroline, während sie eine Tüte mit unserem deutlich lesbaren Logo in die Kamera hält. Auf dem nächsten Foto ist sie zusammen mit Dad abgelichtet, während meine Mutter, die die Szene missbilligend verfolgt, unscharf im Hintergrund zu erkennen ist. Dann gibt es noch eine Aufnahme von Fay und Mr. Heelan, die Köpfe nah beieinander, während sie in die Kamera lächeln. Unter anderen Umständen würde ich dem Bild mehr Aufmerksamkeit schenken, aber stattdessen konzentriere ich mich auf das letzte Foto, auf dem Finn und ich abgebildet sind. Ich mustere sein schönes Gesicht, seinen glücklichen Ausdruck, das breite Lächeln von einem Ohr zum anderen. Ich sehe, dass unsere Köpfe einander liebevoll zugewandt sind. Ich sehe, dass sein Arm um meiner Schulter liegt. Wie konnte ich ihn – das alles – einfach sausen lassen?

»Finn und du, ihr seid gut getroffen, nicht wahr, Rosie?«, sagt Dana, die mir über die Schulter blickt. »Vielleicht solltest du bei der Zeitung anrufen und nach einem Abzug fragen.«

Ich stoße ein bitteres Lachen aus. »Oder anrufen und sagen, dass wir uns getrennt haben. Vielleicht können sie eine Story daraus machen. *Liebeselixiere wirken nicht – Inhaberin trennt sich von Freund!*«

»Was?«, stößt Caroline entsetzt aus. »Das ist nicht dein Ernst! Oder?«

»Doch.«

»Das verstehe ich nicht«, sagt Caroline. »Was zum Geier ist denn passiert? Ich dachte, ihr zwei seid ein richtiges Traumpaar!«

Ich zucke mit den Achseln. »Dachte ich eigentlich auch.«

Alle Augen sind auf mich gerichtet. Ich sehe ihnen die Überraschung an, und, schlimmer noch, ihr Mitgefühl. Plötzlich schießen Tränen in mir hoch, aber ich schlucke sie herunter.

»Hat eure Trennung was mit Lola zu tun?«, fragt Dana.

»Ja und nein.«

»Was meinst du damit?«

»Er hat mich nicht wegen ihr verlassen, wenn du das denkst.«

»Hatten die beiden was miteinander?«, fragt Caroline.

»Nein, nicht dass ich wüsste.«

»Was war dann los?«, fragt sie weiter. »Was ist passiert?«

»In der Kurzfassung: Ich habe Finn gesagt, dass ich nicht will, dass Lola weiter bei ihm wohnt. Daraufhin hat er sich geweigert, sie zu bitten, auszuziehen. Daraufhin habe ich gesagt, dass die Beziehung für mich beendet ist.«

»Das ist alles?«, fragt Caroline. »Und deswegen ist Schluss?«

»Sieht ganz so aus.«

»Komm, Rosie, das kannst du wieder in Ordnung bringen. Ruf ihn an. Sag ihm, dass es dir leidtut und dass du es nicht so gemeint hast.«

»Die Sache ist nur: Ich meine es so. Ich will nicht, dass er mit ihr zusammenwohnt. Mich überfällt jedes Mal die nackte Eifersucht, wenn ich mir die beiden im Haus vorstelle. Und ich will nicht die ganze Zeit eifersüchtig sein. Außerdem weiß ich, dass Lola auf Finn steht. Sie hat die ganze Zeit auf den richtigen Augenblick gelauert, auf ihre Gelegenheit.«

»Und? Willst du ihn ihr etwa auf dem Präsentierteller übergeben?«, fragt Dana.

Ich zucke mit den Achseln. »Ich verstehe einfach nicht, warum Finn das nicht einsehen will.«

»Ach, Rosie, komm schon. Wo ist dein Kampfgeist geblieben?«, sagt Caroline.

»Also schön, was würde Mick wohl davon halten, wenn Niall hier bei uns im Haus einziehen würde?«

»Niall? Was hat der damit zu tun?«

»Oh bitte, Caroline! Wir haben doch alle gesehen, wie er ständig um dich rumscharwenzelt. Mir ist schleierhaft, warum du ihn nicht endlich zum Teufel jagst.«

»Hör auf! Du hast doch keine Ahnung, wovon du redest!«, schreit sie mich an.

»Und du genauso wenig! Also halt dich aus meinen Angelegenheiten raus!«, schreie ich zurück.

»Hey, Mädels, beruhigt euch«, mischt Dana sich ein. »Rosie, wenn es dich irgendwie tröstet, ich denke, du hast recht, was Lola betrifft. Sie ist gefährlich. Und dass Finn sie bei sich einziehen lassen hat, ohne dich vorher zu fragen, war nicht fair.«

»Danke, Dana.«

»Aber vielleicht hättest du die Sache ein bisschen geschickter anstellen sollen und ...«

»Das weiß ich selbst!«

»... und vielleicht könntest du ihn trotzdem anrufen und dich mit ihm aussprechen.«

»Und was soll ich ihm sagen? Dass es mir leidtut, dass ich ausgetickt bin, dass ich alles zurücknehme, dass ich bei genauerer Überlegung doch kein Problem damit habe, dass Lola weiterhin bei ihm wohnt? Das ist nicht die Wahrheit.«

»Das verstehe ich ja. Aber findest du es nicht ein wenig drastisch, dich gleich von ihm zu trennen?«

»Ich wollte nicht, dass das passiert! Ich wollte ihm nur deutlich machen, wie ernst es mir ist. Ich habe sicher nicht damit gerechnet, dass er sagt ›Du willst dich trennen? Okay. Bis die Tage!‹ Ich dachte, er liebt mich. Er hätte mit mir darüber reden können.«

Ich höre Shane lachen und sehe zu ihm. Er steht immer noch am Herd und hat uns den Rücken zugekehrt.

»Hast du eben gelacht?«, frage ich.

Er sieht über seine Schulter. »Ich? Gott behüte! Was gibt es da zu lachen? Weil du Finn den Laufpass gibst und dann erwartest, dass er dich wieder umstimmt? Nein, das klingt doch sehr vernünftig.«

»Genau.«

»Absolut vernünftig. Wenn hier einer unvernünftig ist, dann Finn. Stellt euch vor, jemand macht mit euch Schluss und meint es ernst!«

Ich starre zu ihm hinüber, aber er kehrt uns wieder den Rücken zu.

»War das sarkastisch gemeint?«, frage ich ihn. »Oder war das tatsächlich dein Ernst?«

»Vielleicht hättest du dir dieselbe Frage stellen sollen, bevor du mit ihm Schluss gemacht hast.«

»Wie bitte?«

Shane nimmt einen Teller, kommt an den Tisch und stellt ihn vor mich hin. »Hier, das wird dir guttun. Lass es dir schmecken! Hör zu, ich will doch nur sagen: Solange ich dich kenne, und das ist länger als alle anderen hier im Raum, habe ich dich nie so glücklich mit jemandem gesehen wie mit Finn. Ich möchte nicht, dass du das alles aufgibst.«

»Ich will das alles auch gar nicht aufgeben!«

»Dann tu was dagegen!«, erklärt Shane. »Geh zu ihm und sag ihm, dass es dir leidtut. Versuch mit ihm zu reden. Erklär ihm, wie du über Lola denkst.«

»Hört mir eigentlich keiner zu? Das habe ich bereits versucht! Es hat nicht funktioniert. Er wollte nichts davon wissen.« Ich schiebe den vollen Teller weg. Ich bekomme keinen Bissen herunter. Dann stehe ich vom Tisch auf, lasse die anderen in der Küche zurück und verkrieche mich wieder ins Bett.

Als ich um elf wieder herunterkomme, ist nur noch Caroline in der Küche. Sie sitzt am Tisch, vor sich eine Tasse Tee. Sie hebt den Kopf.

»Fühlst du dich besser?«, fragt sie.

Ich zucke mit den Achseln und nehme ihr gegenüber Platz.

»Caroline, ich habe über vieles nachgedacht.«

»Du meinst wegen Finn und Lola?«

»Ja, auch, aber …«

»Weißt du eigentlich, wie es ihr geht?«

»Gut, nehme ich an. Sonst hätten wir bestimmt was gehört.«

»Und, wirst du ihn anrufen?«

»Finn?«

»Ja.«

»Ich glaube nicht. Ich will nicht, dass es aus ist mit uns, aber ich finde die Vorstellung unerträglich, dass Lola bei ihm wohnt. Warum begreift er das nicht? Stattdessen hält er mich einfach nur für uneinsichtig. Ich schätze, ich hätte viel früher den Mund aufmachen sollen. Ich hätte mir das nicht so lange ansehen sollen, ohne etwas zu sagen.«

»Trotzdem wäre es nicht verkehrt, wenn du ihn anrufst und mit ihm redest. Vielleicht sieht er die Dinge heute in einem ganz anderen Licht.«

»Vielleicht. Oder vielleicht lässt er sich von Lola trösten, die ihm erzählt, dass er froh sein soll, eine wie mich los zu sein, die solche unsinnigen Forderungen stellt. Du weißt ja, eine Schulter zum Anlehnen ist immer eine gute Taktik, um dem Objekt seiner Begierde näherzukommen.«

Caroline schnappt sich ihre leere Tasse und schiebt ihren Stuhl zurück. »Ich muss los. Ich muss mich um die neuen Etiketten kümmern. Von nun an werden wir sämtliche Zutaten auflisten, damit so was wie gestern Abend nicht noch einmal passiert.«

»Caroline, genau darüber möchte ich mit dir reden: über den Laden.«

»Okay.«

»Es ist so, ich bin mir nicht sicher, ob ich weitermachen will.«

Sie sieht mich erschrocken an. »Nein! Bitte nicht! Sag, dass das ein Scherz ist. Das kannst du mir nicht antun, nicht einen Tag vor der Eröffnung.«

»Gestern Abend musste ein Mensch ins Krankenhaus, weil er eines von meinen Elixieren getrunken hat. Das hat mir deutlich gemacht, dass ich nicht wirklich weiß, was ich da tue.«

»Sicher weißt du das, so gut wie jeder andere. Sieh mal, Lola geht es wieder gut. Du weißt doch, die Menschen reagieren heutzutage auf alles Mögliche allergisch. Die neuen Etiketten werden einen Warnhinweis enthalten. Wir müssen nur in Zukunft daran denken, die Kundschaft darauf aufmerksam zu machen, die Etiketten zu lesen.«

»Aber Caroline …«

»Hör zu, niemand auf der Welt würde mehr etwas produzieren oder verkaufen, wenn man jedes vermeintliche Risiko für den Verbraucher ausschließen müsste. Rosie, du kannst nicht einfach aussteigen! Dafür haben wir zu viel Geld in das Projekt gesteckt. Denk an unsere Investoren! Wenn wir pleitegehen – wie zahlen wir dann unsere Schulden zurück?«

»Ja, aber ihr kommt auch ohne mich klar. Ich überlasse euch die Rezepte. Ich verzichte auch auf meinen Gewinnanteil. Das Geschäft verspricht, gut anzulaufen. Ihr seid nicht wirklich auf meine Hilfe angewiesen.«

»Doch, das sind wir. Dana und ich schaffen das nicht alleine. Außerdem – was wird aus dir? Was willst du machen, wenn du aussteigst?«

»Mich wieder im Labor bewerben?«

»Hältst du das wirklich für sinnvoll?«

Ich zucke mit den Achseln.

»Und wie willst du die letzten Monate in deinem Lebenslauf erklären?«

»Du kannst dir ja wieder was Hübsches für mich ausdenken«, antworte ich sarkastisch. »Du hast ja Übung darin, meinen Lebenslauf zu fälschen.«

Caroline lacht. »Aber wenn ich nicht mitspiele, bleibt dir nichts anderes übrig, als bei uns weiterzumachen! Weißt du, Rosie, irgendwie habe ich den Eindruck, dass es hier um was anderes geht als nur um den Laden – dass diese Sache mit Finn dich beeinflusst. Plötzlich siehst du nämlich alles negativ.«

Ich zucke mit den Schultern. »Kann sein.«

»Es *ist* so! Aber vielleicht renkt sich das zwischen euch beiden wieder ein.«

»Das halte ich für ziemlich unwahrscheinlich, solange Lola weiterhin die Luft um ihn herum verpestet.«

»Aber du darfst den Laden nicht im Stich lassen! Wir brauchen dich! Du weißt doch: *Alle für einen und einer für alle.*«

»Ja, ja«, brumme ich.

»Dann hat sich das hiermit erledigt, dass du aussteigen willst?«

»Ja.«

»Gut!« Sie steht auf. »Okay, es gibt zu tun. Aber eins nach dem anderen. Wir müssen die Flakons umetikettieren und …«

»Aber es ist Sonntag. Die Druckereien haben heute sowieso geschlossen.«

»Eigentlich wollte ich Donald um Hilfe bitten, aber er ist gar nicht im Land. Darum rufe ich jetzt Niall an.«

»Niall?«

»Ja. Er kennt bestimmt jemanden, der uns die Etiketten noch heute druckt. Er kann uns helfen.«

»Caroline, meinst du nicht, du solltest dich besser von Niall fernhalten?«

»Verzeihung?«

»Ich habe ihn gestern Abend auf der Feier beobachtet, als er dich belagert hat.«

»Warum kümmerst du dich nicht um deinen eigenen Kram?«

»Das betrifft schließlich das Geschäft, also betrifft es auch mich. Oder stehst du etwa auf Niall? Ist es das? Hat es dir gefallen, als er dir die Wange gestreichelt hat?«

»Oh Mann!«

Caroline läuft plötzlich aus der Küche und die Treppe hoch. Gleich darauf höre ich, wie ihre Zimmertür zugeknallt wird.

Ich gehe hinaus in die Diele. »Caroline?«, rufe ich nach oben, aber sie antwortet nicht. Ich gehe die Treppe hoch, aber als ich ihre Tür öffnen will, wird von innen der Schlüssel umgedreht. »Caroline, lass mich rein!«

»Hau ab, Rosie!«

»Nein! Ich bleibe so lange hier, bis du rauskommst und mir sagst, was eigentlich los ist.«

»Gut.«

Fünf Minuten verstreichen, ohne dass ein Mucks aus ihrem Zimmer dringt, aber dann wird die Tür wieder aufgeschlossen, und Caroline kommt lächelnd heraus, als wäre nichts gewesen.

»Okay, kümmern wir uns um die neue Beschriftung. Das

ist wichtig, wenn wir morgen eröffnen wollen wie geplant. Ich rufe jetzt Niall an. Wie gesagt: Er kennt bestimmt jemanden, der ihm einen Gefallen schuldet.«

»Caroline!«

»Rosie, du stehst mir im Weg!«

»Warum redest du nicht mit mir, Caroline? Sag mir, was hier läuft! Was ist denn nun mit *Alle für einen und einer für alle*?«

»Nun, die *eine*«, sagt sie und deutet auf sich selbst, »muss sich darum kümmern, dass wir *alle* morgen eröffnen können. Wenn du mich jetzt entschuldigen würdest.«

»Caroline! Warum sprichst du nicht mit mir?«

Sie zuckt mit den Achseln. »Ich spreche doch mit dir, aber jetzt bin ich fertig. Ich habe jede Menge zu tun.«

Einer der hässlichsten Meeresbewohner, und dazu hochgiftig, ist der Kugelfisch. Sein Gift heißt Tetrodotoxin und ist tausendmal giftiger als Zyanid. In Japan benötigen Köche eine besondere Genehmigung, um das Muskelfleisch des Kugelfischs zuzubereiten – eine (möglicherweise tödliche) Delikatesse. Der Nervenkitzel beim Verzehr von Fugu begründet seinen Ruf als bekanntestes Aphrodisiakum der Welt.

22

Der große Tag hat schließlich begonnen, oder besser gesagt: er wird es in ein bis zwei Stunden. Jetzt ist es noch so früh, dass es mir vorkommt wie mitten in der Nacht, als wir das Haus verlassen und im Konvoi Richtung Innenstadt fahren. Auf den Straßen herrscht bereits Berufsverkehr, aber wir kommen früh genug an, um mit den Minis in einer Reihe vor dem Laden zu parken, genau wie Caroline es geplant hat, für ein Maximum an Außenwirkung. Nachdem dieses Ziel erfüllt ist, beschließt Caroline, dass wir uns ein anständiges Frühstück im Café um die Ecke verdient haben.

Dana und ich sitzen da, ohne unsere Teller anzurühren, auf denen sich Speck, Würstchen und Eier türmen. Allein schon von dem Geruch wird mir übel. Caroline hingegen hat damit kein Problem; sie putzt ihren Teller leer bis auf den letzten Krümel. Dann erst bemerkt sie, dass wir beide nichts gegessen haben, sondern nur dasitzen und sie beobachten.

»Kommt schon, Mädels, esst was«, sagt Caroline auffordernd. »Wir haben einen anstrengenden Tag vor uns. Ich wette, die rennen uns heute den Laden ein. Nachdem die Eröffnungsfeier so ein Riesenerfolg war, werden wir sicher alle Hände voll zu tun haben.«

Dana schiebt ihren Teller weg. »Ich kriege nichts runter. Mein Magen spinnt.«

»Meiner auch«, gestehe ich.

Caroline greift nach ihrer Teetasse und nimmt einen großen Schluck.

»Bist du nicht nervös?«, fragt Dana und mustert Caroline.

»Nervös? Ich?« Sie zuckt mit den Achseln. »Warum sollte ich nervös sein?« Sie spießt ein Würstchen von Danas Teller mit der Gabel auf, führt es an den Mund und beißt ein großes Stück davon ab. Ich beobachte sie, während sie kaut. Vielleicht hat sie ja trotz ihrer demonstrativen Gelassenheit genauso großes Nervenflattern wie wir, aber nichts deutet darauf hin. Sie kaut weiter, als hätte sie schon seit Wochen nichts mehr zu essen bekommen. Ja, Caroline ist heute Morgen ganz ihr cooles, ruhiges, gesammeltes Ich wie immer.

»Wegen der Eröffnung natürlich!«, sagt Dana. »Was, wenn es schiefgeht?«

»Wie kommst du denn darauf? Das wird ein riesiger Erfolg!«

»Und woher willst du das wissen?«

Caroline zuckt mit den Achseln. »Warum soll es kein Erfolg werden? Du hast nur Lampenfieber. Alles wird gut, das weißt du selbst. Isst du deinen Speck noch?«

Dana schüttelt den Kopf, woraufhin Caroline mit der Gabel den Speck von Danas Teller pickt. Schweigend sitzen wir da und sehen zu, wie Caroline den Streifen in Stücke schneidet und genüsslich verzehrt. Als sie fertig ist, schnappt sie sich ihre Handtasche und steht auf.

»Okay. Seid ihr bereit?«

Die erste Stunde zieht sich in die Länge. Wir verkaufen nicht ein Elixier. Wie auch, wenn kein Mensch unseren Laden betritt?

Nach dem Massenandrang am Samstagabend fühlt es sich

an wie die größte Niederlage aller Zeiten. Ich wünsche mir nichts sehnlicher, als dass endlich Kunden kommen. Nicht nur, damit das Geschäft anläuft, sondern auch damit ich abgelenkt bin, und das bezieht sich auf Finn. Immer wieder sehe ich auf meinem Handy nach, ob er sich bei mir gemeldet hat, aber nein, nichts – kein einziger Pieps.

»Du könntest ihn anrufen, weißt du«, sagt Dana, die mich beobachtet hat.

Ich tue so, als hätte ich sie nicht gehört.

Die Minuten schleichen weiter voran.

»Das glaube ich nicht! Wenn das so weitergeht, verkaufen wir heute gar nichts«, stöhnt Dana, die immer mehr den Mut verliert.

»Hör auf zu jammern! Dafür ist es noch viel zu früh«, fährt Caroline sie an.

Endlich, um zehn nach zehn, betritt die erste Kundin unseren Laden. Caroline begrüßt sie mit einem fröhlichen Hallo, woraufhin sie sich nervös umblickt, aber dabei jeglichen Augenkontakt mit uns vermeidet. Während ich noch überlege, ob eine von uns zu ihr gehen soll, setzt sich Caroline bereits in Bewegung, aber Dana hält sie am Ellenbogen zurück.

»Lass sie erst einmal in Ruhe«, raunt sie ihr zu. »Sie braucht noch ein bisschen Zeit.«

Die Kundin, die ich auf Anfang dreißig schätze, wandert durch den Laden und nimmt einen Flakon nach dem anderen in die Hand, um sorgfältig die Etiketten zu inspizieren. Sie braucht ungefähr eine Viertelstunde, bis sie wahrscheinlich jedes einzelne Elixier gründlich unter die Lupe genommen hat. Ich habe ein ungutes Gefühl. Es wäre mir lieber, ein paar kichernde Teenager wären hereingekommen, um sich einen

Spaß zu machen. Aber diese Frau macht einen sehr verzweifelten Eindruck, was immer auch ihr Problem sein mag.

»Warum macht ihr beide nicht eine Kaffeepause?«, flüstert Dana.

»Was, jetzt schon?«, sage ich.

»Es wirkt bestimmt einschüchternd, wenn wir zu dritt im Laden stehen.«

Dana hat nicht Unrecht. Gleich darauf machen Caroline und ich uns auf den Weg nach draußen.

Auf dem Rückweg treffen wir die Kundin wieder, als sie gerade unseren Laden verlässt.

»Und?«, will Caroline sofort wissen. »Hast du ihr was verkauft, Dana?«

»Nein, leider nicht.«

»Willst du mich veräppeln? Die war doch eine Ewigkeit im Laden!«

»Ja, aber es gab nichts Passendes für sie.«

»Was soll das heißen? Sie hat sich doch für unsere Produkte interessiert.«

»Ja, aber dann sind wir ins Gespräch gekommen, und ganz ehrlich: Unsere Elixiere können ihre Probleme nicht lösen.«

»Was?« Caroline macht ein verdattertes Gesicht. »Das verstehe ich nicht.«

»Sieh mal, die Frau macht gerade eine schwere Ehekrise durch. Sie ist seit fünf Jahren verheiratet, und seitdem versuchen sie und ihr Mann, ein Baby zu bekommen. Sie waren schon bei allen möglichen Ärzten, haben alle möglichen Tests gemacht, sich allen möglichen Behandlungen unterzogen, aber niemand kann ihnen sagen, woran es scheitert, und die Behandlungen schlugen nicht an. Die beiden lieben sich immer noch, aber sie fühlt, dass er sich von ihr entfernt hat, dass er es nicht mehr ertragen kann. Sie hat Angst, dass es zur Scheidung kommt, wenn es so weitergeht. Als sie heute Morgen unseren Laden entdeckt hat, ist sie spontan hineingegangen in der Hoffnung, dass vielleicht ein Aphrodisiakum ihr irgendwie helfen kann. Sie ist wirklich verzweifelt! Ich konnte ihr einfach nichts andrehen, nachdem sie mir ihr ganzes Herz ausgeschüttet hat.«

Caroline seufzt. »Dana, ich habe kein Problem damit, wenn du für die Kunden ein offenes Ohr hast. Aber du hättest ihr wenigstens *etwas* verkaufen können. Wie sollen wir denn unsere Schulden tilgen? Dana, das hier ist ein Geschäft.«

»Ich weiß, ich weiß, aber diese Frau brauchte dringend jemanden, der ihr zuhört und hilft. Sie hat jegliche Perspektive verloren.«

»Dann hast du also die letzte halbe Stunde damit verbracht, ihr Leben zu analysieren?«

»Ich weiß nicht, ob mir das gelungen ist, aber jedenfalls habe ich mit ihr geredet, ja. Wo ist das Problem?«

»Sag mal, Dana, raffst du es nicht? Wir müssen hier Geld verdienen, und zwar schnell!«

»Hör zu, Caroline, ich werde mich hier voll ins Zeug legen und hart arbeiten. Das weißt du. Mir liegt genauso viel daran wie dir, dass unser Unternehmen ein Erfolg wird, aber …«

»Ach ja? Ist das wirklich so?«

»Ja, natürlich. Das weißt du auch. Aber ich drehe niemandem etwas an, der ganz andere Hilfe nötig hat.«

Beide sind jetzt wütend. Sie stehen da und starren sich an, bis plötzlich die Ladenklingel bimmelt und eine fröhliche Clique von jungen Frauen hereinkommt. Ich seufze erleichtert auf.

»Hi«, sagt eine der Frauen und kommt direkt zu uns an den Verkaufstisch. »Wir sind hier in Dublin, weil wir den Junggesellinnenabschied von unserer Freundin Miriam feiern. Wir dachten, vielleicht finden wir hier was, um den Abend aufzupeppen.«

»Da seid ihr bei uns genau richtig«, flötet Caroline mit strahlendem Lächeln und geht an ein Regal, um einen Flakon herauszunehmen. »Meine Damen, das hier dürfte euch interessieren. Wir nennen es *Flüssige Liebe*. Es ist eines unserer köstlichsten und wirkungsvollsten Elixiere. Wenn ihr das trinkt, bevor ihr heute Abend loszieht, wird euch jeder Mann begehren, der euch gefällt.«

Eine aus der Gruppe, eine unattraktive Kleine mit ernstem Gesicht nimmt den Flakon in die Hand und studiert das Etikett. Dann hebt sie den Kopf. »Klingt nach einer sehr starken Mischung.«

»Oh ja«, nickt Caroline. »Sehr stark.«

»Aber ich will nicht, dass mir eine Horde von hässlichen Kerlen hinterherjagt.«

»Keine Angst, so funktioniert das nicht.«

»Wie funktioniert es dann?«, will sie wissen.

»Okay, ihr macht Folgendes«, beginnt Caroline zu erklären. »Bevor ihr heute Abend aufbrecht, versammelt ihr euch in einem Hotelzimmer oder wo immer ihr übernachtet. Die Vorhänge müssen offen bleiben. Das Mondlicht spielt nämlich eine wichtige Rolle, und ...«

»Ach was! Das ist doch Verarsche!«, ruft eine der anderen.

»Psst«, macht die mit dem ernsten Gesicht.

Caroline fährt fort. »Dann trinkt ihr im Mondlicht drei Viertel aus der Ampulle – nicht mehr und nicht weniger, sondern genau drei Viertel! Und dann sagt ihr: *Licht des Mondes, lass mich den Mann meines Lebens kriegen, und er soll mich immer lieben.*«

»Licht des Mondes, lass mich den Mann meines Lebens kriegen, und er soll mich immer lieben«, wiederholt die Kleine mit dem ernsten Gesicht, um sich den Spruch einzuprägen.

»Keine Sorge«, lächelt Caroline. »Das steht alles hier auf diesem kleinen Beiblatt.«

Ich kann kaum fassen, wie leichtgläubig diese junge Frau ist. Ich sehe Dana an, um ihre Reaktion zu beobachten. Sie verfolgt die Szene sehr aufmerksam, mit ernstem Blick.

Caroline redet weiter. »Wenn ihr dann nachher einem Mann begegnet, der euch gefällt, trinkt ihr das restliche Elixier und sagt: *Die Liebe meines Lebens ist gefunden, nun mache mich mit ihr verbunden.*«

»Das ist alles?«

»Ja. Soll ich Ihnen eins einpacken?«

»Ja, bitte.«

Die ernste, junge Frau steht vor dem Verkaufstisch, während Caroline das Elixier einpackt. Ich mustere die Kundin. Sie ist wirklich nicht sehr hübsch, und ich bekomme automatisch ein schlechtes Gewissen, weil wir ihr falsche Hoffnungen machen, weil wir ihre Erwartungen schüren und sie glauben lassen, heute Abend die Glückliche zu sein – obwohl ihre Freundinnen alle viel hübscher sind als sie.

Dann höre ich, wie Dana zu ihr sagt: »Kann ich Sie was fragen?«

»Sicher«, entgegnet die Kundin.

»Okay.« Dana überlegt kurz. »Haben Sie jemals in Erwägung gezogen, Ihre Haare offen zu tragen?«

Ich rechne damit, dass die Kundin empört reagiert, aber das ist nicht der Fall. Vielleicht liegt es an Danas Art, an ihrer sanften Sprechweise. Stattdessen greift die Frau an ihren Haarknoten und betastet ihn.

»Ich weiß nicht. Ich habe eine Naturkrause – meine Haare stehen immer sofort in alle Richtungen ab.«

»Machen Sie den Knoten mal auf und lassen Sie mich sehen.«

Die Kundin folgt Danas Aufforderung, und sie hat recht. Die offenen Haare stehen ihr noch weniger. Plötzlich habe ich Mitleid mit der Frau. Zuerst überredet Caroline sie dazu, ein Elixier zu kaufen, und nun scheint Dana ihr nahezulegen, die Haare offen zu tragen, was ihrem Gesicht alles andere als schmeichelt.

»Was meinst du, Rosie?«, fragt Dana. »Offen oder nicht?«

Da ich direkt angesprochen werde, sehe ich mich gezwungen zu antworten. »Haben Sie schon einmal in Erwägung gezogen, die Haare kürzer zu tragen?«, frage ich die Kundin. »Ich könnte mir vorstellen, dass Ihnen ein Pagenkopf recht gut stehen würde. Sie haben schöne, dicke Locken, aber vielleicht sollten sie mal gestutzt werden.«

»Meine Haare abschneiden? Kommt nicht in Frage.«

»Vielleicht haben Sie recht«, gebe ich nach. Das Letzte, was ich will, ist, dieser Frau etwas einzureden, was ihr widerstrebt.

Doch dann mischt sich eine ihrer Freundinnen ein. Sie richtet sich direkt an mich. »Sie haben recht! Wir sagen ihr ständig, sie soll zum Friseur gehen.«

»Glauben Sie wirklich, ich würde mit kürzeren Haaren besser aussehen?«, fragt die Frau.

Offenbar legt sie auf den Rat einer Fremden mehr Wert.

Ich zucke mit den Achseln. »Das ist meine Meinung. Sie sollten tun, was Sie für das Richtige halten.«

»Vielleicht wäre es ja wirklich das Beste, die Haare abzuschneiden.«

»Können Sie uns einen Friseur in der Nähe empfehlen?«, fragt ihre Freundin mich.

»Ja, Salon Davide«, antworte ich. »Ist direkt hier um die Ecke. Fragen Sie nach Jack. Kann sein, dass er keinen Termin mehr freihat, aber einen Versuch ist es wert.«

Als die Frauen schließlich den Laden verlassen, hat jede von ihnen ein Elixier gekauft plus eines extra für das Brautpaar als Geschenk für die Hochzeitsnacht, eine Anregung von Caroline.

Sie stößt einen Seufzer aus. »Unser erster Umsatz! Ich hoffe, unsere nächsten Kunden sind ein bisschen einfacher.«

Als es auf Mittag zugeht, nimmt die Anzahl der Kunden zu. Eine Frau kauft ein Elixier als Geburtstagsgeschenk für ihre Schwester, die Single ist. Ich habe zwar nichts gesagt, aber ich glaube, ich wäre nicht begeistert, wenn mir meine Verwandtschaft ein Liebeselixier zum Vierzigsten schenkt. Eine Horde junger Mädchen, die dem Akzent nach aus dem Süden stammen und ein Geschenk suchen für ihre Freundin zum achtzehnten Geburtstag, verlassen schließlich alle mit einer eigenen Tüte unser Geschäft. Dann betritt der erste männliche Kunde unseren Laden. Er lehnt ab, als Caroline ihm ihre Hilfe anbietet, und wir nehmen bereits an, dass er nichts kaufen wird. Doch zu guter Letzt nimmt er sogar ein Exemplar von jeder Sorte.

»Hoffentlich sind die alle für seine Frau«, lächelt Dana, während wir beobachten, wie er draußen am Schaufenster vorbeigeht.

»Ich habe keinen Ehering an seinem Finger gesehen«, erwidere ich.

»Dann eben für seine Freundin. Mir gefällt die Vorstellung nicht, dass er die Elixiere an verschiedene Frauen verteilt.«

»Vielleicht will er sie ja selbst trinken«, grinst Caroline.

Nach Ladenschluss stellen wir fest, dass wir über fünfhundert Euro verdient haben.

»Nicht schlecht für den ersten Tag!«, freut sich Dana.

Caroline seufzt. »Aber noch nicht gut genug.«

Auch Shakespeare hatte die aphrodisierende Wirkung von Gefahr erkannt. Wurde Julias Liebe zu Romeo nicht gesteigert durch die Atmosphäre aus Gefahr, Gewalt und Tod, die das junge Liebespaar umgab? Womit ließe sich das heute vergleichen? Mit Jugendbanden, die sich vor der Frittenbude prügeln, während ihre Freundinnen am Rand zusehen und ihre Jacken halten?

23

Ich bin gerade damit beschäftigt, das Schaufenster zu dekorieren, als ich zufällig nach draußen sehe und Lola entdecke. Sie überquert die Straße.

»Oh no!«, murmele ich. Die kommt doch nicht etwa zu uns in den Laden? Nein, bitte nicht, lieber Gott! Ich gehe rasch vom Schaufenster weg, damit sie mich nicht sieht, aber gleich darauf geht die Tür auf, und sie kommt herein.

»Hi, Rosie!« Sie lächelt mich an, als wären wir die besten Freundinnen.

»Hallo, Lola«, erwidere ich. Entschlossen, meine Gefühle zu verbergen, bringe ich sogar ein Lächeln zustande. Das hier ist mein Laden. Sie ist eine Kundin. Darum werde ich höflich sein. »Ich bin froh, dass es dir wieder gut geht.«

»Danke.«

»Wir haben die Etiketten geändert, damit so etwas nicht wieder passiert.«

»Gut. Sehr gut. Du hast doch nichts dagegen, wenn ich mich mal umschaue?«

»Nein, natürlich nicht.« Ich verkneife mir, hinzuzufügen, dass dies ja schließlich ein Geschäft ist.

Während Lola durch den Laden stöbert, beschäftige ich mich damit, hinter der Verkaufstheke aufzuräumen. Allerdings beobachte ich aus den Augenwinkeln genau, wie sie eine Ampulle nach der nächsten in die Hand nimmt. Was hat sie hier zu suchen? Hat sie wirklich vor, etwas zu kaufen?

»Kann ich dir behilflich sein?«, frage ich so freundlich, wie mir möglich ist.

Sie legt die Ampulle, die sie gerade in der Hand hält, wieder zurück und kommt dann mit lässigen Schritten zu mir herüber. Dabei sieht sie mich unverwandt an und lächelt. Sie bleibt vor dem Verkaufstisch stehen. Dann lässt sie ihr Lächeln abrupt fallen.

»Du und mir behilflich sein?« Sie stößt ein hässliches Lachen aus.

Zorn steigt in mir hoch, aber es gelingt mir, sachlich zu bleiben. »Äh, ja, das ist mein Job.«

»Nun, ich möchte nichts für mich kaufen – nein, danke! Eigentlich suche ich ein Geschenk für eine Freundin. Es soll ein Spaß sein. Sie hat sich vor Kurzem erst von ihrem Freund getrennt. Die Arme könnte eine kleine Aufheiterung vertragen.« Wieder stößt sie ein boshaftes Lachen aus. »Wie unsensibel von mir! Du weißt ja sicher selbst, wie sich das anfühlt. Du hast dich ja auch erst von deinem Freund getrennt.«

Ich begnüge mich mit einem stummen Achselzucken.

»Aber so überraschend kam das nicht. War doch irgendwie unvermeidlich, oder?«

»Wie bitte?«

»Zwei Menschen, die sich lieben, die sich richtig lieben, verbringen doch jede freie Minute zusammen. Das kann man von euch beiden wahrlich nicht behaupten.«

»Das lag nicht daran, dass wir nicht *wollten*, sondern daran, dass wir nicht *konnten*, jedenfalls in den letzten Wochen. Die Vorbereitungen für den Laden und die Band haben Finn und mich vollkommen in Anspruch genommen, aber jetzt …«

Sie fällt mir ins Wort: »Ist dir schon mal der Gedanke gekommen, dass ihr beide das – also den Laden und die Band – als Ausrede benutzt habt?«

»Nein! Du hast keine Ahnung, wovon du redest. Finn und ich sind … waren uns sehr nahe. Aber die Band ist wichtig für ihn. Ich habe Verständnis dafür, dass er so viel Zeit in sie investiert.«

»Du hast recht: Die Band ist Finn wirklich wichtig. Musik spielt eine große Rolle in seinem Leben, nicht wahr? Er braucht eine Frau, die das versteht. Ich kenne dich zwar kaum, aber ich kenne Finn. Und ich muss zugeben, dass ich mich die ganze Zeit gefragt habe, was ihr beide eigentlich gemeinsam habt.«

»Wir haben jede Menge gemeinsam.«

Warum mache ich mir überhaupt die Mühe, meine Beziehung zu rechtfertigen vor diesem Biest?

»Ach ja?«

»Ja.«

»Aber Finn ist so kreativ. Er macht Musik, er schreibt Songs, er malt. Du hingegen …« Sie mustert mich herablassend. »Nun ja … Du bist Verkäuferin.«

»Wie bitte?«

»Ihr seid ja wohl kaum auf einer Wellenlänge, oder? Nein, das wäre sowieso nie gut gegangen mit euch beiden. Daran hat mein Auftauchen nichts geändert. Wenn nicht ich, dann wäre ihm früher oder später eine andere begegnet, die besser zu ihm passt als du.«

»Willst du damit andeuten, dass Finn jetzt mit dir zusammen ist?«

Sie überlegt kurz, dann antwortet sie: »Nein, das will ich nicht andeuten.«

»Gut.«

»Ich will es dir vielmehr mitteilen.« Sie lächelt, als sie mein erschrockenes Gesicht sieht. Dann lässt sie flüchtig den Blick durch den Laden schweifen. »Weißt du, ich glaube, ich habe es mir anders überlegt – ich werde doch nichts kaufen. Außerdem muss ich jetzt los. Ich habe Finn versprochen, einen leckeren Wein zum Abendessen zu besorgen. Ich dachte an einen Pinot Grigio. Da heute kein Auftritt ist, haben wir beschlossen, uns einen gemütlichen Abend zu Hause zu machen.« Augenzwinkernd fügt sie hinzu: »Vielleicht gehen wir ja früh ins Bett – wenn du verstehst, was ich meine.«

»Macht«, sagte Henry Kissinger,
»ist das stärkste Aphrodisiakum.«
Vielleicht trifft das auf ihn und andere männliche Spitzenpolitiker zu, ungeachtet ihrer äußeren Erscheinung. Was die weiblichen Spitzenpolitiker betrifft, so bezweifle ich allerdings, dass Macht den Sex-Appeal von Margaret Thatcher, Indira Gandhi oder Hillary Clinton auch nur um ein Jota erhöht hat.

24

Einige Tage später gehe ich in den Laden, um Dana abzulösen, aber sie berät gerade eine Kundin. Als sie mich sieht, bittet sie mich, in einer halben Stunde wiederzukommen, und widmet sich dann wieder ihrem Beratungsgespräch. Da der Verkauf der Elixiere etwas schleppend verläuft, brauche ich keine neuen zu machen und beschließe stattdessen, mir draußen einen Kaffee zu gönnen.

Vor der Tür stoße ich mit Caroline zusammen.

»Wo willst du hin? Ich dachte, deine Schicht beginnt um zwei.«

Ich will ihr gerade antworten, dass Dana mitten in einem Beratungsgespräch ist. Aber da ich weiß, wie sehr Danas Hang, sich in die Kundinnen und ihre Probleme einzufühlen, Caroline nervt, überlege ich es mir anders.

»Dana bleibt ein bisschen länger. Ich wollte gerade einen Kaffee trinken gehen. Kommst du mit?«

»Warum nicht?« Caroline wirkt wenig begeistert.

Wir gehen ein kurzes Stück zu einem neuen Café. Wir treten ein, und ich entdecke am Fenster zwei freie Plätze.

»Setz du dich schon mal an den Tisch da drüben. Ich hole die Getränke.«

»Ja, okay.« Caroline macht sich auf den Weg zu dem freien Tisch.

»Hey!«, rufe ich. »Du hast mir noch gar nicht gesagt, was du haben willst.«

Sie dreht sich um und zuckt mit den Achseln. »Egal, irgendwas.«

»Irgendwas?«

»Ja.«

Irgendwas? In Carolines Leben gibt es kein Irgendwas. Das macht sie ja zu Caroline. Für sie gibt es sonst nur weiß oder schwarz.

Ich bestelle zwei Tassen Kaffee, warte, bis sie fertig sind, und gehe anschließend zu unserem Tisch. Dann nehme ich gegenüber von Caroline Platz. »Hier, bitte«, sage ich.

»Danke«, antwortet sie, ohne groß von mir Notiz zu nehmen.

Schweigend nippen wir an unserem Kaffee. Caroline starrt zum Fenster hinaus. Ich sitze da und überlege, was mit ihr los sein könnte. Ich weiß, in letzter Zeit bin ich selber nicht in Höchstform, aber auch Caroline ist anders als sonst. Wie eine Flasche Cola, aus der die Kohlensäure entwichen ist.

»Caroline?«

»Ja.«

»Alles in Ordnung?«

»Ja, sicher«, sagt sie, allerdings nicht sehr überzeugend.

»Machst du dir Sorgen, weil nicht genügend Kunden kommen?«

»Nein, wir sind schließlich noch in der Anfangsphase. Es dauert seine Zeit, um ein neues Geschäft zu etablieren.«

»Ist zwischen dir und Mick alles okay?«

»Sicher.«

»Gut.«

»Wenn ich ihn überhaupt mal sehe.«

»Bist du deshalb so schlecht drauf? Weil du Mick vermisst?«

»Nein, ja, teilweise. Ich wünsche mir, die Dreharbeiten wären endlich zu Ende. Ich wünsche mir, Mick öfter zu sehen. Weißt du, du hast recht – ich vermisse ihn tatsächlich. Aber …« Sie überlegt kurz, dann stößt sie einen Seufzer aus und wechselt plötzlich das Thema. »Egal. Was ist eigentlich mit dir? Wie geht es dir?«

Ich zucke mit den Achseln. »Na ja, mäßig.«

»Ist Lola noch mal aufgekreuzt?«

»Nein, zum Glück nicht.«

»Glaubst du, Finn ist wirklich mit ihr zusammen?«

»Ich weiß nicht, was ich glauben soll.«

»Hast du darüber nachgedacht, ihn mal anzurufen?«

Ich zucke wieder mit den Achseln. »Ja, aber ich werde ihn nicht anrufen. Er weiß, wo er mich findet.«

»Ich sage das nicht gern, Rosie – aber er scheint nicht gerade nach dir zu suchen. Entweder sind die beiden zusammen oder nicht. Wenn nicht, besteht vielleicht die Chance, dass du dich mit Finn wieder versöhnst. Aber wenn doch, dann solltest du dich auf dein eigenes Leben konzentrieren.«

»Ja.« Ich nicke betrübt.

»Komm.« Caroline steht auf. »Lass uns an die Arbeit gehen.«

Als wir am Schaufenster vorbeikommen, spähe ich in den Laden und sehe, dass Dana immer noch im Gespräch mit der Kundin ist.

»Ist das dieselbe Frau, mit der sie sich schon unterhalten hat, bevor wir los sind?«, fragt Caroline.

»Ich glaube nicht.« Es ist dieselbe Frau, aber es macht keinen Sinn, Öl ins Feuer zu gießen.

»Ich glaube schon. Ich bin mir sogar sicher. Grundgütiger!

Wofür hält Dana das hier eigentlich? Ich schwöre dir, sie lebt nicht in der realen Welt. Was soll dieses ewige Gelaber? Ist ihr nicht klar, dass wir bis zum Hals in Schulden stecken? Ist ihr nicht klar, dass sie den Kunden was verkaufen soll?«

»Bitte, Caroline, geh nicht gleich an die Decke! Es ist ja nicht so, als würde Dana andere Kunden vernachlässigen – es sind nämlich sonst keine da. Also beruhig dich wieder, okay?«

»Okay, okay.«

Als wir eintreten, verabschiedet sich Dana gerade von der Frau, und wir treten zur Seite, um sie vorbeizulassen.

»Tschüss, bis bald!«, ruft Dana ihr nach. Dann sieht sie uns lächelnd an. »Hey Leute, wisst ihr was? Habt ihr die Frau eben gesehen? Vielleicht könnt ihr euch an sie erinnern ... Sie war schon am Eröffnungstag hier. Ich weiß nicht, ob ich es euch damals erzählt habe, aber sie und ihr Mann haben eine schwere Zeit durchgemacht. Sie haben jahrelang versucht, ein Baby zu bekommen, und es schließlich aufgegeben.« Ohne wahrzunehmen, dass Carolines Miene sich mit jedem weiteren Wort verfinstert, fährt Dana fort: »Sie hatte Angst, dass der Druck zu groß war für ihren Mann und er sie verlassen würde. Jedenfalls hat sie mich bei ihrem ersten Besuch um Rat gefragt, und ich habe ihr empfohlen, sich auf ihre Ehe zu konzentrieren und die Freundschaft zu ihrem Mann wiederzubeleben, indem sie mehr miteinander reden und gemeinsame Dinge unternehmen, statt sich auf den Kinderwunsch zu versteifen. Sie hat meinen Rat befolgt, und er hat anscheinend Wunder bewirkt. Mittlerweile nehmen sie sich die Zeit, um jeden Morgen gemeinsam zu frühstücken. In der Woche verbringen sie zusammen die Mittagspause. Abends sitzen sie gemütlich zusammen bei einem Glas Wein. Sie sagt, diese kleinen Veränderungen bewirken unheimlich viel. Alles ist besser geworden. Sie haben aufgehört, ständig an ihren Babywunsch zu denken, und lernen nun wieder, sich an der Gesellschaft des anderen zu erfreuen. Diese Woche feiern sie ihren sechsten Hochzeitstag, und heute Morgen hat er sie mit einer zweiwöchigen Reise auf die Malediven überrascht. Das hat sie mir gerade erzählt. Unglaublich, nicht?« Dana macht einen ziemlich stolzen Eindruck.

»Hast du ihr diesmal was verkauft?«, fragt Caroline.

Als hätte man ihr mit einem nassen Fisch ins Gesicht geschlagen, erlischt Danas Lächeln schlagartig. »Warum musst du mir unbedingt meine gute Laune verderben?«, erwidert sie.

»Verzeih mir, aber es wäre schön, wenn die ganzen Leute, die du berätst, auch einmal mit einer Tüte den Laden verlassen.«

Ich halte die Luft an. Bitte, keinen Streit!

Dana starrt Caroline böse an. Dann zieht sie ohne ein Wort ihren rosafarbenen Kittel aus, legt ihn über den Verkaufstisch, sucht nach ihrer Tasche, hängt sie sich über die Schulter und marschiert in Richtung Ausgang. Sie öffnet die Tür, verharrt dann kurz und dreht sich noch einmal um.

»Caroline, nur zu deiner Information: Die Frau war nicht hier, um mich über den Stand ihrer Ehe auf dem Laufenden zu halten, sondern um ein paar Elixiere für den Urlaub zu kaufen, als besondere Überraschung. Sieh in der Kasse nach! Sie hat Produkte im Gesamtwert von 189,90 Euro gekauft. Ich habe ihr angeboten, die Tüte hier stehen zu lassen, während sie ihre Einkäufe erledigt. Sie holt sie nachher ab.«

Die Artischocke wurde in England erst unter der Regentschaft von Heinrich VIII. eingeführt. Es heißt, sie wurde ihm von Katharina von Medici empfohlen wegen ihrer angeblich aphrodisierenden Wirkung, was sein großes Interesse weckte.
Heinrich VIII. + Artischocken = 6 Ehefrauen?
Und so veränderte die Macht der Artischocke
den Lauf der Geschichte …

25

Die folgenden Tage sind gemischt. Mal ist der Umsatz besser, mal schlechter, aber nie hoch genug, um Caroline zufriedenzustellen. Ihr Gesichtsausdruck, als sie die Abrechnung macht, lässt darauf schließen, dass das heute nicht anders ist. Sie unterbricht ihre Tätigkeit und sieht zu mir.

»Rosie, warum machst du nicht Feierabend?«

»Es macht mir nichts aus, auf dich zu warten. Ist ja nicht so, dass ich was Besseres vorhabe.«

»Danke, aber ich gehe nachher noch in die Stadt. Ich bin verabredet.«

»Ah, okay. Mit wem?«

»Mensch, Rosie! Musst du immer alles wissen? Wir arbeiten zusammen, wir wohnen zusammen, aber wir sind nicht an der Hüfte zusammengewachsen, weißt du!«

»Okay, bleib locker. Gut, dann vielleicht bis später.«

Als ich zu Hause ankomme, entdecke ich Dana am Küchentisch, umgeben von hohen Bücherstapeln. Sie hat ihre Brille auf. Ihre Haare sind mit Bleistiften zu einem unordentlichen Knoten zusammengesteckt. Sie trägt dieselben Klamotten wie heute Morgen, einen alten Jogginganzug und dicke Wollsocken, ihr Lernoutfit, was wahrscheinlich bedeutet, dass sie den ganzen Tag das Haus nicht verlassen hat.

»Hi«, begrüße ich sie. »Warst du den ganzen Tag hier?«

Sie beginnt, sich zu dehnen und zu strecken. »Ja.«

»Hast du an deiner Diplomarbeit gesessen?«

»Ja.«

»Und wie kommst du voran?«

»Gut, gut. Ich habe meinen roten Faden wieder gefunden. Wie lief es heute im Laden?«

»So lala.«

»Ich wünschte, es würden mehr Kunden kommen.«

»Ja, das wünschen wir uns alle.« Ich stoße einen Seufzer aus.

»Weißt du, Rosie, ich arbeite unheimlich gerne im Laden, und egal, was Caroline zu meckern hat, meine Umsätze sind genauso hoch wie eure. Trotzdem frage ich mich, ob wir alle von dem Geschäft leben können. Ich weiß – Caroline spricht davon beziehungsweise sprach davon, eine Filiale zu eröffnen, und danach eine zweite und dritte und so weiter. Aber zuvor müssen wir erst mal dafür sorgen, dass unser erstes Geschäft Gewinn abwirft. Was, wenn wir weiter Minus machen?«

»Lass uns einfach abwarten, wie es sich in nächster Zeit entwickelt.«

»Das kann ich nicht so gut. Ich plane gerne im Voraus. Ich möchte wissen, was mich erwartet. Ich bin nicht sicher, ob ich für die Unwägbarkeiten dieses Geschäfts geschaffen bin.« Sie klopft auf ihre Bücher. »Vielleicht passe ich besser in die Wissenschaft statt in die Wirtschaft.«

»Was spricht dagegen, beides zu kombinieren?«, sage ich. »Möchtest du einen Kaffee?«

»Nein, danke. Ich habe heute schon mindestens hundert Tassen getrunken.«

Ich gehe zum Wasserkocher und stelle ihn an.

»Rosie?«

»Ja?«

»Ich wollte dir das neulich schon erzählen … Monica hat mir erzählt, dass Fay sich unauffällig nach Finns Vater erkundigt hat, als sie sich zum Essen getroffen haben.«

»Wirklich?«

Dana nickt. »Ja.«

»Ich habe gesehen, dass sie sich auf der Eröffnungsfeier offenbar gut verstanden haben.«

»Ja, offenbar richtig gut.«

Ich überlege kurz. »Wenn ich noch mit Finn zusammen wäre, könnte ich die beiden miteinander verkuppeln.«

Dana lacht. »Du änderst dich wohl nie, oder? Du musst dich immer und überall einmischen.«

Ich zucke mit den Achseln. »Vielleicht ist es ja ganz gut, dass ich keine Möglichkeit dazu habe, wenn ich daran denke, was ich Fay angetan habe. Aber was, wenn die beiden perfekt zusammenpassen? Jetzt werden sie nie die Gelegenheit haben, das herauszufinden.«

»Aber sie hatten doch bereits eine Gelegenheit. Einer der beiden hätte ja was sagen können, wenn es bei dem einen oder dem anderen gefunkt hat.«

»Mag sein. Aber viele Menschen tun sich schwer, in so einer Situation zu sagen, was sie wollen.«

»Das stimmt wohl, aber das liegt nicht in unserer Macht. Wir können es nicht ändern.«

Ich seufze. »Du hast wohl recht.«

Knoblauch ist dafür bekannt, das sexuelle Verlangen anzuregen.
Für diese Empfehlung gilt allerdings eine Einschränkung: wirkt nur, wenn BEIDE Parteien Knoblauch verzehren.

26

Im Laden ist es ruhig, als ich kurz vor zwei eintreffe, um Caroline abzulösen. Sofort fällt mir auf, dass im Radio nicht die dezente Hintergrundmusik läuft, auf die Caroline normalerweise besteht.

»Wie kommt es, dass du dir Rick Montague anhörst?«, frage ich.

»Psst! Hör einfach zu.«

»Wem zuhören?«

»Rick natürlich.«

»Aber warum?«

»Schschsch.«

»Ein plötzlicher Temperatursturz genügt, um Windschutzscheiben, die bereits einen Riss haben, zum Platzen zu bringen. Aber Sie können Zeit, Geld und jede Menge Ärger sparen, wenn Sie uns anrufen …«

»Wozu muss ich das wissen?«, frage ich.

»Musst du nicht. Hör einfach weiter zu.«

In diesem Moment betreten drei gut gekleidete Mittdreißigerinnen das Geschäft, und Caroline ändert ihre Meinung.

»Vergiss es! Kümmere dich um die Kundschaft. Ich höre solange weiter zu.«

Ich gehorche und mache einen recht guten Umsatz mit dem Trio. Nachdem die Frauen den Laden wieder verlassen haben, lauscht Caroline immer noch gebannt dem Radio.

»Weißt du was?«, sage ich. »Ich glaube, *Süße Freude* entwickelt sich zu unserem Verkaufsschlager …«

»Psst«, macht Caroline wieder.

»Hier nun die nächste Hörer-SMS: Hallo Rick! Hat noch jemand diese pinkfarbenen Mini Cooper gesehen? Sie haben ein Riesenherz vorne drauf und den Schriftzug ›Magic to Go‹ auf der Seite. Was genau verbirgt sich dahinter?«

»Caroline!«, kreische ich. »Der meint uns.«

»Ich weiß. Sei still!«

»Wenn jemand etwas darüber weiß, soll er sich bitte bei mir melden«, fordert Rick Montague seine Hörer nun auf.

Plötzlich geht mir ein Licht auf. Die erwartungsvolle Haltung, ihr zufriedenes Lächeln und die rauchende Waffe in ihrer Hand – ihr Handy.

»Das warst du!«, rufe ich aus. »Du hast die SMS geschickt! Ganz schön gerissen!«

»Gerissen? Nun, ich bevorzuge den Ausdruck *ganz schön clever*!« Caroline lacht. »Man bekommt heute schließlich nichts geschenkt, und so kriegen wir wenigstens kostenlose Werbung. Ich musste die Sache nur ein wenig anschieben, und es hat prompt geklappt. Wenn alles nach Plan läuft, wird sich irgendeiner darauf melden.«

Wir verfolgen weiter die Sendung. Rick liest die nächsten Hörer-SMS vor. Eine warnt vor einem fünfzig Minuten langen Stau auf der N7. Der nächste Hörer möchte wissen, wie man am besten einen kaputten Kühlschrank entsorgt. Ein anderer beschwert sich über den Preis von zehn Euro für ein Teegedeck für zwei in irgendeinem Café in der Innenstadt. Und dann:

»Okay, hier nun eine Meldung zu dem geheimnisvollen Mini. Anne schreibt: Ich habe den Mini auch gesehen. Macht

der nicht Werbung für diesen neuen Laden in der Innenstadt, der Liebeselixiere verkauft?« Montague lacht. *»Ein Laden, der Liebeselixiere verkauft? Das ist ja mal was ganz Neues! Also, wer weiß etwas über diesen Laden? Gibt es vielleicht einen Hörer, der schon einmal so ein Liebeselixier ausprobiert hat? Kommt schon, Leute, lasst es uns wissen!«*

Caroline klatscht begeistert in die Hände. »Hast du eine Ahnung, wie teuer Radiowerbung ist?« Sie geht zum Radio und stellt es lauter. »Okay. Warten wir mal ab, was als Nächstes passiert. Mal sehen, ob sich jemand meldet.«

Aber das ist nicht der Fall. Stattdessen scheinen Montagues Hörer mehr an der Geschichte mit den zehn Euro für eine Kanne Tee interessiert zu sein, denn sie übertrumpfen sich nun gegenseitig mit ihren Erlebnissen mit Wucherpreisen. Ein Euro fünfzig für ein Glas Leitungswasser in einer Kneipe in der Innenstadt! Ein Euro für die Benutzung der Toilette in einem beliebten Einkaufszentrum!! Fünf Euro für ein Glas Cola in einem Ausflugslokal am Stadtrand!!!

Caroline wird allmählich ungeduldig. »Was für eine Nation von Meckerheinis! Liest der jetzt dieses ganze Rumgejammere vor? Los, gib mir dein Handy!«

»Was? Wozu? Du hast doch dein eigenes.«

»Ich möchte aber nicht schon wieder mit meiner Nummer simsen.«

»Was willst du denn simsen?«

»Hör weiter zu, und du wirst es erfahren.«

Ich nehme mein Handy aus meiner Tasche und gebe es ihr. Flink tippt sie eine Nachricht und lehnt sich dann zurück, um die Sendung weiter zu verfolgen, aber die SMS zum Thema Wucherpreise reißen nicht ab. Drei Euro fünfundvierzig für ein Gebäckstück ohne Marmelade, das nicht einmal frisch war … Acht Euro Parkgebühr für eine Stunde und fünf Minuten …

»Meckern, meckern, meckern, das ist alles, was die können!«, meckert Caroline.

Aber gleich darauf liest Rick Carolines zweite Nachricht vor.

»Gerade eben hat mich die folgende Nachricht erreicht: Mein Freund hat mir letzte Woche so ein Liebeselixier geschenkt. Einfach köstlich! Und es wirkt …« Rick lacht. *»Hmm, interessant! Vielleicht sollte ich auch mal in dem Laden vorbeischauen.«*

Wir verfolgen weiter die Sendung, aber da kein anderer einen Kommentar zu unserem Geschäft abgibt, beschließt Caroline, erneut nachzuhelfen. Dieses Mal geht sie zum Ladentelefon und wählt eine Nummer.

»Hallo, mein Name ist Caroline Connolly. Ich bin Geschäftsinhaberin und verkaufe Liebeselixiere. Einer unserer Kunden hat mich darauf aufmerksam gemacht, dass in der Radioshow über unser Geschäft gesprochen wurde.« Sie lauscht in den Hörer. »Ein Interview? Ja, schätze schon. Okay, gut, ich bleibe in der Leitung.« Sie sitzt da, den Hörer am Ohr. Als sie meinen Blick auffängt, reckt sie den Daumen in die Höhe.

Ich schüttle den Kopf und verdrehe die Augen. Caroline ist einfach unglaublich. Trotzdem bin ich beeindruckt.

»Hallo, Rick! Ja, ich bin Caroline Connolly. Das ist richtig. Ich bin eine der Eigentümerinnen von *Magic to Go*.«

Ich schnappe mir das Radio und gehe damit an das andere Ende des Raums, um das Interview zu verfolgen.

Es ist seltsam, Carolines Stimme über den Äther zu hören, aber sie klingt gut – selbstsicher, freundlich und keine Spur nervös.

»Ja, wir haben vor drei Wochen eröffnet«, schildert sie Rick. »Ich und meine beiden besten Freundinnen, Dana und Rosie.«

»Dann führen Sie das Geschäft zu dritt?«

»Ja, genau, Rick.«

»Und, läuft es gut?«

»Ja, bombig!«, schwindelt sie. »Auch jetzt, während wir sprechen, ist der Laden rappelvoll. Wir können die Nachfrage kaum befriedigen.«

»Aber ausgerechnet Liebeselixiere! Sie glauben doch nicht wirklich daran, oder?«

»Natürlich glaube ich daran! Anderenfalls würde ich sie nicht verkaufen. Unsere Rezepturen bestehen ausschließlich aus natürlichen Zutaten, die traditionell als Aphrodisiaka gelten. Wir haben lediglich das Wissen aus alten Überlieferungen aufgegriffen und machen es nun für die moderne Welt verfügbar.«

»Ich muss zugeben, Caroline, ich habe so meine Zweifel.«

»Erst selber probieren, dann urteilen!«

»Okay, warum holen Sie nicht einen Ihrer Kunden ans Telefon. Mal hören, was die dazu sagen.«

»Äh, sicher. Ich kann Simone fragen. Sie ist heute zum zweiten Mal hier, nachdem sie neulich ein Elixier bei uns gekauft hat.« Caroline gibt mir das Zeichen, zu ihr zu kommen, aber ich schüttle den Kopf und lasse ihr keine andere Wahl, als weiterzureden. Was fällt ihr ein, mich derart in Verlegenheit zu bringen! »Ja«, fährt Caroline fort. »Simone schwärmt schon seit Langem für einen Arbeitskollegen, und letzte Woche hat sie sich endlich ein Herz gefasst und ihn zum Abendessen eingeladen.« Während sie redet, winkt sie mich die ganze Zeit zu sich rüber. »Zum Aperitif hat Simone eines von unseren Elixieren serviert. Sie sagt, der Abend war ein voller Erfolg. Sie haben sich für das kommende Wochenende wieder verabredet.«

»Das ist allerdings ein Erfolg! Dann reichen Sie mich mal an Simone weiter! Lassen Sie mich mit ihr reden.«

»Sicher.« Caroline legt die Hand über die Sprechmuschel. »Rosie, mach schon! Geh ans Telefon! Sofort!« Sie streckt mir das Telefon entgegen.

Ich schlurfe gemächlich zu ihr rüber und nehme widerwillig das Telefon entgegen, wobei ich ihr einen finsteren Blick zuwerfe. »Hi.«

»Spreche ich mit Simone?«, fragt Rick.

»Äh, ja, richtig.«

»Sie sind also zufrieden mit der Wirkung der Liebeselixiere?«

»Äh, ja, bin ich.«

»Caroline hat uns erzählt, dass sie eines der Elixiere bei einem Arbeitskollegen ausprobiert haben und dass es prompt gefunkt hat?«

»Äh, ja, richtig.«

Ich bemerke, dass Caroline wild in der Luft herumfuchtelt. Ich lege die Hand auf die Sprechmuschel. »Was?«

»Du könntest dir ruhig ein bisschen mehr Mühe geben!«

»Du kannst von Glück sagen, dass ich deinen Schwindel nicht auffliegen lasse!«, zische ich zurück.

Derweil habe ich eine Frage von Rick verpasst. Ich bitte ihn, sie zu wiederholen.

»Simone, können Sie uns beschreiben, was genau passiert ist, nachdem Ihr Kollege das Elixier getrunken hat?«

Ich presse ein Kichern hervor, das in meinen Ohren völlig falsch klingt. »Ich traue mich nicht, das zu sagen!«

Caroline nimmt mir den Hörer wieder weg.

»Ich glaube, Simone will damit sagen, dass eine Nachmittagssendung im Radio nicht der geeignete Ort ist, um solche, äh, intimen Details zu beschreiben.«

»Okay, Caroline«, kommt Rick zum Ende des Gesprächs. »Vielleicht können Sie uns ja ein paar Elixiere zum Probieren in die Redaktion schicken?«

»Ja, sicher, das mache ich gerne.«

»Vielleicht testen wir sie sogar live in der Sendung.«

Caroline lacht. »Klingt gefährlich. Sind Sie sicher, dass Sie das Risiko eingehen wollen?«

»Ja, bin ich. Also, vergessen Sie bitte nicht, uns ein paar Proben zu schicken. War nett, mit Ihnen zu reden, Caroline.«

»Na?«, kräht Caroline, stolz wie Oskar, als sie auflegt. »Was sagst du dazu? Bin ich ein Genie oder nicht? Stell dir mal vor, wie viele Leute das Interview gehört haben!«

»Ja, und stell dir mal vor, wie viele Leute das gehört und meine Stimme erkannt haben!«

»Ja, aber nur die, die dich kennen, und die spielen keine Rolle. Wir versuchen ja gerade die Leute zu erreichen, die uns beziehungsweise den Laden noch nicht kennen!«

»Was fällt dir ein, mich so zu nötigen?«, frage ich, nun richtig sauer.

»Mensch, Rosie! Worüber regst du dich eigentlich auf?«

»Darüber, dass du mich gezwungen hast, im Radio zu lügen und mich als jemand anderen auszugeben. Was fällt dir eigentlich ein?«

Jetzt kippt auch Carolines Stimmung. »Ach, es ist also in Ordnung, wenn ich meinen Hals riskiere, um unseren Bekanntheitsgrad zu steigern, aber für dich gilt das nicht, oder was?«

»Du hättest mich vorher warnen können.«

»Wie denn? Konnte ich ahnen, dass Rick mit einem Kunden sprechen will? Hätte ich ihm sagen sollen, dass gerade keiner im Laden ist?«

»Mach so etwas nie wieder mit mir!«

Den restlichen Nachmittag reden wir nicht viel. Einerseits sind wir noch wütend aufeinander, andererseits haben wir alle Hände voll zu tun. Wir hatten noch nie einen derart großen Kundenandrang, und es besteht kein Zweifel, dass wir das dem Radiointerview zu verdanken haben. Mehrere Kunden haben uns das bestätigt.

Kurz vor Schluss, als der Laden zum ersten Mal seit dem Nachmittag leer ist, platzt Mick überraschend herein.

»Ich glaub's nicht!«, ruft Caroline aus. »Mit dir habe ich ja gar nicht gerechnet! Rate mal, was heute passiert ist!«

»Du warsch im Radio?«

»Hast du mich etwa gehört?«

»Ja, zusammen mit der halben Nation.«

»Das hoffe ich doch.«

Mick sieht mich an. »Aber über dich habe ich noch mehr gestaunt, *Simone*.« Er dreht sich wieder zu Caroline und mustert sie scharf. »War die erschte Nachricht an Montague von dir?« Caroline antwortet nicht sofort. »Isch doch so, oder?« Er wendet sich wieder zu mir. »Oder, Rosie?«

»Warum fragst du sie?«, sagt Caroline.

»Weil sie mir vielleicht eine ehrliche Antwort gibt.«

»Und was, wenn es so ist? Das war die beste Werbung für uns. Wir hatten heute unseren stärksten Umsatz.«

»Wie bisch du bloß drauf!«

»Ach, komm schon, so läuft das eben im Geschäft! Ich habe

schließlich niemandem geschadet. Ist ja nicht so, als hätte ich jemanden ermordet.«

»Das isch alles bloß ein großer Bluff.«

»Ein Bluff? Im Gegenteil, das ist alles sehr real. Das ist ein reales Geschäft, in das reales Geld investiert wurde. Wenn wir scheitern, haben wir Abertausende von realen Euro Schulden. Kannst du das nicht verstehen? Ich begreife nicht, was dein Problem ist. Wir haben uns ein bisschen Werbung im Radio erschlichen, na und? So, ich hatte einen anstrengenden Tag. Wir schließen! Soll ich dich auf dem Heimweg irgendwo absetzen? Oder ziehst du es vor, auf deinem hohen Ross zu reiten?«

Muskatnuss wurde von chinesischen Frauen hoch geschätzt als Aphrodisiakum.
Auch hier gibt es eine Einschränkung: In großen Mengen genossen, kann das Gewürz eine halluzinogene Wirkung hervorrufen.
Aber eine Prise Muskat in einer heißen Kürbissuppe kann einem an einem kalten Abend ganz schön einheizen.

27

Der Kundenansturm dank der Radiowerbung hielt nur wenige Tage an. Caroline löste ihr Versprechen ein und schickte Rick Montague ein paar Kostproben von unseren Liebeselixieren. Danach rief sie mehrmals beim Sender an, um sich zu erkundigen, wann Rick die Elixiere in seiner Sendung testen wollte, aber dazu kam es leider nicht. Mittlerweile behandelte Rick längst neue Themen in seiner Show, und Caroline landete immer nur bei der Frau in der Telefonzentrale. Deren ursprünglich freundliche Art schlug allmählich in einen eisigen, höflich-sachlichen Ton um, als hätte sie es – O-Ton Caroline – »mit einer Geisteskranken zu tun, die den Sender mit ihren Anrufen belästigt.«

Dennoch haben wir der *Rick Montague Show* eine weitere tolle Überraschung zu verdanken, von der Caroline uns berichtet, als sie abends aus dem Laden nach Hause kommt. Das Problem ist, dass sie so aufgeregt ist, dass wir ihren Worten nur schwer folgen können.

»Dann sagt er, sein Name ist Felix und er ruft im Auftrag von Andrew Marsh an, worauf ich sage, oh, ich habe aber gar keinen Termin ausgemacht, worauf er sagt, ja, das wisse er, aber Marsh möchte uns gerne alle drei einladen, worauf ich sage, dass ich bezweifle, dass ihr beide interessiert seid, weil du, Rosie, deinen eigenen Stammfriseur hast, und du, Dana, sowieso nur selten zum Friseur gehst, und dann fragt er, Friseur? Warum reden Sie die ganze Zeit von Friseur? Also sage ich, aber Sie rufen doch aus dem Friseurstudio Marsh an, woraufhin er sagt, nein, nein, ich meinte nicht Andrew Marsh, den Starfriseur, sondern Andrew Marsh, den Fernsehmoderator, und ich sage, ach wirklich?, und dann sagt er, ja, Sie kennen doch sicher die Sendung *Irland aktuell*, und dann …«

»Okay, Augenblick«, unterbreche ich sie. »Willst du damit sagen, dass Andrew Marsh uns alle drei in seine Sendung eingeladen hat?«

»Wovon rede ich denn die ganze Zeit? Die Sendung wird am Montagvormittag aufgezeichnet. Wir brauchen also jemanden, der uns ein paar Stunden im Laden vertritt. Vielleicht kann Monica …«

»Andrew Marsh?«, fällt Dana ihr ins Wort. »Kommt der nicht immer montags nach den Nachrichten?«

»Ja, genau.«

»Ich glaube, die Sendung habe ich noch nie gesehen.«

»Solltest du nachholen. Es lohnt sich.«

»Was ist das überhaupt für eine Sendung?«, fragt Dana.

»Sie hat eine ziemlich breite Themenpalette«, antworte ich. »Marsh befragt alle möglichen Leute zu einem aktuellen Thema, daher der Name der Show.«

Caroline erklärt weiter: »Manchmal interviewt er Leute, die ein neues Buch oder einen neuen Film oder was auch immer herausbringen. Manchmal lädt er auch eine Expertenrunde ins Studio ein. Und er befragt die Leute draußen auf der Straße.«

»Ja«, stimme ich zu. »Er geht zu Protestaktionen, wenn zum Beispiel gegen einen neuen Autobahnabschnitt demonstriert wird. Oder ins Asylheim, wo er mit den Bewohnern über ihre Situation spricht. Oder er redet mit Bürgerinitiativen für eine saubere Stadt. Wie gesagt, er unterhält sich mit allen möglichen Leuten.«

»Aber wie ist er gerade auf uns gekommen?«, fragt Dana.

»Dieser Felix meinte, Marsh hat unser Interview in der *Rick Montague Show* gehört«, antwortet Caroline.

»Und warum will er uns in seine Sendung einladen?«, fragt Dana weiter.

»Ihn interessiert wohl, dass drei junge Frauen, drei Freundinnen, gemeinsam eine Existenz gegründet haben.«

»Und darüber will er mit uns reden?«

Caroline nickt. »Ja.«

Dana sieht mich an. »Was meinst du dazu, Rosie?«

»Ich finde, wir sollten hingehen. Das Interview im Radio war für uns eine super Werbung. Im Fernsehen erreichen wir noch mehr Leute.«

»Dann kann ich diesem Felix also sagen, dass wir die Einladung annehmen?«, fragt Caroline.

»Ja, ruf ihn an«, sage ich, während Dana zustimmend nickt.

Spargel hat den Ruf, so stark aphrodisierend zu wirken, dass er während der Renaissance aus den meisten Klöstern verbannt wurde.

28

Dana stößt einen lauten Seufzer aus. »Wie lange müssen wir denn noch warten? Mir ist ganz flau im Magen. Oh Gott, ich bin so nervös.«

Ich sehe sie an, und trotz der dicken Make-up-Schicht, die wir hier gleich nach unserer Ankunft im Studio verpasst bekommen haben, wirkt sie tatsächlich ein wenig grün im Gesicht.

»Du brauchst nicht nervös zu sein. Dazu besteht kein Grund«, sagt Caroline. »Du brauchst nämlich nichts weiter zu tun, als dazusitzen und hübsch auszusehen. Das Reden kannst du ruhig mir überlassen. Und danach gönnen wir uns ein ausgiebiges Frühstück.«

»Frühstück! Bäh!« Dana verzieht das Gesicht. »Wenn ich nur an Essen denke, wird mir schlecht.«

In diesem Moment geht die Tür auf, und ich blicke erwartungsvoll hoch in der Annahme, dass wir nun abgeholt werden und es endlich losgeht. Aber falsch gedacht. Stattdessen kommen zwei Frauen herein, wahrscheinlich auch Gäste wie wir. Die eine, die ich auf Ende sechzig schätzen würde, sieht aus wie eine Künstlerin mit ihren langen, wallenden grauen Haaren und ihren langen, wallenden bunten Gewändern. Ihre Augen sind dick mit Kajal umrandet und die Wimpern stark getuscht. Die andere ist recht hübsch und ungefähr in unserem Alter. Sie sieht auch wie eine Künstlerin aus – derselbe Kleiderstil, dasselbe dicke Make-up, dieselbe wallende Mähne – mit einer Ausnahme: Ihre Haare sind pechschwarz.

Beide, besonders die Ältere, machen einen selbstbewussten Eindruck. Die Ältere lässt sich lediglich dazu herab, uns einen kurzen Blick zu schenken, während die Jüngere hoheitsvoll in unsere Richtung nickt, als müssten wir sie kennen. Die Ältere nimmt zuerst Platz.

»Adeline«, sagt sie und klopft auf den freien Stuhl daneben. Adeline nimmt ebenfalls Platz, und die Ältere beginnt unbefangen zu reden, als wären wir drei gar nicht anwesend.

»Adeline, Liebes?«

»Ja, Nana?«

»Sag mir, was steht heute noch alles auf unserem Programm?«

Adeline wuchtet ihre große Tasche hoch auf ihren Schoß, kramt darin herum und nimmt schließlich einen Organizer heraus. Sie schaltet ihn ein, wartet kurz und beginnt dann vorzulesen: »Elf Uhr: Flug nach London. Fünfzehn Uhr: Mittagessen mit Verlegern. Achtzehn Uhr: Rückflug. Zwanzig Uhr dreißig: Abendessen in Howth mit Rugby-Legende Dixie Duggan.«

»Verzeihung«, meldet Dana sich zu Wort. »Darf ich Sie fragen, ob Sie …«

Caroline fällt ihr ins Wort. »… ob Sie bei *Irland aktuell* eingeladen sind?«

Adeline nickt. »Ja, richtig.«

»Wir auch«, sagt Caroline. »Das ist unser erster Fernsehauftritt. Wir sind ein wenig nervös.«

»Was werden Sie …«

Caroline geht über Adelines Frage hinweg. »Wir hatten schon Angst, wir würden zu spät kommen. Der Verkehr heute Morgen war die reinste Katastrophe, nicht wahr? Aber das ist immer so bei Regen. Dann kriechen alle nur noch im Schneckentempo vorwärts. Heute früh haben sie in den Nachrichten gebracht, dass es später aufklaren soll, ein Glück. Aber im Grunde dürfen wir uns nicht beschweren. Insgesamt betrachtet war das Wetter dieses Jahr recht gut, nicht wahr? Ich meine, verglichen mit dem letzten Jahr, haben wir keinen Grund zu meckern. Da gab es nämlich kaum mal einen Tag, an dem es nicht geregnet hat …« Sie blubbert weiter.

Dana starrt sie verwundert an. Genau wie ich. Vielleicht ist Caroline ja doch nervös, obwohl sie wie immer die Coole mimt. Was hätte sie sonst für einen Grund, so herumzuschwafeln?

»Aber dafür hat das restliche Europa ziemlich viel Regen abbekommen, nicht wahr? Mein Bruder war erst kürzlich in Spanien und meinte, dass …«

In diesem Augenblick geht die Tür auf, und Caroline unterbricht ihren belanglosen Monolog. Es ist Felix, der uns bereits bei unserer Ankunft begrüßt hat. Er ist Anfang zwanzig, gestylt im Fünfzigerjahre-Look mit Haartolle und einer amerikanischen Baseballjacke mit dem Aufdruck *Stanford* auf der Rückseite, und er scheint immer ein Klemmbrett im Arm zu halten.

»Okay, meine Damen«, verkündet Felix, »die anderen Gäste sind nun auch raus aus der Maske. Wir beginnen in Kürze mit dem zweiten Teil der Sendung. Würden Sie bitte mitkommen?«

Wir stehen alle auf und folgen ihm. Er hat bereits zwei weitere Gäste im Schlepptau. Der erste ist ein schlanker Mann Mitte vierzig, wie ich schätze, mit einem knochigen Gesicht, einer gefurchten Stirn, Sommersprossen auf der Haut und spärlichen, dünnen, sandfarbenen Haaren. Er trägt braune Sandalen, braune Socken, eine braune Schlabberhose und ein braunes Hemd unter einem längs gestreiften Pullunder und einer quer gestreiften Krawatte. Der zweite Gast ist eine Frau, die ich auf Ende sechzig, Anfang siebzig schätzen würde und die von der Frisur her an Barbara Bush erinnert, die Mutter von George W. Sie trägt ein Kostüm in Babyrosa, und ihre Schuhe und ihre Handtasche sind farblich darauf abgestimmt. Einen Augenblick lang überlege ich, ob sie wirklich Barbara Bush ist, aber ich bin mir nicht einmal sicher, ob die echte Barbara Bush noch lebt, und wenn ja, was hat sie dann in einer Sendung im irischen Lokalfernsehen verloren?

Wir folgen Felix einen langen, schmalen Gang entlang, bis wir die Studiobühne betreten. In der Mitte steht eine Sesselreihe, die zum Publikum ausgerichtet ist, und seitlich daneben ist ein hoher Stuhl platziert, der vermutlich für Andrew Marsh reserviert ist.

»Okay, nehmen Sie bitte Ihre Plätze ein«, bittet Felix uns. »Wir sind ein bisschen knapp in der Zeit, darum legen wir sofort los. Mr. Marsh ist schon auf dem Weg ins Studio.«

Caroline, Dana und ich setzen uns zuerst, dann das Barbara-Bush-Double, dann Mr. Streifenpullunder, dann Adeline und schließlich die Frau, die von Adeline Nana genannt wird und vielleicht ihre Großmutter ist.

Ich schenke Barbara Bush neben mir ein Lächeln. »Sind Sie auch Existenzgründerin?«, frage ich.

Sie sieht mich an und macht ein verwirrtes Gesicht. »Wie kommen Sie darauf?«, entgegnet sie abweisend und dreht sich von mir weg.

Bevor ich dazu komme, über diese merkwürdige Reaktion nachzudenken, beginnt das Studiopublikum zu klatschen, und ich drehe den Kopf und sehe, dass Andrew Marsh hereinkommt. Er klettert auf seinen hohen Stuhl.

»Da sind wir wieder«, sagt er in eine der Kameras. »Heute darf ich im Studio eine interessante Auswahl an Gästen begrüßen.« Er beginnt, uns nacheinander vorzustellen. »Bei uns zu Gast sind Mina Butterfield und ihre Enkelin Adeline Winston, die wohl berühmtesten Parapsychologinnen in Irland.« Mina und Adeline lächeln in die Kamera. Adeline winkt sogar kurz. »Außerdem haben wir John Duggan bei uns, einen bekannten Homöopathen.« John nickt feierlich in die Kamera. »Und ich möchte Celeste LaRue begrüßen, ein Engelmedium. Herzlich willkommen, Celeste.«

»Ich freue mich, hier zu sein, Andrew.«

»Und schließlich haben wir drei junge Damen eingeladen, Caroline Connolly, Dana Vaughan und Rosie Kiely. Sie haben vor Kurzem ein Geschäft in der Dubliner Innenstadt eröffnet, das sich *Magic to Go* nennt. Ich darf Sie ebenfalls herzlich willkommen heißen, meine Damen.«

Ach du heilige Scheiße! Plötzlich fällt bei mir der Groschen. Das Thema der heutigen Sendung lautet nicht »Existenzgründung«. Das Einzige, was wir mit den anderen Gästen gemein haben, ist, dass wir alle verschiedene Facetten aus dem Esoterikbereich repräsentieren. Ich sehe, dass Dana ein völlig entsetztes Gesicht macht. Offenbar ist sie zu demselben Schluss gekommen wie ich.

»Vielen Dank für die Einladung«, höre ich Caroline antworten.

Ich sehe zu ihr. Sie lächelt. Wie kann sie so ruhig bleiben? Ihr muss doch auch bewusst sein, dass wir unter falschen Versprechungen hierhergelockt wurden!

Plötzlich kommen mir die grellen Studioscheinwerfer unerträglich heiß vor. Ich beginne zu schwitzen. Ich habe das Gefühl, als würde mein Kreislauf jeden Moment schlappmachen. Wie zum Teufel sind wir nur hier gelandet? Das ist wie ein realer Albtraum, aus dem es kein Entrinnen gibt! Ich blicke mich um. Ich sehe zu Andrew Marsh auf seinem hohen Stuhl, zu den anderen Gästen, zu den Kameraleuten, zu Felix und dem restlichen Studioteam, zu dem Publikum, das nun klatscht, bereit, sich unterhalten zu lassen.

Als der Applaus verebbt, steigt Marsh von seinem Stuhl herunter und geht zu seinen Gästen. Er bleibt neben Celeste stehen.

»Beginnen wir mit Ihnen, Celeste. Sie bezeichnen sich als ein Engelmedium, wenn ich richtig informiert bin.«

Ich glaube, ich bekomme keine Luft mehr. Ich sehe mich nach dem nächsten Notausgang um.

»Das ist richtig, Andrew.« Celeste lächelt freundlich.

»Erzählen Sie uns ein wenig darüber. Wie sind Sie ein Engelmedium geworden?«

»Andrew, ich bin das nicht geworden. Diese Begabung wird einem in die Wiege gelegt«, antwortet Celeste, immer noch freundlich lächelnd.

Ich wünschte, ich hätte den Mut, einfach aufzustehen und hinauszugehen, aber ich habe ihn nicht. Ich kann nicht. Nicht vor all diesen Leuten. Ich sitze in der Falle.

»Ich verstehe. Dann erzählen Sie uns doch einmal von Ihrer, äh, Begabung.«

»Nun, Andrew, jeder Mensch hat einen persönlichen Schutzengel, der über ihn wacht. Aber die meisten von uns haben verlernt, mit ihrem Schutzengel zu kommunizieren. Dafür bin ich da. Ich agiere als Medium für Menschen, die mit ihrem Schutzengel in Kontakt treten wollen.«

»Sie sagen, jeder Mensch hat einen persönlichen Schutzengel. Wer trifft die Auswahl, welcher Engel über welchen Menschen wacht?«

»Gott natürlich.«

»Gott?«

»Sie haben doch sicher schon von Schutzengeln gehört, oder?«

»Natürlich. Aber ich dachte eigentlich, die wären längst aus der Mode.« Marsh lacht kurz. »Genau wie die Hölle.«

»Nun, Andrew, nur weil sie aus der Mode sind, heißt das nicht, dass sie nicht real sind. Es gibt sie immer noch, aber heutzutage sind die Menschen so beschäftigt, dass sie vergessen haben, wie man mit seinem Schutzengel kommuniziert.«

»Aber Sie können das?«

»Ja. Das ist meine spezielle Begabung.«

»Die Ihnen in die Wiege gelegt wurde. Sagen Sie, wann ist Ihnen zum ersten Mal bewusst geworden, dass Sie über diese Gabe verfügen?«

Celeste überlegt kurz. »Nun, ich habe schon als kleines Kind Dinge wahrgenommen, die weit außerhalb des Spektrums liegen, das der Mensch mit seinen fünf Sinnen erfassen kann. Im Alter von drei, vier Jahren konnte ich neben den Personen aus meiner Familie Schemen sehen, wie man mir später erzählt hat.«

Marsh lacht. »Ist denn keiner auf die Idee gekommen, dass es sich um imaginäre Freunde handelte, die Kinder in diesem Alter sich gerne ausdenken?«

Celeste wirft Marsh einen Blick zu, als würde sie ihn aufrichtig bemitleiden. Sie schüttelt freundlich den Kopf. Scheinbar ist sie eine sehr gutmütige Person, der Typ liebe (und schrullige) Großmutter wie in Kinderbüchern.

»Andrew, jeder konnte sehen, dass ich über diese Fähigkeiten verfüge. Die Erscheinungen, die Engel haben mir Dinge verraten, Dinge aus der Vergangenheit oder aus der Zukunft, Dinge, die sich erfüllt hatten oder die sich bald darauf erfüllten. Als ich zehn Jahre alt war, standen die Leute Schlange vor unserem Haus in meiner kleinen Heimatstadt, um meine Hilfe zu suchen. Sie kamen von nah und fern, weil sie wussten, dass ich die Wahrheit sage, dass ich die Gabe habe, mit den Engeln zu kommunizieren.«

»Und Sie haben dafür natürlich Geld genommen.«

»Nein, anfangs nicht.«

»Aber später schon.«

»Andrew, ich spüre Ihre Skepsis, und ich ver…«

»Was?« Marsh dreht den Kopf in alle Richtungen. »Ist mein Schutzengel etwa auch hier? Hat er Kontakt zu Ihnen aufgenommen?«

»Ich spüre Ihre Skepsis, und ich verstehe das. Viele Menschen teilen Ihre Bedenken, was ihr gutes Recht ist. Sie haben mich in Ihre Sendung eingeladen, und ich bin gekommen. Aber ich bin nicht hier, um irgendjemanden von meiner Gabe zu überzeugen.«

»Ja, aber …«

»Um Ihre Frage zu beantworten: Ich führe ein Leben als eine Art Schnittstelle zwischen Menschen und ihren Schutzengeln und übe daher keinen Beruf aus. Darum akzeptiere ich kleine Spenden. Ich muss auch von irgendetwas leben, Andrew.«

»Sie nehmen also Geld dafür, dass Sie den Leuten erzählen, was ihnen die Engel mitteilen wollen?«

»Ja. Andrew, ich merke, Sie versuchen, das Ganze ins Negative zu rücken. Aber das ist mein Leben, und ich brauche mich nicht dafür zu entschuldigen.«

»Wenigstens haben Sie noch keinen damit umgebracht.«

»Wie bitte? Natürlich nicht!«

»In diesem Sinne möchte ich mich nun Mina und ihrer Enkelin Adeline zuwenden. Beginnen wir mit Ihnen, Adeline. Erzählen Sie mal ein bisschen von sich. Sie bezeichnen sich als Parapsychologin. Warum?«

»Weil ich eine bin, natürlich«, antwortet Adeline schroff. Adeline wird wohl nicht so liebenswürdig bleiben wie Celeste. »Ich bin Parapsychologin, genau wie meine Großmutter. Sie hat als eine der Ersten erkannt, dass ich ihre Begabung geerbt habe.«

»Und Ihre Mutter besitzt keine übersinnlichen Fähigkeiten?«

»Nein, aber sie akzeptiert die Tatsache, dass ihre Mutter und ihre Tochter diese Begabung haben. Wahrscheinlich wäre es ihr lieber, wir wären ganz normal, aber sie nimmt uns auch so, wie wir sind.«

»Ist es richtig, dass sie eng mit der Polizei zusammenarbeiten?«

»Ja, das ist richtig.«

»Stimmt es, dass Sie für diese Zusammenarbeit aus dem öffentlichen Haushalt bezahlt werden?«

»Ja.«

»Sicher könnte der eine oder andere jetzt die Kritik einwenden, dass für so etwas Steuergelder verschwendet werden, bedenkt man …«

Mina fällt ihm ins Wort. »Andrew, worauf wollen Sie eigentlich hinaus?«

»Das müssten Sie mit Ihren Fähigkeiten doch wissen!«, entgegnet Marsh hämisch. Die Schonzeit ist vorüber. Die Samthandschuhe sind abgestreift. »Wissen Sie, eine Sache habe ich nie verstanden bei euch Hellsehern. Wenn Sie, sagen wir, nach einer vermissten Person suchen, dann sagen Sie immer Dinge wie: *Ich sehe Wasser* oder *Ein Mann, dessen Name mit einem M beginnt, ist von großer Bedeutung*. Warum sehen Sie immer nur so vage Bilder? Das wundert mich. Warum können Sie nicht einfach sagen: *Ich sehe Wasser. Es ist ein See. Es handelt sich um Lough Neagh* oder *Ich sehe einen Mann. Sein Name ist Michael Murphy.*«

Mina macht einen verärgerten Eindruck, aber sie bewahrt Haltung und antwortet: »Ich weiß nicht, was Sie von mir erwarten. Ich kann schließlich nicht so tun, als wüsste ich mehr, als ich tatsächlich sehe.«

»Aber vielleicht ist das ja der Punkt. Gerade weil Sie so tun, müssen Sie vage bleiben. Je unbestimmter Ihre Aussagen, desto größer die Chance, dass Ihre wilden Spekulationen sich mit der Wahrheit decken.«

»Ich muss doch sehr bitten!«

Marsh ignoriert Minas Empörung und geht zu einer großen Leinwand. »Ich möchte dem Publikum kurz einen Film zeigen, in dem Sie bei der Arbeit zu sehen sind.« Auf der Leinwand erscheint jetzt ein Bild. Man sieht Mina, die auf einer Couch sitzt, zusammen mit einem Mann und einer Frau, die beide schlecht gekleidet sind und die müde, unheimlich traurige Gesichter haben. Die Unterlippe der Frau zittert. Der Mann hält ihre Hände umklammert.

»Ich sehe Wasser«, hören wir Mina sagen. »Und einen Wald.«

»Glauben Sie, unser Sohn ist dort?«, fragt die traurige Frau mit einer Stimme, die kaum lauter als ein Flüstern ist.

Mina nickt.

»Ist er am Leben?«, fragt der Mann mit banger Hoffnung.

Die Kamera zoomt nah an Mina heran. Sie lässt sich mit der Antwort eine halbe Ewigkeit lang Zeit. Ich vergesse kurz mein eigenes Schicksal, während ich gebannt auf ihre Reaktion warte. Dann schüttelt sie ganz langsam den Kopf. »Nein.« Man hört, wie im Hintergrund jemand in Schluchzen ausbricht. Die Leinwand wird wieder dunkel.

Marsh stellt sich wieder zu Mina.

»Mina, ich habe eine Frage an Sie. Ein einfaches Ja oder Nein genügt als Antwort. Ist es wahr, dass das Paar einige Tage nach dieser Aufnahme seinen Sohn in einem Krankenhaus gefunden hat, wo er im Koma lag?«

Mina macht ein Gesicht, als würde sie Marsh am liebsten fressen und dann wieder ausspucken, was ihn jedoch unbekümmert lässt.

»Als Sie den Eltern sagten, der Junge wäre tot, war er in Wirklichkeit noch am Leben. Ja oder nein? Ist es wahr, dass weder Wasser noch Wald eine Rolle in diesem Fall spielten? Ja oder nein?«

»Lassen Sie mich in Frieden!«, wird Mina laut. »Nur Gott kann alles hundertprozentig vorhersehen. Ich bin nicht Gott!«

»Nein, Sie sind nicht Gott. Vielmehr sind Sie und ihre Enkelin Betrügerinnen, Scharlatane ohne jedes Gewissen, die schwache Menschen ausnehmen. Ja oder nein?«

»Nein! Wir sind übersinnlich begabt! Sie verdrehen die Fakten! Sie hätten auch einen Film über Menschen zeigen können, denen wir geholfen haben, aber stattdessen haben Sie sich ausgerechnet dieses Paar herausgepickt. Es hat uns falsche Informationen gegeben, die uns in die Irre geleitet haben.«

»Oh, ich bitte Sie! Jetzt schieben Sie auch noch die Schuld auf die armen Eltern. Tiefer kann man nicht sinken.«

»Ich gebe ihnen keine Schuld. Ich wollte es nur erklären.«

Aber Marsh ist fertig mit Mina und Adeline und kehrt zu seinem Stuhl zurück, wo er dann mit John Duggan weitermacht.

»Die Alternativmedizin wird bei den Patienten immer beliebter aufgrund ihrer sanften Heilmethoden ...«

Während er weiterspricht, habe ich nur einen Gedanken: Wie zum Teufel kommen wir hier raus, bevor wir an der Reihe sind? Wenn wir jetzt aufstehen und gehen, wird das sicher in einem Eklat enden. Ich sehe Dana an, die blass ist wie ein Geist (passend zum Thema und den geladenen Gästen). Dann sehe ich zu Caroline. Sie macht immer noch einen recht gelassenen Eindruck. Wie kann sie nur? Mir kommt ein Gedanke: Hat sie vielleicht schon vorher gewusst, was uns in der Sendung erwartet?

»Das Gefährliche an solchen Methoden«, spricht Marsh weiter, »sind nicht die Methoden selbst. Gefährlich wird es nur dann, wenn der Patient die klassische Medizin ablehnt, die sein Leben retten könnte. Normalerweise wird die ...«

Hat Caroline gelogen, um uns zu dem Auftritt zu überreden? Hat sie uns verarscht?

Marsh steigt wieder von seinem Stuhl und geht zu dem Homöopathen hinüber.

»Mr. Duggan, vor zwei Jahren kam die dreißigjährige Sadie Hurley zu Ihnen, nachdem bei ihr Brustkrebs diagnostiziert worden war. Sie sagten ihr damals, sie leide nicht an Krebs, sondern an den Folgen eines Wundbrands und einer Quecksilbervergiftung im Mund. Sie haben ihr von der Chemotherapie abgeraten. Sadie hat Ihren Rat befolgt und sich in Ihre Hände begeben. Sechs Monate später war sie tot. Ist das richtig?«

John Duggan sagt keinen Ton. Er steht auf und verlässt das Studio.

»Ich denke, das sagt alles«, spricht Marsh in die Kamera.

Ich überlege ernsthaft, ob ich John Duggan einfach hinterhergehen soll, aber bevor ich den Mut dazu aufbringe, richtet Marsh seine Aufmerksamkeit schließlich auf uns.

»Unsere letzten Gäste sind diese drei jungen Damen, Dana, Caroline und Rosie, die, wie bereits eingangs von mir erwähnt, vor Kurzem ein Geschäft in der Dubliner Innenstadt eröffnet haben, das *Magic to Go* heißt.« Er schenkt uns ein Lächeln. »Können Sie uns etwas darüber erzählen?«

Caroline ergreift sofort das Wort. Ihre Stimme klingt klar und sicher.

»Andrew, ich möchte zunächst sagen, dass wir nur Liebeselixiere verkaufen. Diese werden ausschließlich aus natürlichen Zutaten hergestellt, nach traditionellen Rezepten. Wir behaupten weder, dass wir mit den Toten oder mit Engeln sprechen können, noch gefährden wir das Leben anderer Menschen. Unsere Elixiere sind gesundheitlich völlig unbedenklich.«

»Darauf kommen wir gleich zurück.«

»Bitte?«

»Zunächst möchte ich gerne wissen, ob Sie kein schlechtes Gewissen haben, weil Sie aus den Sehnsüchten der Menschen Profit schlagen.«

»Nein, denn unsere Produkte haben eine positive Wirkung«, antwortet Caroline.

»Wollen Sie damit behaupten, dass die Elixiere tatsächlich wirken? Dass Menschen, die Ihre Elixiere trinken, die Liebe finden?«

»Nein, aber sie können zum Beispiel die Zuversicht steigern, was sich wiederum positiv auf das Liebesleben auswirken kann.«

»Das heißt, in Wirklichkeit verkaufen Sie ein Placebo?«

»Nein, wir verkaufen das, was gemeinhin und traditionell Aphrodisiaka genannt wird.«

»Das sagen Sie. Aber, Dana, was ich …«

»Caroline. Ich bin Caroline.«

»Verzeihung. Und wer von Ihnen ist Dana?«

»Ich«, antwortet Dana schwach.

»Dana, ist es wahr, dass Sie als Psychologie-Diplomandin vor Kurzem eine Studie durchgeführt haben über den Placebo-Effekt einer Substanz, wobei Sie die Teilnehmer im Glauben ließen, es handele sich um ein Aphrodisiakum?«

»Andrew«, mischt Caroline sich ein. »Ich würde gerne …«

»Bitte, Caroline, ich spreche jetzt mit Dana. Also, Dana, haben Sie vor Kurzem einen solchen Test durchgeführt? Haben Sie den Probanden weisgemacht, sie bekommen ein Aphrodisiakum verabreicht?«

Dana macht ein verdattertes Gesicht. »Ja, aber …«

»Und was ist bei dieser Studie herausgekommen?«

»Ich verstehe nicht ganz. Was hat das mit unserem Geschäft zu tun?«

»Einiges. Die Menschen haben unter diesen Umständen ein Anrecht darauf, mehr über Sie zu erfahren. Für diese Studie wurden also keine Aphrodisiaka verwendet, ist das richtig?«

Dana nickt.

»Und aus welchem Grund nicht?«

»Weil es sehr schwierig ist, Aphrodisiaka zu testen.«

»Entspricht es der Wahrheit, dass es keine einzige wissenschaftliche Studie gibt, die die Wirkung von Aphrodisiaka bestätigt? Ja oder nein?«

»Ja, denn wie gesagt, das ist schwer zu testen. Es gibt zu viele ethische Bedenken.«

Marsh lacht verächtlich. »Wie können Sie dasitzen und von Ethik sprechen! Wo ist denn Ihre Ethik? Sie führen ein wissenschaftliches Experiment durch, um zu beweisen, dass Menschen auf eine Substanz reagieren, die fälschlicherweise als Aphrodisiakum deklariert wird. Gleichzeitig stellen Sie Elixiere her, deren Wirkung nicht bewiesen ist, und schlagen daraus Profit. Für mich ist das der Gipfel der Scheinheiligkeit! Ohne meine anderen Gäste verteidigen zu wollen, aber wenigstens scheinen die von dem Humbug überzeugt zu sein, den sie den Leuten andrehen. Sie hingegen sind das nicht!«

»Mr. Marsh! Die Zutaten, aus denen unsere Elixiere hergestellt sind, gelten als aphrodisierend, und das schon seit Menschengenerationen. Nur, weil es keinen wissenschaftlichen Beweis für ihre Wirkung gibt, heißt das noch lange nicht, dass sie keine haben. Natürlich haben sie einen psychologischen Effekt, aber daraus lässt sich nicht schließen, dass sie nicht auch einen körperlichen Effekt haben.«

Andrew Marsh blickt auf seine Notizen.

»Entspricht es den Tatsachen, dass Ihre Studie unter unzureichenden Sicherheitsbedingungen durchgeführt wurde?«

»Nein!«

»Wie erklären Sie dann, dass zwei der Probanden beinahe ertrunken wären?«

»Aber das war …«

»Und die beiden sind nicht die einzigen Opfer Ihrer Nachlässigkeit. Eines Ihrer Elixiere hat dazu geführt, dass eine junge Frau, eine sehr talentierte Nachwuchssängerin, im Krankenhaus landete. Ist das richtig? Ja oder nein?«

»Ja, aber das waren nur kleine Zwischenfälle.«

»Kleine Zwischenfälle? Zwei Menschen wären unter Ihrer Aufsicht beinahe ertrunken …«

»Aber Sie sind nicht ertrunken! Beide sind …«

»Und eines Ihrer Elixiere hat einen lebensbedrohlichen allergischen Schock ausgelöst. Das nennen Sie kleine Zwischenfälle?«

»Die Teilnehmer der Studie waren angewiesen worden, sich vom Strand fernzuhalten, aber die beiden haben unsere Anordnung ignoriert. Was die junge Frau mit dem anaphylaktischen Schock betrifft: Es geht ihr wieder gut. Sie wurde nach wenigen Stunden aus dem Krankenhaus entlassen. Und zu Ihrer Information, wir haben aus dem Vorfall Konsequenzen gezogen. Inzwischen führen wir sämtliche Inhaltsstoffe auf den Produkten auf. Es gibt also keinen Grund zu der Annahme, dass so etwas wieder passiert.«

Aber Marsh ist fertig mit Dana. Er geht wieder zu seinem Stuhl, setzt sich darauf und beginnt seinen Schlusskommentar.

»In dieser Sendung haben wir die verschiedenen Gesichter von Menschen gesehen, die schwache, leichtgläubige Mitmenschen ausbeuten, die sich in ihrer Not nicht anders zu helfen wissen, als sich an solche Scharlatane zu wenden und ihnen bereitwillig ihr Geld in den Rachen zu werfen. Diese Betrüger sind …«

Ich höre nicht weiter zu. Dana zittert am ganzen Körper. Caroline greift nach ihrer Hand.

»Fass mich nicht an!«, zischt Dana.

Kaum ist die Sendung zu Ende, springt Dana auf und läuft in Richtung Ausgang.

»Dana!«, ruft Caroline und schickt sich an, ihr hinterherzurennen.

»Mensch, Caroline!« Ich halte sie am Arm fest. »Lass sie in Ruhe! Meinst du nicht, du hast schon genug Schaden angerichtet? Was hast du dir bloß dabei gedacht, verdammt noch mal? Wie konntest du nur!«

»Das konnte ich nicht ahnen.«

»Was konntest du nicht ahnen? Hast du wirklich geglaubt, wir wurden in die Sendung eingeladen, um über unsere Existenzgründung zu sprechen, wie du uns erzählt hast?«

»Ja ... irgendwie schon.«

»Irgendwie schon? Caroline, entweder hast du es gewusst oder nicht!«

»Also schön, ich habe es gewusst.«

»Und was genau hast du gewusst?«

»Dass es in der Sendung um das Thema Esoterik geht, aber ...«

»Du hast uns also angelogen?«

Sie übergeht meine Frage. »Hör zu! Ich dachte eben, jede Werbung ist gute Werbung. Ich dachte, wir könnten daraus einen Vorteil schlagen, *ich* könnte daraus einen Vorteil schlagen. Wie sollte ich ahnen, dass Marsh Dana so in die Zange nimmt? Ich habe ja versucht, ihn aufzuhalten. Außerdem, woher weiß er das alles mit Danas Experiment und dass die beiden Studenten fast ertrunken wären? Oder die Sache mit Lola? Ich hatte keine Ahnung, dass das Ganze *so* ablaufen würde!«

1590 warnte ein Jesuitenpater mit dem Namen José de Acosta vor Chilis, die er als schädlich für die Jugend bezeichnete, da sie »die Lust provozieren«.
Vielleicht dachte er, wenn Chilis verbannt werden wie der Spargel aus den Klöstern, setzt das dem jugendlichen Übermut ein Ende.
Wussten die damals noch nichts von Hormonen?

29

Caroline und ich fahren in ihrem Wagen nach Hause. Wir reden kaum. Eigentlich reden wir gar nicht. Ich bin so wütend auf sie, dass ich lieber den Mund halte aus Angst, dass ich sonst die Beherrschung verliere. Verstohlen sehe ich ein paarmal zu ihr hinüber. Obwohl es heute bewölkt ist, hat sie ihre Sonnenbrille auf, sodass ich ihre Augen nicht sehen kann. Aber ihre angespannte Haltung und das vorgeschobene Kinn verraten mir, dass auch sie nicht gerade glücklich ist.

Kurz, bevor wir unser Ziel erreicht haben und an einer roten Ampel stehen, nimmt sie die Sonnenbrille ab, dreht den Kopf zu mir und spricht zum ersten Mal, seit wir eingestiegen sind.

»Denkst du, Dana wird mir das verzeihen?«, fragt sie mit leiser Stimme, die ganz fremd klingt.

»Eher nicht.«

»Und was ist mit dir?«

Ich sehe sie an. Diese ängstliche Caroline mit den Bambiaugen kenne ich noch gar nicht. Fast bekomme ich Mitleid mit ihr. Aber nur fast.

»Lass es mich so ausdrücken: Im Moment bin ich nicht in der Stimmung, zu verzeihen«, antworte ich kühl. »Du hättest uns die Wahrheit sagen müssen. Du hättest uns die Chance geben müssen, selbst zu entscheiden, ob wir in der Sendung auftreten, hätten wir vorher gewusst, was uns erwartet.«

»Aber dann hättet ihr Nein gesagt.«

Hätte ich Nein gesagt? Okay, mit unseren Elixieren surfen wir zwar auch auf der Esoterik-Welle, aber trotzdem ist zwischen uns und den anderen Studiogästen ein himmelweiter Unterschied. Vielleicht sind der Homöopath, die Parapsychologinnen und das Engelmedium von ihren Fähigkeiten überzeugt – oder auch nicht. Ist mir auch egal; ich persönlich habe allerdings meine Zweifel. Wir dagegen verkaufen harmlose Liebeselixiere, mehr nicht. Wir geben nicht vor, über das Schicksal vermisster Kinder Bescheid zu wissen, und wir geben auch nicht Todkranken den Rat, auf die klassische Medizin zu pfeifen.

»Du hast recht«, gebe ich zu. »Wahrscheinlich hätte ich Nein gesagt. Ich möchte nicht mit solchen Leuten in einen Topf geworfen werden. Ich verabscheue, was sie tun.«

»Aber Rosie! Das unterscheidet sich nicht so sehr von dem, was wir tun.«

»Doch! Dazwischen liegen Welten.«

»Aber so sehen das nicht alle. Wir sind bloß ein Spektrum in diesem Bereich.«

»Aber man kann uns doch gar nicht mit denen vergleichen! Nimm die beiden Hellseherinnen. Was sie tun, ist moralisch verwerflich. Die armen Eltern! Erzählt die denen, dass ihr Sohn tot ist, obwohl er noch lebt!«

Caroline stößt einen Seufzer aus. »Hör zu, ich will nicht mit dir streiten. Es tut mir leid, dass du so wütend auf mich bist. Ich hätte mit offenen Karten spielen sollen.«

»Allerdings, das hättest du. Du scheinst wohl vergessen zu haben, dass wir ein Team sind.«

»Ja, das sind wir.«

»Ach was! Wir sind Lämmer, die zur Schlachtbank geführt wurden, und das Schlimmste ist, dass du uns absichtlich ins offene Messer hast laufen lassen. Ein *Team*? Dass ich nicht lache!«

»Ich dachte, ein Auftritt im Fernsehen ist eine zu günstige Gelegenheit, um sie zu verpassen. Wir müssen bekannter werden, wenn unser Geschäft rentabel sein soll.«

»Das verstehe ich ja, aber nicht zu so einem hohen Preis. Die arme Dana, sie wurde vor laufender Kamera bloßgestellt.«

Caroline seufzt wieder. »Ich weiß, ich weiß. Ich hätte nie gedacht, dass es so abläuft.«

Wir sind jetzt da und biegen in die Einfahrt. Ich steige aus und sehe, dass gerade ein Taxi herfährt.

Der Taxifahrer lässt die Scheibe herunter und ruft heraus: »Taxi für Vaughan?«

Bevor ich eine Antwort geben kann, wird die Haustür geöffnet, und Dana kommt heraus mit einem großen Rollkoffer, den sie hinter sich herzieht.

»Dana, was machst du?«, frage ich sie.

»Doug sagt, ich kann vorübergehend bei ihm wohnen.«

»Dana!« Caroline stürzt auf sie zu. »Bitte, geh nicht! Können wir nicht über alles reden? Du ahnst nicht, wie leid es mir tut. Ich hätte nicht im Traum gedacht, dass so was dabei herauskommt! Ich dachte, ich könnte das Reden übernehmen, und ihr beide müsstet einfach nur …«

»Entschuldige, aber du versperrst mir den Weg. Das Taxi wartet.«

»Dana, bitte!«

»Geh – mir – aus – dem – Weg!«

Sie schiebt Caroline zur Seite, übergibt dem Fahrer den Koffer und steigt rasch hinten in das Taxi ein.

Caroline und ich stehen da und beobachten, wie sie wegfährt.

»Sie kommt doch wieder, oder?«, fragt Caroline kläglich. »Wenn sie sich wieder beruhigt hat, oder?«

Wenn Caroline von mir Trost erwartet, muss ich sie leider enttäuschen. Dafür ist meine Wut auf sie immer noch zu groß. Gut, mag sein, dass sie nicht ahnen konnte, wie die Sendung ablaufen würde. Aber wäre sie ehrlich zu uns gewesen, wäre es gar nicht so weit gekommen.

»Woher soll ich das wissen?«, fauche ich sie an. Dann mache ich auf dem Absatz kehrt und verschwinde im Haus.

Während ich in die Küche gehe, höre ich, dass Caroline sich direkt nach oben in ihr Zimmer verzieht. Ich überlege, ob ich mir etwas zu essen machen soll, entscheide mich aber dagegen. Mir ist der Appetit vergangen. Stattdessen stehe ich da, gegen die Anrichte gelehnt, und denke über unseren TV-Auftritt nach. Was für eine Farce! Beinahe surreal. Ich kann kaum glauben, dass es wirklich passiert ist.

Und das ist noch nicht alles. Es kommt noch schlimmer.

Heute Abend um halb zehn kann die ganze Nation unsere Demütigung verfolgen. Ich denke an Finn und überlege, wie hoch die Chance ist, dass er uns heute Abend im Fernsehen sieht – er, meine Eltern, jeder, den wir kennen. Das wird die Hölle. Wie sollen wir das bloß überstehen?

Caroline kommt nun auch in die Küche. Sie lächelt mich nervös an.

»Hi«, sagt sie schüchtern.

»Hi«, entgegne ich frostig. Ich bemerke, dass sie sich umgezogen hat. »Hast du was vor?«

»Ich gehe in den Laden. Monica bleibt nur bis zwölf. Ich muss sie ablösen.«

»Willst du mich verarschen? Nach allem, was passiert ist?«

»Was soll ich denn machen, Rosie? Es hat keinen Sinn,

Dana hinterherzulaufen. Sie wird sich schon wieder beruhigen. Im Moment würde ich bei ihr ohnehin nur auf taube Ohren stoßen.«

»Und stattdessen gehst du seelenruhig in den Laden, als wäre nichts passiert.«

»Nein, ich gehe nicht seelenruhig in den Laden, als wäre nichts passiert! Aber irgendeiner muss ja im Laden stehen. Obwohl ich eigentlich keine Lust habe.«

»Das ist das Einzige, was dich kümmert, nicht wahr? Der Laden.«

»Das ist unfair! Was soll ich deiner Meinung nach tun, Rosie? Soll ich Monica sagen, sie soll den Laden zumachen, damit ich hier mit dir in der Küche sitzen kann und du mir den ganzen Tag böse Blicke zuwirfst und ein schlechtes Gewissen machst? Was auch geschehen ist – wir führen immer noch ein Geschäft. Dana tut sich keinen Gefallen damit, wenn sie aussteigt.«

»Ich glaube, Dana geht der Laden im Moment am Arsch vorbei.«

»Ja, im Moment. Aber sie hat viel Zeit und Arbeit hineingesteckt. Wie wir alle. Wenn wir das Geschäft jetzt aufgeben, wäre das eine Riesendummheit!«

Caroline hat natürlich recht. Ich sehe das ein. Aber ich bin immer noch viel zu erbost, um mich erwachsen zu verhalten.

»Tja, in diesem Fall gehst du wohl besser. Lass dich von mir nicht aufhalten.«

»Rosie, komm schon! Sei nicht so zu mir!«

»Sag mir nicht, wie ich mich verhalten soll!«

Caroline seufzt. »Okay, gut. Ich mache mich auf den Weg. Wir sehen uns später.«

Nachdem sie weg ist, versuche ich, Dana zu erreichen, aber es meldet sich nur ihre Mailbox. Ich hinterlasse ihr die Nachricht, dass sie sich zurückmelden soll. Dann überlege ich, was ich mit dem Rest dieses völlig verkorksten Tages anstellen soll. Hätte ich doch nur Finn, um mich auszuheulen. Gott, ich vermisse ihn so sehr! Könnte ich ihn doch nur anrufen, dann würde ich ihn überreden, ein paar Stunden freizumachen und mit mir essen zu gehen, um ihm von dem Fiasko heute Morgen zu erzählen, und anschließend könnten wir vielleicht ins Kino, in irgendeine Komödie, um mich auf andere Gedanken zu bringen. Aber ich kann Finn nicht mehr anrufen.

Schließlich nehme ich den Bus in die Stadt und blase dort ein paar Stunden Trübsal. Ich überlege, ob ich einen Abstecher zum Laden machen soll, um nach Caroline zu sehen, entscheide mich dann aber dagegen. Als die Geschäfte schließen, gehe ich ins Kino – mutterseelenallein.

Fünf Minuten bevor Andrew Marshs Sendung beginnt, komme ich nach Hause. Ich höre, dass im Wohnzimmer der Fernseher läuft. Ich stecke vorsichtig den Kopf durch die Tür. Caroline sitzt alleine auf der Couch. Ich ziehe schnell den Kopf wieder zurück, bevor sie mich sieht. Ich will mir das nicht anschauen. Ich ertrage das nicht. Ich gehe die Treppe hoch und verziehe mich in mein Bett. Ich versuche, in meinem Buch weiterzulesen, kann mich aber nicht konzentrieren. Von unten höre ich das Stimmengemurmel aus dem Fernseher. Ich meine, Carolines Stimme zu erkennen. Dann höre ich eindeutig Danas Stimme heraus. Schließlich läuft die Abspannmelodie, die gleich darauf abrupt verstummt. Dann höre ich, dass Caroline nach oben kommt. Ich spüre sie eher vor meiner Tür, als dass ich sie höre. Ich warte darauf, dass sie klopft und meinen Namen ruft, aber das passiert nicht. Stattdessen geht sie weiter zu ihrem Zimmer.

Auf Kreta wurde Olivenöl in der Naturmedizin als Aphrodisiakum verwendet. Viele Brautpaare aßen nach altem Brauch Brot, das mit dem ersten Olivenöl des Jahres getränkt war. Es gibt dazu sogar ein altes griechisches Sprichwort: »Iss Butter, und du schläfst tief und fest. Iss Olivenöl, und die Nacht wird zum Fest.«

30

Als ich am nächsten Morgen aufstehe, ist es still im Haus. Ich gehe nach unten in die Küche und entdecke einen Zettel auf dem Tisch.

Hallo Rosie,

bin im Laden. Du bist eingetragen für den Nachmittag, aber wenn du keine Lust hast, dann brauchst du nicht zu kommen. Ich kann deine Schicht übernehmen.

Caroline

Mein schlechtes Gewissen meldet sich. Ja, Caroline hat uns hinters Licht geführt. Sie hat uns unter Vorspiegelung falscher Tatsachen in die Sendung gelockt. Trotzdem ist meine Wut auf sie größtenteils verraucht. Schließlich waren ihre Absichten gut, wenn auch verkehrt. Außerdem muss ich Caroline widerwillig Respekt zollen. Während ich nicht imstande war, die Sendung gestern Abend zu schauen, hat Caroline sie von der ersten bis zur letzten Minute verfolgt, ganz alleine. Und nun steht sie schon wieder im Laden, ohne unsere Unterstützung, und stellt sich dem Tag, was immer er bringen wird.

Letzten Endes warte ich nicht, bis meine Schicht um zwei beginnt. Stattdessen gehe ich sofort nach dem Frühstück unter die Dusche, ziehe mich an und fahre mit dem nächsten Bus in die Stadt. Es ist erst kurz vor elf, als ich im Laden ankomme.

Ich weiß nicht, was ich erwartet habe. Wahrscheinlich eine einsame Caroline, die verloren in einem leeren Geschäft sitzt. Im schlimmsten Fall eine wütende Menschenmenge, die sie umringt und beschimpft. Womit ich nicht gerechnet habe, ist das, was ich sehe: Im Laden herrscht ein Gedränge wie nie zuvor, und zum ersten Mal seit der Eröffnungsfeier hat sich eine Schlange vor der Kasse gebildet, die darauf wartet, bedient zu werden. Ohne ein Wort gehe ich nach hinten und hole meinen rosafarbenen Kittel, streife ihn über und gehe zu Caroline hinter der Theke.

»Danke«, sagt sie.

»Kein Problem.« Dann rufe ich: »Der Nächste, bitte!«

Wie Caroline gesagt hat: Jede Werbung ist gute Werbung. In den darauf folgenden Tagen haben wir mehr zu tun denn je. Es macht die Sache nicht gerade einfacher, dass wir nur zu zweit sind, um den Kundenansturm zu bewältigen. Von Dana haben wir keinen Ton gehört. Ich habe sie mehrmals angerufen, aber sie meldet sich nicht. Ich verstehe nicht so recht, warum sie auch mit mir nicht redet. Schließlich war es Caroline, die Dana hintergangen hat, um sie in die Sendung zu lotsen. Und Andrew Marsh war derjenige, der sie vor laufender Kamera zerpflückt hat. Aber was habe ich ihr getan?

Heute Morgen bin ich die Erste im Laden, da Caroline unterwegs ist, um die nachbestellten Papiertüten in der Druckerei abzuholen. Ich habe bereits ein paar gute Verkäufe gemacht, aber im Moment ist es ruhig im Laden. Ich höre, wie die Tür aufgeht, und bevor ich mich umdrehe, vernehme ich eine vertraute Stimme:

»Verzeihung.« Vor mir am Verkaufstisch steht Finn und grinst mich verlegen an. »Ich suche nach einem Elixier, mit dem ich die Liebe einer Frau zurückerobern kann, mit der ich mal zusammen war. Eine Frau namens Rosie.«

Zuerst bin ich zu perplex, um etwas herauszubringen. Ich stehe nur da und starre ihn an.

»Und?«, spricht er weiter. »Meinen Sie, Sie haben etwas Passendes für mich?«

Schließlich finde ich meine Sprache wieder. »Das ist aber nicht die feine Art, oder?« Ich kann nicht anders, als sein Lächeln zu erwidern, bevor ich mich wieder unter Kontrolle habe.

Aber dieses kurze Lächeln genügt Finn als Ermutigung. Er dreht sich um, geht zurück zur Eingangstür und schließt sie von innen ab. Dann kommt er wieder zu mir.

Er zuckt mit den Achseln. »Mag sein, dass es nicht die feine Art ist, aber es ist eben meine Art.«

Ich sage nichts dazu und starre ihn einfach nur an.

»Ich war ein Dummkopf, Rosie. Lola ist weg.«

»Weg?«

»Ja.«

»Was soll das heißen? Dass du nicht mehr mit ihr zusammen bist?«

»Mit ihr zusammen? Ich war nie mit Lola zusammen! Ich meinte damit, dass sie ausgezogen ist.«

»Du warst nicht mit ihr zusammen?«

»Nein, natürlich nicht! Spinnst du? Wie kommst du denn auf so einen Blödsinn?«

»Durch Lola. Sie war hier und hat es mir gesagt.«

»Bist du sicher, dass du sie richtig verstanden hast?«

»Ja. Das war nicht misszuverstehen.«

Er seufzt. »Es wäre ihr zuzutrauen.«

»Dann warst du wirklich nicht mit ihr zusammen?«

»Großer Gott, nein!«

»Verstehe.« Ich überlege. »Und sie ist tatsächlich ausgezogen?«

»Ja. Mit Sack und Pack.«

»Hast du sie rausgeworfen, weil ich das wollte?«

»Nein, nicht wirklich«, gesteht Finn. »Ich habe sie gebeten auszuziehen, weil du recht hattest. Sie hat sich tatsächlich mehr von mir erhofft als nur Freundschaft, aber ich war anfangs zu dämlich, um das zu sehen. Nach unserer Trennung ist sie aufs Ganze gegangen. Sie wollte mich unbedingt trösten.«

»Verstehe.«

»Und, was meinst du? Sollen wir es noch mal miteinander versuchen?«

Ich zögere keine Sekunde. Ich beuge mich über den Tisch und gebe ihm einen Kuss.

Plötzlich klopft jemand laut an die Tür.

»Rosie! Bist du da? Mach auf!«

»Oh mein Gott! Das ist Caroline. Die bringt mich um! Schnell, schließ die Tür auf!«

»Vielleicht wäre es sicherer, wenn ich das nicht mache«, witzelt Finn.

»Das ist nicht der richtige Moment für solche Scherze. Schließ auf, bevor sie die Tür eintritt.«

»Rosie!«, brüllt Caroline wieder. »Mach jetzt sofort auf!«

Finn sperrt die Tür auf und macht einen Schritt zur Seite, während Caroline hereinstürmt.

»Wie zum Teufel sollen wir Geld verdienen, wenn du mitten am Tag den Laden zuschließt?« Gleich darauf nimmt sie Finn wahr. »Sieh an, sieh an, wen haben wir denn da?« Sie mustert uns beide misstrauisch. »Was geht hier vor sich? Warum war die Tür abgeschlossen?«

»Die war nicht abgeschlossen«, antwortet Finn. »Die hat sich nur verklemmt.«

»Du willst mich wohl für dumm verkaufen! Was ist hier los? Seid ihr zwei wieder zusammen?«

»Ja!« Ich schenke ihr ein breites Grinsen. »Das sind wir.«

»Hat auch lange genug gedauert! Aber das freut mich trotzdem, nicht zuletzt weil ich nun nicht mehr länger Rosies schlechte Laune ertragen muss.«

»Entschuldige mal!«

»Warum verschwindet ihr nicht einfach und feiert eure Versöhnung?«, schlägt Caroline vor. »Ich komme hier alleine zurecht.«

»Sicher?«

Sie lächelt. »Aber klar doch! Los, verzieht euch endlich!«

»Und, was machen wir jetzt?«, frage ich Finn, nachdem wir draußen auf der Straße stehen.

Finn vergräbt die Hände in seinen Hosentaschen und überlegt. »Ich weiß. Lass uns einen Filmtag machen.«

»Was meinst du damit? Dass wir den Tag im Kino verbringen?«

»Nein, nein.« Er erklärt: »In manchen Filmen sieht man doch immer, wie Liebespaare sich einen schönen Tag machen. Du weißt schon, ein Spaziergang auf der Uferpromenade, Karussell fahren, Zuckerwatte naschen, Hotdogs essen oder bunte Luftballons von einem Clown kaufen. Solche Sachen eben. Lass uns so einen Tag machen.«

Ich sehe mich zweifelnd auf der belebten Straße um. »Äh, tut mir leid, wenn ich deine Illusionen zerstöre, aber hier sind nicht eben viele Leute, die Luftballons oder Hotdogs verkaufen.«

Finn lacht. »Ich sage ja nicht, dass es genau das sein muss. Ich wollte dir nur ein paar Beispiele geben. Wir können uns unsere eigene Version ausdenken.« Er schnappt sich meine Hand und bahnt sich mit raschen Schritten einen Weg durch das Gewühl. »Komm!«

»Wohin gehen wir?«, frage ich lachend.

»Wir beginnen unseren Tag. Wir suchen uns einen Ersatz für die Hotdogs.«

»Also gut! Zeig mir den Weg.«

Am Ende der Grafton Street, wo die Pferdekutschen stehen, die man für eine Stadtrundfahrt mieten kann, bleibt Finn stehen. Widerwillig halte ich auch an. Oh nein, in so ein Ding setze ich mich bestimmt nicht rein! Das ist nur was für Touristen! Voll peinlich! Was, wenn mich jemand sieht, der mich kennt, hoch oben auf dem Kutschbock, mit einer Karodecke über den Knien?

»Und, was meinst du?«, fragt Finn und deutet mit dem Kopf auf die nächste freie Kutsche.

Wenn es wirklich Finns Wunsch ist, sollte ich mich vielleicht überwinden. Was spielt es für eine Rolle, was wir tun, solange wir zusammen sind?

»Ja, okay«, erwidere ich mit einem gezwungenen Lächeln.

»Ha! Ich wollte dich nur verarschen! Ich will mich doch nicht blamieren und mich öffentlich in so einem Ding zeigen.« Er zwickt mich sachte in die Rippen. »Du hättest mal dein Gesicht sehen sollen!«

»Das war gemein!«, maule ich.

»Na, komm!«

Kurz darauf betreten wir Stephen's Green durch den steinernen Torbogen und lassen das geschäftige Treiben der Stadt hinter uns, während wir durch den relativ ruhigen Park schlendern.

»Ich war schon eine Ewigkeit nicht mehr hier«, denke ich

laut, als wir stehen bleiben und ein paar Kinder dabei beobachten, wie sie überfütterten, trägen Enten Brotstücke zuwerfen.

»Marks Mutter und meine Mutter sind früher mit uns regelmäßig in den Park gegangen, als wir noch klein waren.«

»Ich erinnere mich, dass du das mal erwähnt hast. Seid ihr nicht mal abgehauen, um heimlich im Ententeich zu baden?«

»So ähnlich. Wir haben uns hinter einem Busch versteckt und unsere Klamotten ausgezogen, während unsere Mütter ganz in der Nähe auf einer Parkbank saßen. Irgendein Spaziergänger hat uns verraten und die beiden alarmiert. Leider haben sie uns erwischt, bevor wir im Wasser waren. Junge, das gab vielleicht ein Theater!« Er lacht. »Wir waren damals höchstens zwei oder drei.«

Finn nimmt mich wieder an der Hand, und wir schlendern weiter.

»Hast du gewusst, dass hier früher öffentliche Hinrichtungen stattfanden?«, fragt er mich.

»Nein!« Ich schaudere. »Zum Glück ist das heute ein normaler Park.«

Gleich darauf erreichen wir das Denkmal für die Opfer der großen Hungersnot in Irland – drei abstrakte Figuren und ein Hund. Solche Mahnmale lösen immer ein komisches Gefühl bei mir aus.

»Gut, und wohin jetzt?«

»Lass dich einfach von mir führen.«

»Okay, dann mal los.«

Wir gehen die Dawson Street entlang, bis Finn vor einer roten Tür stehen bleibt. »Wir sind da.«

»Was ist das?«

»Die kleinste Kneipe in Dublin.«

Ich gehe zuerst hinein und steige eine schwindelerregend steile Treppe hinab. Sie führt in ein Kellerlokal, das nicht viel größer ist als ein normales Wohnzimmer, aber bereits um diese Uhrzeit gerammelt voll. Allerdings genügen schon dreißig Leute, um den Pub aus allen Nähten platzen zu lassen.

Ich sehe, dass zwei der dreißig Gäste Anstalten machen, aufzubrechen, und drängle mich rasch durch, um die freien Plätze zu belegen.

»Was willst du trinken?«, fragt Finn.

»Eine Cola, bitte.«

Ich beobachte, wie er sich einen Weg zur Theke bahnt. Ich lasse den Blick schweifen. Dies hier ist kein Ort für Menschen, die an Platzangst leiden, intime Dinge besprechen wollen oder fremden Körperkontakt verabscheuen, denke ich. Oder die einen starken Körpergeruch verbreiten – aus Rücksicht auf die anderen Gäste.

Ich sehe, dass Finn zurückkommt, wobei er die Getränke über seinen Kopf hält. Er zwängt sich neben mich.

»Das war gar kein Scherz, als du gesagt hast, das wäre die kleinste Kneipe in Dublin!«, bemerke ich lachend.

»Kannst du dir vorstellen, dass es hier manchmal sogar Live-Konzerte gibt?«

»Unmöglich!«

Wir nippen an unseren Getränken. Dann dreht sich Finn zu mir und gibt mir unvermittelt einen Kuss.

Lachend frage ich: »Wofür war der?«

»Weil ich dich so vermisst habe.«

Er küsst mich wieder.

»Und der?«

»Weil ich dich wieder küssen darf.«

Er küsst mich ein drittes Mal.

»Und der?«

»Weil du so bezaubernd bist.«

Ich lache wieder. »Du Charmeur!«

»Es fällt mir nicht schwer, charmant zu sein, wenn ich mit dir zusammen bin.«

»Es ist schön, dich so glücklich zu sehen.«

»Ja, ich habe auch allen Grund, glücklich zu sein. Ich habe dich wieder!«

»Ich bin auch glücklich. Sehr sogar.«

»Gut!« Er nimmt einen Schluck von seinem Bier. »Erzähl mal, wie läuft der Laden? Hat der Verkauf angezogen?«

»Oh ja. Seit unserem Fernsehauftritt rennen uns die Leute die Tür ein.«

»Was für ein Fernsehauftritt?«

»Willst du damit sagen, du hast uns nicht gesehen?«

Er schüttelt den Kopf.

»Ein Glück, es war nämlich der reinste Albtraum! Caroline hat den Auftritt eingetütet. Sie hat uns erzählt, es handelt sich um eine Diskussion zum Thema Existenzgründung, was aber gar nicht gestimmt hat. Tatsächlich sind wir in einer illustren Runde von Leuten gelandet, die alle was mit Esoterik zu tun haben. Es war einfach grauenhaft! Der Moderator hat uns alle vorgeführt und ist vor allem Dana ziemlich heftig angegangen. Sie ist direkt danach aus dem Studio gerannt, und als Caroline und ich zu Hause ankamen, fuhr gerade ein Taxi vor. Und als Nächstes kommt uns Dana mit einem Koffer entgegen und teilt uns mit, dass sie zu Doug zieht. Sie ist stocksauer auf Caroline! Wer weiß, wie es weitergeht? Ich meine, wenn Dana es nicht mehr erträgt, mit Caroline unter einem Dach zu wohnen, wird sie wohl auch kaum wieder mit ihr zusammenarbeiten wollen. Andrew Marsh hat ihr wirklich schlimm zugesetzt, aber trotzdem …«

»Andrew Marsh?«, fragt Finn.

»Ja.«

»Der Moderator von *Irland aktuell*?«

»Ja. Du kennst die Sendung?«

»Allerdings.« Finn macht plötzlich einen unbehaglichen Eindruck. »Lola hat das immer angeschaut.«

»Ich hätte nicht gedacht, dass das ihrem Geschmack entspricht.«

»Ich glaube, sie hat die Sendung hauptsächlich deswegen gesehen, weil ihr Bruder Felix dort arbeitet.«

»Felix? Den haben wir kennengelernt!« Plötzlich wird mir bewusst, was das zu bedeuten hat. »Oh mein Gott! Darum war Marsh so gut informiert! Er wusste nämlich nicht nur von den beiden Studenten, die fast ertrunken wären, sondern auch von Lolas allergischem Schock. Das ist die Erklärung! Sie hat ihrem Bruder alles erzählt.«

»Ich nehme an, auf diese Weise wollte sie es mir heimzahlen, und dir auch.«

»Wie soll ich bloß den anderen beiden erklären, dass das alles meine Schuld ist?«

»Es ist nicht deine Schuld. Das konntest du nicht ahnen.«

»Caroline dachte, die Fernsehleute haben uns eingeladen, weil sie das Interview im Radio gehört haben. Aber vielleicht stimmt das ja gar nicht. Kann ja sein, dass Lola ihren Bruder auf die Idee gebracht hat.«

»Wahrscheinlich das, oder sogar beides.« Finn schüttelt den Kopf. »Ich hätte nie gedacht, dass sie so hinterhältig ist.«

»So eine Hexe!«

»Das ist noch milde ausgedrückt.«

»Kaum zu glauben!«

Wir sitzen schweigend da, in Gedanken mit diesen neuen Erkenntnissen beschäftigt.

Dann sagt Finn: »Hey, wir lassen uns doch nicht von Lola den Tag versauen.«

»Nein, aber trotzdem, wie konnte sie nur?«

»Komm. Lass uns gehen.«

Wir sammeln unsere Sachen zusammen und brechen auf.

»Und wohin jetzt?«, frage ich, als Finn wieder meine Hand nimmt und wir die Straße entlanggehen.

»Du wirst schon sehen.«

»Weißt du, mir will einfach nicht in den Kopf, dass Lola so etwas getan hat.«

»Rosie, lass uns Lola für heute vergessen und einfach nur Spaß haben.«

Unser nächstes Ziel ist das Guinness Storehouse, wie sich herausstellt. Wir halten uns nicht mit dem Museum auf, sondern fahren direkt mit dem Aufzug ganz nach oben zur Panoramabar, wo man einen Rundumblick auf Dublin genießt. Wir betrachten eine Ewigkeit die Stadt von oben und suchen nach markanten Anhaltspunkten: Croke Park, das größte Stadion in Irland. Lansdowne Road, das älteste Rugbystadion der Welt. The Spire, die 120 Meter hohe Metallnadel auf der O'Connell Street. Wir können bis zu den Wicklow Mountains sehen.

»Rosie, du kennst doch noch Fay, deine frühere Arbeitskollegin«, beginnt Finn dann.

Ich nicke. »Ja, warum?«

»Ich glaube, Dad hat ein bisschen Feuer gefangen, seit er sie auf eurer Eröffnungsfeier kennengelernt hat.«

»Wirklich?«

»Sie haben sich jedenfalls den ganzen Abend lang unterhalten. Dad hat das Bild, auf dem sie zusammen abgebildet sind, aus der Zeitung ausgeschnitten und an den Kühlschrank gehängt. Er spricht auch immer wieder von ihr, was an sich schon ein Novum ist. Ich kann mich nicht erinnern, dass er jemals von einer Frau geschwärmt hat. Weißt du zufällig, ob Fay bereits vergeben ist?«

Ich zucke mit den Achseln. »Ich glaube nicht.« Dann füge ich hinzu: »Fay war von deinem Vater auch sehr angetan. Das weiß ich, weil sie es Monica gegenüber erwähnt hat.«

»Vielleicht sollten wir die beiden miteinander verkuppeln.«

Ich zögere. Von allen Menschen, die ich kenne, ist Fay die Letzte, in deren Liebesleben ich mich einmischen möchte.

»Finn, ich weiß nicht. Ich glaube, es ist besser, ich halte mich da raus.«

»Komm schon! Wo bleibt dein Sinn für Romantik?«

Ich zucke wieder mit den Achseln. Die Vorstellung, dass Fay und Mr. Heelan zusammenfinden, gefällt mir durchaus, aber ich habe Fay in der Vergangenheit schon genügend Probleme bereitet durch meine Einmischung. »Ich denke darüber nach, okay?«

»Was gibt es da nachzudenken?«

»Sieh mal, ich habe Fays Leben schon genug durcheinander gebracht.«

»Ja, aber jetzt hast du die Chance, alles wiedergutzumachen.«

Ich zucke die Achseln. »Lass mich darüber nachdenken, okay?«

Danach schlendern wir durch Temple Bar, kaufen uns ein Eis und hören kurz einem jungen Straßenmusiker zu, der auf seiner Gitarre ziemlich falsch *Stairway to Heaven* klampft.

Dann überqueren wir die Ha'penny Bridge, spazieren am Ufer der Liffey entlang und bleiben kurz darauf vor dem Eingang zum Italian Quarter mit seinen engen Gassen stehen.

»Willst du was essen?«, fragt Finn.

»Ja, eine Pause wäre ganz gut.«

Wir nehmen draußen an einem Tisch Platz, unter einem riesigen Plakat, eine Fotomontage von da Vincis Abendmahl mit einem modernen Jesus und seinen Jüngern.

»Muss man die Leute alle kennen?«, sage ich und studiere die Gesichter auf dem Plakat.

»So weit ich weiß, ist einer der Jünger ein Tattookünstler. Und die da«, er zeigt auf eine Frau in der Runde, »arbeitet für das Pavee Point Travellers Centre, oder zumindest hat sie das mal.«

Ich lache. »Woher weißt du das alles?«

Er zuckt mit den Schultern. »Ich interessiere mich eben für alle möglichen Dinge, vor allem in der Kunst. Ich sammle gerne Hintergrundwissen.«

»Was du nicht sagst!«, bemerke ich spöttisch. »Du bist wie eine Elster. Du sammelst lauter nutzloses Zeug.«

»Nutzloses Zeug!« Er lacht. »Ich muss doch sehr bitten!«

In diesem Moment erscheint der Kellner, um unsere Bestellung aufzunehmen.

Während wir auf das Essen warten und über den Tisch hinweg Händchen halten, wird mir bewusst, dass ich mich noch nie so glücklich gefühlt habe. Finn, der vielleicht ähnlich empfindet wie ich, beugt sich nun zu mir vor.

»Ich habe gestern Abend einen Song über dich geschrieben.«

»Ja?«

»Ja. Eigentlich handelt er eher von meinen Gefühlen für dich. Genauer gesagt geht es darum, dass ich nicht nur einer von den Männern an deiner Seite sein möchte, sondern …« Er rutscht verlegen auf seinem Stuhl herum und errötet sogar leicht. »Nun, ich möchte der Mann sein, der bis zum Schluss für dich da ist, bis zum letzten Kapitel.«

»Sing es mir vor!«, bitte ich ihn.

Finn lacht nervös. »Okay, vielleicht keine schlechte Idee.« Er beugt sich noch weiter über den Tisch zu mir und beginnt, leise zu singen.

Who remembers Bonnie and Thornton?
Where was he the day they cut Bonnie and Clyde
From their bullet-ridden Ford?
Don't want to be your Thornton, I want to be your Clyde.
You and me, baby, side by side, 'til the end.

Who remembers Mrs. Simpson and Earl Winfield?
It wasn't him she meant when she said:
›You have no idea how hard it is to live out a great romance.‹
Don't want to be your Winfield, I want to be your Edward.
You and me, baby, side by side, 'til the end.

Who remembers Cathy and Linton?
›If Linton loved you with the power of his soul for a whole lifetime,
He couldn't love you as mus as I do in a single day.‹
Don't want to be your Linton, I want to be your Heathcliff.
You and me, baby, side by side, 'til the end,

You and me, baby, 'til the end.
You and me, baby, 'til the end.
Side by side, 'til the end.
No end, no end, no end, no end.

Finn lehnt sich auf seinem Stuhl zurück. »Und, was meinst du?«, fragt er mit einem fast ängstlichen Gesichtsausdruck.

Ich kann nicht antworten, weil ich einen Kloß im Hals habe. Darum begnüge ich mich mit einem Nicken und einem törichten Lächeln. Das ist das zweite Lied, das Finn über mich geschrieben hat. Ich liebe bereits das erste, *Just a Glimpse of You to Fall in Love – ein einziger Blick und ich war dir verfallen*. Aber das zweite ist noch besser. Im ersten Song geht es um eine schöne Unbekannte im Publikum und um Liebe auf den ersten Blick. Aber dieses Stück handelt von uns beiden, von unserer Zukunft.

Wer erinnert sich an Bonnie und Thornton?
Thornton? Wo war er, als Bonnie und Clyde
In ihrem Ford im Kugelhagel starben?
Ich will nicht dein Thornton sein, sondern dein Clyde.
Du und ich, Baby, Seite an Seite, bis zum Schluss.

Wer erinnert sich an Wallis und Winfield?
Wallis sprach nicht vom Earl, als sie sagte:
›Sie wissen nicht, wie schwer es ist, eine große Romanze zu leben.‹
Ich möchte nicht dein Winfield sein, sondern dein Edward.
Du und ich, Baby, Seite an Seite, bis zum Schluss.

Wer erinnert sich an Cathy und Linton?
›Und wenn Linton dich sein Leben lang so liebt mit aller Kraft,
Kann er dich nicht so lieben wie ich in dieser Stunde.‹
Ich möchte nicht dein Linton sein, sondern dein Heathcliff.
Du und ich, Baby, Seite an Seite, bis zum Schluss.

Du und ich, Baby, bis zum Schluss.
Du und ich, Baby, bis zum Schluss.
Seite an Seite, bis zum Schluss.
Für immer, für immer, für immer, für immer.

Ich beuge mich zu ihm und küsse ihn. »Ich liebe dich, mein Clyde, mein Edward, mein Heathcliff!«

»Und ich liebe dich, meine Bonnie, meine Wallis Simpson, meine Cathy!«

Ich schenke ihm ein Lächeln. »Danke!«

»Wofür?«

»Für den Song natürlich! Ich finde ihn klasse!« Plötzlich kommt mir ein Gedanke. »Allerdings wird es ein wenig seltsam sein, wenn Lola ein Lied singt, das von uns beiden handelt.«

»Sie wird es nicht singen.«

»Wie meinst du das?«

»Sie ist nicht nur ausgezogen, sie hat auch die Band verlassen. Habe ich das nicht erwähnt? Ich kann mit ihr nicht mehr zusammenarbeiten.«

»Oh! Das ist ja großartig.« Aber dann muss ich an die Band denken. »Jetzt fehlt euch wieder ein Sänger. Was wollt ihr tun?«

»Das ist schon geklärt.«

»Ach ja?«

»Ja. Du sitzt dem neuen Sänger von *Dove* gegenüber.«

»Im Ernst?«

»Ja. Mitch und Ashley haben mich überredet, es zu versuchen. Mir war eigentlich immer lieber, dass jemand anders meine Texte singt, aber, keine Ahnung, jetzt, wo ich älter bin und mehr Erfahrung habe, traue ich mich auch, selber zu singen. Vielleicht bin ich nicht so ein Hingucker wie Mark oder Lola, aber es sind meine Songs. Ich bin bereit, sie zu singen. Mitch und Ashley haben volles Vertrauen in meine Gesangskünste.«

»Aber das ist ja fantastisch!«

»Außerdem haben wir in den kommenden Monaten einige Auftritte. Ich möchte sie nicht absagen. Sonst haben wir schnell den Ruf weg, unzuverlässig zu sein. Und ich bin in letzter Zeit sehr kreativ. Ich habe viel Material gesammelt, das ich ausprobieren möchte.« Er grinst. »Weißt du, nichts stimuliert die eigene Kreativität mehr, als wenn dir deine Freundin den Laufpass gibt.«

»Tja, dann solltest du das Beste aus dieser Kreativität machen.«

»Ja?«

»Ja, weil ich nicht vorhabe, dir so schnell wieder den Laufpass zu geben.« Ich hebe mein Glas empor. »Auf deine neue Karriere als Sänger!« Ich nehme einen Schluck. »Man kann nie wissen, wann man mit einem perfekten Tag beschenkt wird.«

»Schnell!«, sagt Finn lachend. »Gib mir was zu schreiben! Daraus könnte ich einen Song machen.«

»Ich glaube, das hast du bereits getan.«

Im Mittelalter galt Hühnerbrühe als Aphrodisiakum.
Hühnerbrühe? Gibt es etwas Unerotischeres
als Hühnerbrühe?
Da denkt man doch automatisch an verstopfte Nasen,
zusammengeknüllte Taschentücher, Hustenpastillen …
Ich glaube, ich erkenne allmählich ein Muster – nämlich dass
im Mittelalter einfach alles als Aphrodisiakum deklariert
wurde. Genau wie im alten Griechenland.

31

Caroline und ich arbeiten zwar längst wieder zusammen, aber die Stimmung ist immer noch leicht angespannt. Die frühere Leichtigkeit zwischen uns ist verschwunden, und ich verstehe nicht wirklich, warum. Ich bin nicht mehr sauer auf sie, aber trotzdem reden wir kaum noch. Das liegt unter anderem daran, dass wir so viel zu tun haben, aber das ist nicht der einzige Grund. Caroline ist sehr in sich gekehrt und hält sich auffallend zurück. Es hat den Anschein, als würde sie jedes längere Gespräch vermeiden, was ich nicht verstehe. Seit Finn und ich uns wieder versöhnt haben, bin ich in Hochstimmung, aber leider wirkt das auf Caroline nicht ansteckend.

Obwohl das Geschäft brummt, fühlt sich der Erfolg schal an. Dana lässt immer noch nichts von sich hören. Sie ahnt nichts von der unglückseligen Verkettung zwischen Finn, Lola, Felix, Andrew Marsh und unserer landesweiten Blamage (und ihrem außergewöhnlichen Nebeneffekt in Form einer gewaltigen Umsatzsteigerung).

Ich habe es schon mehrmals auf ihrem Handy versucht, aber immer ohne Erfolg. In einem ruhigen Moment, als Caroline gerade draußen Pause macht, beschließe ich, es wieder bei Dana zu probieren, und dieses Mal geht sie tatsächlich dran.

»Dana! Endlich! Bist du es auch wirklich?«, sage ich scherzhaft.

»Hi«, erwidert sie, aber sie klingt nicht besonders fröhlich.

»Und, wie geht's?«, frage ich.

»Du weißt schon«, antwortet sie unbestimmt.

»Nein, darum rufe ich ja an. Und weil du aus irgendeinem Grund beschlossen hast, meine bisherigen Anrufe zu ignorieren.«

»Ach, Rosie, das habe ich nicht beschlossen. So kann man das nicht sagen. Ich war eben mit vielen anderen Dingen beschäftigt.«

»Nämlich?«

»Nun, die Fakultät macht Stress.«

»Warum?«

»Tja, zunächst einmal stößt denen mein Auftritt bei Andrew Marsh ziemlich sauer auf. Ich musste mir vorwerfen lassen, damit die Fakultät in Verruf gebracht zu haben. Außerdem befürchten die einen Interessenkonflikt, weil meine Diplomarbeit und meine Beteiligung am Laden zusammenhängen. Was war noch? Ach ja, denen passt auch nicht, wie ich meine Studie durchgeführt habe, vor allem wegen dieses Badeunfalls. Ach, und habe ich übrigens erwähnt, dass die Eltern der Studentin, die beinahe ertrunken wäre, Anzeige gegen mich erstattet haben? Und ob du es glaubst oder nicht: Aus all diesen Gründen war ich in letzter Zeit ziemlich beschäftigt.«

»Aber was bedeutet das für dich?«

»Das bedeutet, dass ich aufgefordert wurde, mein Diplomthema noch mal zu überdenken.«

»Das ist ein Scherz!«

»Meinst du?«, entgegnet sie trocken.

»Aber niemand hat dich aufgefordert, dir ein neues Thema zu suchen?«

»Das nicht – aber nachdem es von denselben Leuten kam, die hinterher meine Diplomarbeit bewerten, ist es schon sinnvoll, auf sie zu hören. Warum soll ich das Risiko eingehen, an dem Thema festzuhalten, wenn alle gegen mich sind?«

»Und was willst du jetzt tun?«

»Ich weiß es nicht.« Sie seufzt. »Ich weiß nicht, ob ich die Energie habe, noch mal alles umzuschreiben. Zum zweiten Mal.«

»Und was hältst du davon, für den Anfang wieder nach Hause zu kommen?«

Eine Pause entsteht. Ich höre sie wieder seufzen.

»Dana?«

»Ich glaube, das wäre nicht gut. Zumindest nicht im Moment. Mir geht es gut bei Monica. Ich genieße es, mit Doug zusammen zu sein, und Monica ist ein richtiger Schatz.«

»Bist du noch sauer auf Caroline?«

Wieder entsteht eine Pause, dieses Mal länger.

»Dana? Bist du noch da?«

Sie antwortet schließlich. »Ob ich noch sauer auf Caroline bin? Nun ja, am Anfang war ich stinksauer. Ich finde es absolut anmaßend von ihr, dass sie uns in die Sendung gelockt hat, ohne uns zu sagen, worum es tatsächlich geht. Sie hat es gewusst, nicht wahr?«

»Ja.«

»Trotzdem war meine Wut auf sie irgendwann verraucht. Ich konnte sogar nachvollziehen, warum sie das getan hat. Ich weiß, es ging ihr nur um den Werbeeffekt. Außerdem konnte sie nicht ahnen, dass Andrew Marsh sich ausgerechnet auf mich stürzt statt auf sie oder auf dich.«

»Das stimmt.«

»Ich glaube, wenn sie ein paar Tage später angerufen hätte, um sich bei mir zu entschuldigen, wäre ich sogar drangegangen. Aber auf ihre Entschuldigung warte ich noch heute.«

»Was? Sie hat sich nicht bei dir entschuldigt?«

»Na ja, sie hat zweimal angerufen, kurz nach der Sendung, aber das war's dann. Und an dem Tag war ich zu angefressen, um mit ihr zu reden. Danach habe ich nichts mehr von ihr gehört. Das hat mich wirklich geärgert. Sie hätte sich ruhig ein wenig mehr Mühe geben können. Und ich habe mich noch mehr über sie geärgert, als das Theater mit der Fakultät begann. Es ist nämlich so: Wäre ich nicht in der Sendung aufgetreten, hätte ich all diese Probleme jetzt nicht. Den ganzen Ärger habe ich nur diesem TV-Auftritt zu verdanken, selbst die Anzeige von Geraldine McWilliams Eltern. Als sie mich im Fernsehen gesehen haben und hörten, dass Andrew Marsh den Beinahetod ihrer Tochter ansprach, gab das den entscheidenden Ausschlag. Das steht sogar in der Anzeige. Seit der Sendung bekomme ich es knüppeldick von allen Seiten, und Caroline hält es nicht einmal für nötig, sich bei mir zu entschuldigen.«

»Aber das konnte sie nicht wissen!«

»Doch, wenn sie nur ein Mal angerufen hätte. Übrigens, neulich in der Stadt ist mir zufällig Mick über den Weg gelaufen. Er hat mir von Lolas Intrigen erzählt. Was für ein Biest!«

»Du weißt wahrscheinlich nur die Hälfte.« Aber das gehört jetzt nicht hierher.

»Und?«, sagt Dana. »Wie geht es ihr?«

»Wem? Lola?«

»Nein, Caroline!«

»Sie ist in letzter Zeit nicht gut drauf.«

»Hat sie dir gesagt, warum sie das getan hat?«

»Du kennst doch Caroline. Jede Werbung ist gute Werbung. Sie hat sich …«

»Nein, ich meinte nicht die Sendung, sondern das mit Mick.«

»Ich verstehe nicht?«

»Ich bin fast umgefallen, als ich das erfahren habe. Ich hätte nie damit gerechnet, dass die beiden sich trennen.«

»Sich trennen? Mick und Caroline? Willst du mich verarschen?«

In diesem Moment kehrt Caroline in den Laden zurück. Sie winkt mir zu, und ich antworte mit einem Nicken, während ich weiter Dana zuhöre.

»Leider nicht«, antwortet sie.

»Bist du dir absolut sicher?«

»Ja. Mick hat es mir selbst erzählt.«

»Aber das verstehe ich nicht.«

»Mick auch nicht. Er ist völlig fertig. Hör mal, ich muss jetzt aufhören, ich stehe nämlich an der Kasse im Supermarkt und bin gleich dran.«

»Was? Ah, okay. Dann melde dich bald wieder, ja?«

Nachdem ich aufgelegt habe, sehe ich zu Caroline. Sie sortiert gerade die Ware in den Regalen nach dem letzten Kundenansturm.

»Mit wem hast du telefoniert?«, fragt sie, ohne mich anzusehen.

»Mit Dana.«

»Oh! Wie geht es ihr?«

»Nicht gut. Die Fakultät hat ihr nahegelegt, ihre Diplomarbeit zu ändern.«

»Warum?«

»Weil die der Ansicht sind, sie hat mit ihrem Auftritt bei Marsh dem Ruf der Fakultät geschadet. Und weil die in der Sendung ein paar Dinge erfahren haben, die ihnen nicht schmecken, wie zum Beispiel Danas Beteiligung an dem Laden und die Sache mit dem Badeunfall.«

»Oh.«

»Ja, oh.« Ich nicke.

»Die arme Dana!«, sagt Caroline. »Und was hat sie jetzt vor?«

»Sie weiß es nicht. Außerdem hat sie einen Hals auf dich, weil du dich bis heute nicht bei ihr entschuldigt hast.«

»Aber ich habe sie angerufen.«

»Ja, gleich nach der Sendung, aber danach nicht mehr.«

Caroline zuckt mit den Achseln. »Ja, aber ich habe ihr zweimal eine Nachricht hinterlassen und ihr gesagt, wie leid es mir tut.«

»Trotzdem hättest du dir mehr Mühe geben können und es später noch einmal versuchen, nachdem Dana sich wieder beruhigt hat.«

Caroline sieht mich einen Augenblick stumm an, bevor sie antwortet. »Die Sache ist die: Dana ist doch diejenige, die uns den Rücken gekehrt hat. Sie hat uns Knall auf Fall sitzen gelassen. Sie hat auch kein einziges Mal angerufen, um sich zu erkundigen, wie wir ohne sie klarkommen.«

»Ja, aber sie hatte wahrlich genug andere Probleme.«

»Ich auch.«

»Meinst du den Laden?«

»Ja, schließlich mussten wir Danas Ausfall kompensieren.«

»Oder sprichst du von Mick?«

»Wie bitte?«

»Warum hast du mir nicht gesagt, dass du dich von Mick getrennt hast?«

»Ach so, das!«

»Ja genau, das!«

»Hat Dana dir das erzählt? Weiß sie es?«

»Ja.«

Caroline überlegt kurz. »Weißt du, wenn sie und Doug sich trennen würden, wäre ich die Erste, die anruft, um sie zu trösten. Sie hätte sich mal bei mir melden können, meinst du nicht auch?«

Caroline hat nicht Unrecht, denke ich, aber das ist eine Sache zwischen ihr und Dana. Ich ergreife keine Partei. Ich komme wieder auf das Thema Trennung zurück.

»Also, warum hast du mir nichts gesagt? Ich dachte, wir wären Freundinnen. Freundinnen erzählen sich solche Dinge.«

»Da gibt es nicht viel zu erzählen. Wir haben uns getrennt.«

»Warum?«

Caroline zuckt mit den Achseln. »Manchmal ist das eben der Lauf der Dinge. Wir haben uns auseinanderentwickelt.«

»So ein Quatsch! Ausgerechnet du und Mick! Ich weiß, ihr habt euch in letzter Zeit selten gesehen. Ich weiß auch, dass es immer mal wieder Streit gab, aber ich hätte nie gedacht, dass es so schlimm um euch steht!«

Caroline zuckt wieder mit den Achseln. »Lass uns einfach wieder an die Arbeit gehen.«

»Aber Caroline …«

»Rosie, zu dem Thema gibt es nichts mehr zu sagen. Es ist aus, und damit basta!«

»Caroline!«

»Hör jetzt auf damit! Verstanden?«

Als das Londoner Science Museum seine riesigen Lager für das Publikum öffnete, befand sich unter den 170 000 Ausstellungsobjekten ein Pillenfläschchen mit der Aufschrift »Aphrodisiakum«. Bizarrerweise stand in kleinerer Schrift der Warnhinweis »Giftig!« darunter. Um es mit den Worten eines der Kuratoren auszudrücken: »Ich schätze, man muss eben Prioritäten setzen.«

32

In den folgenden Tagen ändert sich wenig. Dana wohnt immer noch bei Doug. Carolines Stimmung ist keinen Deut besser geworden, und sie weigert sich nach wie vor, mir zu erklären, warum sie sich von Mick getrennt hat. Das einzig Positive ist, dass das Geschäft brummt.

Bis Caroline aus der Mittagspause zurückkommt.

»Caroline, gut, dass du da bist. Ich muss in die Küche und für Nachschub sorgen.«

»Spar dir die Mühe.«

»Aber ich muss. Wir haben fast nichts mehr von *Liebestoll*, und genauso knapp aus sieht es mit …«

»Hast du mir nicht zugehört? Ich sagte, du kannst dir die Mühe sparen. Es hat sich erledigt.« Sie dreht das Schild an der Ladentür um.

»Caroline, was machst du da?«

»Wir schließen.«

»Am helllichten Tag?«

»Ich meine nicht nur für heute, sondern für immer.«

»Wie bitte?«

»Hier, lies das.« Sie nimmt einen Briefumschlag aus ihrer Tasche und streckt ihn mir entgegen, zieht jedoch die Hand wieder zurück. »Eigentlich brauchst du das nicht zu lesen. Ich kann dir auch sagen, was drinsteht. Da steht drin, dass wir gegen die gesetzlichen Bestimmungen zum Verkauf von Alkohol verstoßen haben.«

»Was?«

»Wir verstoßen gegen das Gesetz, weil wir alkoholische Getränke verkaufen, ohne eine Schankerlaubnis zu besitzen. Und das ist noch nicht alles.« Sie nimmt zwei weitere Briefumschläge heraus und hält einen davon hoch. »Hier drin steht, dass wir gegen die gesetzlichen Gesundheits- und Sicherheitsvorschriften verstoßen. Und in dem hier«, sie hält den anderen Brief hoch, »wird uns vorgeworfen, die Bauverordnung nicht eingehalten zu haben.«

»Was? Warum? Wovon redest du?« Ich nehme ihr die drei Briefe ab, öffne die Umschläge und überfliege die Schreiben, um mir selbst einen Reim darauf zu bilden. »Was soll das alles mit der Küche?«

»Um es kurz zu sagen, wir hätten dafür eine Genehmigung beantragen müssen. Darum wird uns vorgeworfen, die Gesundheits-, Sicherheits- und Bauvorschriften verletzt zu haben.«

»Wann sind die Briefe gekommen?«

»Der wegen der fehlenden Schankerlaubnis letzten Freitag, der wegen der Bauverordnung Anfang der Woche und der wegen der Sicherheitsbestimmungen gestern.«

»Aber woher wissen die überhaupt von unserer Küche? Und dass wir Alkohol verwenden? Schließlich hat noch nie einer den Laden kontrolliert.«

»Kann sein, dass mal einer von der Gewerbeaufsicht hier war und was gekauft hat, ohne sich zu erkennen zu geben. Aber dafür hatten wir einmal Besuch von der Bauaufsicht, als du nicht da warst.«

»Warum hast du mir das nicht gesagt? Und warum hast du mir die Briefe nicht sofort gezeigt?«

»Ich habe versucht, eine Möglichkeit zu finden, wie wir das

in Ordnung bringen können. Ich habe mich sofort, nachdem ich den Brief erhalten habe, mit dem Bauamt in Verbindung gesetzt. Dort wurde mir gesagt, dass wir die Genehmigung für die Küche nachträglich beantragen können.«

»Na, immerhin etwas.«

»Allerdings meinten die, selbst wenn wir die Genehmigung sofort beantragen, können wir frühestens in drei Monaten mit einem Bescheid rechnen. Und die Sachbearbeiterin konnte mir auch nicht versprechen, dass der Antrag genehmigt wird. Wenn wir unsere Küche bis dahin weiter benutzen, verstoßen wir gegen das Gesetz. Ich habe auch versucht, den zuständigen Sachbearbeiter beim Gesundheitsamt zu erreichen, aber der hat momentan Urlaub.« Sie zuckt mit den Achseln. »Es hat keinen Sinn, weiterzumachen.«

»Doch, hat es.«

»Nein, Rosie, hat es nicht.«

Aber ich höre nicht zu. »Das mit der fehlenden Schanklizenz können wir leicht umgehen. Wir verkaufen einfach ab sofort nur noch Elixiere, die keinen Alkohol enthalten. Das betrifft ohnehin nur wenige. Eigentlich brauchen wir sie gar nicht aus dem Sortiment zu nehmen, ich kann den Alkohol auch durch etwas anderes ersetzen. Was die fehlende Genehmigung für die Küche betrifft: Ich kann die Elixiere auch bei uns zu Hause zubereiten. Gut, wir haben dann zwar den zusätzlichen Aufwand, weil wir sie in den Laden transportieren müssen, aber …«

»Rosie, unsere WG-Küche ist für professionelle Zwecke nicht geeignet, und außerdem …«

»Dann mieten wir eben eine Profiküche irgendwo im Industriegebiet.«

»Und womit, Rosie?«

»Wie meinst du das?«, frage ich.

»Rosie, wir haben kein Geld.«

»Was? Was soll das heißen? Der Laden läuft bombig. Wir hatten noch nie so viel zu tun. Wir machen richtig gute Umsätze.«

»Halt endlich die Klappe, Rosie! Wirf mal einen Blick darauf.«

Sie gibt mir einen vierten Brief. Es ist ein aktueller Kontoauszug. Ich überfliege ihn und hebe dann den Kopf. »Wo ist das Problem? Wir sind doch ordentlich im Plus.«

»Oh Mann! Sieh doch mal genau hin!« Sie tippt mit dem Finger auf das Papier. »Hier! Lies! Da steht S wie Soll! Wir sind so viel im Minus!«

Ich blicke wieder auf die Zahl. »Oh!«

»Genau. Oh!«

»Das verstehe ich nicht. Wie kann das sein? Unsere Umsätze sind doch prächtig. Hast du nicht gesagt, wir wären bald in der Lage, unsere Kredite zurückzuzahlen?«

Caroline lässt sich auf einen Stuhl sinken. »Ich war dumm.«

»Was meinst du damit?«

»Unser Investor ist abgesprungen und hat unser Konto inklusive Überziehungskredit leer geräumt.«

»Wer? Warum?«

Sie holt tief Luft. »Erstens, Niall Wallace. Zweitens, wegen mir.«

»Niall Wallace? Der Pitbull? Aber du bist doch mit ihm befreundet!«

»Er war unser Hauptinvestor. Im Grunde der einzige, abgesehen von Monica.«

»Aber ich dachte, wir hätten mehrere Investoren.«

»Nein. Hatten wir nie.«

»Du veräppelst mich!«

Caroline schüttelt den Kopf. »Von all den Leuten, die mir ihre finanzielle Unterstützung zugesagt haben, war Monica die Einzige, die das Geld sofort zur Verfügung gestellt hat. Aber ihr Anteil macht nur einen winzigen Prozentsatz aus. Die anderen potenziellen Geldgeber haben sich alle vornehm zurückgehalten. Es hat einfach zu lange gedauert mit ihnen. Ich wollte euch das eigentlich sagen, aber dann habe ich Niall bei dieser Champagnerverkostung getroffen. Wir kamen ins Gespräch, und dabei habe ich erwähnt, dass wir Schwierigkeiten mit der Finanzierung haben – woraufhin er mir angeboten hat, die fehlende Summe lockerzumachen.«

»Warum hast du uns nichts davon gesagt?«

»Ich wollte ja, aber irgendwie schien es mir unwichtig. Die Finanzierung war schließlich gesichert.«

»Und wo ist das ganze Geld geblieben?«

»Auf einem von Nialls Konten, nehme ich an.«

»Aber warum? Wenn er erfährt, dass wir das Geld für dringend notwendige Maßnahmen brauchen wie zum Beispiel für eine andere Küche, wird er es uns zurückgeben. Es ist doch in seinem eigenen Interesse, dass der Laden läuft, oder nicht?«

»Der Laden ist ihm scheißegal.« Caroline stößt einen Seufzer aus. »Es ist kein Zufall, dass wir gleichzeitig die Bauaufsicht und die Gewerbeaufsicht am Hals haben. Bestimmt hat uns Niall angeschwärzt. Der ist auf Rache aus.«

»Was soll das heißen: *Der ist auf Rache aus*? Warum?«

»Gut, wo fange ich an?« Sie überlegt kurz. »Als ich das Geld von Niall angenommen habe, war das für mich eine rein geschäftliche Abmachung. Das hatten wir so vereinbart. Zwischen uns war nichts. Niall wusste von Anfang an, dass ich eine Beziehung habe. Er hat mich regelmäßig angerufen und sich nach dem laufenden Projekt erkundigt. Ich habe ihm gerne davon erzählt, er war ein sehr interessierter Zuhörer. Wir haben uns auch ein paar Mal getroffen, im Pub oder im Restaurant. Ich habe seine Gesellschaft genossen, und wahrscheinlich habe ich mich dummerweise von seinem Reichtum und seinem Erfolg beeindrucken lassen. Mir hat das alles imponiert – sein Wagen, seine Designerklamotten, sein Promileben. Aber das war es nicht allein. Vermutlich hat es mir geschmeichelt, von jemandem wie Niall ernst genommen zu werden. Und dann, an einem Abend, als wir zusammen aus waren, habe ich zugelassen, dass er mich küsst.«

»Oh, Caroline!«

»Ich wusste längst, dass Niall sich für mich interessiert, er hat ja keinen Hehl daraus gemacht. Aber ich dachte, ich hätte das im Griff.«

»Aber warum …«

»Ich wollte diesen Kuss nicht. Er hat mich überrumpelt. Trotz all seiner Macken ist Mick der Mann, den ich liebe. Danach hatte ich ein unglaublich schlechtes Gewissen. Ich misstraue Mick wegen seiner berühmten Schauspielkollegin – und dann bin *ich* schließlich diejenige, der man nicht trauen kann. Nach diesem Kuss hat Niall sich plötzlich anders verhalten, als wäre da was zwischen uns. Ich bin ihm zwar tunlichst aus dem Weg gegangen, aber ich konnte den Kontakt nicht ganz abbrechen, weil er so eine hohe Summe in unser Geschäft investiert hatte. Ich hatte Angst, er verlangt sein Geld zurück, und wir können den Laden dichtmachen.«

»Aber warum kann er einfach so unser Konto leer räumen?«

»Weil ich dämlicherweise eine Vollmacht unterschrieben habe. Aber da es ja ohnehin sein Geld war, sah ich darin kein Problem.«

»Und ist es bei dem einen Kuss geblieben?«

»Ja, mehr war nicht. Wie gesagt, ich habe versucht, ihn nach Möglichkeit zu meiden, aber er wurde richtig lästig, bis mir schließlich der Kragen geplatzt ist. Ich habe ihm gesagt, dass ich null an ihm interessiert bin und dass ich, hätte ich die Wahl zwischen ihm und Ozzy Ozbourne, ohne zu überlegen Ozzy nehmen würde.«

»Hast du das wirklich zu ihm gesagt?«

»Ja«, räumt Caroline ein. »Exakt dieselben Worte.«

»Caroline!«

»Ich war wütend auf ihn! Wie du dir denken kannst, hat ihn das jedoch nicht sonderlich beeindruckt. Mag sein, dass ich sein Ego verletzt habe, aber dafür hat er sich jetzt bitter gerächt. Heute Morgen wollte ich auf der Bank was einzahlen und habe dabei entdeckt, dass das Konto geplündert ist. Das Spiel ist aus, Rosie! Wir sind erledigt. Ich weiß nicht einmal, wie wir unseren Überziehungskredit tilgen sollen.«

»Dann war's das also?«

»Ich fürchte ja.«

»Kannst du nicht mit Niall reden?«

»Mit ihm *reden*? Du hast keine Ahnung, wie er ist. Die einzige Möglichkeit, das Geld von ihm wiederzubekommen, wäre, dass ich ihm sage, dass ich mich geirrt habe und doch etwas für ihn empfinde. Und das bringe nicht einmal ich fertig, auch wenn mir der Laden noch so sehr am Herzen liegt. Und auch wenn mir manche Leute das zutrauen würden ...«

»Weiß Mick davon?«

»Nein.« Caroline schüttelt den Kopf.

»Hat das etwas mit eurer Trennung zu tun?«

Caroline steht plötzlich auf. »Ich glaube, ich brauche jetzt einen starken Kaffee. Du auch einen?«

»Ja.«

Sie geht nach hinten in die Küche, und während sie den Kaffee zubereitet, lasse ich den Blick durch den Laden schweifen. Ich kann nicht glauben, dass das alles plötzlich zu Ende sein soll. Nach allem, was wir investiert haben, nun, nachdem wir endlich Erfolg haben. Ich höre, dass jemand an die Ladentür klopft. Ich hebe den Kopf. Eine Kundin späht durch die Scheibe und winkt mir, um auf sich aufmerksam zu machen.

»Wir ha-ben *ge-schlo-ssen*«, gestikuliere ich. »Es ist zu.«

Mit verstimmter Miene dreht sich die Frau weg.

»Hier.« Caroline kommt zurück und gibt mir eine Tasse.

»Danke.« Ich nehme einen Schluck. »Caroline?«

»Ja?«

»Warum hast du mit Mick Schluss gemacht?«

Sie stößt einen Seufzer aus. »Wir sind einfach zu verschieden.«

»Aber das habt ihr doch von Anfang an gewusst. Und es hat euch nicht daran gehindert, ein Paar zu werden.«

Caroline zuckt mit den Achseln. »Das ist kompliziert.«

»Mach schon, ich höre zu.«

Sie seufzt wieder, streift die Haare hinter die Ohren und trinkt einen Schluck aus ihrer Tasse.

»Also gut. Mick war von Anfang an gegen das Projekt, auch als die Idee noch ganz frisch war. Erinnerst du dich an unser Meeting in der Küche, als er plötzlich aufgekreuzt ist? Ich war sauer auf ihn, weil er kein Interesse gezeigt hat, und er begründete genau das damit, dass er eben nicht viel von unserem Projekt hält. Das hat er mich auch immer wieder spüren lassen. Es hat mich richtig genervt. Ich habe mir seine Unterstützung gewünscht, so wie ich ihn unterstützt habe. Gut, er hat sich ja ein bisschen bemüht. Er war bei der Eröffnungsfeier und hat Audrey überredet zu kommen, und er hat mir geduldig zugehört, wenn ich ihm vom Laden erzählt habe. Aber seine Missbilligung schwang immer mit. Ich wollte, dass er stolz ist auf mich, aber er hat mir ständig das Gefühl vermittelt, ich müsste mich schämen für das, was ich tue. Kannst du das nachvollziehen?«

Ich nicke.

»Ich denke, ich habe mir mehr Anerkennung von ihm gewünscht.«

»Natürlich.«

Den Stolz und die Anerkennung, die Mick von ihr erhält, aber das sagt sie nicht. Sie war diejenige, die Mick zu seinem Durchbruch verholfen hat. Sie war diejenige, die ihn nach London geschleift hat, um bei Kevin North vorzusprechen. Ich schätze, sie hat gehofft, dass Mick sich revanchiert.

Sie fährt fort: »Er hat ständig so getan, als würde er sich für mich schämen, als wäre er von mir enttäuscht. Ich konnte ihm nicht sagen, dass ich das Geld von Niall angenommen habe. Ich konnte ihm nicht sagen, dass Niall mich geküsst hat. Wie hätte das denn ausgesehen, dass ich mit unserem Geldgeber herumknutsche? Mick wäre verletzt gewesen. Und erst recht von mir enttäuscht. Er hätte gedacht, dass ich für Geld alles tue. Mick kennt nur schwarz oder weiß und nichts dazwischen, er hätte sich nie in so eine dumme Situation gebracht. Ich hatte unheimliche Gewissensbisse deswegen. Jedes Mal, wenn ich Mick gesehen oder mit ihm telefoniert habe, musste ich daran denken, wie sehr er von mir enttäuscht wäre, würde er die ganze Wahrheit kennen. Ich konnte es ihm nicht sagen, aber ich konnte so auch nicht weitermachen und es ihm aus Angst vor seiner Reaktion noch länger verheimlichen. Ich konnte die Vorstellung nicht ertragen, dass er mich verachtet. Also habe ich beschlossen, die Notbremse zu ziehen und ihm gar nicht erst die Gelegenheit dazu zu geben.« Sie stößt ein kurzes Lachen aus. »Ich nehme an, ich habe ihn verlassen, bevor er mich verlassen konnte.«

»Ohne ihm einen Grund zu nennen?«

Caroline nickt. »Ich konnte es ihm einfach nicht sagen! Ich bin eine Närrin. Alle denken, ich wüsste immer genau, was ich tue und was ich will, aber …« Sie zuckt mit den Achseln. »Nun, das stimmt nicht. Ich habe alles vermasselt. Ich habe alle enttäuscht. Dabei bin ich nach wie vor von unserer Geschäftsidee überzeugt. Es hätte auch funktionieren können, wenn ich nicht alles versaut hätte, dir, Dana, uns allen.«

Sie macht nun einen sehr verletzlichen Eindruck. Ich gehe zu ihr und nehme sie in den Arm.

»Na komm, Caroline. Das stehen wir gemeinsam durch.«

»Ach ja? Den Laden können wir abschreiben. Mick und ich sind fertig miteinander. Dana spricht kein Wort mehr mit mir. Ich habe es mir mit allen gründlich verscherzt.«

Afghanische Stammesangehörige haben das wahrscheinlich schlimmste Getränk der Welt erfunden, ein Gebräu namens Khoona. *Dieses alkoholische Aphrodisiakum wird traditionell vom Bräutigam in der Hochzeitsnacht getrunken (wieder so eine Zwangsvorstellung, die über zeitliche und geografische Grenzen hinweg existiert: dass man in der Hochzeitsnacht Höchstleistungen erbringen muss).*

Der Hauptbestandteil von Khoona ist übrigens – Achtung! – frischer Stiersamen.

33

Von meinem Platz im Bus sehe ich das *Zu vermieten*-Schild. Es ist erst eine Woche her, seit der Laden geschlossen ist, aber er macht jetzt schon einen vernachlässigten Eindruck, als wir daran vorbeifahren. Das Schaufenster und die Tür aus Glas sind zugeklebt. Der Wind hat den Straßendreck in den Eingang geweht: einen Plastikbecher, eine McDonald's-Tüte, eine zusammengeknüllte Zigarettenschachtel und jede Menge Laub.

Das war's dann also, denke ich. Keine Rettung in letzter Minute. Der Traum ist geplatzt. Keine Chance, dass Caroline in die Küche stürmt und verkündet, dass ihr etwas Geniales eingefallen ist, um den Laden zu retten und damit uns alle. Aber es gibt kein »uns alle« mehr.

Ich drehe mich vom Fenster weg und blicke auf die Unterlagen auf meinem Schoß. *Lebenslauf von Rosie Kiely, Bachelor of Science*. Mein Lebenslauf. Mein richtiger Lebenslauf, nicht eine Version von Caroline, sondern die viel langweiligere Variante ohne ihre ganzen Ausschmückungen. So wie mein Leben jetzt viel langweiliger sein wird ohne den Laden. Dieses aufregende kleine Kapitel ist abgeschlossen.

Aber die wahre Version meines Lebenslaufs hat mir heute schon genützt. Zum ersten Mal bin ich aus einem Vorstellungsgespräch gegangen mit dem Gefühl, dass es keine höfliche Absage war, als es hieß, man würde sich bei mir melden. Vielleicht liegt das daran, weil ich gereifter wirke – schätze ich zumindest, denn aus Schaden wird man klug. Aber der Hauptgrund ist, dass die Firma expandieren möchte und hundert neue Laborkräfte einstellt. Oder wie meine Mutter es ausdrückte: »Die würden selbst mir einen Job geben, wenn ich mich dort bewerbe.«

Der Bus fährt die nächste Haltestelle an, und während einige Leute aussteigen, drängeln die nächsten bereits herein.

»Bitte warten Sie, bis alle Fahrgäste ausgestiegen sind!«, höre ich den Busfahrer durch das Mikrofon sagen.

»Wir haben schon lange genug auf den Bus gewartet!«, ruft jemand zurück.

Ich sehe auf. Die Stimme gehört eindeutig Caroline. Und dann entdecke ich sie. Sie steht neben dem Fahrer auf ihren hohen Hacken und hält unbeirrt den ganzen Betrieb auf. »Wir haben über eine halbe Stunde auf den Bus gewartet, und jetzt kommen gleich zwei auf einmal. Haben Sie mit dem anderen Fahrer zusammen eine Kaffeepause gemacht, oder wie kommt das?«

»Passen Sie auf, was Sie sagen, sonst steigen Sie wieder aus«, antwortet der Busfahrer.

»Wagen Sie es bloß nicht!« Sie streckt ihm einen Geldschein entgegen.

»Ein Zwanziger! Sie glauben doch nicht, dass Sie von mir Wechselgeld bekommen?«, blafft der Fahrer sie an. »Wissen Sie nicht, dass Sie das Fahrgeld passend haben müssen?«

»Aber das ist ja lächerlich! Ich habe es nicht kleiner.«

»Sie können auch mit dem Zwanziger bezahlen, aber ich kann Ihnen nichts rausgeben.«

»Das soll wohl ein Witz sein!«

»Sehe ich so aus, als würde ich einen Witz machen? Ich bin nicht für die Vorschriften verantwortlich, meine Liebe.«

»Können Sie da vorne mal einen Zahn zulegen?«, drängelt ein alter Mann, der hinter Caroline steht.

»Ich bitte um Verzeihung?« Caroline dreht sich schwungvoll zu ihm um. »Es ist nicht meine Schuld, dass es hier nicht vorangeht. Wenn der Fahrer mein Geld nehmen und mir das Wechselgeld geben würde, gäbe es keine Verzögerung.«

»Welchen Teil von ›nur abgezähltes Fahrgeld‹ haben Sie nicht verstanden?«, fragt der Fahrer.

»Hören Sie, ich habe keine Geduld für so etwas!«, entgegnet Caroline.

»Und ich auch nicht!«, meckert der alte Mann.

»Ich genauso wenig. Also, entweder Sie bezahlen, oder Sie steigen aus!«, sagt der Fahrer.

Ein winziger Teil von mir würde gerne sitzen bleiben und verfolgen, wie die ganze Sache ausgeht. Würde der Fahrer tatsächlich versuchen, Caroline aus dem Bus zu werfen, und was für Folgen hätte das für ihn? Aber die bessere Hälfte in mir gewinnt. Ich hole meine Geldbörse hervor, krame nach dem passenden Kleingeld, bis ich das Ticket zusammenhabe, und gehe dann rasch vor zu dem Fahrer.

»Hier.« Ich stecke die Münzen in den kleinen Schlitz.

»Rosie!«

»Geben Sie ihr jetzt einen Fahrschein?«, frage ich.

Dann kehre ich an meinen Platz zurück, während Caroline mir folgt.

»Hast du so was Stures schon mal erlebt?«, sagt sie sehr laut.

»Könntest du etwas leiser reden, oder willst du, dass er dich doch noch aus dem Bus schmeißt?«

»Das soll er mal versuchen!«

»Ja, das würde ich auch gerne sehen.«

Sie lässt sich auf den Sitz neben mir gleiten. »Unglaublich, wie überfüllt diese Dinger sind.«

»Dinger. Was meinst du damit? Busse?«

»Außerdem könnten die hier ruhig öfter sauber machen.« Sie deutet auf den Sitz vor uns, der mit Filzstift bekritzelt ist, und liest laut vor. »›Gina ist eine Schlampe!‹ Wen interessiert das? Sag mal, ist der Boden unter deinen Füßen auch so versifft? Meine Schuhsohlen kleben richtig fest.«

»Caroline, warum fährst du eigentlich mit dem Bus? Wo ist dein Wagen?«

»Den habe ich verkauft.«

»Oh nein! Warum denn? Du hast deinen Wagen doch heiß und innig geliebt! Das war dein ganzer Stolz!«

»Meine Ersparnisse haben nicht ganz gereicht, um unsere Geschäftsschulden zu tilgen. Darum musste ich ihn verkaufen.«

»Oh, Caroline, das hat dir bestimmt das Herz gebrochen! Dein schönes Auto!«

»Hör auf, davon zu reden und mich so mitleidig anzusehen. Das kann ich nicht leiden. Es ist halt so. Keine große Sache. Ich muss mich eben daran gewöhnen, kein eigenes Auto mehr zu haben. Ist ja nicht für ewig.« Sie bemerkt mein dunkles Kostüm. »Und wo kommst du her? Warst du bei einer Beerdigung oder so?«

»Nein. Ich hatte ein Vorstellungsgespräch.«

»Oh, warum hast du mir nichts davon gesagt? Ich hätte dir helfen können, dich darauf vorzubereiten.«

»Genau aus diesem Grund habe ich dir nichts gesagt.«

»Na, vielen Dank!«

»So war das nicht gemeint. Ich wollte kein großes Aufheben darum machen.«

»Und, wie ist es gelaufen?«

»Ganz gut, glaube ich. Mit etwas Glück bekomme ich eine Stelle. Die Firma vergrößert sich gerade und stellt über hundert neue Leute ein.«

»Ist es das, was du wirklich willst, Rosie?«

»Ja. Es ist bezahlte Arbeit. Ich brauche einen Job, egal was.«

»Aber willst du dir nicht lieber was anderes suchen?«

»Hör auf damit, Caroline! Versuch erst gar nicht, mir das Ganze wieder auszureden.«

»Das ist nicht meine Absicht, wirklich nicht. Ich will einfach nur, dass du glücklich bist.«

»Ein regelmäßiges Einkommen wird mich sehr lange glücklich machen, sogar sehr glücklich, danke.«

»Ja? Wirklich?«

»Ja, wirklich.«

»Aber ...«

»Lass gut sein, Caroline.« Ich lenke das Gespräch wieder auf sie. »Und, weißt du inzwischen, was du machen wirst?«

»Nun ja, ich habe noch ein bisschen Geld von dem Autoverkauf übrig, damit kann ich noch eine gewisse Zeit überbrücken. Ich bin mir noch nicht sicher. Meine alte Firma würde mich bestimmt wieder nehmen. Ich weiß nämlich, dass die mit meinem Nachfolger nicht besonders glücklich sind. Außerdem habe ich gehört, dass sich in nächster Zeit ein paar interessante Dinge auf dem Arbeitsmarkt tun.« Sie zuckt mit den Achseln. »Ich werde ja sehen. Im Moment besteht kein Grund zur Eile. Sag mal, hast du Dana gesehen?«

Ich überlege kurz, bevor ich ihr antworte, aber sage dann offen: »Zufällig sind wir heute Abend verabredet. Wir treffen uns auf einen Drink im Pub.«

»Oh!«

Ich kann es spüren. Ich weiß, sie wartet darauf, dass ich ihr anbiete, mitzukommen.

»Wo trefft ihr euch?«

»Im Hardy's.«

»Verstehe. Wird bestimmt nett.«

»Ja, bestimmt.«

»Dann seid ihr nur zu zweit?«

Ich nicke. »Oh, stimmt gar nicht, Doug kommt auch.«

»Tja, dann wünsche ich euch einen schönen Abend.«

»Den werden wir sicher haben.«

»Ich würde gerne wissen, wie es Dana geht.«

Ich zucke mit den Schultern. »Nicht so toll. Der Stress mit der Fakultät setzt ihr ziemlich zu.«

»Hat sie erwähnt, wann sie wieder nach Hause kommt?«

»Nein.«

»Vielleicht kannst du sie heute Abend mal fragen. Sag ihr, das Zimmer steht ihr jederzeit zur Verfügung, und wegen der Miete braucht sie sich im Moment keine Sorgen zu machen.«

»Was soll das heißen? Dein Bruder wird wohl kaum auf die Miete verzichten, oder doch?«

»Nein, aber ich kann Danas Miete übernehmen, bis sie wieder zurückkommt.«

»Und was, wenn sie nicht zurückkommt, Caroline? Du kannst nicht für immer ihre Miete zahlen.«

»Das weiß ich. Aber ich habe mir gründlich Gedanken gemacht, seit der Laden geschlossen ist. Ich hatte ja auch reichlich Zeit. Es ist eine Sache, das Geschäft zu verlieren, aber ich will nicht auch noch Dana verlieren. Wir sind schon eine Ewigkeit befreundet.«

Ich denke kurz nach, und bevor ich es mir anders überlegen kann, frage ich: »Warum kommst du heute Abend nicht einfach mit?«

»Also gut«, antwortet Caroline, ohne zu zögern.

Wir fallen in Schweigen, bis mir plötzlich eine aufregende Neuigkeit einfällt.

»Du kommst nie darauf, wer gestern bei Finn im Baumarkt war.«

»Nein, wahrscheinlich komme ich nicht darauf.«

»Fay!«

»Deine ehemalige Arbeitskollegin?«

»Ja.«

»Aber wohnt sie nicht ganz woanders?«

Ich nicke. »Ja. Sie wollte wohl ein paar Bilderhaken kaufen.«

»Merkwürdig. War sie zufällig in der Gegend, als ihr das eingefallen ist?«

»Nein, sie war wegen Mr. Heelan da, meint Finn. Kannst du dich erinnern, dass die beiden bei unserer Eröffnungsfeier den ganzen Abend zusammengegluckt haben? Finn hat erzählt, als Fay hereinkam und sah, dass er alleine im Laden war, hat sie einen ziemlich enttäuschten Eindruck gemacht und wollte schon wieder gehen, ohne etwas zu kaufen. Aber dann kam Mr. Heelan zurück. Finn sagt, das Verhalten der beiden war zum Brüllen. Einer war nervöser als der andere. Immer wieder begannen sie gleichzeitig zu sprechen, sich zu unterbrechen, sich zu entschuldigen und den anderen zu bitten, weiterzureden. Finn sagt, beide wurden rot wie zwei verliebte Teenager. Er hat sich dann in die Mittagspause verkrümelt, um die zwei alleine zu lassen. Als er zurückkam, saß Fay auf einem Stuhl hinter der Kasse und hat aus der Lieblingstasse von Mr. Heelan getrunken, während er gerade einen Kunden bedient hat.«

»Das ist ja niedlich.«

»Ja, nicht? Ich kann mir die beiden gut als Paar vorstellen.«

»Vielleicht gibt es ja auch für mich noch Hoffnung.«

»Wie meinst du das?«

»Nun ja, Fay ist schon über fünfzig, nicht wahr? Also besteht auch für mich noch die Chance, einen Mann zu finden, irgendwann vielleicht.« Sie überlegt kurz. »Obwohl ich mir gar nicht sicher bin, ob ich noch einen Mann möchte.«

»Oh, Caroline, sag so was nicht!«

»Rosie«, sagt sie drohend. »Sieh mich nicht so an!«

»Wie denn?«

»Mitleidig. Du weißt genau, dass ich das hasse!«

Ein Hauch Parfum

Ein köstliches Essen

Musik, aber nicht Barry White – zu abgeschmackt mittlerweile

Sanfte Berührungen auf weicher Haut – der Haaransatz im Nacken ist eine unterschätzte erogene Zone

Champagner, natürlich

Und auch Küsse – ein schlechter Küsser wird nie ein guter Liebhaber

Ein nettes Wort

Ein Lächeln

Ein Liebesgedicht

Eine Rückenmassage

Frische Bettwäsche
Sonnenschein
Ein Mitternachtssnack
Lachen

34

Als ich abends mit Caroline im Bus sitze auf dem Weg ins Hardy's, bekomme ich eine SMS von Dana.

Mick kommt übrigens auch.

Ich überlege. Soll ich Dana antworten und sie warnen, dass ich Caroline mitbringe? Soll ich Caroline warnen, dass Mick dabei sein wird? Ich wäge beide Entscheidungen ab. Wenn Mick erfährt, dass Caroline kommt, kann es sein, dass er verzichtet. Wenn Caroline erfährt, dass Mick kommt, kann es sein, dass sie einen Rückzieher macht und beim nächsten Halt aussteigt.

Ich verwerfe beide Möglichkeiten zugunsten einer dritten. Ich beschließe, gar nichts zu unternehmen und abzuwarten, wie der Abend verläuft.

Als wir den Pub betreten, ist Caroline die Erste, die Doug und Dana entdeckt.

»Da sind sie!« Dann sieht sie Mick. »Oh nein! Was macht der denn hier?«

Sie sieht aus, als wolle sie die Flucht ergreifen, aber ich hake mich fest bei ihr ein. »Caroline, du kannst ihm nicht für immer aus dem Weg gehen. Bloß weil du dich von ihm getrennt hast, heißt das nicht, dass er nicht mehr unser Freund ist. Irgendwann wärt ihr euch sowieso wieder begegnet, also warum nicht jetzt? Komm schon.«

»Oh nein, Rosie, ich weiß nicht, ob ich das kann.« Sie wendet sich in Richtung Ausgang, aber ich lasse sie nicht los.

»Aber du musst! Du kannst jetzt nicht einfach abhauen. Außerdem hat er dich bereits gesehen.«

»Wirklich?«

»Ja.«

»Sieht er jetzt gerade zu uns rüber?«

»Ja.« Und zwar mit völlig entsetztem Gesicht, aber das muss ich ihr ja nicht sagen. »Los, komm jetzt!«

Widerstrebend lässt sie sich mitziehen.

»Hallo zusammen!«, begrüße ich fröhlich die Runde und ignoriere die erstaunten Gesichter von Doug und Dana und Micks erschrockene Blicke.

»Hallo, Dana«, sagt Caroline verhalten.

»Hallo, Caroline«, antwortet Dana genauso verhalten.

»Hallo, Mick«, sagt Caroline noch verhaltener.

»Hallo, Caroline«, antwortet Mick verlegen.

»Hey, Caroline. Schön dich zu sehen«, sagt Doug in freundlichem Ton.

»Ja, ich freue mich auch«, antwortet Caroline sichtlich erleichtert.

Dann kehrt Schweigen ein.

Es gibt noch zwei freie Plätze, einen zwischen Mick und Dana, und einen auf der anderen Tischseite neben Doug. Caroline will schon um den Tisch herumgehen, aber ich bin schneller, sodass sie keine Wahl hat, als sich neben Mick zu setzen.

»Hach, ist das nicht schön?«, plappere ich dummes Zeug.

Schön? Bestimmt nicht. Eher megaoberpeinlich. Ich habe Mitleid mit Caroline. Sie macht einen total nervösen Eindruck. Im nächsten Augenblick steht sie wieder auf.

»Ich gehe zur Theke. Will jemand was zu trinken? Rosie?«

»Ja, Weißwein, bitte.«

»Doug?«

»Ein Guinness, bitte.«

»Mick?«

»Ich hab noch, danke.«

»Dana?«

»Nein, danke«, antwortet sie, obwohl ihr Glas leer ist.

»Sicher?«, fragt Caroline.

Dana überlegt es sich anders. »Also gut, auch einen Weißwein, bitte.«

Ich betrachte das als ein gutes Zeichen. Zwar noch keine richtige Friedenspfeife, aber immerhin ein erster Rauchkringel.

»Okay.«

Caroline verschwindet an die Bar, und Dana nimmt mich sofort unter Beschuss.

»Warum hast du mir nicht gesagt, dass du sie mitbringst?«

»Komm schon, Dana! Euer dämliches Verhalten kann so nicht weitergehen! Caroline hat sich immerhin überwunden, an den Tisch zu kommen. Jetzt musst du ihr auch ein bisschen entgegenkommen. Es wird langsam Zeit, dass ihr euren Streit begrabt.«

»Achtung!«, warnt Doug. »Sie sieht gerade her.«

Wir heben alle die Köpfe. Verlegen dreht Caroline sich wieder um.

»Bitte, Dana!«, sage ich beschwichtigend. »Das ist wirklich hart für sie. Ihr seid schon so lange befreundet! Ohne dich ist sie verloren.«

»Das bezweifle ich. Sonst hätte sie sich mehr Mühe gegeben.«

»Am Anfang wollte sie dir einfach Zeit lassen, damit du

dich beruhigst. Aber dann ging es plötzlich drunter und drüber, der Massenandrang im Laden, die Trennung von Mick.« Ich sehe zu ihm hinüber und bemerke, dass er mir zuhört – gut so. »Und danach das ganze Theater mit den Behörden und der Geschäftsauflösung. Caroline hatte wirklich viel um die Ohren.«

»Trotzdem hätte sie sich mal melden können. Hast du ihr von meinem Ärger mit der Fakultät erzählt?«

»Ja, aber wie gesagt, Caroline hatte ihre eigenen Probleme.« Ich zucke mit den Achseln. »Außerdem hättest du dich auch bei ihr melden können.«

»Aber ich habe ihre Probleme nicht verursacht!«

»Sie deine auch nur zum Teil.«

»Ich weiß, aber …«

»Und du hast das Geschäft im Stich gelassen, aus welchen Gründen auch immer.«

»Ich weiß. Ich weiß.« Dana seufzt. »Vielleicht hätte ich sie anrufen sollen. Ich schätze, ich war zu sehr mit meinen eigenen Sorgen beschäftigt. Ich weiß, wie wichtig ihr der Laden war, aber mir ist das Studium auch wichtig.«

»Weißt du, heute hat sie mir gesagt, dass sie für dich die Miete bezahlt, damit du jederzeit zurückkommen kannst.«

»Im Ernst?« Dana rutscht unruhig auf ihrem Stuhl herum.

»Ja.«

»Ich habe sie nicht darum gebeten«, sagt sie abweisend und schaltet dann von der Defensive in die Offensive um. »Muss schön sein, wenn man sich das leisten kann.«

»Ja, aber nur, weil sie ihren Wagen verkauft hat.«

»Was?«

»Carolines Rücklagen haben nicht gereicht, um unsere Schulden zu tilgen – *unsere* Schulden, Dana. Darum musste sie ihr Auto verkaufen, und von dem restlichen Geld lebt sie momentan. Und davon will sie deine Miete abzwacken.«

Dana macht nun einen sehr unglücklichen und verlegenen Eindruck.

»Aber ihr Herz hing doch an dem Wagen!«, mischt Mick sich ein. »Wie will sie denn ohne Auto klarkommen?«

Trotz der Umstände kann ich mir ein Grinsen nicht verkneifen. »Neulich sind wir zusammen Bus gefahren. Ihr hättet sie mal erleben sollen! Sie ist wirklich nicht geschaffen für öffentliche Verkehrsmittel. Fehlte nur noch, dass sie ein Desinfektionstuch rausgeholt und damit den Sitz abgewischt hätte.«

Ich sehe, dass Mick bei der Vorstellung lächelt.

»Bitte, Dana, sie bemüht sich! Kannst du ihr nicht wenigstens ein bisschen entgegenkommen?«

»Okay, okay«, gibt Dana genervt nach.

Ich sehe, dass Caroline zurückkehrt, und wechsle das Thema. »Na, Mick, was macht dein Film?«

»Wir sind gerade mit den Dreharbeiten fertig geworden.«

»So, hier kommt der Nachschub.« Caroline verteilt die Getränke und nimmt dann wieder Platz.

Wieder entsteht ein unbehagliches Schweigen.

»Und was ist als Nächstes geplant?«, frage ich Mick weiter.

»Ich habe ein Angebot für eine Nebenrolle in einer irischen Produktion, aber die Dreharbeiten beginnen erscht in einem Vierteljahr. In der Zwischenzeit will ich nach Auschtralien fliegen und dort herumreisen. Da wollte ich schon immer hin.«

»Was?« Caroline blickt ihn entsetzt an. »Du willst für drei Monate nach Australien?«

»Ja, so isch es geplant.«

»Und wann geht es los?«

»Sobald ich mein Visum habe. Je früher, deschto mehr Zeit bleibt mir für die Reise.«

»Oh!« Caroline scheint diese Neuigkeit zu beunruhigen, was Mick nicht entgeht, und auch ihn scheint ihre Reaktion zu beunruhigen.

»Ich komme ja wieder«, sagt er.

»Ja, sicher.« Caroline sammelt sich und wechselt schnell das Thema. Sie wendet sich an Dana: »Und, wie geht es dir?«

»Gut.«

Doug fällt dazwischen: »Erzähl ihr doch mal von deinem neuen Kurs.«

Dana antwortet mit einem stummen Achselzucken.

»Was für ein Kurs?«, fragt Caroline.

»Ich mache eine Ausbildung zur Paartherapeutin.«

»Wirklich?«, erkundige ich mich. »Wie kommt es, dass du dich dafür entschieden hast?«

»Es interessiert mich einfach.«

Doug erklärt: »Als Dana noch im Laden gearbeitet hat, fand sie heraus, dass ihr das Gespräch mit den Kunden am meisten Spaß macht, die Beratung. Ist doch richtig, oder, Dana?«

Dana nickt zurückhaltend.

Doug fährt fort: »Dann hatte deine Beteiligung an dem Projekt also doch was Gutes. Ist es nicht so, Dana?«

»Schätze schon.«

»Aber das ist doch großartig!«, sagt Caroline. »Du wirst bestimmt eine sehr gute Paartherapeutin.«

Für einen Augenblick ist die Befangenheit zwischen Caroline und Dana verschwunden.

»Meinst du wirklich?«

»Ja, absolut. Das passt wie die Faust aufs Auge. Du wirst eine tolle Therapeutin! Das weiß ich.«

Ich bemerke, dass Mick ständig Caroline ansieht, als könne er nicht anders, aber sie nimmt ihn nicht wahr. Sie ist zu sehr mit Danas guten Neuigkeiten beschäftigt.

»Was Besseres kann ich mir gar nicht für dich vorstellen. Die perfekte Wahl!«, fährt sie begeistert fort. »Ich fand immer, du passt nicht wirklich in den akademischen Betrieb.«

»Nun, du hast nicht unwesentlich zu dieser Entwicklung beigetragen«, mümmelt Dana. Mist, denke ich, vorbei ist es mit der friedlichen Annäherung. Aber dann lacht sie. »Vielleicht werde ich dir eines Tages dafür dankbar sein. Hör zu, Caroline: Es tut mir leid, dass das mit dem Laden nicht geklappt hat.«

»Ich weiß. Und mir tut es leid, dass ich dich zu Andrew Marsh geschleppt habe und dass das so unangenehme Folgen für dich hatte.« Caroline wirkt nervös, während sie spricht. Hilfe suchend sieht sie Mick an, der, obwohl er sie die ganze Zeit beobachtet hat, nun schnell den Blick abwendet.

»Das konntest du ja nicht ahnen«, gibt Dana zu.

Mick sieht wieder Caroline an, und in seinem Gesicht spiegeln sich seine Gefühle. Oder anders gesagt: Er macht einen ziemlich liebeskranken Eindruck. Er ist immer noch verrückt nach ihr, das ist deutlich zu sehen. Aber sobald Caroline den Kopf in seine Richtung dreht, macht er dicht. Er liebt sie noch, so viel steht fest, und sie ihn, aber keiner macht den ersten Schritt. Also bleibt es – wieder mal – an mir hängen.

»Dana, kann ich dich was fragen?«

»Ja?«

»Angenommen, ein Paar kommt zu dir in die Therapie, ja?«

»Ja?«, wiederholt sie argwöhnisch.

»Angenommen, da ist also dieses Paar, das schon länger zusammen ist. Obwohl die beiden völlig gegensätzlich sind, lieben sie sich heiß und innig. Aber in der Beziehung geht es auf und ab, weil die beiden, oder besser gesagt: weil vor allem *sie* sehr impulsiv ist. Angenommen, sie trennt sich von ihm, bereut es aber hinterher. Dann erfährt sie, dass er für längere Zeit verreist. Sie bekommt Angst, dass sie keine Gelegenheit mehr hat, die Dinge wieder ins Lot zu bringen. Meine Frage lautet nun: Denkst du, sie sollte ihm sagen, dass es ihr leidtut?«

»Ich weiß nicht«, antwortet Dana. Sie sieht zunächst Caroline an, dann Mick. »Kommt darauf an. Erstens: Will sie ihn überhaupt zurückhaben? Was meinst du, Caroline?«

»Ja, das will sie.« Caroline blickt Mick direkt an, als sie antwortet.

»Und du, Mick, glaubst du, *er* möchte sie auch zurückhaben?«, fragt Dana.

Mick sieht Caroline an, aber seine Antwort kommt sehr zögernd. »Ich weiß nicht. Ich meine, wenn er nie den Grund erfährt, warum sie sich von ihm getrennt hat, wie soll er sich dann keine Sorgen machen, dass sie das nicht wieder tut? Ich denke, er würde vermeiden wollen, sich wieder in so eine Situation zu bringen.«

»Caroline, was denkst du, warum hat sie sich von ihm getrennt?«, fragt Dana.

Caroline rutscht nervös auf ihrem Stuhl herum. »Weil sie nicht ganz bei Trost war?«

»Ja, das ist uns allen klar, aber es muss doch einen besonderen Grund geben. Was denkst du?«

Caroline überlegt lange, bevor sie antwortet. »Ich denke,

die Frau hat sich ziemlich dämlich verhalten. Sie hat – sie liebt diesen Mann wirklich, aber die Umstände erforderten es, dass sie ihn immer seltener zu Gesicht bekam. Und wenn sie sich sahen, endete es meist im Streit. Sie war ein wenig eifersüchtig. Seine Karriere lief prächtig, während sie darum kämpfte, sich eine neue Existenz aufzubauen. Was die Sache noch schlimmer machte, war, dass er von ihrem neuen Projekt nicht viel hielt. Dann kam ein anderer Mann ins Spiel, nennen wir ihn Niall, und …«

»Caroline!«, unterbreche ich sie warnend. Obwohl ich das Ganze ins Rollen gebracht habe, weiß ich nicht, ob sie so weit gehen muss, hier, jetzt, vor allen anderen. Aber sie ignoriert mich.

»Nennen wir ihn Niall. Niall Wallace. Dieser Niall Wallace ist ein erfolgreicher Geschäftsmann, der beschließt, in ihr Projekt zu investieren. Die Frau ist begeistert, weil die anderen Geldgeber alle abgesprungen sind. Hinzu kommt, dass er sich ernsthaft für das Projekt interessiert und sie sich gelegentlich treffen, um sich auszutauschen. Die Frau genießt es, mit ihm über das Projekt zu sprechen, weil er aufmerksam zuhört und nicht ständig daran herummäkelt. Aber dann, eines Tages …«

»Caroline!«, warne ich wieder, aber sie ist nicht zu bremsen.

»Aber dann, eines Tages, küsst er sie, und danach hat sie ein schlechtes Gewissen. Sie würde gerne mit ihrem Freund darüber reden, aber sie hat Angst vor seiner Reaktion. Er hat schließlich keinen Hehl daraus gemacht, dass er sie für eine eiskalte Geschäftemacherin hält, die ohne jegliche Skrupel naiven Menschen das Geld aus der Tasche zieht. Was hätte er *dazu* denn erst gesagt? Geküsst vom Hauptsponsor! Sie wäre in seiner Achtung noch tiefer gesunken. Er hätte dann wahrscheinlich endgültig die Schnauze voll gehabt von ihr. Darum beschließt sie, ihm zuvorzukommen und mit ihm Schluss zu machen, bevor *er* das tut.« Caroline unterbricht sich kurz und wirft einen nervösen Blick zu Mick. »Ich denke, das war der Grund, warum sie sich von ihm getrennt hat.«

Niemand sagt etwas. Wir sitzen alle gespannt da und warten auf Micks Reaktion, die jedoch lange nicht kommt. Caroline scheint sich immer unwohler in ihrer Haut zu fühlen.

Schließlich antwortet Mick.

»Weisch du, ich denke, ihr Freund verhält sich ziemlich scheinheilig.«

»Was?« Caroline blickt ihn verständnislos an.

Mit dieser Reaktion hat sie sicher nicht gerechnet. Ich auch nicht.

Mick fährt fort: »Während er auf der Erfolgswelle reitet, kämpft sie darum, ihren eigenen Traum zu verwirklichen, nachdem sie ihm zuvor zu seinem verholfen hat. Aber statt sich zu revanchieren, vernachlässigt er sie so sehr, dass sie sich einem anderen zuwendet.«

»Oh!«

Mick redet weiter. »Allerdings habe ich eine Frage: War es wirklich nur ein Kuss?«

»Ja.«

»Nur einer?«

»Ja.«

»Gut, anderenfalls hätte ich an ihrem Geschmack gezweifelt. Der Niall Wallace, den ich kenne, isch nämlich ein grobschlächtiger Typ mit fiesen kleinen Augen, der sehr von sich überzeugt isch und der selbst drinnen eine Sonnenbrille trägt und Jeans mit Bügelfalten und mehr Schmuck als jede Spielerfrau, und der ständig …«

»Okay, okay! Genug!«, unterbricht ihn Caroline.

»Aber wenn es nur ein Kuss war, ein einziger Kuss …«

»Ja, war es …«

»Und sie wirklich nur Angscht hatte, wie ihr Freund darauf reagieren würde – nun, dann denke ich, sollte er sagen, dass die Beziehung noch einen Versuch wert isch.«

»Aber was, wenn er für drei Monate nach Australien geht?«, fragt Caroline.

Mick überlegt kurz. »Das isch allerdings schwierig. Ich schätze, er könnte die Reise abblasen und zu Hause bleiben, aber …«

»Würde er das wirklich für sie tun?«

»Er würde alles für sie tun! Andererseits könnte er auch zu ihr sagen: ›Nach der Achterbahnfahrt in den letschten Monaten solltesch du dir vielleicht einen ausgiebigen Urlaub gönnen, um wieder Energie zu tanken. Willsch du mit mir nach Auschtralien kommen?‹« Mick räuspert sich. »Vielleicht gelingt es ihm, sie zu überzeugen, dass sie sich auch ein tolles Projekt ausdenken kann, wenn sie an einem weißen Strand liegt und auf das blaue Meer hinaussieht. Er weiß ja, dass sie sich wieder was Neues einfallen lassen wird. Sie isch clever, sie isch unverwüschtlich, und sie isch zäh – es isch also nur eine Frage der Zeit. Allerdings hat er Angscht, sie zu fragen. Angscht, dass sie Nein sagt.«

»Sie sagt Ja!«, ruft Caroline.

»Wirklich?«

»Ja, wirklich! Ich komme mit dir nach Australien.«

Mit den Worten der bekannten Sexualtherapeutin
Dr. Ruth Westheimer:
»Ein Aphrodisiakum ist alles, was man sich
darunter vorstellen kann.«

35

Als ich zum Frühstück herunterkomme, sitzen Doug und Dana am Küchentisch.

»Wow, was für ein Anblick!«, entfährt es Dana, als sie mich im Kostüm sieht.

»Findest du mich overdressed?«, frage ich. »Ich werde sicher nicht immer im Kostüm erscheinen, aber ich dachte, am ersten Tag macht das einen guten Eindruck.«

»Dein Outfit wirkt sehr professionell«, bemerkt Doug.

»Danke – falls das ein Kompliment war.«

Ich hole mir eine Schüssel und kippe ein paar Cheerios hinein.

»Bist du nervös?«, fragt Dana.

Ich zucke mit den Achseln. »Ich schätze, das werde ich dann sein, wenn ich meine erste Gehaltsabrechnung bekomme. Allerdings wird nicht viel davon übrig bleiben. Ich muss meine Schulden bezahlen. Ich habe noch immer nicht die Miete für diesen Monat überwiesen.«

Dana hält eine Postkarte hoch. »Die kam heute an. Von Caroline.«

»Dann hat sie uns also doch nicht vergessen.«

Ich nehme die Karte in die Hand. Das ist die erste Nachricht von Caroline, seit wir sie und Mick vor zwei Wochen auf dem Flughafen verabschiedet haben. Ich lese laut vor.

»Hallo Leute, Australien ist der Hammer! Wir hatten eine tolle Woche in Sydney. Kaum zu glauben, aber ich bin sogar

die Sydney Harbour Bridge hochgeklettert. Das sind stolze 134 Meter!«

»Hat Caroline nicht Höhenangst?«, frage ich.

»Doch, und wie.«

Ich lese weiter: *»Heute hatten wir zum ersten Mal Tauchkurs – voll super! Der Kurs dauert insgesamt vier Tage. Danach wollen wir uns einen Jeep mieten und bis nach Cape York fahren, das ist der nördlichste Zipfel von Australien.«*

»So viel zu Micks Plänen, im weißen Sand zu liegen.«

»Vermisse euch ganz doll, viele liebe Grüße, Caroline. PS: Habe eine SUPERIDEE für unser nächstes gemeinsames Projekt. Kann es gar nicht erwarten, euch davon zu erzählen. Ihr werdet begeistert sein!«

»Was glaubst du, was hat sie sich nun wieder einfallen lassen?«, frage ich.

»Das spielt keine Rolle«, antwortet Dana in resolutem Ton. »Wir haben beide was anderes gefunden.«

»Ja. Heute ist mein erster Arbeitstag.«

»Ja, und ich habe gerade erst mit meinem Ausbildungskurs begonnen.«

»Und wir vertragen uns alle wieder.«

»Ja.«

»Kein Grund, alles wieder über den Haufen zu werfen.«

»Nein.«

»Was sie uns auch immer vorschlagen wird: Wir bleiben einfach standhaft und sagen Nein.«

»Genau. Standhaft bleiben. Nein sagen.«

»Aber es wird ja noch eine Weile dauern, bis sie wiederkommt.«

»Richtig. Und sie kann uns schließlich zu nichts zwingen, wenn sie so weit weg ist, oder?«

»Nein, kann sie nicht.«

»Was sie uns auch immer verspricht, wir werden nicht in Versuchung geraten.«

»Auf keinen Fall. Ausgeschlossen.«

»Trotzdem würde ich zu gerne wissen, was sie nun schon wieder ausheckt ...«

ENDE